客家研究文丛

"十二五"国家重点图书出版规划

客家与华文文学论

KEJIA YU HUAWEN WENXUE LUN

谭元亨　编著

华南理工大学出版社
SOUTH CHINA UNIVERSITY OF TECHNOLOGY PRESS

·广州·

内容简介

在华文文学中,客籍作家占了相当大的比重,深入对他们作品的研究,可谓独辟蹊径,自有新的发现。客家文化,在国内,是中原文化与海洋文化的一座桥梁;在世界,更是中外文化的一条纽带,如韩素音、李金发等,其作品称得上中西合璧,两相辉映。而近现代的客籍作家郭沫若、白危、黄药眠等,也都对中国文学的进程有着重大的影响。本书对这一文学群落及其作品进行了深入研究,从而确立他们在华文文学史上的独特地位,为中国文学研究添上了绚丽的一笔。

图书在版编目(CIP)数据

客家与华文文学论/谭元亨编著.—广州:华南理工大学出版社,2014.1
("十二五"国家重点图书出版规划·客家研究文丛)
ISBN 978-7-5623-3623-5

Ⅰ.①客… Ⅱ.①谭… Ⅲ.①客家-作家评论-世界 ②世界文学-华文文学-文学研究 Ⅳ.①I106

中国版本图书馆 CIP 数据核字(2013)第 292500 号

客家与华文文学论

谭元亨 编著

出 版 人:	韩中伟
出版发行:	华南理工大学出版社
	(广州五山华南理工大学 17 号楼,邮编 510640)
	http://www.scutpress.com.cn E-mail:scutc13@scut.edu.cn
	营销部电话:020 - 87113487 87111048(传真)
出版策划:	乔 丽
责任编辑:	王 磊
印 刷 者:	广州市穗彩彩印厂
开 本:	787mm×960mm 1/16 印张:14.5 字数:284 千
版 次:	2014 年 1 月第 1 版 2014 年 1 月第 1 次印刷
印 数:	1~1 000 册
定 价:	30.00 元

版权所有　盗版必究　印装差错　负责调换

序：当有一个"百科全书"式的襟怀

还在大学念书的时候，老师便给大家讲过一句话，说"图书馆是大学中的大学"，这话的意思，是要大家擅于利用图书馆的资料，那是一座永远发掘不尽的知识的金山，光靠课堂上学的是远远不够的。为这句话，我还专门写过一篇文章，可见这句话在我心中的分量。

而一部大百科全书则可以称得上是一座图书馆，一座浓缩了的可随家居转移的图书馆，一座时刻为你所用而毋须舟车劳顿便可带至身边的图书馆……

过了不惑之年，面对自己的上百种著述，无论是文史哲还是理工科的著作，我惊诧自己何以可写这么多、涉猎这么广，内心首先涌起的则是对这么一座奇特的图书馆——大百科全书的感激之情。

我是以作家的身份进入高校的，虽说进高校之前也写过不少学术性的文章，但真正在学问上登堂入室，则是到高校之后。由于自小的兴趣，我对文学接邻的学科多少有所涉及；兼之家庭有建筑学的背景，所以，从宏观上把握各门貌似独立却又彼此关联的学科，无论纵横，都能叫我如痴如醉。最具代表性的是，我的那近150万字的长篇小说《客家魂》完成之际，我将写小说积累的感悟，竟又一口气写出了30多万字的《客家圣典——一个大迁徙民系的文化史》，仿佛是神来之笔。后者，没有学术上的突破，是难以自成一说的。两部作品，前者在国际上得了奖，后者还在海外众多大学成为了本科、研究生的必修教材，且一版再版，三版印了四次，这是我事先没料想到的。其在海内外引发的震动，连作为作者的我都不敢相信。

其实，我只是把客家人最早的大迁徙与同时发生的世界民族大迁徙放在了一起，认为，如无前者，后者则是不完整的，仅仅属于西方……由此引发了众多学术上的新探究。

而最早引发我对世界民族大迁徙关注的，正是大百科全书的记录，正是以此发轫，我查阅了大量的史著。我在这里要说的，正是大百科全

书对一位学者建立宏观的科学视野，起到了至关重要的作用。打一个不恰当的比喻，如门捷列夫没有对诸元素有一个宏观的把握，他就发现不了以他名字命名的门捷列夫周期表，后人也无以填补周期表中的空白。

对于一位学者、一位科学家，当然，也包括作家，如果缺乏这样一个宏观的视野与思路，恐怕是难以有所发现、有所创造的，尤其对于人文学科，对于一个宏观的科学世界，更是如此。我认为，这对人的思维方式也有着积极意义。

后来，我一连两届获得国家级奖项的《中华民族风情录》，正是从大百科全书的民族卷开始，形成了一条明晰的思路，找到了最好的一种表现手法，从而获得了良好的赞誉。我想，我的作品，无论是长篇小说如《客家魂》，学术专著如《中国文化史观》，工科著作如《南方城市审美意象》等，之所以被人认为大气、豪放又充满诗情且有史识，恐怕与这一宏观的视野是分不开的。

其实，一个人，不管他受到何种局限或约束，都应当有一个"百科全书"式的襟怀，孜孜不倦地吸取各种知识的营养，方可有所作为而不至于做井底之蛙。过去，由于交通不便或其他原因，不少大科学家及文化大师，不就是这么成长起来的么？

当下，我们强调知识面要广博，但不等于杂而不博。事实上，任何门类的知识都不无相通之处，真正打通了各门学科，也就不会有芜杂之感。也许，像文艺复兴时代那样精通众多学科并成为巨人的，今后已很难出现了。但努力增进各科知识，有广阔视野，对任何专业都将不无裨益。

当然，要有一个"百科全书"式的襟怀，不仅仅在学识上，更在人品上，这当是更重要的。

海纳百川，有容乃大；
壁立千仞，无欲则刚。

这是做人的要旨，也是做学问所要记取的。

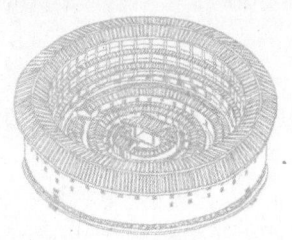

目录

第一章 文化人类学与客家研究 (1)
第一节 大陆客家学术研究现状与海峡两岸客家关系展望 …… (1)
第二节 当代客家学研究的学术观照与现实背景 …… (8)
第三节 文化人类学视野下的客家书写 …… (17)
第四节 人类精神领域的至高追求 …… (21)

第二章 华文文学与跨文化传播 (26)
第一节 漂泊与文化之根 …… (26)
第二节 爱情、历史与文化泥土 …… (34)
第三节 泰华客家文学：跨文化传播 …… (39)
第四节 本真的生活，本真的人 …… (46)

第三章 文学的两个"东方世界" (51)
第一节 浩瀚宏大的中国文学的历史画卷 …… (51)
第二节 用生命照亮这个世界 …… (55)
第三节 海上丝路上第一束文学浪花 …… (62)
第四节 疏离与交互 …… (66)

第四章 重绘文学地图 (71)
第一节 构筑客家文学新版图 …… (71)
第二节 客家山歌的情感地图 …… (78)
第三节 当代客家人的十万里征程 …… (80)

第五章 历史的未尽之言 (87)
第一节 不要愧对你经受的苦难 …… (87)
第二节 黄药眠：清名上帝所忌 …… (90)

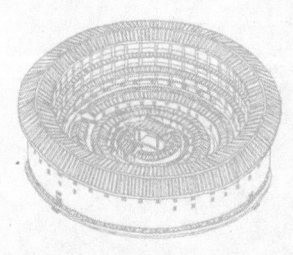

　　第三节　不虞之誉与求全之毁 …………………………………（99）
　　第四节　未被历史格式化的文学 ………………………………（111）
　　第五节　失语的英雄 ……………………………………………（120）

第六章　演绎与过滤 …………………………………………………（128）
　　第一节　诗界革命的旗帜与湖南新政 …………………………（128）
　　第二节　文界革命与新儒学的发端 ……………………………（135）
　　第三节　良知与感悟 ……………………………………………（143）
　　第四节　"我注六经"还是"六经注我" ………………………（149）

第七章　乡土文学的原生态 …………………………………………（156）
　　第一节　"茶子花派"的永久魅力 ……………………………（156）
　　第二节　超越与圆融——解读谢霜天小说《梅村心曲》……（172）
　　第三节　原生态的客家风情——评柳明的《湖上女人》……（176）
　　第四节　从《客家漫步》中看客家民间习俗 …………………（184）
　　第五节　目光向下，草根情怀 …………………………………（189）

第八章　客家与红土地 ………………………………………………（193）
　　第一节　红三角与客家 …………………………………………（193）
　　第二节　沙河坝：人性的深处 …………………………………（195）
　　第三节　红色意象与生命境界 …………………………………（203）

第九章　自然·禅·道 ………………………………………………（212）
　　第一节　对"无边"的美丽诠释 ………………………………（212）
　　第二节　对自然的诗性和哲理式感恩 …………………………（214）
　　第三节　生命的坦然 ……………………………………………（216）
　　第四节　观天地之文则人文在其中 ……………………………（217）

后记　我的精神故乡 …………………………………………………（221）

第一章　文化人类学与客家研究

第一节　大陆客家学术研究现状与海峡两岸客家关系展望

一

20世纪80年代，中国大陆发生了深刻的历史演变，改革开放不仅使经济获得长足的发展，在学术上也开始了"破冰"之旅。客家学在沉寂了将近半个世纪之后，在经历一段时间的酝酿、重组并积蓄了相应的力量后，终于在90年代有了一个新的开端，并迅速形成了具有一定规模的研究队伍，从文化学、历史学、人类学，乃至哲学、美学、建筑学诸学科上进行了全方位的研究，取得了不俗的学术成果。可以说，自从罗香林先生为客家学的建立奠定了坚实的基础之后，这十多年间，客家学的基座亦已浇铸而成并提升了起来，有待海峡两岸的学者添加更巍峨的碑石。

平心而论，客家学的研究已经远远超出源流考证的历史学范畴，既往历史学的考证，其立足点仅在于自辨，出于生存的本能，由被人贬抑而引发的自尊，这也是一种历史心理的演进。所以，拘泥于源流上的自辨，势必带有诸多非学术的成分。而这种自辨催生的罗香林的学术建树，虽然已融入了科学的或学术的成分，却仍刻有那个时代的印记。如同今天在全球化的背景下，有人欲以"历史的误会与误会的历史"来消解这么一个民系，甚至不惜以似是而非的论据来否定客家的存在一样，这是我们务必要清醒意识到的。这也说明，这门学科还远没有发展到完全确立并相当成熟的程度，还有大量的研究工作要做，有更多的领域尚待开拓。仍是罗香林在完成《客家研究导论》之际所断言的："其中不能解决的问题，还不知究竟有多少！"固步自封、妄自尊大的作风，在这门学科的发展进程中，其危害是不可低估的。因此，在此所做的，不是总结，而只能是促进，看看我们所做的有多少，今后需要做的又该有多少。

的确，如今在大陆，客家研究机构已为数不少，有的已成了省一级的重点文科基地，如赣南师院客家研究中心。而在广东，华南理工大学客家研究中心也正处于省级基地审批中。当然，如华东师大、广西师大的客家研究机构，也已相当有影响力；梅州、龙岩、韶关、玉林等粤闽桂地区一级的学院的客家研究机构，也各有千秋，在各自选择的方向上有所拓展。另外，客属地各处的客家研究社团，亦可谓花团锦簇，自成一道绚丽的风景线。但总体而言，上规模、上档次的不多，自生自灭的却不少。并不是各地的大学或科研部门的领导都对客家研究机构有明确的认识，能全力以赴加以支持的。近来，不少研究所已升格为研究院，也许能有相应的行政权、财政权，使研究工作有所保证，我们亦不妨持乐观态度待之。这与台湾不少大学早已成立客家学院的情景当互为辉映。

二

不过，这么些年，大陆客家研究，也还是有了长足的发展。毕竟它扎根在客家人的腹地，且有罗香林等前辈的治学传统，厚积薄发，自有卓越见识与可观的成果。如历史学方面的研究，20 世纪 90 年代初，便有了刘佐泉的《客家历史与传统文化》，以及著名民族学学者吴永章的《客家传统文化概述》，均坚持"客家文化是以汉文化为主体的多元文化"这一观点。这对于所谓的"纯粹血统"或"土著"说都是一个有力的反驳。王东的《客家学导论》与陈支平的《客家源流新论》亦有新的探索，自成一家之说，在学科建构及中国移民的宏观把握上，均有自己的见地，丰富了这一学科的内涵。

而谢重光的《客家源流新探》（1995），则提出客家的组成是多元的，参与缔造客家的诸来源中，除了南迁汉族外，畲族先民也是重要的族群要素。该书从客家与畲族的关系入手，认为："'客家'是一个文化的概念，而不是一个种族的概念。因为种族的因素——自北方南移的大量汉人固然是形成客家的一个因素，但单有南移的汉人还不能形成'客家'，还有待这批南移汉人在某一特定的历史时期，迁入某一特定地区，以其人数的优势和经济、文化的优势，同化了当地原住居民，又吸收了原住居民固有文化中的有益成分，形成了一种新的文化——迥异于当地原住居民的旧文化，也不完全雷同于外来汉民原有文化的新型文化，那么这种新型文化的载体——一个新的民系，即客家民系才得以诞生。"

但房学嘉的《客家源流探奥》（1994）与谢重光该专著几乎同时出版，却把谢的观点推向极端，认为"进入客地的中原流人与当地人（土著）数相比任何时候都是少数"。由此，他断言所谓客家民系中原南下一说乃"空穴来风"。沿着这一理论，近年，他更进一步否认客家围楼具有"保卫功能"。持"土著说"的还有其他人，不过，他们认为，中原流人到过南方被"土断"之后，便只能做"土著"对待。

诚然，"土著说"论者，在大量的田野调查中，如实引用族谱中各姓来自中原的记录以及被访者说祖宗从何而来的陈述，事实上也未否定"中原说"。最多只能是一种补充。

尽管在客家源流这一问题上诸说纷纭，但研究上的日益深化则是显而易见的，而人类学上的拓展，亦十分喜人。如今，在大陆，田野调查的方法已被广泛运用，且取得了不少成果。

讲到人类学的研究，特别要提到的是法国著名的汉学家、人类学者劳格文（John Lagerwey）先生，他从事中国民俗研究整整20年，其中对韶关等粤北地区的客家民俗研究也已有12年。十多年来，他以严谨的治学态度，不辞辛苦地奔波于客家地区的山寨乡村，召开座谈会，进行实地考察，积极推动粤北及江西有关客家地区的民俗研究，近年组织出版客家民俗研究丛书20多种，为中国的民俗研究尤其是客家文化的研究做出了重要贡献。

《客家传统社会》由劳格文主编，是一部对我国福建、广东、江西等省的多个客家聚居区域的历史渊源、传统社会结构、社会经济以及客家人的文化传承、宗教信仰、民风民俗、岁时节庆等的调查研究之作，是一部全面而系统地记录客家地区社会生活传统的学术著作。材料的来源，或者是对客家老人们的深入采访和充分的社会调查，或者是作者对自己所亲历的回忆，因此，文章内容丰富多彩，翔实厚重。

三

这个时期，还有一些客家专题的研究，如刘平关于广东西路土客械斗的论著《被遗忘的战争》，刘丽川关于深圳客家的田野调查论著《深圳客家研究》，以及李逢蕊、叶扬等人的客家研究论文集的出版，丰富了客家学的研究体系。

对发生于清咸丰至同治年间的广东土客大械斗，由于历史的原因，广府地区方志的叙述多有不实之词，而客家研究界的相关论述，也不甚详细。而刘平博士《被遗忘的战争》则走进历史记忆的"死角"，分上中下三编展开论述。上编追溯土客械斗的远因与近因，作者认为，不断加剧的人地矛盾以及清初"迁海"令的实施，是粤东北客家自清初以来不断向广东中南部一带迁徙的主要动因；而广东洪兵起义则是导致械斗的近因。中编集中对械斗事件本身进行叙述，注重宏观描述与个案分析，再现了械斗的详细情形。下编分析清政府的对策与斗祸的基本平息。在这场械斗发生后的100多年里，除了部分研究客家的学者注意到它的存在，并在相关的著述中做过极其简略的论述外，整个近代史学界并未就此问题做过任何系统的研究，从这个意义上来说，作者从事的研究工作，实乃填补了空白。

刘丽川《深圳客家研究》是在对深圳做田野调查基础上的论著。该书考察深圳的客家源流（早期客民的进入形式等）、深圳传统村落的拓展与宗族的派衍，为

深圳的客家民居命名"围堡",对其形成的史地背景、历史分期做了史学研究。特别以深圳坑梓黄氏宗祖为研究对象,探寻宗族与村落,着重于民居建筑研究,借以考证客家在深圳的历史。从这个方面来说,作者对深圳本地的历史研究做出了一定的贡献。但是,作者认为客家民系的形成时间是在清初,"客家"称谓出现最早的时间为颁布"复界令"的康熙二十三年(1684年)之后。

尽管这20多年来,大陆的客家研究,无论从广度还是深度上,无论是规模还是研究力度上,与过去都不可同日而语,不少知名学者,如罗勇、刘劲锋、刘正刚、吴福文等,都有不少建树。但从整体而言,甚至从学术研究的角度而言,形而下者多,形而上者少,有高度有深度的更罕见,也就是说,整体的学术修养、理论修养,较之国内的其他理论群体,还有相当的差距,与国际上同类研究(如犹太学)相比显然也有明显的不足。对于这些,我们不仅缺少比较或借鉴,更缺少一种作为大学科高屋建瓴的理论高度与气度。因此,这门学科的最终确立与成熟,还有很长一段路要走。

四

其实,从"一切历史都是思想史"出发,如何更逼近客家人的迁徙史、精神史,我认为更应从"思想材料"上着手,超越繁琐、钻牛角尖的所谓"源流"的考证,从宏观上把握住这样一个民系的历史品质与精神发展。我的客家研究当从感性入手,这便是20世纪80年代动笔、1994年初版的150万字的长篇小说《客家魂》。其间,1992年于桂林的一次关于客家的国际学术会议上宣读了论文《世界民族大迁徙中客家先民南渐新论》。这篇论文则成了1997年出版的《客家圣典——一个大迁徙民系文化史》的先声。

我把客家的神话、传说,乃至历史事件,把众多散佚的客家文化的残简碎片聚合在一起加以梳理、连缀,并放在巨大的人类历史的大背景下思考,试图从宏观上做文化、历史、哲学层面的解读。

我们须站在文化、哲学的高度,审视客家人的五次大迁徙与六次崛起。民系的生长同文化一样,有着其特有的孕育(浑沌期)、成熟(自在期乃至自觉与自为期)的过程。将客家人从汉魏六朝间的"浑沌期",到唐末及五代的"自在期",再到明清时期的"自觉、自为、自由期"的精神历史拉成一条线,读者可从中看到一个民系的苦难史,更是一个民系的搏斗史、精神发展史,同时也是中华民族的历史。在这里,首次将客家的大迁徙放置到世界民族大迁徙的历史背景中进行考察,唯其在大规模的迁徙中,得以保存和发展中华民族的优秀文化,保存自身众多辉煌的文明成就,并形成其独特的传统。

从文化意义上进行形而上的探讨,在与当地土著一起生活的过程中,产生了客家人的命题：宿命与使命，主客意识与边缘地位，义利之辨与自我本质的实现，特立卓行与融合认同，贵族观念与平民思想等，特别将客家人与犹太人做对比，客家人习惯"客而家焉"，任何地方都"落地生根"，犹太人则永远是"外来人"；客家人重义轻利，犹太人有浓厚的金钱意识。同时，从汉魏六朝"天放时代"的"天放"文化精神，阐释客家人的秉性，追求精神的自由与个性的解放。通过"定格"于岁月中的人物故事、实物（民居）、山歌等，讨论其文化意蕴。特别要提出的是，《客家圣典——一个大迁徙民系文化史》给客家民性定义为"特立卓行"，诸如朴实、开拓进取、勇敢、善良，等等，都是围绕"特立卓行"而展开的。这是一个新的修辞，也最能概括客家民性。全书没有对客家源流、客家称谓来由等实际问题进行历史考据，而是站在文化、历史、哲学的高度，对客家民系进行形而上的思索和探讨。

2004—2006年，我们与吴永章、杨宏海、房学嘉、杨耀林、温昌衍等合作出版了《客家与梅州书系》共8种书，成为迄今为止颇具规模的一套客家典籍，里边有不少新的创见，也展示了客家研究的新的态势。

这一书系里的《客家新探》，立足于历史哲学，在《客家圣典》研究基础上，对客家学的很多方面做了新的注解。著名的客家学专家吴永章审读文稿后一口气列出十几个"新"来。该书由上篇《千年迁徙》、中篇《历史聚变》和下篇《拔地而起》组成，主要内容追溯客家人作为汉族的一个民系，由混沌到清明、从孕育到发展、由萌芽到壮大的历史进程，最终理出一条脉络，把客家人的文化精神勾勒出来，让人们去认识、去激赏、去追随、去传扬。该书明确其意向在开拓与深化，坚持客家研究的主流派的观点，但对传统的"南下说"予以了补充与必要的修正，尤其是站在人类学、历史学及哲学的高度，突破了谱牒考证的樊篱，从文化动因、民族自尊、心理认同诸多方面强化了"南下说"的论证，使之置于整个中华民族移民史乃至整个世界民族大迁徙的背景上。

该书强调一个民系乃至一个民族的凝聚力，不是靠"共同的历史记忆"，而是靠一个"共同的、可信的未来"，此为客家人的开拓精神的根本。在历史大变动中去寻找客家形成的前史，从今天民系或族群的心理积淀、整体风貌上回溯并确定其形成时期，在比较、鉴别中凸显一个民系或族群的历史性存在；在强调所有族系发生形成的共同因素之际，尤其不可忽略各个族系的特殊性——这是科学化、理论化的总结，从而更可论证客家的形成不是"误会"，而是历史地形成。同样，对民系形成的"一次到位"说与"二次到位"说，书中也有精彩的论述，尤其是客家民系之所以为"客"，更多与二次乃至多次到位相关。那些一次到位的，每每已有了当地的地名为民系命名，而多次到位，则不可能有地域来命名。

而该书最新一部分，当是"六次崛起"说。在《客家圣典》中其实已经有这样的概念，而在该书中更清晰地体现出来。这里从客家的视角探讨客家与近现代革命的关系，突破了以往从中国近现代史的一个历史重大事件上做研究的视点，在这六次崛起即太平天国、戊戌变法、辛亥革命、土地革命、抗日战争与新中国成立中，客家人起到了历史性的作用。过去，人们一般认为戊戌变法与客家人关系不大，该书则从三个层面——中央、地方与外交上，揭示出了客家人在变法中的中流砥柱作用。

该书还注意客家民系的横向比较，将客家民系与客家人最多的广东省的其他两个汉族分支广府民系、潮汕民系进行比较，突出客家民系鲜明的特点。这也是对以前研究的延续，对一些研究者认为的客家本来是不存在之"误会"说是很好的修正。

五

以上，只是着重回顾了大陆客家研究近十多年的历史进程，更多的只是个人视角以及个人的理解，难免挂一漏万，包括客家文学、客家方言等专题研究，也只能付阙，如罗可群对广东客家文学、钟俊昆对江西客家文学的研究，都是相当出色且有见地的，这里只是点到为止。而从社会学角度上，则有更进一步深入研究的必要。不久前日本驻广州的总领事吉田雅治先生到访我所，提出当今的客家社团相当于什么性质的组织，可否有秘密结社的成分的疑问。显然，这说明国际上对客属大会、崇正、嘉应总会的性质很是关心，存有不少误解。如何运用社会学的知识做出解释，而不是与历史上的洪门简单联系到一起，这是很有必要的。学科的开拓，显然还有很大的领域与余地，有待两岸四地的客家学者携手起来，把这门学问做深做透。近代学者严复，把"社会学"译为"群学"，社会组织作为"群"，自是区别严密的会党结构，故才有"群而不党"一说，这也是客属社团区别于一般社会组织分类的地方。在新的历史背景下，客属社团的性质自不可教条式地加以解释。

这一例子证明，客家学需开拓的层面还有很多。我们需要不同学科的学者广泛参与，切不可画地为牢，自己约束自己，把这门学问视为禁脔，最后落个坐井观天，自以为是。不仅文化学、社会学、人类学，还有其他，如经济学、人文地理学、人格心理学等众多学科的切入，都还乏善可陈。因此，目前这支理论队伍无论从数量上还是素质上，都差强人意，有待提升。

目前，台湾已有众多客家学院，大陆也在陆续将客家研究所升格为客家研究院，这意味着培养后继的研究人员的力度得到了进一步的增强。我期盼，新一代的学者，在理论修养上，尤其在学术视野上，要远远超过我们这些人，只有这样，客家学才会大有希望。

六

由于大陆的开放政策，台湾的客家学者们早在二十世纪八九十年代便有机会来到大陆，包括陈运栋的《客家人》及罗肇锦关于客方言的著作，也很早能在大陆图书馆查阅并产生相当影响。而大陆的学者，则相应滞后一些，直到20世纪90年代后期，才逐渐被批准到台湾进行学术交流，而以在台湾举办的第十六届世界客属大会为标志，这一交流有了更大的层面。目前，闽粤赣"客家大本营"中相关的客家学术机构与团体，均已与台湾各大学、客委会有着密切的关系及频繁的互动。而川、桂等地，也已建立了联系。其中，以福建、江西、广东的大学研究机构为主要纽带，包括广东的华南理工大学、嘉应学院、韶关学院等，福建的厦门大学、龙岩师院等，还有江西的赣南师院。由于各地研究的侧重点不同，联系的面也不一样，有偏重于田野调查、谱牒研究的，有偏重于文学艺术、社会群体的。

而各种国际性的、海峡两岸共同举办的不同专题的研讨会，近年来对客家学研究的推动，亦功不可没。台湾方面对大陆客家研究成果的推介，更后来居上，大陆关于客家学的研究著作，在台湾不少大学均可以找到，而且被列入本科及研究生课程及参考书目。可以说，台湾的大学在客家文化传承方面的力度，目前相应要大一些。

大陆大多数客家研究学者，均先后到过台湾参加会议，进行学术交流，有的还在台湾大学当访问学者。而台湾学者赴大陆考察、做田野调查的频率也相当之高。客家学作为一门显学，在海峡两岸日益为各方面所关注与重视，两岸的良性互动日渐喜人。

从学术交流的角度上看，如华南理工大学，便已先后两次召开了海峡两岸客家文学的研讨会，平日有的研讨会，虽没标上海峡两岸，也常有台湾学者出席。

总的来说，两岸客家学术的交流，已经形成了相应的模式及良性的互动。展望今后，如何予以提升，开展全面的合作，则是亟须解决的。在第二届两岸客家文学研讨会上，双方准备共同设立一项客家文学大奖，当是其中的积极举措之一。为设立这一奖项，推动"客家文学宣言"的拟定，把客属地粤北、赣南的红土地文学、台湾等地的草根文学，以及同是客属地的深圳的打工文学，加以整合，提出了"目光向下，草根情怀"的客家文学奖的宗旨，这对于流派形成、审美取向，无疑有着相当积极的意义。

由此可以推广或延伸到客家研究的各个领域，如何令双方均能扬长避短、优势互补、扎扎实实地去完成客家学术上的几项重大工程，当是有所启发的。

迄今为止，一部权威的《客家通志》，甚至于一部完整的客家迁徙史——当然，是要具一定规模并有经典意义的，可以说还没有。我所近日出版的《客家图

志》及百万言的《客家文化史》，也仅仅是一个门类及基础性的工作。

同样，对客家社会形态、客家经济演进等，如今也仅见单篇论文，较全面并有深度的著作尚不曾出现。

在学术建树上，双方合作的空间还很多。

同样，在学科建设上，尤其是推动两岸高等院校建立客家学院，培养有更高学术水平的研究新人，并形成系统的学科格局等，更有一个相互促进的问题。

只要摒弃任何成见或门户之见，我们就有可能携起手来，把客家学术研究推进到一个全新的、令人振奋的局面。

这也就如我所说过的：开放，是文化的解放，个性的解放，是人化而绝非物化。我们务必清醒地看到这一点。现在不少人把"经济"与物化画上等号，经济全球化也就成了全球的物化，人的异化，那该是多么可怕、可怜的历史悲剧！

因此，文化的自觉，归根到底，当是人性的自觉。作为一个族群，客家人的人格品藻，自古以来是有口皆碑的，其热情、奔放、豪爽、乐于助人、敢作敢为等，正是人性的表现。讲文化自觉，当然是讲人格、讲人性、讲人的本质，如果改变了这些，只会从人倒退为半人半兽或半人半机器，半人半物……所以，迎接挑战当是强化"人化"的进程，摆脱兽性的尾巴，摆脱物化或别的什么异化。人，体现了历史的进程；客家人，亦体现了这个民系形成、发展的历史进程。真正的"人的历史"，不仅仅是从摆脱了人的依附后开始的，而是包括摆脱物的依附之后才算开始。我们现在摆脱人的依附不久，但摆脱物的依附还有很长的路要走。问题是，我们在"全球化"中是强化还是摆脱这种"物的依附"？如果是前者，那就根本谈不上什么"文化的自觉"了。只有二者皆摆脱，人性的自觉才真正得到体现，人才能真正成为其人，客家人也才真正被承认为一个独立的、有自觉意识的族群。可以说，客家人一直追求的更高的人生境界，更高的文化素质，更自由豁达的生存环境，与此是相一致的。

站在这一制高点上，两岸的学术交流方能健康发展。

这便是我对两岸客家文化交流的热望。我深信，这一热望终将实现，而且是在不远的将来。

第二节　当代客家学研究的学术观照与现实背景
——《客家文化史》写作思路

一门学科的成熟，固然在于其影响、受众面的扩大，深入人心，在于其研究的深度与力度，特色的形成，但有一个重要的标志，则是不可或缺的，那便是在这门学科领域中，百花齐放，百家争鸣，而非独自为尊，大树底下，众草枯萎。所以，流派的形成，不同流派的"众声喧哗"，方是一门学科成熟的里程碑。

客家学的创立，如以徐旭曾的《丰湖杂记》作为客家宣言始，则有200年了，如从罗香林的《客家研究导论》算起，也有近80年了。200年，是西学东渐初始；而这80年，则是西方学术思想浩浩荡荡大举进入中国之际。200年前，是因为土客械斗、华夷之辩引发的一次正名；而80年前，正名固然为一方面，可学术背景、现实情势则复杂得多了。彼时，西方的历史学、民族学（或东方学）、人类学等，均在"拿来主义"（鲁迅语）下，迅速成了中国学术领域中颇受青睐的显学。唯其新，无论是略知皮毛，还是一知半解，也都让人趋之若鹜。当然，也不乏登堂入室者、切中肯綮者、大智大慧者。而当时西方学术的格局也同样深刻地影响了中国的学界。

历史学，当是属于拥有历史的文明国家，西方自当之无愧。黑格尔在《历史哲学》中早就认为，无论是印度，还是中国，都是"无历史"的，因为中国几千年，都是一个皇帝自始至终，没有任何的历史变化。在西方的目光中，历史是一种动态的、变化的过程，凝固不是历史，几千年没有进化当然也不是历史。也就是说，不具备文明国家的形态，哪来什么历史？至于人类学，早就定位于原始蛮荒状态下，诸如非洲、南太平洋的部落研究上，他们仍处于人类最早的演进阶段。人们通常把泰勒《原始文化》一书发表的1871年视为文化人类学学科正式创立元年，便可知人类学原旨所在了。

随着研究方法的发展，学术领域的交叉，当然，更在于历史的进步，无论是历史学与文化学、民族学与人类学，都有了交互融合的态势。尤其是人类学，更涵盖了历史学、社会学、文化学多个学科。不少历史学家亦不再视人类学为原始、低层的学问，相反，历史学如无人类学做基石，反而成了空中楼阁，人类学甚至成了历史的历史，成了历史学家的重要视点。一如著名的人类学家本尼迪克特所说的："我在战前很久就相信，同样性质的人类学研究可以帮助我们认识文明民族。"① 换句话说，人类学研究就此进入了"拥有历史"的文明民族。所以，近几十年，历史学、民族学与人类学之间就已经不再那么壁垒分明、界限清晰了。诸如"城市人类学"的出现，就让人类学成了城市学的一部分，而城市则一直被视为文明历史的标志与象征，与原始、蒙昧不可以等同起来。

从20世纪初对西方学术的生吞活剥、亦步亦趋，到改革开放之际的狼吞虎咽、争先恐后，海峡两岸在客家学的创立、研究上，存在不少因滞后而形成的误区，乃至于某些历史遗留的齿痕。对此予以一一梳理，进行必要的分析，尤其是学理

---

① 《一个工作中的人类学家：鲁恩·本尼迪克特的著述》，第430页。

上的观照，都是非常必要的。学理上的背景分析，追根溯源，是非常重要的一面，我们在这上面亦不必妄自菲薄，唯人马首是瞻，当理出自己的道道来，使之立于不败之地。因此，更需要加强对现实环境的深入探究，不可以停止在从史料到史料、从观点到观点上。纸上得来终究浅，唯有深入到广袤的田野之中，方可获得真知；否则，以讹传讹，抓住一点不及其余，就会被引入歧途，从而不经一驳。这一点上，我们当有深刻教训。在做广府文化调研时，多少人对"堽底"不甚了，更没有人去找过这个地方，本来是很好的人类学材料，也就每每被人斥之为"神话"而加以否定。直到笔者因从事文学创作与这个地方不期而遇，这才不再视"堽底"为泛指有红树林的海滨，而成了广府人南迁真正的落籍地，历史亦因此得到证实并加以了重构。

同样，这部长达130万言的《客家文化史》正是以学理观照、现实调研为线索，不仅探讨当今客家学中"众声喧哗"的各个流派或不同见解，更为日趋成熟的客家学做一个必要的归结。至于此书其他方面的成果，已经有若干文章分析过了，这里，仅就其学理及研究范式细加评述。

一

我们还是从至今仍被视为客家学的主流的罗香林的研究与建树说起。

长期以来，人们都忽略罗香林客家学说建立的历史大背景，尤其是其积极意义。正因为如此，罗香林在这上面的历史贡献也就被大大低估并且留下了若干诟病。

这里讲的"大背景"，当是指"五四"以降，中国学术界发出的"新史学"的呼唤，因为传统史学缺乏史识，只拘泥于考证辑比，对后人的研究方式、思想观念的影响是有限的，甚至是负面的，以至于西方史学家对此不屑一顾，更认为中国"无历史"。所以，"五四"时期的知识分子，当通过对史籍的整理，治出一种适于时代的"新史学"来。因此，这个时期出现的一批大学者，无不在新史学上跃跃欲试，并最后大显身手。而当年在清华求学的罗香林，受这批大学者的影响，也矢志在史学上大展拳脚，也就是写一部新的中国历史。据记载，他在民国二十二年（1933年）《文史研究所月刊》中称，在民国十九年（1930年）夏，承顾颉刚所嘱，为上海一书店试编大学课本《中国通史》。为此，他不顾炎暑，伏案疾书，拟就《拟编中国通史计划书》一篇及《中土铜器初期的光景》一篇。通史完成后约80万字，分为2册。与此同时，他还拟就了《中国海外移民史》，其中的《美国华侨史》，后来在他的遗稿中得以发现。

当时的"五四"学人，包括罗香林在内，为何对"历史"这般执着，自然是立足于对中国历史的重新认识，并受从西方引入的历史学的影响，立志让中国的历史重新站立起来。因此,在某种程度上,吸收了西方历史学的观点。历史唯文明为依据,当是变化的、动态的,而非一成不变。

正是这一重构历史,加上对海外移民史的关注,罗香林的目光投向了客家,这不独独因为他是客家人,也因为客家的大迁徙,本就是一部恢宏的移民史,尤其是几百万客家人向海外移民,他是深知的。

他之所以从"历史"上去研究,我们从对钟敬文的答复的话语中不难看出:"诚然,客家族中,确有'对歌合唱'的风气,不过钟君要知道,客家之所以有这种风气,并不是因为他文化半开,也不是因为他的文化和商周时代的民间文化相等。"① 他特别强调,韩廷敦称许客家:"本为欧美谈民族学者所共认的事。固然,他们的结论,不见得便无可非议,然而无论如何,谓客家为半开化的民族,则为事实上与不许的事。"②

后人不难发现,罗香林最终称客家为"民系"而不为"民族",多少与"半开化民族"划开界限有关。同样,他坚持历史研究而不是民族研究,也与历史研究在西方当时定位在文明、开化上有关。

凭此,我们就不难解释,罗香林何以坚持韩廷敦讲的"客家为中华民族中最纯粹最优良的民族"观点,何以坚持纯粹的汉人血统——这已不仅仅是针对黄节称客家人"非粤种,亦非汉种"一说而奋起自辩了。可以说,正因为西方当时的历史学之"高贵",令他亦不得不强调中国历史同样"高贵",而这一部历史中,尤其在近代产生重大影响的客家人,更为"高贵"了。

其实,置客家形成于整个汉民族历史上大迁徙这么一个背景下,罗香林的"五次迁徙论"即"中原说"基本上是正确的,虽说南方其他几大民系也同样有中原南迁的历史。关键在于,如何雄辩地证明,是怎样的移民,沉积到赣南这样一个特殊的地域,从而越过"华夷之界"进入闽西与广东,形成这么一个拥有自己的方言及相对有特色的文化的民系或族群?罗香林开了个头,但最后的论证尚待后人来完成——关于这个问题,在这部130万言的《客家文化史》中有较全面的回答。虽然该作已不拘泥于所谓的"五次""六次"说了,而是从时(历史阶段)、空(所到地域)与文化变异上,包括方言、建筑的演变上加以证明。

或许可以这么说,正是由于西方历史学立足于开化、文明上的阐释,无形中影响了罗香林对客家人"纯粹"的认定,从而引起了后人的诟病。其实,任何一支移民,到了一个新的区域,都不可能不与所在地的族群发生交往,所以,罗香林也用过"混化"一词。但是,我们也不能不看到,汉民族根深蒂固的"华

---

①② 罗香林:《读钟著〈民间文艺丛话〉》,载《民俗》1928 年 33 期,第 15～17 页。

夷之分",使得客家这个族群,与所到地的土著的融合,势必有一个艰难、漫长的过程。所以,在越过武夷山后,才有非汉地的"客家祖地"的出现,从而在非汉地确认自身"华"或汉的身份。从大量的方志记载中,我们也不难读到,客家人始终坚持"不与外族通婚",尤其在边远山区,这种坚持直到新中国成立之初还在延续。只要我们认真做好田野调查,亦不难找到实证,客家老人是如何教诲后人不与外人(不仅仅是外族)通婚的。可惜的是,罗香林没能做或没有来得及做这一人类学的田野调查,反而只从外国人的论述中引出以做证明,这就难免被人加以否定并由此说三道四,也给他创立的学说留下了遗憾。《客家文化史》正是清醒地看到了这一点,弥补了这一遗憾,使"史"立足于更坚实真实的土壤上。

但总的说来,最早立足于历史学的客家研究,仍有不少积极的贡献,这包括在谱牒学研究上的贡献。当然,任何一门学科的创立,都不可能一蹴而就,势必会给后人留下更多开拓的余地。今日我们讨论罗香林的"中原说"也是如此,抽掉了这个基础,客家学就不成为客家学了,因为迁徙是形成的要素,而中原说更是处于动态、变化中,是文明的延伸与发展,在中华文明仍被西方视为"不开化""半开化"之际,客家学的创立,无疑是对此有力的反驳,我们首先应看到这一点。而沿这一主流说下来,无论是华东师大,还是华南理工大学客家研究所,包括这部《客家文化史》等新成果,都是颇值得关注并且卓有建树的。客家作为一个历史的存在,这是颠扑不破的,绝非后人的附会或精英们的"炒作",这应是一种共识。

二

在客家形成的过程中,迁徙无疑是形成的要素,但同样是中原南下的族群中,为何广府人、潮汕人,对其移民迁徙的特征却并没有客家人这么强调呢?或者说,客人迟来,迁徙的群体记忆要近切得多、强烈得多?

《客家文化史》先是引出了广府人自珠玑巷南下这一几乎在同一时空中发生的历史事件。而这,竟与一首古代著名的诗词有关。宋辛弃疾《菩萨蛮·书江西造口壁》中有:

郁孤台下清江水,
中间多少行人泪。
西北望长安,
可怜无数山。

郁孤台,在江西的赣州。这首诗词,真切地记录了南宋积弱,中原与江南的移民途经此地的凄悲情景。而这，却又与广东的两大移民族群相关。往西行，溯章水西去，过梅关古道进入广东的南雄珠玑巷；再南下，抵达本文前边所说的塱底，则成为广府族群中的主要成员——五邑人（也叫四邑，今江门市属区县）。而往东行，溯贡江而上，经石城，进入福建的宁化石壁，便是客家的祖地，客家就此形成。因此，中外研究著作都把石壁与珠玑巷做类比，即两大民系进入蛮夷之地为确认自身汉民族身份，而视其为"祖地"或"开基地"，以明确的形式"体现出了汉族与原住民之间的族群世界"。①

当然，这一描述，未必百分之百地确立了两族群形成的地理线路上的分野，但却说明了一个基本的历史事实，即由于最后的路径不同，分道扬镳，从而形成了两个不同的族群，无论是方言还是文化特征，有了巨大的差距。

也正是这一事实，令愈来愈多的学者认同西方民族学，尤其是安德森提出的"想象的共同体"，视客家为一个建构起来的族群，是长期以来的历史记忆。经《丰湖杂记》（它被视为客家宣言）的作者徐旭曾、清末的黄遵宪、丘逢甲、温仲和、古直，直到罗香林，终于以"民系"一词成功地构建起了客家这样一个族群。这一构建，不仅为客家人自我认同，而且亦为周边的各大族群所接受，从而令客家族群的意象从此凸显出来，日渐清晰。这样，与内地的学者致力于考证与梳理历史文献、考古资料以及实地的田野作业的实证相比，海外，包括港台的学者，则更多地强调族群之认同互动，即民族学的视角——这便是不同于历史学的另一学理的背景，从而让客家学研究有了一次颇具广度的拓展。他们从族群之间的互动，从文化身份的认同、民族主义与族群性、文化边界的守护、性别研究诸方面，引入了新的理论、新的见解，使之更具动态、更有活态，有了发展与变化，体现出了历史进程中的丰富性与复杂性，以及作为行为主体的客家之能动性与多元性。《客家文化史》对此予以了极大的关注，并由此提出众多的"客家式命题"，如特立卓行与融合认同、贵族思想与平民意识、主客观念与边缘地位、宿命与使命、激进与守成、自尊与自卑、开放与封闭，等等，这些均上升到了哲学、心理学等层面。而这对于唤起客家人的历史主动精神，对这个族群意识的兴起与凝聚，使之与现代意义上的民族、种族观念相衔接，无疑应发挥重大的作用。

当代的民族学，显然与早期的、认为民族研究从属于"半开化"东方的陈腐甚至带有歧视的初衷有了很大的变化，对推动客家族群的文化自觉、身份认同更起到了积极的作用。客家学也就从自辨、自卫、求生存上升到了自觉、自司、自为与谋发展。这是面对挑战的积极回应。

---

① （日）濑川昌久：《族谱：华南汉族的贵族、风水、移居》，上海书店出版社1999年版，第208页。

关于民族、族群的起源与建构，自有种种的见解与研究，作为"想象的共同体"也未必能做出圆满或终极的阐释。如同一个学说只能在某一历史时期起到相应的推动作用一样，"想象的共同体"在相应的地域中也会产生另一极端的结论。

这便是进入21世纪以来关于客家是"误会的历史，历史的误会"一说，即客家本是广府的一部分，尤其是与五邑人是一回事——无疑，这与本文本节前边一段有吻合之处，他们在郁孤台下分手前本就是一起的，而且，五邑的广府次方言，与客家话有不少相近之处，只是由于想象的建构，才被人为地分为了两个族群。

这一"说"源自香港，却又不限于香港的地域背景，因为与香港接近的惠州地区，不少自视为"本地话"的客语，自认为从属于粤语即广府方言，却并不为广府人所认同。的确，香港新界本是客家人的居住地，但现今会说母语客家话的已没多少人了，50岁以下的基本不会说了，而惠州又正与广府地域相连接，惠州话受广府方言的影响自不待言。香港就更不用说了，早就成了广府轴心一部分，而随着广府经济的强势发展，客属地相对滞后，广府方言也成了强势语言，不仅侵入了客语，也侵入了普通话。因此，香港、惠州等不少原说客语的地方，不愿认同客家而要认同广府，最后甚至要取消客家的存在，所以，在学术上，也就曲折地反映出了"误会的历史，历史的误会"说了。对此，《客家文化史》进行了认真、充分的研究，并强调对西方民族学学说的引进切忌生搬硬套、囫囵吞枣，不加消化便切换了过来，以至走向极端。好在这一说法，未能成为这一流派的主调，影响也相对较小，这里也不用做过多的评述。但在另一流派，这却不能等闲视之。

三

关于人类学，一如前边已提到的，今天，它已成为涵盖包括历史学、民族学、社会学、传播学、人文地理等众多学科的大学科，它的研究方法，也对不少学科起到了革命性乃至颠覆性的作用。人们已经不再用过去的观点对待它了。而它在不断累积的过程中，从人本出发，从不同区域的族群生活方式着眼，已处于探索全球人类未来发展的基础理念的重心中。它不仅仅是"过去"，而更是"未来"，这也说明了为何会出现"城市人类学"等诸多颇具现代意义的分支。

人类学研究中的田野调查方法，已较广泛地引入了客家学研究的领域，众多学者通过大量的田野调查，完成了对闽西客家宗族社会、城乡庙会与村落文化，还有赣南、粤东等地的传统经济、民间信仰、民俗的调研，并形成了数十种结集，其目的在于"在经常称之为'中国'的多元语言、多元族群的土地上，'汉族内在的族群特征'之性质究竟是什么？"

虽说这一项目不是仅为客家，但对客家研究而言，无疑是有其学术成果的，它把人类学的视野与方法引入了客家研究，尤其是通过田野调查获得了客家地区大量的地方性的民间知识，很快就将成为"消失了的过去"——这在非物质文化遗产的保护上起到警示的作用，其价值是显而易见的。

然而，我们却敏锐地意识到，正是早期人类学的思路，在获取不菲的信息之际，仍如早期民族学观念一样，引发种种畸异与错失。

在中国，早期的文化人类学乃至民族学的研究，深受西方的文化人类学、民族学的影响。对西方这批学者而言，他们主张以"未开化""原始""自然部族"的研究，包括其文化的研究为主要对象。所以，早期的中国民族学者、人类学者，大都对此予以认同。如林惠祥认为："人类学便是一部'人类自然史'，包括史前时代和有史时代，以及野蛮民族与文明民族之研究；但其重点系在史前时代与野蛮民族。"① 请注意其"重点"。凌春声则称："现代的民族学只研究文化低的民族或称之为原始民族的文化。"② 落脚点也在"低文化"与"原始"上。顾建光在介绍文化人类学时，也提到："不少人把文化人类学与对原始人的研究联系起来……这种老眼光并不完全正确，但也确实反映了人类学的传统兴趣在于描述那些不那么复杂的社会的文化现象。"③ 这一来，我国早期的文化人类学的研究，也就自然地放在了文化上较落后的区域与民族上。不可否认，他们的成果已相当丰硕。而这批学者，又分为"南派"与"北派"。我们这里仅讲"南派"，他们较多接受美国历史学派影响，且与我国传统的历史考据方法结合起来，比较注重材料的收集与注释，而不是很注重理论上的提升。如《中央研究院历史研究所集刊》创刊号上《历史语言研究所工作之旨趣》认为："扩张研究的材料，证而不疏，材料之内使他发思无遗，材料之外我们一点也不越过去说"，"我们反对疏通，我们只是要材料整理好，则事实自然显明了"。④

这一走向，以至于彻底否定"中原说"，认为客家人不存在中原南下的历史，所谓中原南下纯属"空穴来风"。而其现实背景，则在于当时粤闽一带，有近 20 万汉族人因计划生育政策改为畲族，其中大部分为客家人。虽然 20 万与 8000 万相比只占 0.25%。

应当说，如果我们认真研习文化人类学，脚踏实地进行田野调查，这些畸异当会在更高层次的研究中得到克服。事实上，当今运用人类学理论与方法研究客家仍方兴未艾，未可早早定于一尊，把一度的畸异当成了主调，这其实也侮蔑了人类学。只有克服了早期的片面与不成熟，人类学在客家研究上仍是大有可为的。

---

① 林惠祥：《文化人类学》，商务印书馆1991年版，第6页。
② 凌春声：《民族学实地调查方法》，载《民族学研究集刊》第一期。
③ 顾建光：《文化与行为》，四川人民出版社1988年版，第5~6页。
④ 《中央研究院历史语言研究所集刊》第一本，1928年，第8页。

本来，随着时代的演进、学术的发展，客家学的容量也就愈来愈大。视野的开阔，本就是一种进步。因此，客家的人类学的建构，必然要拥有它的当代容量，广泛地吸纳人类发展进程中的诸多因素，诸如宗教、民俗等属于非物质文化遗产的内容，以及整个文化乃至科学文明的创造。

　　一如人类学家斯特拉森所说的："在这里，过程、历史、结构的道路相互沟通，又与意义、想象、能动性（或称为选择力和创造力，它们使过程逐渐变成历史和结构）的道路交汇在一起。"人类学的指归已显而易见。可以说，《客家文化史》在引入人类学的研究方法上，正是这么做的，作者派生的另一部约50万言的《华南两大族群的文化人类学建构——重绘广府、客家的文化地图》（人民出版社版）便是一大佐证。

四

　　有历史学、谱牒学等学术背景的罗香林创立的客家学对中原南下的移民大背景的初步揭示，奠定了近百年客家研究的历史根基，也开了现代客家研究的先河。其开创性功绩是无人能取代的。可惜因受早期西方史学影响，从"纯粹的优秀人种"出发，过分强调了客家人的中原血统，留下了为人诟病的一点遗憾。

　　而以民族学、文化学为学术背景的当代客家学研究极大地丰富与提升了罗香林的学说，并弥补了其中若干不足，从而使这支"形而上"的族群，遍被历史哲学、人文理想的光辉。诸多的客家式命题更大大拓展了这一学问的领域。然而，由于把"想象的共同体"一说推向了极端，不可避免又为"误会说"留下了可钻的空子。

　　社会学、人类学的研究在方法上有了新的开拓，让人警醒"很快消失了的过去"务必及时抓住，令这门学问深入到了众多宝贵的历史遗存之中，有了更扎实的依据，对当前的非物质文化遗产的保护有着重大意义。可惜，某些学者并未追随人类学的当代演进，仍为早期人类学的偏向所困，以至重拾他人牙慧，为"土著说"留下了缺口。

　　而在上述三个方面，《客家文化史》以其多学科的学识、深入的调研，力图避免了可能的畸误，力争高屋建瓴地重新建构客家学的基本骨架，使其成为迄今以来最有历史容量、思想分量及文化含量的第一部客家史。当然，这也是"究天人之际，通古今之变，成一家之言"的努力。

　　无论怎么说，200年或这近一个世纪的客家学的学术研究已有了长足的进步，而客家学本身，作为一门跨学科的新兴学科，无疑已吸收了历史学、民族学、人类学、社会学、语言学、经济学、地理学、文化学、传播学等众多学科的养分与智慧，已经在走向成熟，形成了若干流派，有了百家争鸣的良好局面。而近十年间，更在海峡两岸掀起了一个又一个的浪潮。学术成果，不仅为文化界，更为民间所掌握。众多的客家学院的建立，愈来愈有广泛参与的客家文化节的举行，都充分地证明，客家族群在当今全球化的背景下，其文化自觉已经产生不同凡响的深远影响。

第三节 文化人类学视野下的客家书写

多年来，我一直关注着文化人类学界如何努力使艺术、使美学作为文化产品，作为社会过程以及人类经验，与其他任何形式的社会行为等量齐观，同样成为人类学描绘的对象，以及理论系统化的研究材料。这不单是因为我始终在一所大学主持美学学科，更不是因我还是一位作家，一位关注民族传统文化的作家。在我的作品中，有大量的民俗描写——这当然属于人类学的合适对象，而民俗学家们推进民俗的人类学研究所起到的作用，已有目共睹。而我一直在思考着，文化人类学如何能令学术界重新思考异化问题，思考社会构建，从而使之成为救赎、扶助、宽容，即实施人文关怀。正如我在开篇中说的，当人类学在强调过程、历史、结构之际，如果仅仅是过程研究，没有意义上的阐释，没有人文关怀，那就是浅薄的、苍白的。这样下去也就窒碍了这门学科的发展。

因此，我比较关注威纳·达斯（Veena Das）的相关研究。她认为，人类学过去给自身惹来了不少麻烦，"如何让苦难变得有意义，这依然是放在社会人类学与社会学面前艰难而又巨大的任务。问题的部分根源在于，从某种程度上衡量，社会务必隐瞒自身将归属权给予某个人之际，又将多大的苦难强行归于他们身上，这一来，社会科学也就可能面临顺从社会对苦难保持沉默的风险。"

对此，人类学家们是应该认真反思的。

文学是人类苦难的历史遗嘱，当然，它更是文化艺术中的一部分，而且是相当重要的一部分。当国际人类学界努力让艺术进入人类学研究的对象之际，我觉得自己也有同样的冲动，应该努力让文学也进入人类学研究的对象，这不仅仅指民间文学或者曾流行的文化小说，而是整个的文学，包括被视为高雅的、纯文学的作品，为此，独辟出这一章，正是我所做的努力的一部分。

研究城市文化，可谓当今热门。城市人类学，也早已有人涉及。帕克在《城市社会学》这部颇有影响的研究著作中指出：

> 以人类为研究对象的人类学，迄今为止，基本上只注重了原始人群的研究，而文明人类其实是更引人入胜的研究课题……城市生活和城市文化固然比较活泼多变，比较微隐，比较复杂，但就其基本动因而言，二者却大体相同。从方法论来看，人类学家保斯和洛威考察北美印第安人生活方式时所采

取的细致方法，若应用于现代人的研究会更有成果，例如用于考察芝加哥北区的"小意大利"区里的民俗、信仰、社会实践和一般生活观念，或者考察纽约市华盛顿广场周围的邻里关系，等等。①

那么，作为市民化的广府人，理所当然要进入这一系列，无论写广府的作品持怎样的态度，是批判的、反讽的、怀疑的还是褒扬的，都当一视同仁列入这一研究系列。对都市化进程，无论是拍手叫好，还是忧心忡忡，都应该关注。哪怕理想化的"城市消失了"，返璞归真，重回大自然，寻找否定之否定的"天人合一"，我们也同样不应该漠视。城市化进程带来的巨大震撼及深刻痛苦，难道不正是文化人类学的题中之意么？

我在《赝城——十三行遗嘱当代卷》中正是在做这方面的努力，当中一部业已发表并为《长篇小说选刊》所选已是十年前的事，它是在《客家魂》出版之后不久发表的，但全书四卷我尚未最后修改完毕，相信全部问世后，人们将会更了解我的初衷。

可以说，书写客家人的文学作品，是我作品中数量最大、分量最重的一部分，如果加上如《客家文化史》等理论著作，那客家人作品，更几乎占了我全部作品的一半。从早年写的《抓来的老师》（获 1979—1989 年新时期全国文学奖，它问世之初，就以其人道主义色彩惊动了当时因批人性论而尚有余悸的文坛，这也被视为我文学作品的成名作），到 20 世纪 90 年代初开始陆续问世的四卷本《客家魂》（作为"补遗"的第四卷是今年方得以问世的），以及《老圃》（曾用名《依然是你》）等，可以说，在内地是最早鲜明地打出"客家"小说旗帜的，这些小说与我的理论研究是相辅相成的。也就是说，它们更是文学人类学研究的材料，当然，内中不仅包含历史学、社会学、民俗学、文化学的内涵，亦包含城市学、建筑学、美学。

那么，对客属地的文化，对"无山不住客，无客不住山"的客家文化，对其在现代化进程中受到的冲击，所发生的种种变异，也就更是文化人类学关心的内容。所以，自 20 世纪 90 年代始兴起的客家文化学热，更值得学术界高度关注，尤其是作为"民系小说"这样的新品种，在文学界引起的震动，恐怕还会进一步延伸。也许，会比城市文学写得更精彩一些，更深沉一些，历史文化的底蕴更为厚重，研究它们，文化人类学目前也许还力不从心。

但无论如何，推动文学作品成为人类学研究、描述的对象，始终是我一个不竭的努力。那么，在这里，始妄"以身试法"，在重绘广府、客家文化地图之际，

---

① （美）J.R.E. 帕克：《城市：对于开展城市环境中人类行为研究的几点意见》，载《城市社会学》，华夏出版社 1987 年版，第 3 页。

对其文学地图，也试图加以勾勒。

最早进入文学地图的，当有包括我本人在内的几位作家。

第一位是英籍的有客家血统的著名作家韩素音，她的五卷本《我的根在中国》，不仅详尽地描绘了她的原籍梅州，也充分书写了她的出生地四川，追述了她所在家族当年在"一枝散五叶"的大迁徙中，是如何从粤东进入四川的。而在包括《瑰宝》等名作中，她亦未忘点及在四川与在香港的客家人。作品写到客家人的家庭观念、耕读传家的历史传统，亦写到客家女凉帽、黑衣的穿着等习俗。其实，作为客家之子的她，在全书中展现的便是客家人不同寻常的历史精神，依靠书写来重绘的文化版图。她的一生，如同其客家祖先一样，把足迹留在了整个欧亚大陆乃至世界。

另一位则是项小米。她是当年福建改革开放的主帅项南的女儿，项南"中箭落马"，当是客家悲情中的一种宿命，但至今人们对他的怀念，绝不是一部正史所写得出来的。项小米的名作《英雄无语》更写到了她爷爷一辈，在土地革命中极具传奇色彩的项与年的人生悲剧。这部书让人动容的是，作者充分展开的正是客家历史的大背景，关于大迁徙，关于客家神山冠豸山，关于土楼，尤其是"我奶奶"，一位客家女性深沉的悲哀与无奈的命运。

如果说福建是"客家祖地"，那么四川与香港等地，则是"客家飞地"。而《客家魂》写到的从罗霄山脉的炎陵，到粤北山区，一直到粤东梅州，当是整个客家大本营的中心及边缘——而这，已足以概括整个客家文学版图了。

三位中外的有客家血缘的作家的文学版图，我们只能较为简洁地加以展示，但这已几乎包含了整个的客家地图，除赣、闽、粤、湘之外，还远至四川成都及香港新界。这几部作品，有不少彼此之间相互关联的地方，例如《客家魂》与《英雄无语》中，都出现了国共史中一个神秘的历史人物，那便是莫雄，相信二位作家为创作都涉猎过这样一位与他们父辈们有过密切关系的人物的专题或传记，当然，郭玉祠（即郭宝慈）是作为辛亥革命的元戎与莫雄交厚，而项爷爷（项与年）则是因共产党的关系与莫雄成为生死之交。又如《我的根在中国》《瑰宝》的历史跨度又与《客家魂》《英雄无语》是那么一致。

也许，作家笔下的城市、山乡、海港均会消逝，但却都会如项小米所说的："有许多的东西，随着岁月的消逝，它们剩下的功能最后就只有一件，那便是展示一种精神。"

只有精神的版图，才是永恒的。

这本书所重绘的，说到底，正是这样一种精神地图。

这些年来，我参与了不少博物馆的策划与布展工作，甚至包括建筑设计——

建筑本身也是人类学研究对象。因为已写有几部专著,所以这本书就不涉及这部分内容了。而其中之一的客家博物馆,我曾做过达一两万平方米布展的详尽规划,后来形成《客家图志》系列的三本书(第一部已出),这可以算作族群志的博物馆了。制作过程无疑也是一次漫长的文化反思,自己获益匪浅。我曾在《客家圣典》一书中,视这个大迁徙民系的经验层面为"苦难的遗嘱",经过这次具体的"操作",也就更确信不疑了。

但面对苦难,也有不同的反应,有雨果的"我们要求于未来的,是正义而不是复仇"——这曾被视为"资产阶级人道主义";相反,则是各种暴力的反应,身体暴力不说,心理暴力、话语暴力更为可怕。复仇,也就成了一种价值的体现。这并非题外的话——从上面的"文学地图"中,我们当深刻地体会到这一点。

文学的审美评价无疑也是深深地植根于文化价值之中,尤其是20世纪初,唯美主义落寂,美学向文化靠拢或转移,已经成为不可逆转的历史趋势。因此,我们才把美学也纳入人类学的对象之一,并使之成为人类学的一个相应的范畴,成为人类学"承传"这样的社会过程的一部分。只要我们细心品味这一章的"文学地图",当会体察到"承传"所揭示的历史空间,又如何成为类似汤因比史学研究中的"挑战"与"应战"的场所。

文学,是历史的未尽之言。

同样,它更是人类学最鲜活最丰富的研究材料,有着比历史的未尽之言更深厚的蕴藏。所以,文学也就对拓展与丰富人类学研究,有着无可比拟的优势。

末了,当重复一下著名史学家怀特的一篇题为《话语的比喻:文化批评文集》中的一段话:

> 不过一般不愿把历史叙述看作它们最简明表示出来的:言语虚构,历史叙述中的言语虚构十分丰富,其形式与其说与科学中的,不如说与文学中的有更多的共同之处。①

对于人类学而言,这种共同之处,不也更多么?

我之所以引入了"文学地图"一章,正是由于我们在这方面运用的材料太少、太粗糙,涉及面更狭窄,所以,才力求拓展文化人类学的研究范围。一如陈寅恪的"以诗证史",不妨亦可以文学来征信人类学的研究。我想,我做这方面的努力,相信会给中国的文化人类学开拓一条更开阔的新路,毕竟,我们是个诗歌大国、文学大国。当西方在批判涂尔干创造的两个重要亲属关系理论即血统论与姻亲论时,殊不知,这一理论恰巧与中国的历史情状有着密切的关系。同样,广府

---

① (美)伊曼钮尔·沃勒斯坦著,王建娥译:《书写历史》,上海三联书店,第7页。

人与客家人一样强调小脚趾的重甲是古汉族的遗传学特征，认为是大迁徙艰苦跋涉的印记，不妨理解为一种痛苦记忆的特殊符号——这更是不少关于客家的文学作品所刻意描述的。

当20世纪末，客家文学一度出现"井喷"现象之际，人们就已经对新世纪的客家文学充满了期盼，并且看到了诸如《血脉滚滚》《围屋里的女人》等一系列客家名作组成的新世纪客家文学绚丽的风景线。无疑，客家文学正面临着一个新的发展机遇，有所深化，有所拓展，有望出现更多的力作、大作，迅速超越上世纪末的"井喷"。因此，在理论研究上，我们更有必要开拓视野，及时总结已有的成绩与经验，发现缺陷与不足，尤其是引入更新的理论，深入到客家文学的创作当中，切中肯綮，有所启迪，使客家文学"后浪推前浪"，涌现出更多的新人。

本书的用意也就在此，不仅仅是让文学人类学对客家书写有所裨益，抛砖引玉，更是企盼新的一代拿出更辉煌的作品来。

第四节　人类精神领域的至高追求

消费时代的文学批评，尤其是广东的文学批评，无疑是有代表意义的。毕竟，这20多年，广东的市场化程度走在全国前列，所以，对文学批评的影响也就可想而知了。但是，市场化、消费主义等经济上的演化，未必就与文学同步，与文学批评同步。于是，在这个被视为"前沿"的地带，反而出现了不少的误区，甚至若干"伪命题"，这正是值得我们关注并加以研究的。

消费时代，其文学必定勃兴，所以广东的文学创作的现状未必落后于全国，只是评估系统不一样，就算有些滞后，也会很快赶上，因为消费主义的伦理信念立足于市场化，从而导致更大的平等与自由，为文学创作拓展出更大的艺术空间，文学从此可以自由地疯长，更大有用武之地。广东已经有大量的优秀作品可预期问世。

作为这么一个命题的反题则是：消费时代，文学作品都可以大量地拷贝，市场策划取代了作家的良知、功底，这一来，也就无文学可言。市场对文学的摧毁作用是显而易见的，广东文学当下处于半死不活状态，落后于市场化程度低得多的省份，则是明证。而且这种摧毁还在继续，杀伤力更大，广东也就没有几位可以坚守阵地、潜心创作而不"趋炎附势"的真正的文学家了。

由以上正、反两个命题，又可以推导出新的正、反两个命题。

正题是，没有市场经济，不进入消费时代，缺乏必要的"利益驱动"，就很难在今天出得了好作品，"重赏之下必有勇夫"矣。更何况，市场经济便是法制经济，讲平等，讲自由，讲民主。这一来，便给作家充分实现自我的机会，从而使创作达到空前未有的高度，优秀的、足以传世的作品势必脱颖而出。正是在这一意义上，广东若干批评家认为，广东文学很快就会走在全国的前列。

作为反题，则是，由于市场经济，尤其是消费结构社会渐成规模，作品"批量复制"使其文学性、艺术性严重缺损，有的甚至为迎合市场，变得低级趣味乃至肉麻下作。这一观象，在广东更为突出，已经到了难以容忍的地步。长此以往，广东文学的声誉何在？广东的文学批评也只能等而下之了。真可谓各执一端，公说公有理，婆说婆有理。

然而，无论上述的正题与反题，归根到底，都是一个伪命题。

生硬地把市场、消费与文学的兴衰誉毁扯到一起，只会导致一个个伪命题的产生，并陷于其中不可自拔。

其实，鼓吹消费社会或"市场万能论"者，义愤填膺地对市场文化予以抨击、表示敌意者，都未免太"神化"市场的力量。诚然，我们今天是在走向市场经济，并且要求他国承认我们是"完全市场经济"的国家，这对中国的改革开放，与国际接轨，无疑是有积极意义的。中国经济持续的高速发展，与市场化程度同样是息息相关的。可这并不就等于把市场化的理念，完全引入文学批评当中。

正如我们常说的，精神领域的气候不同于物质领域的气候，所以，精神的滋长，每每不可能与物质相提并论，它们有着各自独立发展的轨迹，只有在机械唯物主义中，才不恰当地强化了经济的作用，认为经济决定一切——无论正、反命题之"伪"，盖出于此。毕竟，文学、文学批评，是属于精神领域的，把这寄望于市场化或以此归罪于市场化，均是走入了误区。正如用10进位法与2进位法争论一样，各自依据的法则或参照系是完全不一样的，从而也不可能争出一个什么结果来。如果不对这样的正、反命题加以证伪，我们也就只能是作茧自缚。

事实上，哈贝马斯早就尖锐地指出："大众文化消费提供的不是累积的经验，而是倒退的经验。"因此，凭空去谈，甚至是奢谈"消费时代的文学批评"，就十分可笑与无知了。无经验积累，又从何提起所谓的批评呢？

正是这种"消费时代"，人们消费的无非是物质，以及依附在物质上的"名牌"之类的附着物，这种消费文化，已逐渐使批判或批评的功能遭到了消解，艺术也就等而下之，成了消遣，无理想，无精神，只余下一个空壳。人们不难从历史中看到，极权主义鼓吹的正是这种消费，无论是对乌托邦还是反乌托邦的描绘都成了禁脔，它宁可诲淫诲盗，也不允许超越雷池半步。于是，文学也只有逃避，不仅逃避现实，而且也逃避自身——文学也就不成其为文学，文学的功能也就丧失殆尽，所谓"消费时代的文学批评"也就只能成为一个伪命题了。

我们曾经历过那种削平崇高、嘲弄理想、玩世不恭乃至于无视、抹煞个性、腐蚀公民意识的"文学阶段"，而产业化的拷贝、复制，使大众文化的消费在一种

"工业控制"之下,更覆灭掉人的自主、自司并堵塞民主的思路。早在20世纪70年代,格兰西斯就十分关心在工业化国家中控制模式的变化,认为社会应该控制对人们身体压迫手段的运用,这可以从当今中国社会体察到。但进而对精神生活的腐蚀、渗透乃至控制,则还没有多少人敏锐地觉察到并作为一个重大的问题来考虑,而这一问题恰好日益严重起来。那么上述的伪命题,只能是助纣为虐了。

众多媒体也正在助长着这一倾向,追求作秀、媚俗、津津乐道、自鸣得意,乃至于降格到愚昧迷信的层次上,这甚至被视为封建性的复活。因果报应之类的道德教化,同样在泯灭着真正的良知,麻木了自由的精神。媒体的统合或所谓的口径一致,也如哈贝马斯所认为的,自18世纪以来,传媒的民主功能已在退化,公众舆论不再是一种自由讨论而只成为传媒控制的结果。于是,消费也就化解了人类有史以来的文化批判精神,传媒的喧嚣压倒了一切,思想,也包括文学,都只好噤声了。而这个时候鼓吹"消费时代的文学批评",除开粉饰之外,还能有什么意义呢?

当文学成为赤裸裸的物化的东西时,批评的位置也就不复存在了。这正是真正的文学家所要警惕的。因此,只有脱离所谓的"消费时代",并从权力与市场上分离出来,文学方可以守住自己的一方净土。

笔者曾提出,文学批评,当有自己的参照系:既不要因袭过去的"文以载道",也不要盲目地跟外来之风,玩一大堆似是而非的新名词,脱离中国文学的现实。换句话说,文学绝非愈遵从古训就愈是文学,在今天,更不是愈能挣钱就愈是文学——这已把文学家等同于娼妓,不同的只是不是为了钱出卖肉体罢了。

早在庄子那里,便已经发出了对"形为物役"的抗议,呼吁"物物而不为物所物",进入了市场经济社会,其人的独立性仍是"以物的依赖性为基础"(马克思语)。因此,人的解放,仍还有摆脱物的依附的重大命题。所以,简单地认为商品是天生的平等派,市场经济相伴而来的便是民主与法制,文学势必得到更大的自由空间与长足的发展,这实际上是一种天真乃至无知的表现。反过来,认为市场经济对文学是一种蹂躏,亦是如此——太迷信市场的力量。神化市场的力量,毋庸置疑便是拜金主义,是对"物的依赖性",一般大量赞歌而看不到这仍是要被历史进步所否定的一面。当然,对市场力量嗤之以鼻,每每也似当年封建贵族对资产阶级暴发户的轻蔑一般。

如果我们纠缠于这种市场、商品或消费时代的话题,就永远走不出自设的陷阱。毕竟,文学的兴衰并不取决于它们——事实上,在没有市场、没有所谓消费时代之前,文学也依然在生长,或荣或枯,或盛或衰。以市场或消费时代为文学参照系,显然是风马牛不相及的。那么,我们的文学应有怎样的参照系?

作为一种艺术形态,文学所服从的,只能是审美的原则,自然,也会有人说,不同的人群（如欧洲人、亚洲人与非洲人）有各自不同的审美观，不同的时代（如唐代、宋代及明清）也有不同的审美取向。但是，谁也无法否认，爱美之心，人皆有之，这里不准备讨论美学理论上的问题，只是强调一下美的共性及共通的原则。

而美本身，当是人类在精神领域上的最高追求，它无疑是超越于"文以载道"的伦理中心主义与历史功利主义的。所谓"文以载道"具体到当代，无非是文艺为政治服务，这是中国的传统。自古以来，中国人总是用伦理观来统摄历史观的，所以，历史每每被解释为天理人欲之辨、君子小人之别，这不用多说，我们每个人都看得很清楚。尽管这样，"文以载道"的文学批评观，也并不曾完全统摄了古代中国的文坛。从庄子到嵇康，从禅诗到象征派诗歌，都是证明。

而西方的哲人，如黑格尔，则干脆让伦理学从属于历史观之下，以历史过程来统摄一切，这自然是一大进步。即使在封建社会晚期，中国的史学家们，也都察觉到了历史与伦理之不相容。然而，历史主义亦很快暴露或凸显出了它的局限性，功利色彩太重了。笔者曾译过一部历史哲学专著，历史主义，在英文中与历史实用主义是同一个词，作为历史目的论，如今在史学界的"名声"也不怎么的了。"移植"到文学批评上，作为参照系，便就是本文开端的"正题"了。而伦理中心主义的文学批评，也就是"反题"。这在过去，"正题"所依据的当是"突然之则"，反题所表现的义愤，也就是"应然之则"了。而这两个原则，都不应当用在文学批评上。所以，我一直把文学的审美标准，称之为"卓然之则"。但这绝非空中楼阁，它当立足于历史与现实的大地上。如我在《呼唤史识》一书中所说的，"宏观的历史，或历史哲学，与艺术哲学，在这里可以找到一个吻合之处，一个衔接点，它不似道德批判，否定、取消美，用善取代一切，并标榜为无功利的；也不似实用主义，同样以实用性否定、取消美——对此，现代主义可以说做了一次淋漓尽致的调侃或揶揄。在与这二者划清界限后，上升一个层次。也就是说，在包含功利时方可超越功利，包含历史时方可超越历史，而非道德批判时取消功利进而取美而代之。这样，我们才可能给今天的文学批评，寻找或重建一个新的参照系。"这段话，写于20年前。

我们须摒弃过去的"应然之则"并超越今日之"实然之则"，去确立文学批评或艺术观上的"卓然之则"。这样，我们就不至于陷入关于消费时代"正题"与"反题"这种伪命题的纠缠不清中，有着一个清醒的头脑，既不美化或神化消费时代与市场，也不对此心存恐惧而加以侮蔑与抵御。

正如诺贝尔文学奖不会，甚至不可能只出于消费时代"完全市场经济"的发达国度一样，文学的没落也未必与社会的进步相关。盛唐的诗歌是中国文学的一个峰巅，但"举家食粥酒常赊"的曹雪芹，却是在没落的清朝时留下了千古不朽的《红楼梦》。如果说，司汤达、雨果、巴尔扎克正处于"市场经济上升时期"，对那个时代顶礼膜拜的话，那他们又怎么可能在作品中如此有力地抨击拜金主义、弘扬人道主义呢？今日之什么《资本时代的爱情》之类的"神话"无非是重复西方当年也曾有过的"消费文学"，可如今在西方又有几人还记得它们呢？有人把木子美之类"下半身文学"强加在文艺美学研究生的课程及论文中，可到最后露出的只不过是鼓吹三妻四妾的封建腐朽理念的又粗又大的尾巴——这些，能称之为文学与艺术么？

　　强调文学的审美属性，尤其是崇高等方面，似乎已是陈词滥调了，但文学当有自己的独立评价系统，这却是今天尤需要强调的。作为一位作家，不躲在象牙之塔，关注现实，并且厕身于历史演变的洪流中，这是责无旁贷的，这绝对不是"伪文学"；同样，作为一位学者，不闭门造车，在历史演进中吸取灵感，并深入到现实中，做出自己的判断，这更不是"伪学术"。可怕的是玩弄一些连他们自己也弄不懂，有的明显是误译（我不止一次强调过读原著）的辞藻，拉大旗，做虎皮，去吓唬别人，这才是真正的伪学术及伪文学。时间毕竟是无情的，大浪淘沙之后，经过"卓然之则"审视下依然卓然而立的好作品，照样会赢得或征服一代又一代的读者。这正是广东文学的希望所在，也是广东文学批评的生命所在。关键在于，当人欲横流、孔方兄肆虐之际，作家与批评家如何把持住自己，不为这样那样真正的"伪命题"而乱了方寸。

第二章 华文文学与跨文化传播

第一节 漂泊与文化之根

一、她就是一部历史

韩素音是当代蜚声中外的著名作家,她的作品在全世界到处可见,尤其在西方的不少大学,均作为研究的对象——不仅仅从文学上,而且从历史上。如她所说的,"这些书里并不尽是死者、枯骨,或者是指导过生活的事迹与岁月的积累,而是我们亲身经历过和意识到的一部分,构成我们的灵魂和决心。"的确,一部作品,能为文史两个方面所认可,构成文学与历史的双重价值,这是难能可贵的,也是极为罕见的。

然而,韩素音本人就是"身兼二任"的。这里不是说她从事过的职业,诸如教师、医生、记者,等等,也不仅仅是说她"作为欧亚人,介乎两种文化之间……这两种文化,对我个人性格的形成显示了巨大的历史性力量"。而是说,首先,她是性情中人,也只有作为性情中人,才有文学界的生花妙笔。作品中激情澎湃、才华横溢、敢说敢为、无所拘束——文学本身,其内核便是人的自由精神;同时,她本身就是一部历史,她在整个20世纪中的遭遇,与一部世界史,尤其是中国史息息相关。所以,她的作品,包括她的自传体文学作品,是完全可以作为历史来读的,更可以作为历史来研究的——这便是西方大学把她的作品当作历史著作来研究的原因。

关于这些,韩素音在她的自传序言中,有过很独到也很认真的剖白:"……我写这些书,不但是部自传,仅仅记录我个人的生活以及形成我性格的具体环境,而更为重要的是关联到当时中国以及世界各国的发展情况。这是一个初次尝试,我想通过个人或许多'个人',使历史知识易于被人接受。也许可以这样说,作为一个个人,我在历史发展中和受其左右的人们之间,发挥了它的一线牵连作用。"

她的五卷140多万字自传体作品从1964年至1979年,整整16年写完,后来在世界与中国不断再版,深受中外读者乃至学者的欢迎,她这个"初次尝试",无疑是相当成功的尝试。把个人命运交汇于人类历史命运之中,从而揭示了人之存在的伟大价值所在——"我们这些人，浮沉在历史的宏伟长河之中，巨浪时起时伏，我们既是它的组成部分，又是主体和活跃于其间的主要力量"——韩素音如是说。

读她这五卷本——《残树》《凡花》《寂夏》《吾宅双门》《再生凤凰》，无论是踯躅于川中丛莽激流之中，或者往返于欧亚苍茫无际的大陆上，抑或聆听紫禁城中的暮鼓晨钟，你都会感到一种博大的、浩浩荡荡的历史洪流在冲击你的胸臆，让你感受到一股无可抑制的而又深沉的力量，从而激愤不已，振奋不已，对国家、民族，乃至于全人类的命运不能不感到忧虑与关切。字里行间不经意跳出的睿智的词句与深邃的思想，都让你回味不已，且不论其间精彩的文学描写与宏大的历史与时代的画面了。因此，在这本综论中，笔者决定以她的这五卷本的自传纪实著作，作为她的代表作加以评述。

当然，还有一个更重要的理由是，在这部作品中，一方面，它较多地体现了这位作为世界作家的中国情结，尤其是客家人的情结——毕竟，这部专著研究的是客家文学。书中不仅仅强调了她的祖先是客家人；另一方面，也表现了客家文化作为两种文化中的一种，对她"个人性格形成显示了巨大的历史性力量"，也就是说，全书不少地方都表现出了客家人的传统与人文精神，甚至可以说，浸润着客家精神：她的好学与奋斗、她的颠沛流离、她对人生与历史的见解……因此，把这五卷本列入客家文学研究的范围是完全有理由的。

的确，她首先是一个客家人，正是客家人大迁徙的基因，使她自小就不安分，从而早早地走出了家门，走向了世界，从而成为了名副其实的世界人——如今，她的作品遍布全世界，她个人更是属于整个世界，属于整个人类及人类史。人，本就是漫长的历史所锻造出来的，反过来，我们不叩问历史，也就无以知道人何以为人。我从何而来？永远是这个世界上一切哲人永恒的追问。

韩素音正是这么追问自己，也追问世界，追问历史。那么，她又得到了怎样的回答，并把这一回答昭示于我们呢？

二、"残树"的客家之根

韩素音的追问贯穿于整部作品中，她的家，她的民系，她的国家与人民，她的世界，由个人而及人类。于是，在她，则省悟天："人而无知一己民族的历史，终将在劫难逃。民族文化的幸存有赖于民族自觉及热爱这一文化的过去，有赖于有意识地确认其不断做出的努力与成就。这些努力与成就在时间的流逝中逐渐孕育了文化。"

正是有了这一省悟，她才如此痴迷于中国，痴迷于她血液中所奔流的客家人的基因。虽然，她早已定居于欧亚大陆的另一端，她的身份已不是中国人而是欧洲人了，但她仍坚持"一己民族的历史"，寄望于自己的民族乃至民系。

所以，在她的五卷本自传中，第一部《残树》，便是以生动、细腻的文学语言，去追忆她父母与她自己的童年。

她深情地告诉我们："我一直想写本关于我父母，关于中国的书。终于有一天我这个想法化成了具体的行动，犹如一颗种子那样滋长发芽，成长壮大，桠杈丛生，具备了大树的形态。正因为我自己也已经是久经沧桑，曾经生活在革命的年代，我就必须回过头，向后看，回顾在生我养我的地方所发生的一切……"

然而，正如书名所提示的，这只是一株"残树"，不过，她自辩道："我这本书的树干长得盘根错节，是一棵怪树，可它所反映的情况比任何一本关于中国的理想主义的作品都显得更加真实。"其实，不仅仅书是"残树"，从19世纪到20世纪的中国，又何尝不是一株"残树"呢？它已经被殖民主义者砍伐、咬噬，弄得千疮百孔了。纵然如此，韩素音仍要寻找它的根系，只要根还在，就不愁再长不出健硕的枝干与丰茂的绿叶……

于是，在第一章里，她追溯了祖先是"如何来到我们的家乡定居的"，是怎么作为"五湖四海到处流浪"的客家人的。她讲到了张献忠，讲到了"七杀碑"的典故，但她公正地认为，并不是张献忠杀人如麻，他无非是个罗宾汉式的绿林好汉，而是清兵围剿他时，长期战乱，加上瘟疫与灾荒，才让四川的人口锐减，才有了历史上著名的"湖广填四川"的大规模迁徙，而客家人，正是这个时候来到了四川。韩素音的前辈周家，则是他们当中的一部分。

长达上万字的历史追述，她讲到了客家人发源于华中黄河流域，是古代中原文化的负载者，只是由于受北海游牧民族的军事压迫，才经历五次大迁徙，由中原来到了东南沿海的山地。她特别强调"客家人都是汉族"，而并非"某一个种族"。无疑，这是祖上一代代人传授下来的。客家人为守护住自己的文化边界，不少客属居住土楼、围龙屋，语言上"不准打土话""宁卖祖宗田，不忘祖宗言"，等等，这才得以形成并维系这个民系的存在、发展，以及近现代引人瞩目的崛起。

韩素音强调"由于客家人的流动性强，能吃苦，生性坚强"，故被认为是"富有开拓性，善于开辟地旷人稀的边远地区的能手"。书中还指出，"生活的环境养成了客家人抱团、合群的特性。他们氏族观念强、勤俭、讲义气"，以是"客家人"为荣。而"对于客家来说，太平天国这一段时期是他们最光荣的历史"。

书中还讲到客家人迁徙到海外的历史，以及二次葬的习俗，并称"他们认为客家人的历史是因为女人不缠足才能创造出来的。这一点不假，客家妇女既不裹足也不束胸，不请奶娘，更没有一个去当妓女"。书中，对客家人的评价，可以说是由衷，并不限于史料，由此可见作者对自己的民系的一片深情："男人们以身强力壮、英勇善战、克敌制胜为荣，妇女们以勤劳能干著称。不论是男是女，人人都深感社会不公平，都决心为争取自己的权利、维护自己的信念而斗争。"这一评价，无论从传统还是从现代而言都是令人敬仰的，所在地客家人才在近现代史中显示出了一种扭转乾坤的伟大精神力量与人格力量。书中，追述以客家人为首领的太平天国革命，追述在海外的客家人如何不惜毁家纾难，支持孙中山领导的辛亥革命，追述在毛泽东的著作中，是怎么提到客家人在井冈山及中央根据地发挥的作用——那正是客家人的居住地，追述作为客家人的朱德，尤其是叶剑英与她的交往（"我们谈论诗歌，谈到客家话里的谚语和四川话里的比喻"）。当然，还有与她同是四川人的客家老乡，亦同是文史兼通的郭沫若之间的交往。综观全书，韩素音总是不时闪出"客家人"三个字，以强调这一称谓本身所具有的意义。

她对于这一民系的爱，也许正如她在《再生凤凰》末尾，也就是全五卷的尾声中所说的："这里所说的爱，不是对我这样一个瘦弱如薄纱的人的爱，而是有各种表现形式的爱，是从人的心里抒发出来的无限多样化的爱……是真正的爱，现实的爱。"

看到一个已生活在异邦数十年的人对祖国、对民族、对客家民系怀有如此炽热的爱，我们能不深深地被感染，内心同样涌起爱的热流么？

是的，这更是一种永恒的爱。

三、客家精神的承传

客家精神是什么？在万里长旋、千年颠沛之中，支撑着这个民系生存并高高昂起自己的头颅的，绝不是形而下的物质的、求生的欲望，而是一种高贵的、形而上的精神——笔者在《客家圣典——一个大迁徙民系的文化史》中，曾集中地概括为"特立卓行"四个字。这四个字，正是客家精神的内核。

是的，在巨大的历史变迁及大距离的位移中，一个民族面对这时空的无常，不能不在观念与情感上发生动荡，乃至于断裂。意志薄弱者，势必沉沦直至毁灭，这已有过无数的例证。而生存下来的，则势必会更加坚强壮大、朝气蓬勃。客家人，理所当然属于后者，所以，它生存，它发展，它在长期的蛰伏下于近现代一鸣惊人。

韩素音的祖先，湖广填四川时，一个周姓的货郎，从客家腹地梅县来到了四川。"穷得叮当响"，却"一天天兴旺起来"，子孙满堂，不是名门望族，却已深孚众望了。书中浓墨重彩写到了她的三叔——可以看得出，具有"刨根问底的好奇心"的三叔，是很早就左右了韩素音的精神素养的。书中，她承认："在我们全家中，包括我父亲在内，只有我和我三叔在打破砂锅问到底的精神上最最相近。"甚至可以说，三叔成了她作为客家人精神形成时的导师之一。她甚至在其他两本书中都写到了这位三叔。从一出场，三叔便是"父辈中唯一从事家系宗谱研究的人",他为宗谱写了个序言。这个序言,"扼要地综述了儒家伦理观。这种伦理观在其社会经济体系中一直是士绅阶层的精神支柱",强调祖先"刚毅处世,正直修身,始能挽一族于沉沦而臻复兴也"。要"不忘贫贱之本""以祖宗训示为重""忍让为先""舍身以利全族""大义大德"。尤为强调迁至四川后,"恪尽孝悌,仁义相传,辛苦务农,勤奋治学,历尽险阻,终得光大门第"。

三叔的"出场",便是如此鲜明。

及至多年之后,抗日战争爆发,韩素音逃难去重庆——为此,她写过一部作品《目的地重庆》,又一次见到了已成为美丰银行总经理的三叔,"享有理财专家的盛名"。可他仍恪守着中国传统,以及客家人重谱牒的习俗,"在一次家中晚餐快结束时,三叔宣称他已经找着了我(作者)在家谱中应采用的名字,并已把我的名字按辈分和年龄顺序记入了家谱"。

光有这两次"出场",就足以说明这位三叔在韩素音心中的分量。不难理解,她下决心写这五卷本的自传,正是有这位客家先辈的很深影响,无论是意识到还是不曾意识到。所以,在她笔下,三叔都近乎神了——"三叔所搜集的东西,一切都按照口头或笔头一代代继承下来的精细而渊博的传统整理得整整齐齐、井井有条。三叔是讲故事的天才,是我们家族中的荷马,他可以背诵我们家系从古到今的历史,在他的故事中,那些长眠于黄泉之下的白骨都变成了有血有肉的活人。他将所搜集的信件、文献和照片等都做了精确的标签和说明。他记忆超群,对任何事物的理解都有一种力求精确的癖好"。

正是这种"力求精确"的求知欲,"凡事都要问个水落石出的态度可能使他比我父亲更能理解新中国的解放事业"——韩素音这么认为。

恰是在三叔身上,韩素音看到了人类行为的延续性,中国及民族的延续性,尤其是客家精神的延续性,在这五卷本自传中体现出了这种延续性,一个非理想主义的中国却是更真实的中国,并为这个国家祈祷一个美好的明天。这份虔诚是感人至深的。

当然,并不是说书中缺乏客家人,尤其是作为文学家的浪漫情怀——这方面的书写,在书中亦比比皆是,包括对三叔的描写也是如此,当然不用说三叔所讥评的作者父亲"永远是个诗人,心地太高洁"。三叔一开口,便是天马行空,从盘古开天地一直到今天……

同样,客家人恪守的中国古典文化及对外来文化的吸收,在书中也很突出,这里就不一一列举了。尤其是客家人的边缘意识和生命态度,在这部自传中,可以说是很鲜明也很厚重,不仅仅对先辈的描写,就是作者本身的自我剖白也是如此。

书中专门写到1902年周家专门举行的宗族会议,专门谈到子女的教育问题,决定派作者父亲即天叔去西洋欧洲学科学,而三叔则在成都上新的军事学校……如此郑重的家族会议讨论子女的教育问题,也正是客家人的传统。就这样,父亲周炜去了比利时,而后方有了这位著名的欧亚人的作家韩素音。

无独有偶,韩素音在比利时读书时,同几位犹太学生家庭交了朋友,正是出于客家人崇文重教的传统,她称:"这些犹太人追求知识的激情吸引了我,使我从那个自鸣得意的庸人圈子里走出来。"她激赏"这些犹太人思维敏捷,理解力强。他们总是讨论思想意识问题,从不就事论事或者就事论人……他们知道自己过的是一种逃亡生活,所以每时每刻都在用身上的每一个细胞享受生活,使生活过得充实、珍贵,因为这是死亡之前的生活啊!他们与在屈辱中突然灭绝生命的命运距离太近了,所以,他们拼命地学习,狂热地欣赏音乐、创作音乐,施展全部才能参加辩论,尽情投身于生活的激流之中"。

读毕,谁不为之动容?是怎样的一种危机或边缘意识与生命态度?或许,正是客家人有同样的命运,才能深切地体会。

面对死亡、危机、艰险,面不改色心不跳地昂首挺胸,特立卓行——这也是五卷本自传中作者的自我塑像!作为客家后裔所承传的精神的外化!书中,我们可以看到,她与她哥哥,或因是中国人,或因是欧亚混血儿,其生存环境是何等的艰难,他们甚至有时自虐、自暴、自弃,可最后还是挺立起来了,读完《凡花》(一译作《凋谢的花朵》),我们无不为其成长道路而捏一把汗。屈辱是可以斫丧一个人的,但也能锻炼一个人——只是后者每每只为少数,不是所有人都挺得过来。我们为她庆幸,也为她的坚强而振奋。是的,她无愧为客家人的后裔。

四、"再生凤凰"的冲天而起

当然,韩素音的五卷本自传,不仅仅是作为客家人后裔的人生之旅及心路历程的忠实记录,同样也是一部中国近现代波澜壮阔的历史长卷。如她在序中所倾心而谈的:

"中国文明的源远流长,至今还如此强劲有力,能够适应及生存于历史长河中的迭次变革,因为它能坚守历史的延续性。虽然这种对于过去时代的依恋,有时遭到批评和指责,因为它对新形势的适应过于迟缓。可是从时间递增的眼光来看,在过去一百五十年中,中国较其他国家(除了日本),其变化是远为迅速的。"

的确,从1885年(《残树》所写的年代)到1979年(最后一部《再生凤凰》所写的年代)历时近100年,《残树》一开篇,写的便是土匪来犯,砍下了周家厨师的脑袋——当年的匪患可见一端,以及军阀混战种种,那时候的中国是什么?

如她在《凡花》中所引的一位殖民者的话："中国只是一个地理名称而不是一个外国国家；中国只是一个市场，称不上是什么国家……"到处是外国军队，以及横行无忌的外国军舰……

历经戊戌变法、辛亥革命、内战、抗日战争……"家长统治，等级森严，大家还是噤若寒蝉，守口如瓶。感谢上帝，多亏发生了1949年的革命，多亏共产党要求人们反思，才有可能使过去制度中腐烂的东西被揭示出来，并粉碎了禁锢人们的清规戒律，驱赶走了许多骗人鬼怪，澄清了许多邪说，也使许多人不至走上精神崩溃的绝路……有史以来第一次把所谓孔教、体统、士大夫清高等假面具和明为沉默实为粉饰太平统统清洗干净。终于人们露出了本来面目，再不用装腔作势地生活了。"

这段话，写在《残树》中，应是1964年。然而，到她完成《再生凤凰》，应是1979年了。她在这最后一部中，却针对安娜·路易斯之死写道："她一生都不了解中国政治的复杂性，不了解其封建权术和曲折的道路……这是一个激情不外露、毫无逻辑可言的社会，是一个真实与否只有自己知道的令人难以相信的社会。它不是按照机器产生的程序形成的。在这里，时间是模糊的；诺言只是用来拖延时间，等将来心回意转时再解决问题。对形势的确定不是靠计算机分析（或统计），而是靠另外一种了解，其根据是内心的感受和上苍的启示（或领导者脸上的表情）。权力的争夺愈演愈烈，不亚于封建时代的宫廷政变……中国革命是一次追求理性的巨大努力。然而封建主义却无时不在悄悄地重新抬头，玷污了中国革命的光彩。"

这种评述，是平和的、理性的，也是宽厚的，没有丝毫的刻薄与讽喻意味。自传中客观地记录了前后约20年的重新认识——这又何止是她个人的认识呢？

因此，当我们读到，她第一部小说《目的地重庆》问世时，英国书评家劳拉·沃恩正确地指出的那样，"每件事都被蒙上一层美丽的文字纱幕。一切粗俗的、难听的、丑恶的，都被化解了，发出美丽的光泽，不再有刺眼的东西了。中国的苦难、贫困、骇人的景象和不公正状况，都用悦耳同情的语调润饰得妥妥帖帖……所有强烈的激情都消失了，大量的愤慨也没有了。"无疑是能理解的，那是蒋介石独裁的时代，如她自辩的，"这不是检察官删掉的，而是为了确保安全，不得不如此"。后边一句震人心魄："到处都是'思想警察'，没有人会蠢到讲真话的地步。"

这是在《寂夏》中所写，写时正是中国的"文革"时期。到了《再生凤凰》，即"文革"后了，她却有这么一段更发人深省的话："陀思陀耶夫斯基所写的一个物说过这样的话：'我以不受限制的自由开始，却以没有限制的专制告终。'毛主席加速人民的政治解放，'揭开了盖子'（在1966年7月和8月人人都这么说，他想打破权力机构对群众的牢固控制。'大民主'是'文化大革命'最初提出的口号。一家报纸的社论甚至建议要搞普选,就是这种对自由的看法,认为可以摆脱一切控制,使年轻人受到鼓舞,使他们着了迷,但是最终也害了这些年轻人。"

这些即兴发出的评述,每每闪烁智慧之光,不用加任何说明,我们这些从历史走过来的读者,都可能深刻地领会到其中的含义。这也只有把中国作为至爱,才会说出如此深沉的话来。她在书末讲到,有人认为她牺牲了"群众的爱戴",丧失了"应有的成功",放弃了写爱情小说而陷入了"严肃",可她不可能不这么做,如她所说:"如果我当时没有和其他人一样,也受到压制,受到比强迫手段更重的压制,我今天就愈蔑视我自己。"

正是客家人生来的正义感、使命感,使她走向了"严肃",走向了与中国共命运的选择,她义无反顾了。"这样我就参与了中国的新生,我终于为人们所接受,我做的每一件事都成了有意义的事,成了中国亿万群众编织的表现生活与奋斗的巨型挂毯中一个细小的针脚。我现在和他们联系在一起了,比任何时候都联系得更紧了。但与此同时,我也彻底解放了。"一只"再生凤凰"从烈火中冲天而起!

一个偏远村庄的小货郎的后代,成了共和国领袖们的嘉宾、挚友,一个曾生活在农村中的家族,却驰骋于世界与历史的时空中——中国是这么深深地把她卷进去并解放出来了!所以,在全书的最后一段中,她说,与之交往的故人"在我的精神里回荡着他们洪亮的声音:'我们每一个人都不是光为自己而活着。只有牲畜才是那个样子。人生在世,是为了别人,为了后代。'我也是努力这样做的"。

尽管韩素音自喻为"残树",这却让我想到了托尔斯泰的《哈泽·穆拉特》篇首的一段描写,那是对"鞑靼花"的一段描述:它刚刚被车压过,过后才站起来,哪怕歪着,身子也总算站住了,残枝像砍断的胳膊突出着,对那消灭了它周围兄弟们的人,决不低头!由此,它引发了托尔斯泰的惊叹,并以此引出了一个《哈泽·穆拉特》的故事,一部文学史上的不朽之作。

显然,在这短短的篇幅里,我们很难概括出韩素音这部作品在各个方面的成就,无论是历史的、文学的、还是思想的、艺术的。我们仅就其客家的属性做了一些必要的探讨,而这一探讨,也只能是急就章,粗浅、疏漏,敷衍成文。

确实,关于此书的艺术手法、人物刻画、谋篇布局、语言风格,等等,是可以有大篇文章做出来的,它是一座宝库,取之不尽,用之不竭。

应当说,它留给人最深的印象,当是朴素地娓娓道来,不伪饰,不工巧,自然而然,没有任何斧凿的痕迹。而这种叙事风格,则是今日中国文坛上所少见的,浑然天成,更让人觉得亲切可信。也许,这正是这部作品最大的魅力所在。

我想,下边这段《中译本前言》中的话,代表了她的艺术追求:

一位作者是他所描写的那个时代、人物及社会的见证人。他是一个历史家、艺术家,又是努力传达他作品中人物的感受与激情的人。但是作者却不是一个审判官。他必须让读者从他的作品中,得出自己的结论。所以他的作品必须是真诚的;而要做到这样,他只能申述他的所见所闻和所感。如果他申述有误,那么他也必须认错。一位作者又是一个研究者,探索他一己的内心和灵魂。他受到许多事物的影响。有时,他了解是什么在影响他,有时则毫无所知。

韩素音是这么说的,也是这么做的。她通过这一百多万字,以实现她的追求:"我正在寻找我自己的根——我的感受和心绪的根源——而这一切,无疑都是在中国。"

是的,我们已经从她的个人生活经历中,看到了一个中国,一个真实的中国,以及生活在这个国度上伟大的人民——包括客家人!

当然,也包括她自己!

第二节 爱情、历史与文化泥土
——评韩素音长篇小说《瑰宝》

一、意象:月亮与坟墓

> 这坟墓是一部厚重的大书,
> 它讲得太多、太深、太难懂……

在韩素音的这部经典名著中,这么两句话,竟让我合上书页,几乎不忍卒读。本来,作为一个不乏中华文化熏陶的女作家,她在《瑰宝》里自始至终贯穿的关于月亮的意象,带给读者的是温馨、明亮、柔情似水,令人感到亲切,哪怕再凄美,也不至于有所隔膜。但坟墓却不一样,作者描写香港的生活环境,总是不惜笔墨去写墓地、殡仪馆,等等,这与中国人的习惯就有些隔阂了。读到这两句诗,自然会一直联想到马克最终未能逃脱的死亡,这贯穿始终的坟墓的意象,竟几乎压倒了月亮的意境。于是,艾略特的名诗《荒原》开篇的"死者葬礼"以及诗中"这拥护的城,充满了迷梦的城,鬼魂在大白天也抓过路的人"的名句,也统统在耳边响起。

"月上柳梢头,人约黄昏后",月亮永远是爱情的见证。而坟墓则是死亡的证明。爱与死,从来是文学的永恒主题,爱情与死亡意识,正是《瑰宝》这枚光闪闪的金币的两面,于是,爱情也就成为死亡唇边上一丝凄美的笑意——也许,凭此,我们方可读懂这部"厚重的大书"。东方诗情中的月亮与西方名诗中的坟墓,就这么在韩素音的书中交织在一起。

与此同时,不仅东方与西方,而且文学与历史、艺术与社会种种,也统统在她的书中结合在一起。一如她所说的:"作为欧亚人,介乎两种文化之间……这两种文化,对我个人性格的形成显示了巨大的历史性力量。"她不仅走上了文学的殿堂,也同时被邀请走上过大学的历史讲坛,被视为一位历史学家——在她的文学名著中,每每有超乎文学的历史力量出现,成为历史的见证,而书中包含的历史哲学观,正是其文学作品拥有永久魅力的秘密所在。

《瑰宝》乍一看,无疑是一部爱情小说,写了一个从一开始便注定难有美好结局的爱情故事,一位欧亚混血儿的寡妇与一位有妇之夫的"love affair",无论他们之间是怎么真诚,怎么爱得你死我活、惊天动地,都不会为世俗所容,更何况正处于战争带来的动乱、惶恐与痛楚之中。于是,死亡抓走了这人生旅途上的匆匆"路人",爱情也就似昙花闪现出它的惊艳之后亦归于寂灭。按中国传统写法,这完全可以写得波诡云谲、曲折离奇、哀婉凄艳、催人泪下。

但韩素音并没有这么做。

《瑰宝》已远远超出一般的情爱小说,作者历史哲学的修养,让爱的震撼力借助于历史提升到更惊心动魄的程度,同时,由于爱所辉映出的时代的色彩,也就使之不会陈腐而永远鲜活。

我正是这么理解《瑰宝》的开篇,的确,开篇女主人公与马克的对话,本就不是口头语言,而是一种书面的,不,是纯粹的心灵的对话。所以才有马克对韩素音的那句话:"我知道你十分痛恨回忆往事的腐烂气味。"

正是这句话,定下了全书作为往事回忆的绝无腐烂气味的格调,所以,半个多世纪之后,我们仍能够把《瑰宝》作为一部新书来读,甚至有些富有哲理的段落,会让你觉得是今天才写下的。譬如下面这段话:

"你上当了,"我说,"这是一个制造了大骗局的时代。在这样一个时代我们敢于不再把自己称作罪犯、自私且卑鄙的小人。我们都想当正常人。如今正常人就相当于好人。个人的热情过于强烈是错误的,也是难受的,不合时宜的,所以是一种罪恶。热情让一个人脱离群众(herd),而群众很容易被招惹起集体性的狂怒,这是一种培养出来的恐慌之心、仇恨之心和维护正义之心的爆发。这是一个大众向被误解的抽象观念奉献的时代,也是一个被报纸的废话和对大多数人选票的认可掏空的时代。在目前这样一个时代,一个大众中的普通人,无论是向善还是向恶,都是谨小慎微的。他们的精神追求的是安逸和安全。为自己的所爱而死已经变成了荒诞不经的事情。爱不过是一种明智的妥协,一种用避孕措施来保证安全的民主。为自己而生活几乎变得没有可能,因为我们再也经不起上当受骗了;我们再也不敢经受谴责了。"

不能让我们引发很多的思考么?对那样一个时代谴责,显然并没有与日俱增。历史投下的深深的暗影,并不是那么轻易摆脱得了的。我们都是历史之子,韩素音正是清楚地了解这一点,笔端才如此凝重。

也许,"坟墓"的真正意象,正是历史,所以才太多、太深、太难懂。我这一解读,不知韩素音会认可否?

贯穿全部始终的这两个意象,可以说是爱情与历史(抑或死亡)的争夺并没有完结。当读到马克死亡之前最后问及月亮的那句话时,没有人不心碎。

二、历史:过去与未来

秦时明月汉时关,历史似乎在短短的几个月或一两年中,奇异地凝聚在了一起。在韩素音爱情故事的调色板上,我们骤然遭遇到了不同色调。

首先,自然是香港。1949年10月,共产党的军队已直逼广州,离香港仅咫尺之遥。各色各样的逃亡者,都把它视为诺亚方舟,可它却只是难民营。似乎不用复述,仅引用一下书中的几笔描写即可以了。

> 这香港已成为民主的窗口,上海骗子、美国传教士、中国教授、国际商人、失业的国民党将军、北平妓女、伦敦待嫁的姑娘和大陆大烟鬼的遁逃薮、难民、政治流亡者、众多被新世界赶出来面临穷途末路的人物、陈腐的旧社会遗民、无所事事地游荡在大饭店里的人、野心勃勃的人、无处可去的人的避难所;这是香港帝国的雏形,是中国的居住了二百四十万华人的赘疣;这儿有共产党、国民党,也有无党无派的人士和许许多多墙头草似的人物。香港这个熙熙攘攘的大市场,从骨子里就注定了它的兴旺。生命、爱情、灵魂、鲜血以及所有在太阳底下制造和生长的东西都可以在这儿买卖、走私、靡费。

如果说,人们都还明白,香港不至于被即时"解放",至少没有生命之虞,可10月的重庆,当年国民政府的陪都,却已是另一番景象了。尽管解放军还没有那么快到达那个地方,可那里的统治者,却已陷入了末日的疯狂,除设法逃亡外,如韩素音的三妹素尘,正是她唤来自己的姐姐,为她办妥了去美国的签证,其他的惶惶不可终日者,竟以杀人来掩饰、抑制自己的恐惧,到处都动不动地杀人,处决"犯人",一片白色恐怖,无任何理性可言了。

这也是韩素音所亲历的。

与此同时,她也到了已经解放了的一座小城,一如她所意识到的,江山易帜,"这是铁板钉钉的事儿。这样一种地火的爆发是不可避免的。中国人民拥护共产党不是因为他们都信仰共产主义,而是因为国民党太不得人心、太令人失望、太腐败。这将是世界上最大的也是流血最少的一场革命。"她倾心地欣赏青年团员们焕发出来建设新世界的热情，而且也深深地眷恋她曾生活过的大陆，看到了城市与乡村的历史巨变，感到了一个新社会所充满的活力，并为共产党人忘我的工作精神所感动。然而，革命以运动的方式否定传统，否定个人自我价值种种，却让她这位在西方受教育时确立的自由主义、个人主义价值观的优雅的知识女性，难以适应……

可以说，解放前夕的重庆是必须告别的过去，而解放了的小城则是进行时态中的未来，只有香港，处于过去与未来的不确定状态中，对困惑、迷惘的女主角而言，后者当是无可奈何的选择。就这样，过去、现在与未来，都交织在她的身上，也交织在她的爱情当中。正是这种矛盾的交织，最终撕裂了她的爱情，也撕裂了她的恋人——马克，一方面，他向往朝气勃勃的、他长期生活过的中国大陆，却因为历史的原因，大陆一时不能接受他；另一方面，他对美国大兵在朝鲜虐杀百姓发出人道主义的谴责，可他却不能不服务于这样的入侵者的军队，只能自嘲道："想一想我们给我们所谓的读者编造了多少谎言。我们一刻不停地给千百万公众派发最新的流言蜚语。'夸大狂'是我们的职业病。"而他最终则死在了战场上。

这便是历史，一部高度浓缩了的历史。不久前，笔者曾以"文学、历史的未尽之言"为题，写过一篇评论，《瑰宝》不也是如此么？难怪大哲学家罗素曾评价过韩素音的文章，说读她一部书，胜过在中国生活一年，这话说得一点不假。

三、根：文化与命运

在韩素音这部书里，除开众多写得栩栩如生的新人物，如苏珊娜、"不要哇"等人物外，我们又遇上了她很多书中的"老熟人"——三叔。

在韩素音所有作品中，三叔始终是她心中的中国传统文化美好象征、道德楷模，乃至偶像。在人心惶惶、枪声不绝的重庆，尽管这位三叔对即将来临的新政权仍不甚了解，可他对旧政权却绝无依恋，他非常严肃地指出："没有一个政府在背弃了道德之后还能维持它的统治。国民党政府已经失德，所以注定要垮台。"仅此一条就足够了，不需要其他理由。一如作者评说的：尽管他的说法并不全面，但他知道，这个世界不属于金钱，不属于武力，不属于数量的优势，而是属于道德。

书中下边这一段，我们当又一次体察到作者所一再追寻的"残树"之根：

> 三叔、三婶站在那里，笑容中透出些许凄凉。他们没有做任何手势，只是用柔和、伤感的眼神看着我。我们不知道我们能否再相聚。翻天覆地的变化即将发生，但这个家庭不会离去。他们将留下来。避难所不是给他们预备的；美国不是给他们预备的。无论什么样的风暴来临，他们都不会离去。他

们不属于外面的世界。他们属于中国。当这里还有人饿死的时候，他们怎么能逃避？怎么能去西方淘金？怎么能空谈个人的自由？对他们来说，对这片土地以及这片土地所养育的人民的接纳和忠诚，这种血脉相连的关系决不仅仅是报纸上的漂亮词句。他们不知道民主的意义，但他们知道这是他们的祖国，他们有义务留下来。他们不是随风飘荡的落叶，只知道关心个人的解放。他们是根子深深扎进土地中的大树，不怕撼动，也不在意枯枝败叶的掉落。财富和幸福都是由命运之神掌握的，凡人的使命就是承担起命运之神给予他的一切，决不逃避。

她是这么理解三叔的，而这，与对自身的认识，更是密切相连，毕竟，这里有割不断的血肉相连，更有割不断的文化之根。作为一位知识分子，一位有历史感的作家，她与她的三妹，虽然同一血脉，但是，后者缺的，却是泥土，扎根的文化泥土，她是这么区别二人的：

> 我有归属感。我的根就扎在这里。如果我也去选择一种自我解放的生活方式，去追求一种脱离这块土地的个体精神的自由，逃进一个更安全、更温馨的世界，我就会慢慢地枯萎、死去，因为我的根就在这里。我终归是要回来的，这也是无法摆脱的宿命。但是她的天性与我不同。她不是一株用粪便和中国的黄泥汤喂养起来的粗壮、顽强的野草。她是一朵无需将根扎入泥土的兰花，优雅、漂亮，只有生活在温室中才会心满意足。她属于秩序井然的文明，属于雅洁的房间、温和的气候、经过修剪的草坪。她是弱不禁风的。她的性格非中非西，亦中亦西，既有西方女性的温柔、文雅，又有东方女性的善良、随和。在她身上，你看不到严酷、强悍、疯狂的痕迹。

整部《瑰宝》，我们都可以看到这一根意识，哪怕是"东方的地，西方的天"的香港，韩素音都真切地感受到这一切，这是她的宿命，无论是欢乐还是痛苦，所以，她能豁达、坦然地认识到："我们平等看待给我们造成痛苦和带来欢乐的生活体验。总有一天，我们对这两种体验都会发出笑声，会认为两者都是宝贵的财富，在平等看待一切的苍天面前具有同等的价值；我们会把它们当成我们人生经历的一部分记下来，把它们当成命运送给我们的礼物接收下来。"

就这样，在香港——重庆（这一已解放的小城），韩素音体会到一种更为博大的与历史交融在一起的爱。

结　语

作为爱情小说，韩素音作品不仅具有中国情调与西方韵律，更不乏哲理的深度；而作为一个历史转折时期文学的见证，这部小说却写出了一般史书所不具有的更为广泛的人性与心理层面上的东西。同时，也浸透了文化之根的意识。正是从这三大层面上来评价，这部小说达到了一般文学作品所少有的文化广度及历史深度——这正是它至今仍具有强大的艺术魅力的原因。

韩素音是客家人的后裔。她的漂泊，也许正是这个民系先天所赋予的。尽管这篇小说不像她的巨著《我的根在中国》，并不时刻意强调她客家的出身，但是，仿佛是有意无意，《瑰宝》中却仍写有客家女人的精彩一节，毕竟，香港新界的原住民，有不少是客家人。

> 几十个身穿黑衣的客家女子，戴着她们特有的那种黑布围边的平顶草帽，排成蚂蚁似的一行列，正一担一担地挑土。山顶一点点被吞噬掉，露出了一片被绿色树丛包围着的赭色的土壤，上面散布着那些女人留下的一个个小土堆，好像指向苍穹的手指。这些土堆的高度可以表示出有多少土被运走了、这些女人该得到多少报酬。最后她们还要用自己赤裸的双足和木板把这片地面整平，这样才能在上面打地基。

这似乎是不经意的一笔，但平淡的叙述中，我们却可以品味出作者对这些客家女性的全部关爱。

她们，或许正是她的另一个身影。

第三节　泰华客家文学：跨文化传播

一

这些年来，由于工作关系，出入泰国的机会多了起来。毕竟，笔者在主持一个客家文化研究所的工作，而泰国的客家人则在我的研究视野之内。只是惭愧，每每到曼谷，都受到泰籍华人作家热诚的接待，他们的书房里，都少不了我的文学与学术作品，如《客家魂》三部曲等。谈起文学，他们对我的作品的了解程度，竟比我这位研究者对他们作品了解得多。这次，华人文学的聚会，重点又放在泰华文学上，我当还这笔心债矣。

刚给他们制作完了《泰国客家人》的专题片。从历史上看，最早到达暹罗的，当是南宋末年，曾追随陈宜中勤王的客家人。厓门兵败后，少数人撤至越南，辗转到了暹罗。不过，客家人较大规模到达泰国，则是在清代与民初，他们与泰国社会的融合，可谓经历了一个多世纪。而这一个多世纪，无论是中国，还是东南亚包括泰国，都经历了无数的风雨。历史的沧桑，不仅写在了每位华人的脸上，而且记录在泰华作家的作品中。每每捧读这些作品，我们不仅可以体会到华夏文化在字里行间的流淌，而且更读出百年风云在泰华作家心灵上打下的烙印，那种远离故园，努力在新的国度中找到文化认同与开放性的建构。

这无疑是一个艰难的、痛并且快乐的过程，一个从客观的入乡随俗到主观的心灵契合的过程，一个充满无数反复、变化的动态过程，如同已有过的叩问：我从何而来，又往何处去？生活场景的变换，地理环境的变换，乃至心理空间、价值取向的变换——这也就带来了文学观念，从内容到形式上的变换。无疑，这正是一种跨文化传播。跨文化传播指的是来自不同文化背景的个体、群体或组织之间进行的交流活动、彼此冲突、交互与融合。当今，则成为了"地球村"中人们的一种生活方式。在这种跨文化的传播中，才会渐渐脱胎或者凸显出一种文学。正是在世界华人文学的大格局中，泰华文学方才有了自己的个性、自己的风采。

几年前，笔者曾在海外的华人刊物中提出这么一个观点：

> 当今世界，华侨华人的数量，已有4000万，在经济上可以算是一个强国了，那么，在文化上，当也不应弱于欧洲一个大国吧？应该说，华文文学，开创了另一个"东方世界"，更开创了一部色彩斑斓的文学史。①

这段话曾引起很大的争议。然而，我绝不为此后悔。我想，时间会证明一切的：这毕竟不是虚拟空间中的"东方世界"，也更非无中生有的另一部"文学史"。

事实上，泰国文学也正给了我这一证明：建构一部华文文学史的信心——也许我不曾去做，但我相信，一定会有人去做。这样一部文学史，势必会给华夏文明增色！

当然，这样一部文学史，必是跨族群，也是跨文化的。如今，世界上关于跨文化传播已成为热潮，不少学者沉浸其中，写出了不少有真知灼见的研究文章。泰华文学，自然也是这样一种跨文化的传播，一个跨族群的建构——这不独指华人中广府、潮汕与客家不同的族群，也包括泰国人在内。只有这样，方可以在文学中开放性地建构出自己新的文化身份，融入所在国度，也融入整个世界。我写这篇文章，正是试图在这方面做出若干的探讨。

二

孔子有云："礼失求诸野。"

这一直被作为经典引申到华侨身上。人们常说，正是海外的华人，把原先从国内带去的文化传统保留得最多、最原汁原味。这当然是一个文化学问题，可以争论。但是，由于国内经历过"十年浩劫"，的确把不少传统毁灭掉了，我们今天

---

① 李少儒：《诗心》，引自《客音扬芬》，泰国客家文艺联谊会文丛编，第84页。

才不得不"求诸野",力图使之还原与复苏。当然,事物总是逃不过"否定之否定"规律的,我们所还原的,未必就完全是同过去一个样,但至少心灵可以得到些许的慰藉,不至于太过恓惶。

文学上也是这样。我们不难看到,泰华文学的若干名篇中,中国古典诗词的意蕴,似乎比国内当今的诗歌要厚重一些,味道更浓一些。这自然也是"礼失求诸野"的一种,只是就文学这一个层面而言。这也不难理解,在内地,20世纪50年代的苏化,而后的"文革",均置传统于不顾。80年代后,西方现代主义以及后现代等又如潮水一般涌入,文学自然也就面目全非了。倒是在海外,相应有一个独立的、隔离的人文环境,"古韵"反而变异得不大,相形之下,就显得纯粹得多,古朴得多——这也是跨文化传播的一个特例吧。

我们从诗开始。中国是诗的国度,从屈原、李白、杜甫,到苏轼、辛弃疾、陆游,代有名人出。泰华文坛,诗的地位也很高,已故的著名客籍诗人李少儒,是20世纪抗日战争之后迁居泰国的,出版的诗集有《未到冰冻的冷流》《中秋诗集》《诗画卷》以及合集《桥》《五月总是诗》等,论著则有《锦绣泰国》《求剑集》。他在《诗心》一文中称:

> 诗也与艺术的创作一样重在追求真、善、美,诗所以言志,唯有能出自诗人心灵中的真诚,才能扩拓出善的意境,表达出美的蕴涵。
>
> 我对诗学的观点,是以诗的"美"和"善"来建立群体性的文化生活理念。①

他这一诗的宣言,与"诗言志",与"诗可以兴,可以观,可以群,可以怨"的中国传统诗学当是一脉相承的。那么,他在实践中,也就是写诗过程中,又是怎样的呢?

《客音扬芬》一书中,选了他的散文诗剧《月魄诗魂》。这部诗剧以传说中李白追月的故事为蓝本,其实,却是借李白之口,浇自己心中块垒,一开篇,便吟道:

> 我不愿拖着一条长长的
> 用诉说的断句去写的族谱。
> 回忆:都印在脚底的纹理里;
> 由坷坎的历程把它磨平!

这正是一位漂泊者内心的倾吐。无论族谱,还是回忆,都不忍再牵动离愁之苦,让坎坷去磨平好了。

---

① 李少儒:《月魄诗魂》,引自《客音扬芬》,泰国客家文艺联谊会文丛编,第68-70页。

而后，更是杜鹃啼血般的凄苦：

> 我不愿苦苦缀连——
> 一串辗转反侧的啼痕。
> 在一页腥味的血书上，
> 证实历史是悲剧写成的情节。
> 我是一首透明的绝诗，
> 大宇宙下爱裸体醉吟！
> 淹渍血泪的根，无需龙袍伦袓，
> 姓源失落于刀斧共舞时刻……
> 当悲剧散场后，我捡拾
> 撒落台下许多与风尘交谈的情结。
>
> 我从天上来，还从天上去……
> 从星星的瞳孔中我探索到爱的遗址。
> 在长云暗雪中找到失落人本的自己，
> 我未曾吟过一句整齐的、俯首听命的诗！
> 但，我的五腑脏壁刻着中国山河，
> 双眼是不减的火烛探索着我的选择。①

这一段诗句，触及到了"失落人本的自己"以及后文"中国破碎的山河"，我想，于作者而言，完整的人本与故国的山河当是同构的，诗文中古典汉语的功力，与漂泊异乡的现代诗行的结合，已不仅仅是"礼失求诸野"了，多少已经有了新的文化因素的掺入。我们再往后看，李白"殉月"，更是有了西方的"酒神"精神，"用诗去燃烧月亮"了：

> 我永远不愿放逐我酒的性格，
> 醉，以后用诗去燃烧月亮！
> 我持着月魂的金烛之光，
> 从唐朝出发追寻几千年以后关于诗的传奇。
> 泅在酒海的惊涛澎湃中，
> 除了明月共舞，我忘却了人类的乳名，
> 我不是一条可以容锦袍触身的生命，
> 我原是一首狂飙的旋律。
> 当一泓爆裂的血性吟成历史长卷，

---

① 佟英：《扫墓》，引自《客音扬芬》，泰国客家文艺联谊会文丛编，第47页。

  有一般寒气侵月伴着大力起伏的呼吸声。
  我一生拥抱明月凉在袒胸中醉眠，
  世人呢？他们不会长醉，因为他们嗜于饮血！

这是李白的终结，也是作为诗人李少儒最后的期冀。

人们也许说，这些诗，似乎也有内地诗歌一度有过的"朦胧美"，但它的结构宏大、场面广博、想象飞扬、意象奇诡、诗韵铿锵，以及强烈的生命意识与理性精神，则不同于已有过的朦胧诗；同时，也与传统的中国古典诗歌拉开了距离。

读《月魄诗魂》就如在一部宏大的交响乐中，去追寻艺术生命之真谛，让你久久不能自已。

三

虽说"礼失求诸野"，在海外的华人聚居地，如唐人街，人们还能沉浸在浓浓的中华传统文化的氛围之中。然而，就算一座小城几乎都是华人，可也如波涛中的一座小岛，一旦走进去，你就立即感知，这不是祖先的家园。

因此，我不难理解，那么多的泰华作家，他们的笔下，还是与中国难舍难分。

佟英，原名吴佟，现尚健在，却比已故的李少儒年长6岁，他生于1922年，如今已85岁了。他是泰华作家协会顾问，被称为泰国的"客家文坛大佬"，已出版有《佟英文集》《只因为爱着》《湄南情丝》《刈不断的思恋》等诗文集。

《扫墓》当是一篇小说，可读下来，却是中泰两国华人的一个缩影。回来扫墓的老妈妈，当年是在湄南河畔相夫教子的，可旋即华人华侨遭到了厄运，侵略者下令逮捕当地人士与华侨的爱国者，她丈夫被迫逃亡。而送去中国读书的儿子，在战后找到时，竟在狱中，母子相见，方知逃亡在外的丈夫已悲愤病逝于异乡。又过了30年，当母亲又得到了儿子的消息，回乡扫墓，还意外与失去音讯40多年的女儿重逢——一家人终于在亲人的新墓前团圆了。泰国华侨近一个世纪的悲欢离合，都高度浓缩在这一短篇里了。

  乡亲们为她们的到来感到喜出望外，人们热情地接待她们，有的上了年纪的人拄着拐杖蹒跚走来，拉着海外归来的亲人的手，流着泪水，对老人谈起她丈夫的往事；有的人叫着亡人的小名，哀叹他自幼失去双亲孤苦伶仃，称赞他聪明热心，从小就是个勤劳勇敢的人；有的说他有造化，老了终于回来安息在自己的胞衣迹的地方。①

---

① 赖锦廷：《爱的世界》，泰国客家总会编印，第1页。

"安息在自己的胞衣迹的地方"一语，是何等欣慰，又是何等沉重！只有客家人，才会把自己出生的地方叫作"胞衣迹"。所谓"胞衣迹"，即是孩子生下后埋胎盘的地方，因为在客家人看来，胎盘是生命的先天之根，埋进土地方可根深叶茂。从"胞衣迹"到安息之处，分明是华夏文明那无法剪断的精神脐带，笔者之所以选中这篇，正是为"胞衣迹"这三个字，不，这一称呼，这一习俗所蕴含的叶落归根的文化意蕴所动。

礼可"求诸野"，但"胞衣迹"却是永远改变不了的，这不仅是生命之根，而且是文化之根，精神之根。

也许，《扫墓》在佟英的作品中未必是最为突出与优秀的，但作为评论家的选择，却是有自己的准则与价值取向的。从湄南河畔，到故国的"胞衣迹"所在，千山万水，系结的是怎样一种乡情、亲情的文化纽带。80多岁的老妈妈一去70年前的故地，就这么一下子簇新、轻快了起来，生命就是这么延续与生生不息的，诚哉！

比佟英晚一点的饶公桥，也是泰华文学中的佼佼者，出版过《亚承之死》小说集，《祖国的微笑》散文集，《晨雾·石莲·荷花》诗歌集。2000年，年已古稀的他又出版了短篇小说选集、散文集与散文诗选集。

他的小说名篇《亚承之死》与《人与狗》，都是对社会黑暗有力的鞭责。《亚承之死》中，亚承蒙冤入狱，释放后，最后也没能走出心狱，在重重的精神折磨下上吊而死，而他的死"正好像小鸡被野狗攫去，引起一阵骚动罢了"。《人与狗》中，那只漂亮的小狗"占美"与主人已水乳交融了，却因为它的忠诚，令主人每每厄运不断。最后，"占美"被枪杀，主人亚明也被关被罚，一位同伴认为所有灾祸均因"占美"而起，说"占美"为"不祥之物"，亚明却一针见血："那不关狗的事，那是关于人的事"。

草根阶层的命运，始终是饶公桥关注的焦点。文学离开草根的大地，成为贵族宫殿中的装饰品，是永远不会有出息的。泰华作家始终没忘记自己的天职。

四

几次到泰国，我都很欣喜地发现，文学绝不是几位弄文舞墨者手中的玩物，而是深深扎根在整个泰国华人这一个族群之中。这自然是一个有悠久文化传统的华夏古国不可割断的血脉，但也是海外华文文学在营构又一个"东方世界"的牢固的基石。其实，跨文化传播本身亦包含各个不同的层面。

这一次，我不仅拿到泰国华人大学生们的诗文集，一批老作家新的力作，而且意外地得到泰国客属总会理事长、泰国留中大学校友会副主席赖锦廷的几本文集——《情系大地》《爱的世界》，以及他促成出版的《客家人》等书。

前任中国驻泰国大使晏廷爱在为《爱的世界》所作的序言中是这么写的，赖锦廷出生于泰国，"正值新中国成立后不久，他与众多的侨生一样，满怀激情离家赴中国求学"：

> 大学毕业后他选择回泰国。然而那时中泰尚未恢复外交关系，各方面往来受阻，只得辗转香港并在那里滞留了几年，最终才得以回到泰国。不顾回家之路的艰辛和曲折，为的是把学到的知识奉献给泰国社会，奉献给两国人民的友好事业。①

他终于在事业上获得了成功，但并未忘怀于文学。这么多年来，一直笔耕不辍，写下了不少文采斐然的散文，读下来，令人感佩不已。这令笔者联想到中国"儒商"的传统，是的，即便到了国外，这一传统也未曾断裂。因此，前不久，应梅州市所约，笔者主编的《客商》一书中，在写到海外客商时，还特地引用了他在《爱的世界》中的一篇文章，引用的文字不短，这里也就用一小段吧，这是他怀念父亲写下的散文《平凡中见伟大》：

> 先父一生操劳，到七十岁那年，还帮这帮那，不肯停下来享清福，他经常提着一桶桶沉重的旧银货，从楼下铺头提到五楼的熔银场。有时脚酸，有时背痛，有时累得喘不过气，人家劝他好好休息一下，他总摇头，笑着说："没什么，我还行。"直到后来，生了病，躺在床上，还念念不忘要帮孩子们做生意，先父就是这么一位终其一生只记得关心别人、很少顾及自己的老人。先父也非常热心公益事业和社会福利，他在侨社方面也担任过一些职务，但从不认为自己是侨领。他很同情，也很尊重贫苦人家，因为他本身就是在穷苦中出身，他不善于巴结权贵，也不懂得奉承豪门富绅，只怀着一颗赤子之心去热爱众生，先父常训导我们："为人处世，与其锦上添花，不如雪中送炭。"

这一父亲的形象，当不仅仅有中国"积德行善"的意味，只怕亦包含作为"佛国"泰国"普度众生"的胸怀。这一说，又回到了跨文化传播的话题上了。

其实，对于整个人类，无论东方与西方，亦无论中国与泰国，毕竟其共性还是要大于个性，如热爱和平、救死扶伤、守望相助，等等，总是要大过相争斗、相猜忌乃至敌视的，人类总归是在不断地缩小差异而走向和谐，在这方面文学当充分发挥磨合作用。因此我说，在世界上，还有另一个"东方世界"，尤其是华文文学，更是这另一个"东方世界"的具体表现。那么，这样一个"东方世界"，不早已交融在整个世界的文化当中了么？这也反映了世界今日的开放性与多元化。

---

① 赖锦廷：《爱的世界》，泰国客家总会编印，第131-132页。

我想，泰国的客家文学，当可作为这样一个个案，传递非常丰富的信息，以证明这种跨文化的传播与文化的交融如何呈良性的发展，证明文化更多的是在相容而非对抗，从而建构起彼此相容、和而不同的文化身份，令这个世界更和谐，也更多姿多彩。

第四节　本真的生活，本真的人
——读刘荒田《星条旗下的日常生活》

一

刘荒田，不管是笔名还是真名，这名字总让人觉得怪怪的。是呀，荒田怎可以成为一个人的名字呢，就算贱叫阿猫、阿狗，都比这不毛之地要实在得多。

也许这名字与他的创作有关，他笔下的历史、事件、人物，仿佛都与这"荒田"的意象分不开。当然，今日的美国西部可不是当日西部牛仔横冲直撞的荒原，仅仅一个加州的GDP就比许多欧洲发达国家多得多，用时下的话来说，它富得流油，何荒之有？

大概名字本身是没道理可讲的。把刘荒田的散文与他的名字硬扯到一起，也同样没什么道理。其实，东西文化的差距使各自的精神空间也大相迥异。即便在国内，人们不也讥评香港乃至广东均为"文化沙漠"么？虽然香港是世界三大电影基地之一，与加州的好莱坞、印度的宝莱坞并驾齐驱。而从世界视角而言，不少地方，包括华人世界，绝无视粤港为文化沙漠的偏见，他们甚至视那里为自己的文化本质、精神故乡。刘荒田是广东人，生活在加州，改革开放之初移民，所以，他亦不例外。解读"荒田"的意蕴，也许并不比艾略特的《荒原》容易。当我们把他出身的文化，放在一定的时间（历史）与空间（大洋的两岸）的纵横坐标中定位，也许，还能把握住若干精神与生命的特质来，寻找其本原、本色乃至本能。

荒田是我的朋友，是我们的好朋友，是很多中国忠实读者的真朋友，这是毋庸置疑的。不然，他的散文集何以在短短的几年中一下子在中国大陆出满了足足的一打——12本！这个数字，不说一般的散文作家，就是已被称之为散文家乃至散文大师的，恐怕在这几年中也难达到。散文不比梁凤仪、琼瑶之类的流行小说，可以一下子抛出十几本来。散文是得讲功力、讲文采、讲情感，也一样讲思想的，得精雕细刻，得炼字锻句。写一篇好散文比编个什么故事，往往要难得多。一位已在美国打拼了20多年的中国移民，今日写出的文章，能在国内有如此广泛的市场以及深远的影响，是值得探究的。这不比改革开放之初，人们对外国还充满了新奇感，诸如《北京人在纽约》，可一炮打红。现在，这么多年了，连纯文学作品在国内都濒临市场的危机,可荒田的这些散文竟一下子拥有那么多读者,奥秘何在?他的散文,究竟在何处,又一次触动了中国人的心灵?在经济全球化的背景下,他是怎样牵惹起大洋两岸文学读者的共同诉求呢?这样的追问,还可以一口气写出很多很多。

也许,这也同样是一个"荒田"之谜。

近年,由花城出版社等新近推出的刘荒田的散文选本,当可谓"荒田"之中,一下子茁壮冒出来的嘉禾茂卉,令人惊诧。这无疑是一片丰产田,不仅有稻米高粱、鲜花香草,更有灌木丛林,丰富多彩,目不暇接。

虽不能说是字字珠玑,篇篇锦绣,但确凿无疑是用真性情,用血,用汗,也用泪锻造出来的,无处不撼动着你的灵魂,把一颗心搓揉成碎片,令你欲哭不能,不忍释手。无论这是在太平洋的此岸还是彼岸,也无论在时空隧道的这一端或另一端,你都不能不动容,不引发绵长的思考,在长长的喟叹之后,轻轻揩去眼角的清泪——恍惚间,这泪已染成了绯红,一如篇末戈云的评论:"悲情在岁月中泣血"。

二

我一直很难想象,在做酒店的打工仔之余,刘荒田是怎样写出这十几部散文来的。十多年前,我有过与他一样的经历。同在北美这片土地上,在一个香港人开的泰国餐馆 King & I 里工作,从洗碗到切菜、配菜,甚至当过大厨,末了,还荣升为侍者,与洗碗机较量,给顾客倒水送菜,那份劳碌,非笔墨所能形容。好几回,深夜一两点钟回到住处,放一浴缸热水,泡进去,竟睡着了,直到水凉冻醒。那时,什么诗情,什么画意,早扔到爪哇国去了,哪有心情写诗,写散文呢?

可刘荒田却早早是这么过来的,而且,把他所在的餐馆当作观察美国社会众生相的"根据地"——原谅我用这个特定时代的红色字眼,目不转睛地盯住芸芸众生,用一支生花妙笔,忠实地记录下来,艰难地追踪下去,终于捧出这一本本的大书。

坦率说,刘荒田的这些散文,细细品味,认真思索,我想不比老舍的名作《茶馆》差多少,而且更丰富多彩,更催人泪下。他所在的餐馆自可比老舍的茶馆,而这餐馆的各色人等,不似茶馆仅有中国人,而是有整整一个世界,因为这是一个"在旧金山的纳山岭立了接近 100 年"的五星级宾馆,不道来宾,只说里边的几百员工,乃"来自 10 多个国家和地区:萨尔瓦多、尼加拉瓜、秘鲁、德国、法国、菲律宾、中国、波多黎各、南斯拉夫、英国。绝大部分是第一代移民……"(见《死亡假面——我的顶头上司为什么自杀》一文)①。时代的变迁,

---

① 刘荒田:《星条旗下的日常生活》,花城出版社 2003 年版。本节引文皆出自该书,不另加注。

其大跨度自是可想而知，不同民族文化的冲突交锋及错位，这已非一般人所能把握。而不同阶层的众生相，千人千面，更让你眼花缭乱。刘荒田却娓娓道来，丝丝入扣，把事件尤其把人物与命运，梳理得让你叹为观止。他的毅力已让我自叹不如，他的洞察力也一样让我由衷叹服。有谁能把握住这比茶馆更为丰富、更为厚重、更为深刻的一切？他所面临的是不同文化的碰撞以及文化融合，而他所秉承的中华民族文化也在其中颠簸、震颤。然而，他不曾迷失自我，我也不曾迷失自己的文化身份。也正是在这不同的差异中，尚可反省自己，确认自己的身份。那种民族文化身份的危机，反而不曾在这纷纭杂沓、林林总总的异质文化包围中发生或扩大，这令人联想到"老僧入定"——荒田又是如何把持住自己的文化之根，当又是一个谜。

我突发奇想，当有一天，有那么一位剧作家，把刘荒田所在餐馆中的各色人等一一请出来，让他们各自把精彩的一面在舞台上"秀"那么一遭，其效果，当比《茶馆》不知要轰动多少倍。

但愿能有这样的有心人。

否则，辜负了荒田这番心血。

三

说"芸芸众生"，我立即可以想起荒田笔下诸多人物。读罢《"田德隆"区人物志》，我眼前便有一个个栩栩如生、性格各异、命途多舛的人物："半工"杰西、经理比尔、大学生亚力斯、难民阿标、大汉大卫、过气模特迈克、流浪汉拉利、厨师麦克斯、摄影师戴夫、吧女爱米、健力士杰克……自然，在别的散文中，诸如吉米、老板胡立欧，还有《破折号之间》的华尔特，一个个都让我过目不忘，他们太突出了，与我们此岸的生活反差太大了。

我忘不了荒田关于华尔特的结论：

> 华尔特是以"本能"生活的人。准确地说，他是对本能不加伪装的人。纯为满足本能而活，在婴儿时代，是生命的本色；成人以后还是这般，质量没有提升，一任原始欲望主宰，则只算低级的生命。然而，及时行乐，不是许多缺乏宗教情操的人的人生信条吗？华尔特因为独身，因为自由，走得更远，放纵得更彻底罢了。

的确，习惯于伪饰自己，掩藏自己而生活惯了的中国人，恐怕会对华尔特这种"本能"的人表示不屑。但读罢，我却想反问，所谓的"文明"，不就是让人加上一重又一重的面具么？最后，连自己的本能也丧失殆尽了。反过来，华尔特的本真，却能让你激赏，让你感动——如他不让女儿探监，怕女儿"自尊心受伤一辈子"而不忍心……

是的，无论沦落到怎样底层的人，只要他保住了自己一点人的尊严，那都是值得你敬重与理解的。荒田对华尔特的认识，以至在篇后引译了长长一首英文诗《感谢，为了我"破折号"中的一切》所蕴含的情感，我都不难理解。

末了，我又想，荒田笔下有那么多的人物，一个与另一个，绝对不会混淆与错乱，无论是白描体还是丰赡体，一般各有千秋，这又是什么原因？

固然荒田的笔力令人钦佩，可我还以为，由于各自的社会环境不同，人的个性展示也自有不同。我们过去的小说，每每是似曾相识、雷同、重复，人物类型化、概念化，这不可以仅仅责怪作者，因为社会本身也几乎要把人倒在同一个模子中，致使个性无法表现。而荒田之所以把人性的每个层面表现得淋漓尽致，恐怕也在于，人们在他面前，也不需要伪饰自己、隐藏自己——这与作者人格有关，也与社会环境有关。

当人的本性能充分展示，当人的潜能可以充分发挥——这，不啻是社会的福音。我想，大陆读者为何对荒田笔下的"芸芸众生"如此热衷，内中的隐情，恐怕是不点自明了。

的确，任何一种文化只有与其他文化相比较，方得以凸显、获得理解，找到自己的位置。而刘荒田文中散发出的华人文化意味，不仅是与外国文化相比较而存在，同样，也与我们的传统文化相映衬而存在。所谓"观乎人文，以化天下"，我想正是在不断的比较、汇合、交融中，文化方可获得动态的发展，赢得良性的整合，东西方的人文方可化天下。

四

荒田的散文，真实、质朴得如同生活一般，但却不乏哲理与诗情，所以才中看、耐看，关于这些，戈云的评论中已有了。我不大喜欢说人家说过的话，更不愿重复自己，所以，这里仅就别人未曾提到的荒田散文的一个重要特征谈一下我的观点。

这个特征是与他擅长在散文中刻画人物分不开的。一般散文能把人物写得活灵活现的实在是不多见。散文家不比小说家，散文的强项当在哲思与抒情上，刻画人物当让给小说家。

而荒田不仅有小说家刻画人物之长，同样也有小说家叙述故事、制造悬念的本事。这本事，我是在他写老板胡立欧之死那篇长散文（足有近2万汉字）中察觉到的，后来又在别的文章中得到证实。

胡立欧自杀了，怎么自杀的？这已是悬念了。为什么自杀？这更是悬念。作者每每找到一个原因，却很快又被推翻，再找一个，仍被推翻，一波三折，如剥笋一样，一层层地把一个人的本性给剥出来，这实属不易了，可他的解剖刀仍在无情地深入下去，让死人也出血！一个春风得意、"最不可能选择自杀"的人，居然自杀了，最没争论的成了最有争论的。

这里不再追述诸如殉情、破产、失业一直到 HIV 的谜底，我只想引用文末的一段话，这当是此文的点睛之笔！

> 死亡是瞬间的事，他缺乏灵性精神生活的一生中，最为不可思议的"神来之笔"……所谓"性格即命运"，所谓"悲剧和必然性具有本质的联系"这一立论，本身就值得怀疑。如果死亡偏偏不是生存状态这棵树上所结的"逻辑之果"，而是他某时某刻的冲动，是死神的即兴创造呢？

无常，也许是最永恒不变的。我相信荒田的这一段话，我们何苦去苦苦追寻一个原因、一个结果，或一个理由、一个论断呢？也许世上本来就没有这个，我们的寻找从来也都只能是徒劳。

所以，人生的荒诞、小说的荒诞，都在题中之意。

人生感悟上这个层次，不是那么容易的。

五

我希望再读到荒田更多的散文。

这种在倥偬岁月中，不凭借静思而永远处于动态中的随想，每每其一闪光中，便包含有大彻大悟，当非寻常人可做到。

荒田散文之可贵，便在这里了。

因此，无论是"侨味散文"还是中文散文，刘荒田都是独树一帜且拓开了自己的一条新路——哪怕是"光荣的荆棘路"。这里，倒想借用他在《雨思》中灵媒的一段话，与他共勉：

> 记住，生命不是匆匆忙忙地赶向一个目的地；生命，无非一个个日程，过好每一个日子，你就于心无愧。

行文的深刻，不在于故作的哲理沉思，有时往往是貌似平易却颇耐咀嚼他脱口而出的一句话。这句话，似乎有西方的价值理念在里边，同时，也不乏一点东方的禅意——灵媒当是西方话语中的角色，其说出来的，却又暗合禅机，难得！

荒田就这么构筑了一个在西方语境下的"东方世界"，一片"荒田"上长出的菩提树！

第三章 文学的两个"东方世界"

第一节 浩瀚宏大的中国文学的历史画卷
——评"阅读中国：新中国成立以来长篇小说500部精品选本"

在新中国成立60周年之际，由文化部、中国国家图书馆、教育部、中国高教文献管理中心、中国作家协会、中国作家出版集团联手，共同发起了"阅读中国——当代文学精品（数字）工程"，遴选并推出了新中国成立以来长篇小说500强。从新中国成立以来数以万计的长篇中精选出不到百分之二的优秀作品，工程之大，难度之大，可想而知。但是，这一努力，毕竟获得了广大读者的认可，众多作家的支持。尤其是2009年2月，温家宝总理出访英国，在剑桥大学建校800周年之际，把这500部长篇的选本连同中国历史上众多著名的典籍一道，作为"中华数字书苑"这一国礼，赠送给了这所世界著名的学府，希望世界更了解中国，尤其是中国5000年灿烂辉煌、源远流长的历史文化。

兴奋之余，当我们回过头来，重温这500部长篇小说，势必会问，它们为何会成为"阅读中国"最生动、最鲜活，甚至是最经典、最权威的选本？其成功之处又在什么地方？

一

我一直主张并坚持历史——美学批评的观点，既写过《历史——文学批评的广角镜》，亦写过《文学，历史的未尽之言》等文章，倒不是因为我身兼二任，既从事文学创作，又从事历史学、文化学、人类学的研究。事实上，中国文化的传统，便是文史哲不分家。一位作家不能洞察历史，也就很难把握住现实，写出具有永久魅力的艺术作品来。曹雪芹、莎士比亚可谓中外这方面的两大成功的借鉴。正如恩格斯所言："较大的思想深度和意识到的历史内容，同莎士比亚剧作的情节的生动性和丰富性的完美的融合……"所强调的，便是历史与审美的有机结合。正是立足于这一基点上，我们来看这500部精品选本。毫无疑义，长篇小说从来是代表一个民族文学的最高成就。我们不敢说，当代中国的长篇小说已有了巅峰之作，但至少可以说，这500部长篇小说正是代表了攀越顶峰的可贵的努力。当然，

也是新中国成立60年长篇小说的最高成就。它既包括了半官方或官方评选出来的大部分茅盾文学奖、国家图书奖的获奖作品，也包括众多在读者中呼声颇高、喜闻乐见，既不乏思想深度，亦颇具艺术修养的好作品，大多都经受至少上十年的历史考验。如历史题材的《曾国藩》，现实题材的《废都》，当初问世时亦不乏非议，但一二十年过去了，随着思想的解放，历史的进步，人们对其中巨大的历史与思想内涵有了新的认识。于是，非议之声日趋远去。它们的入选，也就成了我们时代开放、前进的标志。类似的长篇，我们还可以在这500部中找到很多。

二

历史，不仅仅在现实中留下投影，更是现实中无可回避的建构。历史哲学中常用的一个单词project，就包含这多重的意义。新中国成立60年，历史题材的作品几度起落，实质上也是当代文学建构的演变。20世纪初史学界经典格言"一切历史都是当代史"，所言不虚。

十卷本的《李自成》当是新中国成立60年的前30年与后30年之间衔接的重要作品，也是这两个时代转折的产物。它尊重历史，所以当有一席之地。而后的《太平天国》在历史观上已有了长足的进步。同时，作家们的历史视野也随新时期的演进而打开了。曾被视为禁区的帝王将相也走进了当代文学的殿堂。从《秦相李斯》到《少年天子》，从《滕子京谪守巴陵郡》到《张居正》《张之洞》，它们对历史的深刻剖析与反思叫人扼腕。而《秦淮世家》与《白门柳》又是另一番风景。至于《李后主浮生记》《隋炀帝遗事》则给我们提供了"另类"的阅读历史的角度。

在传统文化"士农工商"的排位下，商为末位，从来入不了正史，连族谱中也不屑一提。随着改革开放，海洋文明之风自南向北劲吹，人们才回过头来重温孙中山这位民主革命的先行者所言的"物尽其流"的真谛。其实，裕国通商早在明清十三行之际，南方便已有了这个意识。于是，《大盛魁商号》在20世纪80年代寂寂无闻，到21世纪却红火起来并有了续篇；《漕运码头》俗中见雅，道尽其间的酸甜苦辣；而《第二十幕》书写了民族工商业崛起的艰难；《茶人三部曲》亦写尽中国三大出口名产（茶、丝与陶瓷）之一的历史沧桑。《十三行遗嘱系列：赝城》虽未充分展开当年远胜于晋商、浙商、徽商，在大航海时代于国际上大显身手的十三行行商的丰姿，却从一"遗嘱"入手，与现实相映衬，引出了颇为深刻的历史遗训。在自然经济主宰的中国，直至今天，我们真正走向海洋文明仍步履维艰。对比新时期的"商战"小说，感慨之余，究竟缺少什么，不足以发人深省么？

三

　　文学即人学。而马克思主义更认为，"人并不是栖息在世界之外的东西。人就是人的世界，就是国家、社会"。阅读现当代长篇小说，我们发现现实主义的创作手法始终是这60年的主流，且雄辩地证实，人的本质"在其现实性上，它是一切社会关系的总和"。

　　《三家巷》的"三家"，当是现代史上"社会关系"的缩影；而《前驱》《我是太阳》，以及《保卫延安》《中原逐鹿》《东方》等，更在残酷的血与火的大战中，把人性演绎得淋漓尽致。当然，还有《皖南事变》《重庆谈判》，尤其是《红旗谱》系列、《野火春风斗古城》《风云初记》这些十七年间的红色经典，是几代人没齿难忘的。及至到了《战争和人》三部曲、《历史的天空》等，平心而论，中国的战争文学的多姿多彩已经并不亚于苏联的卫国战争小说了，应有专家做系统、全面、深入的研究。"阅读中国"500部中不乏这类精品，正提供了这一契机。

　　土改，无论是社会主义还是民族主义国家，从来是以正面价值得以肯定的，和平的、暴力的均如此。中国作家瞩目于这一题材，早期有《暴风骤雨》《太阳照在桑干河上》等著名的长篇小说，享有国际声誉。后来的《春潮争》《风雷》《古船》也各有千秋。土改之后，如《山乡巨变》《香飘四季》等，尽管有时代的制约，可实现"现实主义的胜利"，仍多少表现出历史的真迹来，而它们各自在方言的发掘与运用上，更显出语言的功力。

　　当然，我们也还有对"文革"反思的作品，如《中国一九五七》《将军吟》《乌泥湖年谱》《幸存者》等，毕竟时间的距离相对不远，我们未可用浅尝辄止来评述，但其中的探究，还是有血有肉的，有所突破且值得进一步肯定。

　　而到了新时期，从伤痕文学、寻根文学、新写实主义还有知青小说、文化小说、改革小说等一路走来，也有不少作品在这500部中占有突出的地位。在年出上千部长篇的今天，我们当等待历史最后的淘沥，让其冲刷出金子般的光泽。

四

　　人类学、民族学、历史学一度被界定为从蒙昧到文明的不同程度之学问，显然，这是西方中心论的产物。而今，人类学已经成为了一门涵盖众多学科的重要学问，不再是蒙昧、野蛮的转义。文化人类学也在中国成为了显学，把民俗学、民间文化，乃至民族学、社会学也囊括其中。长篇小说本身所有意无意表现出的人类学的内容，更逐渐引起了学者的关注。文学人类学亦脱颖而出。

因此，一部长篇的人类学内涵，也就相当引人注目。所以，《最后一个匈奴》能一版再版，而《英雄无语》中关于客家族群的迁徙史诗、土楼建筑以及《秦腔》《马桥词典》《泥日》《鹿衔草》《女巫》《醉乡》及《空山》系列，在表现民族文化上，尤其是其中的非物质文化遗产，无疑将成为文学人类学研究的重要蓝本，当把我们的历史—美学批评，引导到更大的深度与广度。

因此，《城市守望》《歇马山庄》《青木川》《河魂》《京门脸子》等长篇小说，也拥有众多的人类学内涵，从而让城市人类学、文学人类学大有用武之地。

在这里，我们更不能忘记一批少数民族作家对多元一体的中华整体文化的重大贡献，诸如《茫茫的草原》《穆斯林的葬礼》《美丽的南方》《无性别的女神》《骚动的香巴拉》《喧嚣荒原》《紫苔红菱》，等等，均给我们展现出了各个民族绚丽多姿的历史文化，以及它们对中华文化这么一个共同体的不朽贡献。500部选本中，少数民族作家作品的比例，远远超过其人口的比例，这也说明他们在历史进步中迈出了多大的步子，当引以为豪。

我想，这批作品作为"国礼"赠送给诸如剑桥大学之类的国际著名学府，对让世界了解中国，了解中国各个民族，了解中国的历史与今天，当是太及时，也太有必要了。过去，在欧美的图书馆中，我们看到的中国书籍大都是通过某种偶然的机会流入，从而让研究者以偏概全，引发了这样那样的误会。现在，总算有了一个比较全面的选本，颇叫人欣慰。

五

全国政协委员、中国作家出版集团管委会副主任艾克拜尔·米吉提在推出这500部精品长篇小说时说："这是为了弘扬新中国文学的丰硕成果，培养广大读者对主流文学的阅读取向，提供更好更多更便捷的精神产品的一次努力。而这个选本，亦可视为文学传播的薪火传递工程。他们的努力，也正是广大读者的祈望。"

因此，如何全面、系统、深入地评述这500部长篇小说所形成的"规模效应"，正是广大文学研究者责无旁贷的重要任务。它对我们的文学批评模式，对跨学科的研究等都提出了新的要求，当沉下心来加以比较、思考，这也应走在国外对这500部精品研讨的前面。为此，谨以这一篇小文章，抛砖引玉，内中势必有不少疏漏处，还望大家多多批评指正。

第二节 用生命照亮这个世界
——评黄运基"异乡曲"第二部《狂潮》

一

在海外华人作家中,不论以华语写作,还是英文写作,他们写的仍旧是东方的故事,无论是古老的中国还是当下的中国,尽管有些变形,有点变色,但仍万变不离其宗。这样的作家,从林语堂到今天的严歌苓,都写得相当出色。毕竟,他们的亲自体验还是童年与青年时拥有的,而不少人所瞩目的,则是自小在异域长大的第二代、第三代华人,他们的笔下会是怎样的一个"东方世界"?

终于,我们读到了黄运基的"异乡三部曲"。

读罢"异乡曲"的第二部《狂潮》①,心中也陡地掀起了狂潮,久久难以平息。本来,我是想等黄运基先生把第三部写完,再一并写一篇评论的。但是,这阵子我却沉不住气了,提起笔来,以抒胸臆。

《狂潮》一开始,就写到主人公余念祖的一段心理活动:"他的思想此刻也像太平洋的狂潮一样在脑海里一波接着一波地冲击着,这是他从未经历过的一种震撼性的感觉,这使他一时无法平静下来,他甚至分不清楚这是突然袭来的惶恐呢,还是压抑不住的愤怒。"是的,他"自小梦寐以求的美丽的自由乐土"——美国,此刻给予他的正是这种惶恐与愤怒。他朦胧地意识到:"爷爷来过,父亲来过,来寻找他们的美国梦。但是什么是他们的美国梦,他们也不知道,他们也没有找到。他们只晓得当牛当马,长期忍受着被人歧视的屈辱,只要能让家里的妻子儿女不挨饿就很心满意足了。现在他也来了,继续寻找这个他也不甚了了的美国梦,他只知道这个梦一天没有破灭,他就一天不会放弃。他虽然常常处于诚惶诚恐的心绪中,却仍要勇敢地顶着随时随地刮起的风浪。"

这段话,也许便是解读这部长篇的一把钥匙。在这短短的岁月里,狂澜不断地扑来,好几回陷于灭顶,可他又重新挣扎出来,继续踏浪而去。

"这是一个疯狂的年代,这是一个黑白混淆的年代。"余念祖经历的实在是太多、太多了。华埠里贴满了黑名单;青联的若干会员突然失踪;《金门侨报》被迫停刊;华人领袖余锦棠被加上莫须有的罪名而被拘捕并判了刑。在麦卡锡主义的疯狂下,展示在刚刚成人的余念祖面前的现实,何止是铁色的?

余念祖不想逃避兵役,到了军营,受尽了歧视、折磨,最后竟还背上"非美

---

① 黄运基:《狂潮》,沈阳出版社2003年版。本节引文皆出自该书,不另加注。

活动"的嫌疑,接受军事法庭的审讯,被驱逐出部队,并授予一份惩罚性的"不荣誉退伍证",剥夺了退伍后应得的一切福利,包括助学金,无法找到一份工作。但这一切并不曾了结,一直发展到马丁·路德·金为一位被杀的黑人致悼词,末了,连他自己都被谋杀了。

这该是怎样的一个"美国梦"!

余念祖由幼稚走向了成熟,由软弱走向了坚强,由迷惘走向了清醒,他似乎是一个人踽踽独行,却又不曾孤独过。渐渐地,他走出了一个浑身闪光的"黄金人"!一如笔者在评论熊国华所写的黄运基传记《美国梦》中所说的:

> 正是《狂潮》与《美国梦》,让我心中渐渐形成这样一个意象:在那样的一个漫漫长夜,灵魂左冲右突而不知所终,却有如余念祖这样的人,在无边的人类之黑暗中孑然而立,以不可理喻的执着,去寻找那么一丝的光亮。多少世纪过去了,多少代人寂灭了,这种寻找可以说是"全军覆没"。这个黑暗王国不曾出现过什么白光,哪怕是灰白,雾一样的白。但仍有人不竭地前行。而这些人并不曾照亮过黑暗,黑夜如磐是无法透过任何光的,只是他们为后来者的想象中,添加一些光的幻觉。

然而,正是这一幻觉挑起了某种并不明确的希望,并鼓励后人在黑暗中继续抗争,哪怕是没有补偿的抗争,直到最后,他们才会兀地发现,原来,光明不是可以寻找到的,也就是说,不是外在的或外来的,而是发自于他们的内心世界,是他们自己用生命来照亮这个世界,他们自身便是光明。他们就是光芒四射的"黄金人"!

用这样的意象,去诠释余念祖的爷爷、父亲,一直到他本人,还有书中诸如马丁·路德·金、余锦棠、"静坐喝咖啡"的林恩、游行示威中壮烈殉身的马伦,同样,也包括像素云这样普普通通却具有罕有意志力的华人及其后裔。当然,书中出现的诸如茱莉、占美等,无疑是恰如其分且振奋人心的。

我想,黄运基这个长篇的魅力正是在于出现在书中的上述这些人物,均在不同历史时期的锻击中闪耀出了夺目的人格光辉,那发自内在的人格光辉。他们的生命意志是何等地坚忍不拔,何等地光芒四射,不曾在岁月中消磨,无时无刻不在激励着后来者。这是光明的呼唤,是生命的呼唤,这种呼唤冲开了重重阴霾,也警示了今日的浮浅。是的,无论是光明还是自由,都不是乞求得到的,也决非恩赐,而是靠自身的发光,自身的拼搏,虽殒身而不悔。

黄运基笔下的一切,对我们是何等地逼近。昨天分明可以在今天找到自己的影子,而今天也分明可以在昨天找到自己的先兆。那么,明天呢?正是在这种过去与今天、梦与现实的聚变与裂变、分离与重逢、痛苦与欢乐、死与生的交替间,我们的精神世界才会除却芜杂、积垢与浑浊，变得清明、简洁与澄碧。余锦棠死了，可他身上却覆盖上了复刊的《金门侨报》，上面用特大号字体套红突出标题：美中关系展新页。

这个结尾是意味深长的。

生命并未到此完结，老人的执着终于在去世之前得到了回应——这自然便是新生命的开始，欢欣雀跃的开始！

二

经历过20世纪60年代的人们，相信没有任何一位会忘记黑人民权领袖马丁·路德·金博士那篇著名的演说《我有一个梦想》。在黄运基这部记录着那个年代的长篇中，金博士理所当然是出场了的，而且在因示威游行而献身的黑人青年马伦的追悼会上发表了类似的演说，他说："小伙子被害那天，我才知道他的名字叫马伦，但是，他是我的好兄弟，是我们的好兄弟！他的梦就是我们共同的梦！这个梦，就是我们所追求的自由、快乐、尊严、人人生而平等！可他的梦未圆就被杀害了。这么年轻！马伦的梦碎了，他是为了我们的梦圆牺牲了啊！"

梦未圆，梦碎了，有多少梦圆不了，便被打得粉碎！

可仍有人，有很多很多的人执着这样的梦！以一种不惊不变去应付天翻地覆。于是，在这样的姿态下，生命获得了不同寻常的意义，与永恒的精神融为了一体，悲哀不再，伤感不再，唯有努力向前！

美国梦究竟是什么呢？

余念祖40年代乘坐米格将军邮轮去美国时，梦中的美国是一片"美丽的自由乐土"。的确，在那个年代，著名的政治家、美国总统罗斯福就有过"Four Freedoms"的许诺。这"四大自由"便是：言论自由、信仰自由、免于匮乏、免于恐惧（英文的"自由"，"Freedom from"包含有"免于、解脱"的意义，这才有"四大自由"的组合）。然而，口头上的承诺不等于事实上的执行，从口头到事实，不仅有漫长的时间，甚至有血腥，50年代的麦卡锡主义，便是对这"四大自由"的反动与践踏，而"美国梦"也就由此一再被粉碎。

以美国发明与制造第一颗原子弹的著名核物理学家奥本海默命名的文献剧《奥本海默案件》，让我们看到另一个美国，一个在麦卡锡主义时代疯狂了的美国，动辄就给人加罪、暗中监视人、私拆来往信件、窃听电话的美国，一个无从谈起"四大自由"的美国。奥本海默蒙冤十年，被指控有"叛国"嫌疑，并受到长达四个星期的审讯，直到1963年才恢复名誉，《狂潮》中的余念祖还有占美等蒙冤的经历，其实完全可以成为同一部历史的佐证。

在审判台上，奥本海默的最后陈述，迄今仍让我难以忘怀。他是这么说的：

"人类要在这个变小了的星球上学会共同生活,这样的希望看来很渺茫,希望在并不遥远的某一天,他们会把生活的物质的基础建立在新的仁爱的发现上面,这种希望同样也很渺茫。这本来是可以将物质的自由赠予我们的生活的,这种物质的自由是幸福的先决条件之一。但人们必须说明,我们的现实无法提供这些希望的依据。"

这段话,与《狂潮》中余念祖的律师库恩发出的感慨可以说是一致的,库恩认为:"麦卡锡主义已经把美国的民主、自由和人权残酷地践踏得支离破碎了,这年头,政治的是非黑白已经被一些居心不良的政客扭曲得不成样子了。"

我不知道,在奥本海默心中,美国梦已经成了什么——他同余念祖一样,当年也是因向往这片"美丽的自由乐土"而来到美国的,并参与领导美国第一批原子弹的制造,被誉为"原子弹之父"。可他与余念祖一样都遭到了"忠诚"的质疑,余念祖甚至被推上法庭,与父亲"对簿公堂"。父亲竟是作为儿子"不忠诚"的控方证人出庭。这种有违人伦、反人性的指控究竟说明了什么?

人们不禁要对"忠诚"二字产生怀疑。

如同奥本海默所说的,这不过是让他们成为"某种政治形势的牺牲品",为"政治"这么一个极端狭隘的伦理中心主义牺牲,从而"过于盲目地忠诚我们的政府"——其中居心不良的政客。

在《狂潮》中,主人公余念祖面对的是不止一次的审判。

第一次,他只是旁听。法庭指控余锦棠有"与敌通商"之罪,说他在《金门侨报》代办美国华侨华人汇款回中国构成了这一"罪行"。审判结果是余锦棠入狱三年,罚款一万美元。

第二次,他成了被告,而且是在军事法庭上,一连三天,三名审判官一直围绕着"效忠"问题向他反复质询,并指控他有"非美活动"嫌疑,结果是他被驱逐出军队,并发给一份惩罚性的"不荣誉退伍证"。

第三次,他竟被指控"非法入境罪"。只因父亲向移民局坦承本性余,而非周,而儿子未跟着"坦白"过来,父亲竟成了移民局指控儿子的控方证人。

三次审讯可以说构成了这一段历史的"核心和意义"(黑格尔语),作者正是借助这三次审讯的呈现,"抛弃只具有相对意义的形式和特征,而代之以能反映出事件的主体的那种形式和特征"(黑格尔语),集中体现出那几个年代中美国司法制度的荒谬。

因此,这部《狂潮》使"被置于审判台上的不是我(余念祖),是美国的司法制度"。这一后果"完全是美国当年排华的结果"。

我们很难做出保证,会不会有"第四次"的审判,因为那样的一部历史并未过去,它那长长的阴影一直延续到今天。

但这正如《奥本海默案件》的剧作者、著名作家基普哈特借主人公的口所说的"这是一场必须进行到底的战斗"。也如他所质疑的,一个更自由的、解放的社会可能是什么样子的呢?大家一味追求经济目标而精神上却像一个畸形儿,这总不能是人类发展的最终目标吧。

无疑,这也属于"美国梦"的范畴——正如我早就说过的,切勿把这个"美国梦"变成一个"金钱的神话"。否则,人类的爱心、智能,也都会无限地退化了。

让我们再回到马丁·路德·金博士的演说《我有一个梦想》上吧!

只有在那样的梦想中,无论是对奥本海默的审判,还是对余念祖的审判,才会最终被证明是荒诞、反动与野蛮的!

三

20多年前,在中国,Beat Generation一词,被译为"垮了的一代",我不知道这译法是否准确。任何翻译都很难百分之百准确,因为不同的语言是不同文化的载体,英语的思维方式显然不同于汉语的思维方式,对这一翻译,我始终抱着怀疑的态度。

后来,我译了A.米切纳的《漂泊者们》,由于得不到出版商的答复,译出10年仍未能出版,很是遗憾。但是从这部小说中,我多少了解到Beat Generation是怎么回事。他们并没有垮,尽管他们群居、吸毒、狂唱流行音乐,可这是一种对现实不满的表示。他们不满越战,争取选举权利,鄙视父辈的殖民主义。于是,造成了当年纽约一夜之间抓捕数万人的纪录。当年最响亮的口号是:"Make Love, Not War!"译过来便是"要做爱,不要战争!"还有"大麻烟火,Yes, Yes, Yes!越南战火,No, No, No!"

这是不同于汉语思维方式的口号,也是对现实不满的一种发泄!《漂泊者们》的主人公们逃避兵役,反对越战,兴建黑人教堂,争取信仰自由与人权,不满父辈在殖民地作威作福。于是,纷纷逃到一个被视为"世界青年的首都"——西班牙一个叫"风车塔"的地方,群居、浪迹,开一部POP大篷车逛世界,从欧洲到非洲。他们有的因吸毒而死,可大多数都寻找到了新的生活方式,甚至向往着东方。

那是美国作家笔下的Beat Generation。而今天,我却发现华人作家用汉语写下的Beat Generation。毫无疑义,茱莉、詹姆斯是典型的这一代人,林恩(夏莲)、占美,包括余念祖等也是这样一代。作者在描写旧金山金门公园举行的"爱之夏"反对越战的露天音乐会上,写到了茱莉与余念祖的重逢,也写到了茱莉与詹姆斯的同居乃至滥交——而音乐会上自称为"花的孩子"的这三万青年疯狂的口号,与我翻译《漂泊者们》见到的口号是完全一样的。这就是我为何如此关注《狂潮》的原因。当它在《美华文学》上转载时，我便开始用它与《漂泊者们》相比较。可以说，我所看到的历史场景，在东西方不同语言的描写下，是何等惊人的一致！

因此，正是在茉莉写给余念祖的十三封信中的第一封中，我理解了这一代人：

这些年来，为了立足，为了生存，为了我的理念和发展，我完全背叛了我的家庭，我的确付出了很大代价。由"花的孩子"在金门公园举办的"爱之夏"反战音乐会中，你与我重逢时，后来又从数以万计的反战示威队伍中，看到我同防暴警察拼命对峙遭到殴打时，你奋不顾身地救我突围，你也许想象不到我会变成一个这么激进的女人。

过去几年来，我努力求安静，尽可能让自己摆脱越南战争、社会动荡所带来的冲击。可是我不能！我们这个社会疯了！我们的领导人疯了！

我也给弄得疯了！

我天天声嘶力竭地呼喊："要做爱！不要战争！"

Beat Generation 并不是汉语意义上的"胡来"，因此，"垮了的一代"的译法显然带有某种偏见。不错，他们是反叛的一代、张扬个性的一代、超越的一代。当然，他们也放浪形骸、颓废沮丧、疯狂发泄。但是，他们并没有"垮掉"，事实上，正是这一代人中出了诸如克林顿等"战后的一代"的代表人物。

也正是这一代人争取到了"选举权利法案"，长期被剥夺了选举权的黑人，在第二年的投票中就把蒙哥马利市长轰走，并让新市长把种族歧视狂的警察局长革了职！

越南战争，也在这一代人手中结束了。

一直到《狂潮》末章，联合国通过决议，恢复中国在联合国的一切合法权利，尼克松准备访问中国。

回想余念祖在军事法庭上充满自信的答辩——"中国一定会恢复在联大上应得的席位，并为此付出沉重的代价。"谁能不感慨万端呢？要知道，其间的时间跨度，是整整二十年！余念祖从一位刚成年的孩子步入了中年！

历史铸就了这一代人！

四

如果说，"异乡曲"的时空是横贯两大洲，穿越了两百年，那么，在《狂潮》中追忆的华工修建中央太平洋铁路时历尽艰难、受尽凌辱的岁月，便是这部历史的开始！

正是这两百年的历史记忆使得黄运基笔下的长篇具备了一种史诗的气魄。

的确，在华文文学中，时间跨度如此之大、塑造人物如此之众、记载的历史事件如此之多，在黄运基之前尚未有人。而把握好如此重大题材的更鲜有人在。

在全世界的华侨史上，尚未有人能驾驭、创作出如此全景式的气势磅礴的华人几百年拼搏史的"长河小说"来。当今世界华侨华人的数量已近4000万，在经济上可以算得上是一个强国了。那么在文化上当也不应弱于欧洲一个大国吧？应该说，华文文学开创了另一个"东方世界"，更开创了一部色彩斑斓的文学史！"异乡三部曲"，当在其中占有特别的一席之位！

它是几百年，中国人拓殖海外、落地生根的历史见证！

它更是华夏文化与各种文化交汇、激活的有力见证！

历史上，中国从来就是一个文学大国、文化强国，这绝不会因为经济上的一时积弱而丧失掉！华人的文化自尊正是由此而来！毕竟，我们是绵延有5000年文明的古老的民族，当一个古老谦和的民族与一个年轻气盛的民族碰撞时，尽管由于过久的隔膜与文化上的落差，造成种种误解、冲突乃至争斗，但最终交融与激活总会成为主流，和平与友谊会成为时代的最强音。《狂潮》的最后一页正是预示了这一辉煌的前景！

但我们不能忘却！

不忘却，正是为了创新，不让已有的屈辱重演；不忘却，也是为了继承，从历史中吸取勇气与力量；不忘却，更是在两种文明中当好摆渡人，在茫茫的黑暗中做一个"黄金人"，靠自身发的光去照亮征程！

在黄运基之前，有人是这么做的，我们可以列出数以千计的前行者，而在他之后，也当有更多的后来者！他们曾是"金山梦"的追梦者，可他们最后则发现，金山不在别处，就在自己的心中。于是，他们的人格光辉也就照亮了岁月，照亮了历史！

他们的灵魂也就镀上了金子的光泽！

当"黄金人"走进了历史，走到了时代的前列，我们的希望也就不再是虚妄的幻觉！

狂潮是否已经远去，是否还会再来？

这也许一时难以预料。

但是，在狂潮中走出的一代"黄金人"，势必坚定不移地朝前走去，放射光明，这是毋庸置疑的。

我正是抱着这样的热望，等待继《奔流》《狂潮》之后的"异乡三部曲"的第三部问世！

相信这第三部能给我们更多的惊喜、更大的信心、更燃烧的希望！

那时，不仅仅有"中国梦""美国梦"，而更有一个中国古人已有的"大同梦"或"世界梦"!

我们应当拥有一个美好、和平的世界，一个相互沟通、理解的世界!

第三节 海上丝路上第一束文学浪花

——评洪三泰《血族》三部曲之一《女海盗》

2000多年的海上丝绸之路，当有多少义薄云天的壮举发生，又有多少哀婉凄艳的故事在流传？

浩淼无垠的大海，贯穿亚非航线的丝路，朝朝代代，年年月月，似乎都在等待，在呼唤，在渴望，曾经在它的惊涛骇浪之上有着出色表现的人们，能记录下这2000年不老的历史，这2000年勃发的激情。

这期盼似乎太久了!

虽然，对海上丝绸之路研究的著作已出版了一本又一本，可记录它的文学作品却迟迟未出现。

谁堪担此重任？

谁能有此大手笔？

读毕诗人洪三泰的又一部长篇小说《女海盗》，一时间竟不知如何把握住它，踌躇数月，也未敢落笔加以评述。只是渐渐地，脑子里出现了若干关于大海的名著，像海明威的《老人与海》、麦尔维尔的《白鲸》，还有苏联作家格林的《踏浪女人》。但是，洪三泰的《女海盗》当是另外一类大海的作品。当然其间不乏大海的共性，包括大海所塑造出来的硬汉式的形象。《女海盗》石白金与桑地亚哥、窦玛利、那位踏浪女人一般硬如白金、光彩灼灼、气贯长虹。但是，石白金又与他们不同，有更多的特质，在诡谲多变的大涌，包括人类社会之海的大涌中，她是个异类，不可以与他们简单予以比较。

该如何着手进入这第一部海上丝路的小说，进入主人公的心灵世界，进入诗人苦苦营造的这样一个不比寻常的文学之海呢？

开篇如诗一般凝练的几句话是解读这部狂暴而又充满了诗情的长篇小说的钥匙：

千万年的季风掠过南海、印度洋。

神秘、神奇、神圣的雷州半岛在苍茫中守望。

一百年前，一个女海盗从浪尖上滑过，于是，在人们的脑海里，掀起了惊心动魄的海啸。

女海盗已随风逝去，一种灵光却成了海天的永恒。

命运之舟靠谁驾驭？生与死由谁主宰？是什么让大海失去重量？

是呀，是什么让大海失去重量？谁可回答？

要回答这个问题，当还得从大海说起，先进入狂涛汹涌的大海方是！

一

让我们先来解读洪三泰笔下的大海。

不了解他笔下也是心目中的大海，则无法了解他这部大作中形形色色的人物，无论是大善还是大恶，是英雄还是盗贼，是好汉还是凶徒……

洪三泰笔下的大海，给读者的第一印象是狂暴的、变幻莫测的："这海，早、午、晚三色分明：早上黛绿；午时赤如红土；晚上则呈黄色。三色海本身就是一个谜。其风急浪高时，像乌云滚滚，自天而落，或从远方涌来，挟着隆隆雷鸣，惊天动地，令人魂飞魄散。"

从一开篇，主人公石白金便陷入这狂怒的大海之中，九死一生。我们还可以看到，海上的飓风，是怎样把一支支船队倾覆，打个粉身碎骨；把一个个村庄卷走，把一株株巨树连根拔起，扔到几十里地之外，大海无处不潜藏着阴险诡诈的可怕杀机，无时不积蓄着令天倾地陷的破坏力。大海自有大海的脾气与性格，大海自有大海的胸怀与哲理，大海说不尽，道不完。

这令我想起麦尔维尔对大海的描绘以及对人的召唤：

因为汪洋大海本身就寓有最高的真理，无边无涯，像上帝一样高深莫测。

因此，与其可耻地冲向下风，不如灭亡在那呼啸的无垠中，哪怕下风是安全的！因为只有那些虫豸似的东西，才会畏缩地匍匐到陆地去！多可怕的人啊！难道所有这些苦楚都是徒劳无益的么？被崇拜的人呵，你勇敢地恩爱吧！你这被崇拜的人呵，从危险的海洋的浪花里冲出来啊——振作起来！

从《女海盗》中，我同样在对大海的描绘之中，听到了作者对人的召唤！对一种崇高人性的召唤，一种足以与大海相抗衡，也足以相媲美的力量的深情的礼赞！

石白金就是这样的人，丈夫在官府与海盗的合谋中殒身。为了复仇，她忍辱负重，凭一身武功，从海盗中钓出几十艘船与几百人马，成为让人闻风丧胆的女海盗。一时搅浑了南洋、马六甲与印度洋。

在世人真伪莫辨、忠奸难分之际，她以过人的勇气和胆识，周旋在陆上的土匪、大洋上的海盗、朝廷统辖下的官府，尤其是外国侵略者及其帮凶洋海盗当中，出奇谋，动奇兵，挽狂澜于既倒，灭强敌于乱阵，从而威震一方。

她比血性汉子更血性！

她比大海更狂暴也更有胆魄！

正是她，令大海失去了重量！

家仇国恨凝聚在她小小的躯体上，她能不为此坚强，为此睿智，为此狂野，为此彪悍,为此高大起来么?

是大自然的海赋予了她大海一般的性格,却是人类社会的海令她有了比大海更不可征服的力量,从而铸造出这样一个独特的"女海盗"。

乍一看,故事大都是发生在茫茫的大海之上,似乎与人世隔绝。然而,就在这茫茫大海中,人世间的一切,都毫无遗漏地一一再现。外国侵略者的狼子野心、洋海盗的狂妄自大、清廷官府的腐败残暴以及土匪海盗的嗜血成性,这一切比大海的狂暴只有过之而无不及。借助大海这么一个舞台,洪三泰尽现中国近代历史的波诡云谲。作者就这样通过对大海的渲染,寓情于景,随物宛转,令大自然与人、人与社会有机地融合在一起,显示出五彩斑斓的奇幻色彩,同时也揭示出人物隐秘的内心世界。把各自的命运放到大海与社会中去锻击,看它化作一缕烟尘,还是溅射出灿烂的火花。

二

也许,作家宏大的叙事,不仅仅是依托于大海这样的一个舞台,更是得自于大海本色的启迪,从而显示出对历史、事件与人物高超的驾驭能力。

一个女海盗牵动了多少历史的经纬与时代的风云!

石白金的家仇——不仅是丈夫冯彪的被杀,这里还包含着老百姓与清王朝势不两立的世代仇恨。广西提督苏元春的阴险、残忍、穷凶极恶,本身就是这个封建王朝气数已尽的曲折反映:丧尽人心,还能苟延残喘几天呢?

横行海上的大盗、出没山林的土匪,也是这个王朝的丧钟。这个王朝不可能起到任何保护老百姓的作用,所以才盗贼蜂起,处处都见草头王。

家仇,也就成了国恨。

而腐败的清王朝更成了西方列强的案上鱼肉,他们一个个张开了血盆大口,好吞下偌大一个中国。广州湾的割让便是这一背景下发生的。作家敏锐地审察到了这一大背景对于整个故事的意义,并予以充分展开,使小说更有了厚重的历史感。

石白金先是俘获了"老虎鱼"索直里——这位横行马六甲海峡的洋海盗,后得知正前往广州湾实施侵略割地的法舰巴斯葛号舰长苏元春正是这位洋海盗的兄长,她后来智取了苏元春。

然而,苏元春最终仍被侵略者救走。

可以说,真正的海盗、清朝官府以及外国侵略者,表面上似乎水火不相容,可内里却相互勾结,狼狈为奸,把坏事干绝。

而另一方,则是人民,具有民族意识、历史正气的人民。

小说把错综复杂的社会关系,人物之间的恩恩怨怨,都有机地交互在一起。正是这种关系的交互显示出人是社会关系的总和的哲理,深刻地展现了当时的民族矛盾、阶级矛盾，所以才这么厚重，又如此大气。抗法英雄一时间出现在广州湾内外。知县李钟珏、民众首领冯照忠以及吴炳泰、陈铎、石虎等是刀光剑影中英雄的群像。他们的民族抗争精神使中国南方的近代史显得更加辉煌。

由于线索相对复杂一些，加上这是个三部曲，第一部当属展开部，因此，建议作者在今后再版之际，列出一个人物的谱系，以便于读者阅读，同时，也为后两部的充分展开并推向高潮打好基础。事实上，第一部各方势力，其主要人物大致已经登场了，细读下来，读者心中已经有底，不妨再强化一下。

三

前边提到世界上关于海洋的几部名著，其中一部是苏联著名作家格林的《踏浪女人》，这是他另一部名著《帆船》的姊妹篇。

其实，这个"踏浪女人"的形象和中国东南沿海的妈祖天后几乎一样，都是在惊涛骇浪中把遇难的船员营救出来的神话式人物。可见，不管是北欧的海洋，还是南中国海，都会产生几乎相同的神话。

而神话，也是人性的一个折射。

说这一条，我是想强调，从北欧瑞典歌德堡到雷州半岛徐闻及珠江口的广州，正是这条业已通行了2000多年的海上丝绸之路，始终是人类文明的确证。

而《女海盗》的故事，也正是发生在这条海上丝绸之路上。

其实，作为《女海盗》的石白金也兼有"踏浪女人"的秉性，书中也写到她如何劫富济贫，用上百船的官货去救济挣扎在死亡线上的老百姓。虽然这一面展示得不太多，毕竟她所面临的争斗实在是太残酷了，她如不以刚的一面示于人，没准就在这可怕的大海，包括人类社会的大海中沉没了。

而大海，其实也有肃穆柔和、宁静辽远、让人产生无尽遐想的温柔一面。我想，作者不曾忽略这一面，相信在后两部会有精彩的描述。

当然，这三部曲的总名是《血族》，而这两个字，也就决定了整个作品的基调，不可能有所动摇。

不过，如何充分展示出这2000多年海上丝绸之路上的风风雨雨、惊涛骇浪，揭示出具有世界背景的这一历史事件的深层意义，从而让这类大作更有力度、亮度与深度，却是我们责无旁贷的。立足海上丝绸之路，把国门的开与禁，把海路的通与塞，把文化的冲突与交融诸如此类方面，写得更生动一些、充分一些，对人物的刻画更细腻一些、性格化一些，这都是大有可为的。

我相信，有了这一部做基础，后来的两部将会更具永久的魅力，更为辉煌与大气！诗人的气质，作家的大手笔，便是最好的保证。

第四节 疏离与交互

——评《台湾现代诗与西方现代主义》

我始终认为，华文文学，包括华文诗歌这一文学范畴的提出，是具有开拓意义与革命性意义的。我甚至在美国旧金山的《美华文学》的一篇文章中提到："华文文学开创了另一个'东方世界'，更开创了一部色彩斑斓的文学史。"那么，华文诗歌作为华文文学的一个重要组成部分更是如此。

按约定俗成，华文文学包括台港澳及海外以华文创作的文学作品，而且，其研究、传播的重点也在这上面。当然，中国大陆文学也有列入世界华文文学议题，但自有一个研究系统。界定上也许各有主张，但我们在使用"华文文学"这一专门术语时，恐怕是中国大陆之外的华文文学，这毕竟是由历史情势、文化差异所决定的，所以，我称其为另一个"东方世界"，当是一种认同，也是一种区别。这一说法出来后，亦引起不少争议，但只是拘泥于某部作品或某个作家上，没有从根本上加以否定，因此，本文我仍坚持这一提法。

的确，由于几十年的疏离与阻隔，其呈现出诸多与中国大陆相联系却又相区别的特征，有着不同的演进轨迹。但其根仍属于"东方世界"，有其继承与发展。由于与其他文化交互的程度、力度不同，使之有了"另一个"色彩，对同与不同的研究，对各方各行其道的轨迹的描绘，也就使华文文学的研究同样有了百花齐放、百家争鸣的初步格局。

这里，仅以武汉大学文学院赵小琪关于台湾诗歌研究的论文为范本，探讨一下华文诗歌研究的新思路、新里程。

一

这些年，参加博士论文答辩、评审博士论文多了，可以说已渐成一家之见。当然，我所看的未必就可以代表我们国家博士论文的水平，但至少是一个省的水平吧。在这个红尘滚滚、纸醉金迷的南方都市，我不敢奢望能读到让我耳目一新、击掌叫好的博士论文。走出平庸、超越功利，真正上升到合乎审美之"卓然之则"层次的精品，这年头已是越来越少了。

我读到的是合乎规范乃至于八股式的、循规蹈矩、四平八稳，既没有什么创见，又缺乏文采与灵气之作。有的更是敷衍成篇、马虎了事、不知所云。

尤其是文学艺术类的博士论文，我几乎是不想看了。当然，我们不可能像读文艺理论家的专著一样去读它，要求它有相当的水准。但至少言之有理、行文通顺这两条起码的要求，总该要达到吧，佶屈聱牙，连断句也成问题——这并非现代小说，理论作品也如此效仿，可真要成了"四不像"了。姑且只当学生作业好了，可当老师的，还能像批改中学生作文一样吗？整体水平的下降，恐怕已非妄断。

也许，这是转型期在所难免的。

我常这么安慰自己。

不过，我仍在渴望能有让我为之震撼并久久回味的博士论文摆在我的案头上，我当不惜为它写出长篇的评述，以一振颓风，起八代之衰，并值得我向文坛的好友一一引荐，与众分享。

也就在这种期盼之中，赵小琪的博士论文《台湾现代诗与西方现代主义》约20万言，来到了我的书案上。

读了几页，我的眼睛便为之一亮。

的确，好的文章，读上几页，你便能渐入佳境，感觉到里边有很多的亮点会令你激赏，为之喝彩！因为不仅文章切入角度让你出乎意料而为之折服，包括行文的笔调、文采以及文字的功底，也都很快让人体察得到，从而立即做出决断，是否可以继续读下去，并一口气读完。

赵小琪的博士论文正是这样的好文章，一拿起来，便意识到它绝非平庸之作；再读下去，便感觉到它沉甸甸的分量，于是心中便有一种冲动，要把它读下去，肯定能从中有所感悟，有所裨益，有所收获，不虚此行。阅读本身就是一次心灵的长旅，阅读好友的作品，当是他约你一同前行，踏着思想、艺术的步点与节拍。

二

的确，一见这篇论文的题目，就感觉到它相当地大。

所谓"大"者，不仅仅是说它的容量，而是它所包容与辐射出的一切，这便远远超出其容量范围了。因此，20万字所承载的也就不仅仅是字数或字面上的东西。

仅说西方现代主义，便浩瀚如烟海，里面波诡云谲、变幻无穷，驾一叶小舟穿行其间，要穷尽它，又谈何容易，进一步，去寻找台湾现代诗在这一烟海中的痕迹，则更是勉为其难了。偏偏赵小琪就这么闯进了这茫茫烟海之中，还真要找出经与纬来。确实，要说出台湾现代诗所受西方现代主义的影响当是知难而进，毕竟，它有的潜深藏晦，你须加倍下功夫，弄不好无功而返；有的似是而非，扑朔迷离，更让人无法捉摸；还有的，一闪而过，你所能做到的，则只是捕风捉影——全书读下来，我深感其间的难度，有时，包括烟海自身也真伪莫辨，一不小心，势必迷失方向，走不出来了。

但赵小琪凭着他做学问的执着，凭着他这么些年博闻强记的学术功力，尤其是他的灵气与悟性，硬是从这浩瀚的烟海中把这叶小舟撑过来了，而且带来了满船的烟霞，光彩熠熠。作为一个探索者，他无疑是成功的，而且是满载而归的。

从整体而言，台湾现代诗是介于台湾与西方、台湾与大陆的双重观照中产生的，因此，要对此做出评述与判断，就需要多重视角的反复审视，方可以把握住其现代性、民族性与地域性的特征。因此，这不仅需要诗歌理论，包括现代诗歌理论，也需要更广、更深的历史与文化的阅历——这一阅历显然不仅仅是书本中获得的。作者对台湾现代诗的梳理，无疑是在这样的努力下进行的，能给阅读者一个经纬上相当清晰的构架，所谓"横的移植"与"纵的继承"，一如台湾现代诗人的宣言所划出的标识。而论文得出的结论，由于上述的努力，也就相当准确，条分缕析，很是透彻与中肯。不少观点的提出，也就很有见地，使整体呈现出鲜亮来。

三

赵小琪这篇博士论文，首先呈现出的是作者在整体上对学术把握的综合能力。这一综合能力有赖于对整个台湾现代诗的宏观审视，与此同时亦有赖于对西方现代主义的深刻认识，二者缺一不可。同时，也应在相邻区位上建立参照。我认为，赵小琪指出"现代诗不仅作为主流形态成为了台湾诗坛的主导力量，而且它将这种主流形态一直保持了近20年时间。在这近20年的时间内，尽管也有现实主义诗和浪漫主义诗不断向它发起挑战，但却难以形成足够的力量与之分庭抗礼"这一事实，是相当准确的。因为他首先确定现代诗是台湾的主流，而且不曾被动摇过，这一条有别于大陆，显然，也有别于其他地方。抓住这一条，再去审视西方现代主义对台湾现代诗的影响，线索与脉络也就相应清晰了，对其发展走向也就了然于胸。

我读过不少关于台湾诗的评价，有田园诗、都市诗种种，但大都是一个局部、一种类型，一般认为是"多元并存"的格局，并不曾突出现代诗的主线。而赵小琪的确认迥然不同于一般的认识。要从这一般认识中提高，拿出自己的见解，不是很容易的。首先，须有强有力的材料作为论据，而后，则要有明晰的思路，不可以勉强凑上一些材料便予以立论，这样，论点就很难站得住脚。一句话，要经得起推敲，要有反复的证伪。整体与局部，总论与个案，不同因素的作用与影响，都要充分考虑到，任何疏漏都是不可以的。

这并不是说，做结论时举一反三就缺乏深思熟虑，缺乏决断的意志，而是在条件具备之际，该断则断。整体把握与微观深入都是有一定的度的，关键在于如何把握这样的度，我以为，无论在把握这样的"度"上以及做出决断的意志上，赵小琪在学术上的功力已是相当深的。也就是说，没有学术底气又缺乏做学问的决断，是不足以完成这一综合的。二者的结合，方可形成高强的综合能力。

学术底气，是功力；决断意志，是学者的气质，二者是不能简单分开的。一代年轻学者的成长，正是有这两个方面的表现。当拿到或选择一个重大命题时，两方面有任何一个缺陷，每每会弄得半途而废抑或功败垂成。

四

我很欣赏赵小琪对蓝星诗社诗人对西方象征主义文学表情论的研究。很早，我就读到过对蓝星诗社代表人物之一罗门的诗论的评述，认为其有"前卫性"与"创新性"，还有"惊异性"，正是这"三性"构成了他的"现代性"。读下来，只感到属泛泛而谈，不得要领，并没有真正深入到现代诗的审美特征上。

赵小琪认为，由于受象征主义表情论的影响，该社的诗人诗中的情感，"不再只是个人化的，而是个人化与普遍化相结合"。也可以说，审美情感本身是个人化与普遍化的交互作用。显然，这介乎于传统与西方现代主义之间，即传统的普遍化（或曰人类共同情感，或曰集体，或曰"大我"）与西方现代主义的个人化（或曰个人情感，或曰私人化，或曰"小我"）的冲突与融合，我不知道这样的解读是否贴近赵小琪的本意，不过，著名的文艺评论家童庆炳先生在论及文学艺术中审美情感的深层特征时，则得出这样的结论，他认为那是"自我情感与人类情感的相互征服"，也就是说，既非"自我表现论"，也不完全是"人类情感表现论"，因为二者都各有自己的"弱点"，到最后，一部成功的作品只能是二者的"相互冲突、搏斗、征服与突进"的结果，不过，这均是作家"无意识中进行"的。童庆炳是依据中外名著的研究得出这一结论的，涉及的是审美情感的深层特征。而赵小琪则宕开一面，寻求的是"表情论"在现代诗中的既矛盾又统一的表象特征。

正如他所说的："在他们（蓝星诗社）的诗中，情感的审美化，主要表现在对于生命美的寻求和表现上。寻求语言、形式的张力，也成为了蓝星诗社诗人在接受西方象征主义文学时的较为一致的取向和审美选择。在创作中，这种较为一致的取向和审美选择主要是通过下面三个方面表现出来的，即语法的非规则性中的规则性，语言的非逻辑性中的逻辑性，语境的矛盾性中的和谐性。"这一说，就与童庆炳所讲的审美情感的深层特征对应了起来，表象特征与深层特征的对应使我们对今天现代文学的认识又进了一步，而赵小琪则是在对台湾现代诗的"个案"研究中，提升出这种认识，同样达到了一样的理论深度。对蓝星诗社诗人的评价，也就超出了已有的、一般化的评述，真正概括出其更中肯的特征：象征性、综合性与平衡性。

五

台湾现代诗的发展正如赵小琪所描绘的，从开始到发展，从深化到循环，虽说有过一些磨难,但总体上是稳定与连续的,不似大陆断断续续,呈"跳跃式",大起大落,而且一直到今天,也没有形成主流。这一来,相应的艺术气候,相对稳健的发展势头,尤其是呈现主流的特征,对台湾现代诗而言,无疑是幸运的。因此,当它发展到一定阶段,当有成熟的代表人物出现,挺立于现代潮流之上,台湾诗坛的重量级人物当"应运而生"了。

因此,赵小琪著作的后几章,便着眼于这样的代表团体及人物,这正是历史与逻辑一致的结果。

他以专章的篇幅,论述了这期间出现的重量级人物——余光中,篇名就叫"余光中与西方现代主义文学"。恰好我手头上有余光中的传记,写得也很精彩,很感人,对其现代诗的评价也相当高。光这一部分的篇幅,未必比赵小琪的这一章少,但是,从行家的眼光来看,毕竟赵小琪的更专业化或学术化,他认为,"余光中对中国传统文化和西方现代主义文学的双向改铸,仍然对台湾现代诗的发展乃至大陆新诗的发展有着重要的启示性意义"。当是不刊之论。"他的诗中那个不断出现的失根的漂泊者,为中国现代主义诗歌的象征性人物画廊增添了全新的'一尊立体的塑像'"。这都是相当准确与精辟的。

而在最后一章对洛夫的评述,更显示出了赵小琪的艺术灵性。他指出"充满野性的'兽'和黑色意象在对阉割人性的理性与道德的冲击中,反证了现代文明人生命力的萎弱,显示了诗人对那种充满生机与潜在的巨大能量的本真生命的回归与渴望"。他以专节论述了"超现实主义文学与禅学的视野融合",如何在洛夫的创作中构成"异质互补性关系",而洛夫又怎么以中国传统的人文精神来沟通"现代",从而再造传统,有着"别人难以替代的贡献"。

视余光中与洛夫为台湾现代诗发展进程中脱颖而出的"双子星座",这自是治史者的结论。而台湾现代诗的发展,随着21世纪经济"全球化"趋向的出现,内地与台湾的进一步密切关系,也将会走出更宽阔的大道来,因为,互动与交融从来是具备积极意义的。

对台湾现代诗的研究,已经有不少人在做了,单篇的文章见到不少,著作中涉及的也很多了。但功夫下得很深,拿出真知灼见的,却还是不多见。而赵小琪这篇博士论文当是其中的佼佼者,已故的博导龙泉明称之为"优秀的博士论文",绝非溢美之词。

赵小琪在文艺研究上苦心耕耘已有十多年之久,今日获得如此丰硕的成果,应为之庆贺,相信他能再接再厉,日后能拿出同样精辟、独到的力作,在这一领域中显示出他更强的实力来。

第四章　重绘文学地图

第一节　构筑客家文学新版图

有一部反映客家生活的影视作品，名为《乡音》，这个名字对很多人而言，包括非客家人，都是非常亲切的。谁不怀念故乡，谁不在乡音中辨识故乡人、缅怀故乡情呢？而把《乡音》用在这么个族群上，当别有深意，有别于喧嚣的都会中的杂沓"市声"——上一章，我们对《赝城》等若干部广府文学所构筑的文化地图予以了展示，作者们辛辣的反讽，言犹在耳。的确，现代都市的搏杀把人的神经都紧绷到随时可断裂的程度，人的异化亦可谓无以复加了，甚至无法加以恢复与再造。人性之"恶"更加快速地释放了出来——即便是已具成熟形态的百年港岛亦如此。因此，"市声"引起的不是温情、怀旧或哀婉，而只是紧张、恐惧与慌乱，几欲叫人逃离。正是在这样的"市声喧哗"中，人们无可适从，无比焦虑，才会去寻找"乡音"的慰藉与安抚——于是，在"市声"之后，我们又来寻找"乡音"了。

下边，我们同样挑选了三部客家文学的长篇作品。第一部是项小米的《英雄无语》，第二部是谭元亨的《客家魂》，第三部则是韩素音的《我的根在中国》。

在某种意义上，这三部作品也同样展示了"乡音"的三个不同的历史时态。而三部书的影响也同样不同寻常。《英雄无语》一版再版，入围茅盾文学奖，并改编成了电影；《客家魂》也一版再版，推举茅盾文学奖，并获20世纪世界最具影响力的客家名著奖，部分章节亦改编为长篇电视连续剧；《我的根在中国》则在国内外享有盛誉，甚至进入了西方的大学课堂，广阔的国际视野，使书中的主人公——客家后裔女子的命运格外扣人心弦。无疑，前两部的"乡音"之乡是闽西、粤北、湘东的客家乡音，而后一部的"乡音"当是一位国际上的华裔作家怀念故国的"乡音"，这个"乡"当是指整个祖国而不单指客家属地。

这样一幅文学地图也许更合乎人类学所要描绘的文化印痕，更贴近于原生态的历史画面，让人们听到来自遥远的山乡岁月的悠长回声，那是浑厚而又清亮、粗犷而又细腻的"人间天籁"（黄遵宪语），是超越理性而脱口而出的直抒胸臆，是激情的喷溅，是梦境的再现……

71

所以，我们也不惜大段大段地引用那些文不加点、激情四射的句子，而尽量少一些"他者"的评述。

一

项小米是福建省改革开放之际，有"开荒牛"之誉的省委第一书记项南的女儿，项南同深圳的梁湘一样成为第一批"中箭落马"的改革者，虽说后来多多少少为他们正了名、平了反，可这已在他们身后了。迄今，福建人对项南的怀念与日俱增，关于他的传记也得以出版。而项南的父亲则是当年中央苏区极富传奇色彩的项与年，是他出生入死把绝密情报带回瑞金，让红军在蒋介石的铁壁合围的前夕跳了出来，开始了万里长征。《英雄无语》当中，极为生动、颇具震撼力地再现了这段历史。

但是，她并不曾似过去写革命战争题材那样，不假思索，一味讴歌，而是进入到人性的深处，提出了一系列的诘问，其实，仅从书名《英雄无语》便可以体察到她的良苦用心。在我与研究生共同撰写的评论中，我们亦试图揭示出其苦心孤诣来。

小说在近代中国革命这样一个宏大而动荡的历史背景之下，再现了走出闽西连城莽莽群山参加革命的客家子弟"我爷爷"惊险而奇特但异常真实的战斗经历，以及他与"我奶奶"纠缠一生的情感历程。它可以归于传奇文学，也可以划入军事题材，甚至干脆划归于家族小说。我想，其实这些都不重要，重要的是这部小说本身带给读者的那种震撼与冲击。它在众多客家文学中切入历史的独特视角与所展示出的思想深度，逼迫你不由自主陷入沉思。当然，它那富于魅力和特色的客家风情之引人入胜，同样也是本书的价值所在。

作为一个50年代出生的共和国的同龄人，书中的"我"、申建等人有着这一代人独特的曲折人生。他们生在新中国，长在红旗下，革命英雄的光辉形象以及对英雄的无限崇拜，深深扎根在他们幼小的心灵。然而"文革"的经历在他们的心灵上造成第一次猛烈的冲击，近于而立之年赶上的改革开放以及西方文化潮流又给了他们第二次冲击。复杂的经历，长期的思索，以及时代的高度使他们的思考具有了更深沉的价值。因此，在《英雄无语》里，作者并不是为了高唱一曲英雄主义的赞歌，她展示英雄缺陷也并不是为了说明人性的复杂性，更不是照搬人格分裂的时髦理论。她要告诉读者的是她对英雄和英雄主义的理解，特别是作为一个英雄的后代，一个当代客家人，她对英雄和英雄主义的深层次的反思。正是随着小说情节在"我们"这些人对英雄往事的追寻中的推进，作者的思考也顺理成章地深入下去。

我们的社会和文化在一步步同西方接轨的过程中开始重视个体微弱的呼声了，

但还远远不够，因为个体首先得有自己的呼声，然后才谈得上发出声音，而这谈何容易！像小说中所展示的某些"当代青年"那样，完全摒弃传统，完全放纵自我的欲望，一切从自己的立场去考虑，这就是我们找回的"自我"吗？我们到底应该怎样摆正传统与现代、社会与自我的位置？作者在思考，读者也在思考，或许小说还远远不能给予读者肯定的回答。但是，"我"和申建等当代青年在探究"爷爷"的往事与破译《迁徙诗》、追寻客家传统文化的过程中的种种疑惑、思考、理解、领悟，也许就是答案吧。一个民系的千年迁徙恐怕也没有思想上的跋涉漫长。客家传统与土地革命在历史上的耦合，也未能结束这一思想的长旅。

尽管这么一个家族，无论是爷爷还是奶奶，还是现实生活中她的父亲，都遭遇了迥异的打击、冤屈或不测，她却始终未曾减弱对客家故土那种虔诚的、深情的怀念，那是永远不可磨灭的、历久弥新的人类至贵的记忆。

一如她在书中针对土楼所写的："……有许多的东西，随着岁月的消逝，它们剩下的功能最后就只有一件，那便是展示一种精神。"

除开土楼外，还有冠豸山。

冠豸山被叫作"客家神山"。对于这么一个大迁徙的族群，迁徙势必受一种理想主义的驱使，方可以永远进行下去。而理想主义则每每会神化自己的追求，尤其是目的地，这当是冠豸山成为"客家神山"的最深层的原因之一。我一直认为，客家这个族群，其摇篮当然是在赣南，面向北方张开臂膀，迎接南下的汉人，沉积在南岭之北、武夷以东。但是，唯有越过武夷山，这个族群才有独立发展的可能，才会脱离民族的主体而形成自己的特色。所以，闽西既在武夷山的余脉，又在冠豸山周遭，才被视为"客家祖地"，成为这么一个巨大族群开基的地方。

所以，冠豸山才在客家人心中那么高大，那么神圣；在项小米的笔下，才那么神奇，而又那么亲切。冠豸固然是古代神话中的公正之神，可这座山之神圣，却远远超出这一公正之神。

《英雄无语》还用专门的篇幅写到中古汉语的活化石——客家方言，还写到那流传在民间的《迁徙诗》，更以浓墨重彩写到了负有先人骨骸的"金斗罂"，以及凭风水学选"阴宅"——这当是客家族群中最为"原始"，也最具文化人类学意义的"宝库"。因此，本书中特地节录下与之有关的章节（略——笔者注），让人们更多地感受到作者对家乡、对"乡音"的那一片痴情，也使读者更多地体察作为客家文化的那份温馨、淳厚与清纯，重新回到大自然的怀抱。

二

与《赝城》同一作者的《客家魂》，我们却从中读不到那种辛辣、冷峻与黑色幽默来，更看不到犀利近乎刻薄、无奈几近绝望的笔触，似乎完全换了一个人。

如果不见署名，没准会认为两部风格截然不同的长篇，并非出自一人之手。评论家雷达针对《客家魂》曾这么说过：

> 该书对当代文学的精神格局、文化层面、思想观念都提供了新东西。这部书时代主题非常鲜明，客家魂便是中华文化魂。中华文化是多元的，由一到多，又由多到一，吸纳了很多其他民族文化，包括民系。是理性与感性很好的结合，是比较宏大的时代精神主题与普通人命运的有机结合，这种结合下了很大功夫，这里有理性的观照，有个人自传体的感性的命运，大跨度的百年中国历史思考，立足点是教育兴国。

一位作家，面对城市是那么冷峻无情，可调头面对乡村，却又这般温情脉脉，甚至连文笔都那么清丽，这又是怎样一种情感在起作用？从理性的角度上，中国的城市化进程，无疑是一种历史的高歌猛进，与现代化、全球化是同步的，带来了前所未有的物质文明。然而，城市分明也消解着昔日乡村中的祥和、温馨与古朴，带来了竞争、搏杀与异化，尤其是生态失衡、环境污染，一度到了几乎无以挽回的地步。于是，才有了对"森林城市""花园城市""山水城市"的呼唤。

但城市所消解的，更是传统的美德、谦让与和衷共济，带来了人类精神上更深重的危机，当我们重温马克思的名言："社会是人同自然界完成了的本质的统一，是自然界的真正复活，是人的实现了的自然主义和自然界的实现了的人道主义。"当怎样扼腕长叹！

因此，当《客家魂》的作者从城市回到了熟悉的"乡音"中，才在笔下流淌出那么活泼、生动、鲜亮如溪水一样的文字，才在书中体现出博大的胸怀、崇高的愿望与美好的情感，才对他曾生活过的炎帝陵周遭、南岭山区怀有那么深厚的感情……

书中的主题是教育兴国，这也是客家族群千年不易的历史主题。薪火相传，绵绵不绝。远处可立足的漂泊者们不正是凭借教育，来培育出心灵中的法律顾问，让思想、文化在这上面生根么？对此，张炯更说道：

> 书的立意高。现在长篇多，一年几百部，读作品很疲劳，有的读了不知所言，有的没意思，可也得读。这一部书确实歌颂了客家魂，这么个民系从北方到南方，从中国到五洲四洋，这种坚忍不拔的开拓精神……正是"魂"所在，而且歌颂了正直的品格。从取材的独特性来说，对我们文坛提供了新的东西，过去没人这么写过，他是第一个。

如果说，《英雄无语》聚焦在冠豸山、客家祖地，以及历史上一段革命战争故事，那么，《客家魂》则写到了客家整个腹地，乃至边缘至炎帝陵一侧，更把教育视为超乎一切功利之上的塑造人类灵魂的神圣的事业。而这一视角，当更能揭示出客家人"宁卖祖宗田,不卖祖宗言"的崇高的精神追求,并将其作为一个族群维系生命的不灭薪火!

三

作为客家人的后裔,一位客家女韩素音,是当今世界上一位著名的英籍作家、社会活动家。她的五卷本自传体小说《我的根在中国》,其视野又比《客家魂》更为辽阔,从四川一个客家山乡写起,写到成都,写到重庆,写到香港,写到北京,直至写到整个欧亚大陆。因此在她而言,"乡音"不仅仅是客家话,而是所有的中国话,整个中国,都是她梦萦千回的家乡。

在全书的开头,她就这么写道:

> 我一直想写本关于我父母、关于中国的书,终于有一天我这个想法化成了具体的行动。我如一颗种子那样滋长发芽,成长壮大,桠杈丛生,具备了大树的形态。正因为我自己也已是久经沧桑,曾经生活在革命的年代,我就必须回过头,向后看,回顾在生我养我的地方所发生的一切,才能把我们这一代人改天换地的时代写出来。我真不知道该从哪儿写起,如何动笔。对我来说,中国自然就意味着我的父亲和母亲,意味着我所知道的一切有关中国的事情。如果将这些同我个人割裂开来,我的故事也就变成一个光秃秃的空壳子。我这本书的树干长得盘根错节,是一棵怪树,可它所反映的情况比任何一本关于中国的理想主义的作品都显得更加真实。

> 我不可能把我的父亲或母亲同历史、同他们呆在中国时期的那段历史分割开来,正如普鲁斯特在写他自己时不能把他自己以及他作品中的人物同他们生活的时代和经历过的事情分割开来一样。因为任何人都是时代的产物。受历史的影响,我之所以出生在这个世界上,是由于1900年中国爆发了西方所谓的"拳匪"之乱,正是由于这场动乱(中国人称之为"义和团起义"),我父亲才没有成为一名儒学家,去当一名翰林,却和我那比利时的母亲成了亲。要了解一棵树必得要追到它的根,所以我的故事要从根上说起。

就这样,她一直追溯到这个家族的根:如何在"湖广填四川"之际,从著名的客家山乡梅县再度大迁徙到了四川的郫县,并从此在那里繁衍生息,经历了中国近现代的风风雨雨。而她更投向整个世界,搏击当代的惊雷疾闪……一直到"文革"结束,几度重返故国,从而引发了绵长的追思。

笔者曾写过这部书的评论,不想有过多的重复,还是让她自己来说话吧,书末,她称:

> 在我面前有整整一代新人,这是中国的新生。将来有一天,我的这些书

会给他们很大的帮助，帮助他们如何既相信又不相信，既忠于个人的信念，又能以坦荡的胸怀为人类的事业效力。我愿意帮助别人把他们的经历写下来，年轻人应该知道这些经历。从这些经历中可以看出勇敢、忠诚、坚贞不渝的品质。因为我对世界不采取黑白分明、非善即恶的看法，我就赢得了全世界。我已经建起了一些桥梁，许多人通过这些桥梁可以从一种文明进入另一种文明，从一种文化进入另一种文化，从一种思维方式进入另一种思维方式。这些桥梁是善意的桥梁。

现在一切都已经过去了。我解放了，他们也都解放了。他们正在拼命写作，以弥补失去的岁月。我已经积攒起大量的表现钟爱与关怀的素材，要写下来，二十年都不够。这里所说的爱，不是对我这样一个瘦弱如薄纱的人的爱，而是有各种表现形式的爱，从人的心里抒发出来的无限多样化的爱。不只是一个人对另一个人的爱，也不只是人们常常描写的那种两腿之间的情爱，包括这一切，但又不止于此。是真正的爱，现实的爱。

当然，读完这五卷本之后，我们再回过头去读她的序言，自然"山还是山，水还是水"了：

西哲有言，人而无知一己民族的历史，终将在劫难逃。民族文化的幸存有赖于民族自觉及热爱这一文化的过去，有赖于有意识地确认其不断做出的努力与成就。这些努力与成就在时间的流逝中逐渐孕育了文化。

中国文明的源远流长，至今还如此强劲有力，能够适应生存于历史长河中的迭次变革，因为它能坚守历史的延续性。虽然这种对于过去时代的依恋，有时遭到批评和指责，因为它对新形势的适应过于迟缓。可是从时间递增的眼光看来，在过去一百五十年中，中国较其他国家（除日本），其变化是远为迅速的。

我想，这是怀旧，但却不再是挽歌。因为，我们从中看到了历史的力量。

在这三大部"乡音"中，我们体会到的，也同样潜藏在这么一个族群中的主动的历史精神——这在过去已经充分地显示了出来，在未来，也同样会得到迸发！

没有理由去认定"客家人有过去，广府人叹（享受）现在"这样一个民谚，虽然它或多或少揭示了某些情状。

而当城乡失却了边界，艺术与自然也分不出彼此之际，作为"大音"的乡音也应该压倒那些不和谐的"市声"，让人类社会回归到"天人合一"的绿色世界之中。记得，一位朋友在十多年前到达澳大利亚的堪培拉，那是一个很出名的大都市，可当主人驱车在市区"游车河"时，我这位朋友所见的却是大片的原野、茂密的树林、盛开的鲜花、欢唱的鸟雀，天空一碧万顷，白云雪一般莹洁，主人意味深长地对他说："城市在哪里？城市消失了。"

这对我是一个极其有震撼力的场面。

传统意义上的城市消失了，喧嚣的"市声"也没有了，未来的客家城市与乡村，是否这样不再有边界了呢？

我们企盼着。

时下，兴构筑文学版图。而文学本身当更具备"情感历程"，也就是说，文学当排在这一类学问的最前列。既然我这里重绘的是客家文化地图，那么，我就没理由不专门辟出这么一章，来构筑一幅客家文学的地图。当然，也同样沿袭时下的方式，把具有代表性的客家文学作品中所描写的客家属地的人文风光选出来。我曾经说过，文学是历史的未尽之言，优秀的文学作品，可以比正史读出更多、更深刻的历史内容来，这已有《红楼梦》《战争与和平》《百年孤独》来证明了。其实，二十世纪八九十年代客家学的兴起，当托庇于客家文学在那样一个一度称得上是狂飙突进年代的异军崛起。最早的便是老作家白危的《沙河坝风情》、谭元亨的《抓来的老师》，到了90年代，更有谭元亨150万字的《客家魂》三部曲和项小米的《英雄无语》等。这里应特别指出的是，80年代译出的英籍客家作家韩素音的《我的根在中国》五卷本（即《残树》《寂夏》《凡花》《吾宅双门》《再生凤凰》）对内地客家文学的勃兴是不言而喻的，尤其是书中的文化寻根的强烈意识。一如她在序中说的："我的目的是要使读者注意到我们这些人，浮沉在历史的宏伟长河之中，巨浪时起时伏，我们既是它的组成部分，又是主体和活跃于其间的主要力量。"

这里，她似乎不是谈文学，而是在讲历史。

文学与历史就这么难分难解。

其实，笔者的第一部客家学著作《客家圣典》，就是在《客家魂》这部小说竣笔之际，突然灵光一闪，喷薄而出，一挥而就的。学术上，文学是否比历史低那么一档，或者不算什么正宗，这在国际上是贻笑大方的。反过来，历史也同样不会为文学所贬抑，丘吉尔的历史著作获的是诺贝尔文学奖。奇怪，目前在客家研究领域中，竟有人抛出文学研究不及历史研究正宗的奇谈怪论。这也说明这个圈子中，学术视野的狭窄，历史胸怀的狭窄。太久的"坐井观天"是足以令人格萎缩的，希望这一倾向就此打住。

言归正传。上述作品中对客家的描绘，自然有较学术研究更多的"未尽之言"，对客家文化的普及与传播也更有力度及广度。由于篇幅所限，我们只能精选几位作家，精选其一两部作品，看客地风光是如何在他们的情感笔触下大放异彩的。理论研究留下的或许只是一个结论，可文学描写却是足以让人们传诵的美丽的篇章——其实，《史记》中让人没齿不忘的文字不也同样是文学描写么？如《鸿门宴》《霸王别姬》，等等。

  米兰·昆德拉笔下有他的故乡布尔诺，他的故国之都布拉格，他的精神故乡巴黎。

  而韩素音亦有她在四川的客属地成都，她的祖籍地梅州以及她曾呆过的香港——那里的新界，同样是客家人的聚居地。

  项小米有她的"客家神山"——冠豸山。

  谭元亨有他的炎帝陵——湖南第一大客家县炎陵。

  而他们所拥有的，更是整个的客家精神的故乡……

第二节　客家山歌的情感地图

  我曾经说过，客家是一个"形而上"的族群。客家之所以成为客家，不是其文化上打有深深的中原印记——如果仅这样的话，那客家文化与中原汉文化并无区别，也就不能作为一个独立的文化系统了，而是在于其所共同享有的"在路上"的大迁徙之历史记忆，并由此形成的精神文化。

  这一精神文化，不仅仅是祖先崇拜的聚族而居的宗族血缘观念、"学而优则仕"的教育思想、中原古音为基础的客方言——这些，还是中原文化的延续，更在于其独特的文化意象。如由坞壁、庄园演变的土楼、围龙屋的建筑艺术，由"北风"演绎而来的客家山歌——历史上，《诗经》与楚辞，一南一北，构成了流韵千古的乐章，北风是庙堂的、民俗的，南骚则是自我的、艺术的，客家山歌有着清晰的"北风"底色，厚重且原汁原味，又融入了南骚的个性及艺术色彩，所以才在整个客家文化中显得那么突出，那么绚丽夺目。在广东省推举国家级非物质文化遗产之际，我极力阐述了自己的观点。结果众所周知，在第一批国家级非物质文化遗产名录中，客家山歌名列广东地区榜首。

  精神文化的东西，每每是"吞吐大荒"，不可阻遏的。客家山歌的流播也是这样。小时候，母亲在摇篮边吟唱的《落水天》是粤北著名的客家山歌，它的那种感伤，那种可怜无告，可以说是伴随了我的一生，也贯穿了我那部《客家魂》三部曲的始终。而《生死缠》的忠贞不渝，不仅仅是爱情悲歌，更铸造了一个族群的人文品格，每每让人涕泪交流……因此，读到菊子这部关于客家山歌的专著，便有抑制不住的感动，那种似乎与生俱来的、从儿时便形成的感动，激发了万千思绪。

  应该说，各类关于客家山歌的著作，我读得不少。平心而论，各有特色，各有优长，角度亦有所不同。但是，从宏观上概述整个客家山歌状况，比较全面与到位的，仍应首推菊子这一部。这篇序，我是趁着人民出版社即将出版的《重绘客家文化地图：文化人类学的观照》一书修改的空当中写的，读毕，心中亦怦然一动，菊子这一论著不也正在重绘客家文化地图么？

一般人理解"地图"，自是地理上的。不错，菊子这本书，比其他关于山歌的书，更全面展开了这样一幅地图。除开梅县地区和她家乡的山歌外，她的视野，还包含如粤北山歌——我自小钟爱的《落水天》也就在内，还有粤中客家山歌，一直到粤西客家地区的山歌，等等。可以说，几乎完全覆盖了广东省客家山歌所拥有的区域。而在这之前，鲜有人能做到。

但这"地图"也不仅仅是地理的，更是历史文化上的。菊子以广博的知识，追述了诗经、乐府、竹枝词，等等，客家山歌的前世今生，她都一一清晰地勾勒了出来，而且引用了不少书证。一如陈寅恪所主张的，以诗证史。菊子则做到了以歌证史，以山歌构成一部完整的精神史，客家人的历史，从而积淀为这独一无二的文化。

还有一种地图，似乎没有人认真审视过，那便是情感地图。做学问，有两种，一种是 theorogne（理性的历程），一种是 pathogne（情感的历程）。诸如认识论、逻辑学是属于前者，而美学、文学乃至历史哲学类，则属于后者。至于中国人做学问，无论哪一类，则更靠近后者一些，例如中国的哲学，更是一种生命的体验，情感的凝结——凭此去观照客家山歌，难道不正是这样么？在朴素的唱词与曲调后边蕴藏有多深厚的文化意味与哲理？在研究客家山歌的方方面面时，没有那种大悲悯，没有人文关怀，没有意义上的阐释，那就会变得浅薄与苍白——这本身就与客家山歌格格不入了。梅县山歌的达观，河源山歌的明快，曲江山歌的感伤，乃至兴国山歌的缠绵悱恻又不乏悲壮，其实都来自于山歌流变中所遭遇到的历史场景，情感的演绎乃至裂变，才会酝酿出这般"天籁之声"。

其实，情感地图并不能这么简单理解。情感的历程所包含的是这一类型的学问，诸如民俗、传播、文化、社会种种，所以，研究客家山歌，沿这一"地图"的轨迹，自然需要做出各种解读，山歌中表现出的客家风情习俗、山歌中体现出的文化内涵、山歌中呈现出的社会生态、山歌中展现出的民间艺术风貌……可以说，这幅"情感地图"，菊子的描绘是相当出色的！

从这一地图出发，我们可以体验出作为客家山歌的生命超越之美——美学当然是情感的、直觉体验的，黄遵宪评客家山歌，"为人籁易，为天籁难，所以才脱口而出"；而客家山歌中，又以情歌最多、最美，也最感人肺腑，每每弥情直往，爱个死去活来，这一样是"士大夫操笔为之，反不能尔"，如前边提到的《生死缠》，不就如此么？

所以说，客家山歌的"情感地图"当是最多姿多彩的，涵盖了人文学科众多的内容，更揭示了客家人生命体验之真谛。

而在这部书中，给"情感地图"更添色的，还有精心配置的一幅幅展示客家文化风情的图片。这样图文并茂，立体的诗情画意全汇于其中。得象而忘言，好的配图，每每比文字包含更多的内容。气象万千的山中围楼，风情万种的客家习俗，清新悠远的田野风景……似乎已无须多言了。

总而言之，这是一部情感与智慧的力作，融学术与艺术于一体，在客家山歌的百花园中，有如一株带着露珠的芍药，在晨光中尽显其绚丽与雍容风度。我期盼，菊子在教学与研究这"双栖"上，当有更多的感悟，更多的创造。

第三节 当代客家人的十万里征程

"纵横十万里，上下两千年。"这不仅是副对联，还是对一个人的一次壮举的概括。

而且，这还不是一个年轻人或壮年人，而是一位年途古稀的老人。

为探访客家人及客家先人近两千年迁徙的历史，他只身一人纵横了大半个中国，深入到客家历史的腹地，只简单计算一下，足足有十万里之多。两千年历史，十万里行程，烘托出一位古稀老人的罕有的人生奇迹！

一部图文并茂的大画册《客家人》，凝聚了这位"不坠青云之志"的老却益坚者的多年心血与汗水，也显示了他过人的精力与智慧，更在世人面前树立起一种崇高的人格！

有人称他是"当代的徐霞客"。

然而，当年徐霞客却是"蹄遍青山人未老"，正当壮年，离古稀之日尚远，所跋涉之处，也没有这么大的范围。

他就是他。

或者，就如他自称的"当代客家人"。

这是一个很有意味的自称。众所周知，"客家人"便是当年从中原来到南方的古汉族人。他们历经千年的大迁徙，行程数万里，往复辗转，出生入死，血液中形成了漂泊无定的因子。著名的大哲学家、思想家李贽就自命为"流寓客子"，居无定所，处处为客。中华民族中这一支流浪的民系凭此在世界上已久享盛名。他们不仅开发了南洋，还开发了夏威夷等遥远的乐土。他强调自己是"客家人"，显然是证明自己有着客家人的传统，千里万里的征途都不在话下。

那么，"当代"又意味着什么呢？

仅仅是一个时间的界定么？年迈的青年人——"当代"？

显然不是。

带着这个疑问，我叩访了这位"当代客家人"——这位年逾古稀的奇人，这位不曾因为年老而变得传统保守,仍处处强调自身"当代性"的年迈的青年人——"当代"二字,本就意味着年轻,现代与当代的断代,一般都放在七八十年代呢。

是的,单凭厚厚一册《客家人》,他便足以使众多自命为学者的人佩服。

第一眼看到这位"当代客家人",竟暗暗有点吃惊。

在我的想象中,这个跋山涉水、顶风冒雨、一往无前"纵横十万里"的人,一定有非常健壮的体魄,高大威武、气势不凡,却没想到在我面前的却是一个身高不过1.5米的小个子,他动作敏捷,行走轻快,乍一看,还以为是个小伙子。走近才见他头发花白,不过中气很足,说起话来声音洪亮,还真是年轻人的声调,一点不似七旬老人。

一握手,竟是那么有力。

这便是《客家人》画册的作者、摄影者。整个画册均是他一个人独立完成的,从采访、考察、组照,到行文、编纂,就他一个人!

这当是"当代客家人"的气魄!

很难想象,他是怎样独自担当起这样的重任!数年的采访、拍摄,十万里的行程,已是极不简单了。而筹资、借债,自己掏腰包,一下子投进去几十万,这又该有怎样的气魄?难怪,光凭这一壮举,他便成为客家人的当代传奇人物了!

我没法把听闻到的壮举与面前这个小个子联系起来。

"你是古进?"

"我就是。"

三个字,掷地有声。

没错,是他,画册上署的名字,正是"古进",不会有误。

他似乎还在旅途中,一副"短打"的穿着,衣着很朴实,很贴身,没有半点拖泥带水,显得十分利索、精干。脚上自然是一双旅行鞋,看这样子,令人想起出征的士兵抑或军训中的大学生,忘记了他的年龄。真的,论精神,论活力,他堪与小伙子相比。在他面前,我都为自己的"暮气"而羞愧,虽然我才40多岁。他都不觉老,我怎可有暮气?

40年代,他可是北平清华大学的大学生。搞学生运动,从清华园步行到古城市中心,20多里地,一路高喊口号过来,一点也不知道累。那时,他倒是的确年轻。因为通过军警的封锁线,他和朝阳学院学生丁治峰身上的学运快报被搜了出来,锒铛入狱,年纪轻轻的便尝到了铁窗的滋味。

在反动军警的淫威前,他俩并肩斗争、威武不屈;开庭审讯,法官只好判他取保开释。于是,学校找了个有钱的铺保,把他保释了出来。过了半个月,丁治峰也被保释出来了。那时,学校对自己的学生倒是十分负责与关心的,并不在乎

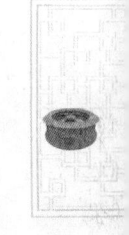

当政者的脸色，这恐怕也是"五四"以来的传统。

他们出来后，当然更不在乎当局的禁令，立即便像插上翅膀一样，飞向了解放区，投身于解放全中国的斗争之中。北平和平解放了，他随同著名记者范长江进北京城并在其主持的北平版的《人民日报》编辑部当了一名新闻记者。不久，范长江奉命到上海，他则与众多战友随军步行到云贵高原，足迹遍及云南边陲，以生花妙笔描写了当年红军强渡金沙江的壮举。他深入阿佤山区及当时中缅未定界区，冒险调查佤族部落生活。他深入实际，踏实调查，从此形成他一生无法改变的工作作风。也许，当日的千里行军更锻炼出了他一双铁脚板。这铁脚在半个世纪之后仍能经受起更大的磨炼，为他的人生再度谱写出更绚丽的华彩乐段。

"腿功"，这可能是所有记者的第一基本功。他后来到了《人民画报》社，本是搞文字、图片编辑的，可一旦深入基层、边疆采访时，每每都和摄影记者同行。有次，在滇东北丽江地区采访，摄影记者是个中年汉却走不动了，古进让记者坐上专区的吉普车绕道到怒江峡谷中去，他自己年过半百却独自翻越海拔4000多米的碧罗雪山，再下到怒江峡谷去。这是二三十年已经绝迹了的捷径，古进翻山而来，令记者啧啧称赞，服了！多年来，他负责写文章又偷偷学技，学了不少摄影知识，尤其是摄影艺术，渐入佳境。有一次随意给一位从香港来大陆的道教大师拍了张照片，形神具备、红颜鹤发、白髯飘拂，那么富于动感，以至那位大师惊叹，他一辈子也不曾拍过这么好的照片。回去后，还把众多张已印在月历上的照片寄来，一比较，果然绝非虚言，就古进拍得最传神、最逼真、最精彩。

五年多的采访中，他更在高原、平川、内陆边陲，拍下了数以千计的照片，为客家研究留下了殊为珍贵的第一手资料。而与照片相伴的，还有各地县志。同时，更发掘出了众多的族谱，从而组成了被海外传媒誉为"划时代的客家文献"——《客家人》大型画册中的主要内容。这一活生生的历史血脉，凝聚了古进无数心血与汗水。

在漫长的旅途中，他一次又一次地赶赴一个又一个的客家文化学术研讨会，与中外著名的学者、专家交流、切磋、争论，以自己的亲见亲历亲闻，有力地说服对方。

在遥远的征程上，他走进了一所又一所穷乡僻壤中的小客店，与那里的布衣百姓促膝长谈。哪怕是补锅匠、泥瓦匠、鸡鸭贩子，他都能从中体察到一些东西，探寻到一些东西，从而大大充实了旅途生活。真正是处处是乐土，无处不学问。

然而，这十万里征途，并不仅仅是风霜雪雨。

还是引用他自己的话吧。

古进坦率而又不失幽默地说："当然喽，要收获就不能不付出代价。旅途可不只有一条笔直的柏油马路。请看这本小相册，瞧，我把被洗劫后的旅行箱给拍下来了,这是长途汽车的车匪干的。在黄土高坡,在湘南山乡,在羊城街头,我这老流浪汉少不了被歹徒打劫与扒窃。当时,免不了气个半死,可事后每每还得安慰自己:天有阴晴,月有圆缺,事业有兴衰起伏,人生有旦夕祸福,我这又算得了什么呢?"

是的,投身于中国人民的解放和建设事业,几十年来,从莘莘学子到耄耋老人,他在中国这片土地上,不知转了多少个圈了,祸福安危早已置之度外。

"窗前明月圆几同,游子何时归?"这是他几十年相濡以沫的妻子在一封信中所写,读罢,他不能不动容——这是1991年,他在闽粤赣三省的山区辗转了两圈,足足有9个月没有回家,在京城代他收发信件、传递信息、联络同仁、搜集资料的妻子,终于忍不住写上了这么一句。可他依旧没回去,坚持计划中的采访。

终于有一次,他举起相机,竟发现取景框里的人物忽地模糊起来,眼睛眉毛都分不清……

他病倒了。

三个月后,身体还没有完全复原,他又匆匆上了路,不敢错过春节期间客家人民俗大聚焦的机会。这一走,又是十个月。

于是,一连三个春节,他不是在粤东,就是在闽西,一边笔录,一边拍摄,全身心投入《客家人》画册采写中。小家团聚不了,就在大家中团聚,所有的客家人都是他的家人,而所有的客家山乡,也都把他当作家人。

就这样,他不觉已是75岁高龄。

这是怎样的人生轨迹?把十万里踏脚下,将二千年摄画中,沧桑岁月,坎坷征途,也都一往无前——在他面前,永远有需要登攀的高峰!

在《客家人》画册的序中,他一开头就这么写道:"没有鲜花,没有仪式,年逾花甲,只身背上相机包,默默地走上黄土高原,追寻客家渊源和祖先南迁的足迹……"

深情的叙述把我们带入了《客家人》宏阔壮丽的历史文化的世界!从五次大迁徙到近现代一次又一次的崛起;从中原故土到南国祖地,直至五大洲四大洋!从永嘉之乱到石壁开基,直到世界客都的梅州……

正如众多报刊所称,这是"全球首部客家人大型画册",它"鸟瞰客家人文历史,弘扬中华民族精神","内容丰富、史料翔实、画面精美",赢得海内外一片赞誉之声。

就是非客家人,也来信称"爱不释手","回顾尊驾奔波五年,历尽艰辛,并未'白费心力',今逢巨著出版,特此谨申钦佩之微忱!"

不仅照片在取材取景及摄影技术上是一流的,文字也同样堪称上乘,仅举一例足矣。

那是1995年，古进应客家祖地宁化石壁新建的客家公祠所邀，撰写了一副对联：

石山北立先祖定居成新客
壁祠南向后裔归来寻旧家

如今，这副对联已作为客家公祠的大门槛联，用镀金的字挂上，千里来寻故地的客子们无不啧啧赞叹，它巧妙地楔入了"石壁""客家"二词，又高度概括了客家的历史以及后人的深情。

家中，他亦撰有一联：

客地久盘桓定居犹是他乡客
家邦长依恋终老尚宜故园家

功力、见识跃然纸上。

如今，这部他不惜借贷巨款（也得到不少热心乡贤的支持）而第一次印刷的巨型画册《客家人》5000册，业已在海内外发行了一大部分。

一位新加坡人在看到画册后，告之友人："寿昌兄常提到有一位了不起的同窗，看过《客家人》，证实'非虚语也'，是了不起的客家人，我们客家人有荣矣。"

一位美籍客家人更赠联以贺：

鸿文传颂客家古今文化
彩图展示吾族进步风情

把"古进"二字嵌了进去，妙哉！信中更称"我一口气看了几个时辰"。

一部《客家人》，全球皆知音！

难怪刘海粟先生93岁的时候，还亲自为这位"小老弟"题写了"学无涯"三个字。

在《客家人》的采写与拍摄中，还有很多感人的细节，篇幅所限，未能一一写出。例如，古进到了小平同志的四川老家采访，愈问愈深入，无法打住，结果最后一班交通车开走了，已无交通工具可用，自行车也借不到。他不假思索，迈开双腿，借月色星光行起了夜路，硬是步行回到了县城。试想一下，已届七十高龄老人，只身一人，背着相机包，在乡间丘陵小路上一脚深一脚浅，摸黑而行，绝非易事，可他抬腿便走了，他脑海里只有少年时的一幕——30年代他才16岁，为解救亲人，身带求援信，星夜步行百里，从傍晚走到天光，不惧虎狼不怕鬼，翻山越岭，不达目的，决不止步。他勇往直前的性格，就是这样淬炼出来的。

这不仅仅是一位老革命者的风姿，一种客家人的性格，也有作为"古进"这么一位"老记"的个性在内。

在他而言，一路上也同样得到鼓舞与激励，这也是他一路上补充的"能源"。在湖南，为考证胡耀邦同志是否是客家人，他亲自去了浏阳东乡，那里果然是客家人的聚居地，均是从广东、江西迁移过去的。他发现耀邦的老家还是老样子，而他的兄长耀福仍在务农，并没有因他而身价百倍……

行文至此，也该回答文前提出的关于"当代"一词的意味。

无疑，我们从古进身上，得到的关于"当代"的信息，要丰富得多！

一种摆脱了陈旧的依附意识——对人的依附，对物（包括金钱）的依附，追求人的独立性、特立卓行、自由豁达、想干什么看准了就干，决不左顾右盼、患得患失，哪怕是一个人，也要干到底。

是的，一个人的一生总要干一点有价值的事情，无论大与小。

有不少人竭一生的努力去打破一项吉尼斯纪录或干一件冒险的、前人未干过的事情，类似飞越长城、大江漂流等，当代人就是要有这样一种精神。对于古进而言，竭一家之积蓄，尽一生最后精力，去完成这么一部经典式的画册《客家人》，为中华民族这么一支优秀民系立传，留下丰碑，这实在太值了。

他做到了别人没有做到的一件大事！

谁说老人身上只有过去，不，古进的壮举，闪耀的却是当代的光芒！他的精神永远年轻！

纵横十万里，上下两千年，壮哉，我们的当代客家人古进！

末了，该补上一笔。在一次采访中，忽听有人叫古进为"老徐"，我不由得大吃一惊。

"唉，你这老小子，不是叫古进么？干嘛又姓了徐，不是想攀龙附凤，好当徐霞客之后吧？"

我这一说，古进笑了，说："不敢，不敢，鄙人本就姓徐，乃是40年代为社会历史原因，被迫改姓埋名，随了母姓，以念母恩，这才取了古进之名。"

我想起了他因学运下了大狱，保释后又上了解放区一事，果然又是"所言不虚"。

那么，这位当代客家人，亦无愧为"当代徐霞客"了。

最后引用朋友赠古进的一副长联，以飨读者：

客系何来/本黄裔汉胄中原

旧族/世居河洛自晋初战乱兵凶

衣冠南下/经唐宋历元劫藉寄迟

第四章 重绘文学地图

　　　　荒筚路蓝缕创四业溯渊源千年
　　　　称客实非客
　　　　家乡何处／数远祖先贤三代
　　　　遗民／转徙闽粤从宋末居安业定
　　　　驻足梅州／复明播继清迁群分边
　　　　郡瓜瓞绵延遍五洲同根抵四海
　　　　为家便是家

补记：

　　这篇文章写于1998年春天，也就是在北京召开笔者的《客家魂》三部曲研讨会的前夕。写得很匆忙，来不及好好沉淀一下自己的思想，似乎没完全写毕便放下了。

　　而后，文章竟不知所终，也不曾发表。搬过家，东西都乱了，这篇文章的底稿也找不到了。

　　直到前不久，已是2005年夏天，不期收到古进的一封来信，信中竟附有笔者当年的这篇文章的复写件。我这才想起，当年留下这一复写稿是请主人公提提意见，事后却忘了。

　　这一来，我当年的文稿竟又失而复得了。

　　其间相距有八个年头。

　　这八个年头过去，古进更已是八十高龄了，可在不久前的岭南客家风情节上，他"上蹿下跳"寻找最好的拍摄角度，竟仍如小伙子一般活跃，连我这位"年过半百"的中年人也自愧不如。

　　我一直在思索，是怎样的一种精神使这位八旬老翁始终保持当年的青春活力呢？

　　也许，正在于他那永远不会有终点的人生追求！

　　客家人就是这样！

第五章　历史的未尽之言

第一节　不要愧对你经受的苦难

写下标题，我的心就碎了，欲哭无泪。

秋耘老师已过世有半年了。他过世的时候，我正在南非参加一个国际学术会议。回来后，听到这噩耗，当时就傻了。因为还以为能与他再一次促膝长谈，听听他那充满哲理与智慧的妙语，追忆那些回风舞雪的岁月……然而，这一切已经不再了，上次"不要愧对你经受的苦难"，竟成了他对我的最后嘱托。

只是，我能做到么？

连为他写这篇文章，我都几番提笔，几番放下。我当写什么呢？我想写的，未必能写得下，而我不想写的，又写它做甚？直到这次顺德城庆，应邀到会的国内几位文化艺术界的顺德籍友人聚在一起，感慨顺德一下子走掉了三位顶尖级的大作家——龙江的黄秋耘，桂洲的草明，以及作为"顺德女婿"的张光年。有人问我："黄秋耘与你是小同乡，你那两本七八十万字的厚书，他都读完了，而且向不少人推荐过，你为什么迄今仍不著一字？你对得起他么？"

当时，我一个字也答不出来。

我该遭到指责——半年了，我怎么就不著一字呢？说什么也该有只言片语呀！

回到家，拿起他的旧信笺，读到"手款及大作两种已拜读……我的身体比去年略有进步，但年迈久寒，懒于出门行走，乞谅。"眼又湿了。这是1998年12月7日的来信，其时，我的《潘汉年》《潘氏三兄弟》两本书已出版了，后一本刚出没几天，没想他便读过了。我还说，还有第三部《潘汉年和他的战友们》正在修订，到时，也算是个三部曲了，了结了我这一不大不小的工程。其实，三部都是20世纪80年代早就完成了的……然而，他已经读不到第三部了，而第三部的出版，恐怕仍遥遥无期。信末，他署的是"弟　秋耘"，其实，他与我父亲是同年的，我是不折不扣的晚辈，而且是同一个乡里的晚辈，我也是顺德龙江人。

可我又能写什么呢？还是从这两本书说起吧。十一届三中全会之后，我带着浑身的伤残及厚厚一摞书稿，走出冤狱，便径直跑到了北京。秦兆阳当时是《当代》的主编，一下子便看中了我那部《一个年代的末页》，批示"此书立即可以出版",还找我与责编龙世辉交谈了一下午。也就是改稿期间,我认识了人民文学出版社的老编辑季涤尘。两年多后,当我在一家刊物发表了关于潘汉年晚年狱中生活的纪实,便收到了他的约稿信。1984年,我完成了全书。然而,由于种种原因,此书的出版搁浅了。老季把书稿及当时一笔相当可观的退稿费交给我时,是这么嘱咐的:"你去重找一家出版社出版,我们社树大招风,出不了。今后要是出了,可千万要送一本给黄秋耘,他是你老乡。你回广州,一定去看看他,代我问好。"老季是《风雨年华》的责编,而《风雨年华》只出了薄薄一本,自然是真正被腰斩过的。

不仅《潘汉年》搁浅,《一个年代的末页》也一样。可是没想到,老季的嘱咐,我却是13年之后才得以照办——《潘汉年》于1996年底才由甘肃人民出版社出版。为该书的出版,责任编辑严虹——同我一样,当年的老知青了,也受了不少委屈,这里就不提了。本来,该社还准备连续出我的《潘氏三兄弟》等一系列作品,也因此只出一部就"腰折"了。在此,我借此文,也向严虹表示深深的歉意。后来《潘氏三兄弟》转到北京出版社出版。

我终于不负老季的委托,让姚玳玫把先出的《潘汉年》送给黄秋耘,虽说在13年之后,我已从湖南省作协调至广东高校。不记得是专门附上一份信函,还是就把老季所嘱之事写在了扉页上。很快,便接到了黄秋耘的电话表示感谢。他还说,自己算是潘汉年的老部下了,所以,更存一份感激之情。我这才明白季涤尘嘱托我送书的原委。在这一期间,我不仅接到不少电话,甚至有人登门拜访,一个个老泪纵横。我没料到,广州居然还有那么多潘汉年的部属。我告诉黄秋耘和其他人,后边还有第二部、第三部……而现在,第二部是出了,但第三部——这回,算真正"腰折"了。

我们终于有了一次见面的机会,梅花村37号……不知怎的,是室内光线不好,还是别的原因,他给我的,始终是一副病容——我们在不少场合见过,握过手,却未能深谈。而每次,我的心都有点战栗,不知他还有几天——也许他看出我的神态,后来信中才特意提到"身体比去年略有进步"来宽慰我。而他以病弱之躯抗到84岁高龄,也实属不易,这是怎样一种生命意志?是在痛苦磨砺下顽强抗争的生命意志!

"无端屈辱无端恨,巨眼何人识书生。"这是潘汉年40年代写给冤狱中的杨帆的,50年代却成了自画像。后来呢,更成了无数人的感叹……一见他,我便想到了这两句。

这当是纯粹的私人谈话。他问起我何以会选择写潘汉年,不仅仅是因为在茶陵洣江与潘的"一面之缘"吧?我默然,他却有意提起我"文革"中将半年代课工资资助了一位同是顺德籍的艺术家,当时这位艺术家被当作"红皮白心"

双开回了原籍。我点了点头，说我"文革"中为上百位老干部、专家写过"翻案书"，他们有的当时便"甄别"了，但大都是三中全会后才平反，我这么一说，他全明白了，摸了摸我肩膀。我苦笑，说，你不也一样么？也许，这正是龙江人的秉性。

他目光一闪，就那么一闪，苦笑道：平反冤假错案，是要恢复公正，恢复党的形象，可说到底，还是从人道主义出发。你选择这个题材，包括写潘汉年，就已经决定了你的所谓"思想体系"，不在于你用没用这个字眼。我说，我也想明白了，现在也不抱屈了，他们要给我戴这么个七寸三分的帽子，我倒觉得恰如其分，而且还逼我下功夫去钻了一下关于人道主义的问题，马克思在《1844年经济学——哲学手稿》中就有，共产主义是彻底的自然主义与彻底的人道主义……他说，译法有不同，有的把这译为普遍的人道主义，朱光潜就是这么译的。

我知道，秋耘老师一直坚守着他的人道主义，虽九死而不悔，可他却不愿我也因这个而受累，可我们都无法在人民的疾苦面前闭上眼睛，更何况在我们身边仍在发生着种种人道的悲剧……

他看着我，说："你一定吃了很多的苦，不然，你不会去写这些，更不会这么想。"我讲了自己的经历，三年冤狱，狱中如何重伤致残，以及狱中种种非人性的东西。我察觉他眼角已噙有泪水，不再往下说了。他却总催我往下说。

我们还谈了很多，当然，少不了关于人道主义的话题，这一辈子始终困扰着他的人道主义，看来还得在我身上继续困扰下去，但我并没有什么可后悔的。

我也知道，像我与他这种悲天悯人的人道主义，在现实当中能抗御得了什么？像雨果一样，视人道的原则高于一切，可他自己不也被流亡么？甘地提倡非暴力，金也提倡非暴力，可他们全死于暴力之手。人类的兽性被激发出来之际，任何理性都无法约束住它。于是，我们就默默在"圈"外，只凭自己的良知行事、写作好了。包括秦牧临终前不久，在我们组织的一个儿童文学的会议上，都表示要建立一个纯美的社会只是可望而不可及，他多少是个理想主义者，不愿多揭"文革"的疮痂，那么，黄秋耘临终前，又会怎么说呢？

"默默观史变，萧萧壮士心。"这是潘汉年遗诗中的一句。我想，黄秋耘当是如此。尽管人道主义面对强权一时是那么苍白无力，但谁能说，凭此便可以用"红色恐怖"给所有的非人道正名呢？在长远来说，人道的呼声，总归要压倒炮弹的喧嚣——这是有一年我从诺曼底归来写的散文中的一句话。

我所经历的，在我们这一代人当中，或许是最为惨烈的一种。有的，已经写在发表了的作品中，可只是作为点缀，让其"漏网"而已。而我想写的，或许还得留着，留在心灵深处，是不会发烂的。

我想，黄秋耘在送我出门口时所说的这短短的一句话"不要愧对你经受的苦难"，也在他心中留存了很久、很久……

我希望我不会愧对，但我不知道我能不能做到。

而黄秋耘呢？他自然也这么对自己说过。然而，他固然写了不少自己想写的文章，可在他垂暮之年，他该写、想写的还当有多少？

而这一大片的空白，还有望填充掉么？

时至今日，我还不明白，他给我复的这封信，何以是红笔所写，是因为在看校对样，随手写就，还是别的什么原因？

读着，读着，我眼前一片猩红……

"不要愧对你经受的苦难"——这当是人道主义一个高亢的呼喊！

这不仅仅对我，对我个人所言。

第二节 黄药眠：清名上帝所忌

五年前，随省府参事室赴梅州考察，我曾特地要求上药眠故居一走，没想染病打点滴，只好托黄鹤老师他们去了。回来后，诸师们感慨万端，这么出名的诗人、学者，其故居已无人关照，残败不堪，已近坍塌了。

却也不无收获，黄老师找到了黄药眠当年回乡手书的《秋日杂诗四首》，自是如获至宝。诗旁注明是1962年12月5日。那正是一个严霜遍地、北风凛冽的日子，他手录的这四首诗，不曾确定是否发表过。而这正是他被打成北京六大右派教授之一后的第五年。这五年里，风刀霜剑严相逼，不知他是怎么过来的。

诗中则多少透露了一点信息。

这里，谨照原文录下来。

秋日杂诗四首

中秋

人生难得几中秋，
月照南窗雪满头。
偶忆儿时摘花朵，
曾随阿母未知愁。

（吾乡旧俗中秋之夜，呈百花以献月迎接嫦娥，我小时每到中秋节黄昏，就跟母亲到处去摘花朵，以供夜里迎月之需，故云。）

秋

秋风摇动露蒙沙，
曾是风流处处家，
今日已无春如色，
尚余残梦到天涯。

菊花

粉至金红最娉婷，
秋风频抚吐芬轻，
知君本是非凡骨，
只傲寒霜不傲人。

秋葵

霭霭秋阳亦近人，
梧桐初老柳仍春，
爱他篱畔葵花好，
不似春桃万种情。

  第一首，回忆儿时采花的情形，叹息的却是"人生难得几中秋，月照南窗雪满头"。其时，他当是一甲子了，当年名满京华的大学者，却已为一顶帽子压得喘不过气来，能不感慨"曾随阿母未知愁"的童年么？
  只吟得第二首的"尚余残梦到天涯"了。
  但他屈服了么？认命了么？第三首却是这么写的："只傲寒霜不傲人。"
  所以，在第四首吟葵花，方会傲然道："爱他篱畔葵花好，不似春桃万种情。"
  还是一般孤傲、独立不倚，决不媚俗！决不卖弄什么"万种情"。
  这也许是他，也同样是客家文化的天生傲骨。
  默默诵读他这四首诗，令我回想起他那动荡不已、曲折艰难的近 90 个春秋。在中国文人中，有他这样如此独特、如此惨痛的经历的，又能有几人呢？
  他就这样走进了我的心中，并且让我动了为他写传的念头——一直延续到今天，方得以实现。

一

  从宋湘、黄遵宪到丘逢甲，当是近古或近代的、具有古典意义的三位诗人，他们不仅仅是广东的，也不仅仅是客家的（客家作为一个非地域的族群，遍及南部及西部上十个省份），更是整个中华民族的，他们的诗作，被视为中国古典诗歌的最后一座高峰，超越了历史时空。

而从近代走向现代，同样有三位黄钟大吕式的客家诗人，他们的作品亦跨越了时间与地域，成为我们这个民族文化的瑰宝。

第一位，自是中国新诗的开拓者、中国文学第一部现代诗《女神》的作者郭沫若。他开创了与中国古典诗歌迥然不同的全新的诗歌形式，令诗歌的表达方式、思想主题、语言格调，发生了历史性的、革命化的转变，有了鲜明的现代性。郭沫若在中国新诗上的地位，是众所公认的。而他在历史剧、历史学、考古研究，乃至甲骨文研究上，更是有着辉煌的贡献。他在民族危亡的历史关头，尤为卓然而立，无负于文化大师的盛誉。

第二位李金发，则是中国象征派新诗的开创者，影响了好几代的诗人，他的贵族色彩，唯美、象征主义，都是在精心构建其"美的世界"①。所以，他认为"他的美的世界，是创造艺术上，不是建设在社会上"②，所以，他才那么不流俗、不媚俗，自成一格，成为现代诗歌史上的一座奇峰。

第三位，则是我在本文中专门论述的这位——黄药眠。他与前二位是同时代的人，一道经历过中国20世纪初叶那个狂飙突进的时代，亦一样经历了民族危亡的严峻时刻，用他本人的话，也是他自传所用的两个字："动荡"。充满动荡的一生，不仅仅是20世纪上半叶，而是整个世纪。他辞世之日，已是1987年9月了，一个世纪只余下十多年了。不过，他却是三位当中活到最后的一位。而他经历的"动荡"，自比前边二位要多得多，也深刻得多。

文章憎命达，更何况一位才华横溢、激情四溅的诗人呢？他写的是诗，他所经历的，又何尝不是一部史诗呢？尤其是他晚年的口述史，读下去，更有着史诗一般的冲击力——这是用鲜血与生命，用近九十个春秋，凝聚成的一部诗。

黄药眠不仅写诗，还是一位著名的美学教授，本来写诗的人，本身就需要一种禀赋，那便是不同一般的审美感受。可以说，离开了对美的追求、对美的审视，就不会有诗情的勃发，而这是需要对生命的超越、对生命力的解放方可以达到的。这三位20世纪的大诗人，在诗歌创作外，郭沫若有他的历史学包括历史剧创作，李金发则有他的雕塑（那也是立体的诗。历史是时间的诗，雕塑是空间的诗），那么黄药眠的美学，则是心灵的诗，相比时间与空间的世界，它更博大、无垠。因此，我们解读这位诗人，解读他的诗，更需要整个身心的契合——三位客家诗人给我们展示的，是怎样一个世界？

我们不知道究竟能进入这个世界多深？

---

①② 华林（李金发）《烈火》，《美育》1928年第一期。

二

"动荡"二字，是黄药眠对他一生的概括："五四"时期的激进，三十年代入狱的磨砺，抗日战争大撤退的悲壮，民盟之际的独立不倚，反右与"文革"的落难，改革开放以来的奋发与遗憾……无一不与"动荡"二字相关。这是他对命运的认识，同样，也是他无以摆脱的宿命。

早在十年前，我在开列客家的一部百集文丛时，当中就有黄药眠的评传在内，而且是在人物评传中的前几位。他当然是我的老师一辈的。在我而言，几重身份都与他"重叠"，作家自不消说，他是著名的美学家，而我，则在他家乡一所高校主持一个美学的学科点，培养美学的研究生。可以说，对于研究自己的创作同行、自己的理论先师，当拥有知人论事、谙熟艺规的优势，当有把握写得很精彩、很深入、切中肯綮、鞭辟入里。

但我最终未能提起笔来，也许，是太熟悉了，反而不敢下笔。

更重要的是，我们之间的"身份认同"。

毫无疑问，存在的身份认同，足以激发如陈寅恪所说的"理解的同情"，并产生在价值观、人生观上的共鸣，深入探究的动力，甚至视为自我辩护，自我实现，有着相当积极的意义。可又为什么会"望而却步"，这毕竟不同于法律意义的"利益冲突"而须"回避"的身份吧？

人的思维也许每每就这么奇怪：太熟悉了反而不认识了，太冲动了反而动不了笔，愈来愈意识彼此认同的成分愈多，重要性愈大，反而产生一种焦虑：剖析他人等于剖析自己，而这却是很难做到的。也就是，反而担忧写不好这个有"身份认同"的人物。

毕竟，黄药眠一生中，也有多次"身份认同"的问题，而集中体现在如下两次——这在我，当是感同身受的。

第一次，由于抗日战争爆发，这位前共青团中央的宣传部长，一直坚持下来，终于被营救出来。出来见到组织后，第一个要求，便是要上延安去。其实，如果他应当时组织要求留下，他的人生轨迹就完全不一样了。他如愿以偿，上了延安，却不被"认同"，不仅不能恢复共产党的党籍，还遭到种种猜疑，满腔的热血、矢志不移的忠诚，此时竟被泼上一大盆冰水。于是大病一场，不得已离开延安去治病。后来，他征得张友渔的同意，加入了民盟，仍旧是共产党忠实的盟友。①

如此简单直白的追述，也许人们难以感受到他在"认同"的道路上，内心的那种折磨，这恐怕比在狱中的折磨还要沉重，而这，却是难以形诸笔墨的。

---

① 黄药眠：《黄药眠口述自传》，中国社会科学出版社 2003 年版。

而第二次，则是在1957年，他成为了北京著名的"六大右派教授"之一。本来是"大鸣大放"，却一下子成了"引蛇出洞"……今天，当我们重读他"鸣放"之际的文章，如《我们对于高等学校领导制度的建议》①，如《由"百花齐放"所想到的》②，会觉得并没什么，怎么那时就会被视作大逆不道了呢？

他当又是以满腔的热情与忠诚写下上述文章的，结果被视为反叛与煽动，最终以20多年的右派生涯为下场。事先的"身份认同"与事后的"身份否弃"，这次的感受，恐怕比上一回更为痛楚与沉重。

显然，此时已年过半百的他，仍生活在，或者说他的头脑，仍坚守在一个理想的世界中，固有的观念自始至终未变，甚至在再次碰壁后不改初衷。这是一种至贵的品质，不是一般人能有的，所以他那么痴迷于美学理论的建构，当是想在"美的世界"中免却现实的痛苦。正因为这样，在20多年的右派生涯中，他一直在坚守自己的底线，由美及理想编织成的底线，从而可以无视他人是否在意他自己的"身份认同"与对这认同的臧否，所有的不公正都无以伤害到他心灵的底处。

这在他，当是一位知识分子良知的恪守，对社会的不公正的批判与抵制，并渴求正义与公平。就如德国思想家韦伯所说的，知识分子超然的气质天生是与有缺陷的社会秩序难以协调的。知识分子所认同的身份，绝不是局外人，绝不是袖手旁观者乃至附庸、跟屁虫……这便是他为之罹难的那些文章所清晰地传递出来的信息，是他人格的表示。

这两次"身份认同"，在他人生的轨迹上，特别是思想的发展上，打下的烙印有多深，无疑都反映在他的作品中，包括他的学术思想、美学观上。这对于他来说，去锻造他的诗行，去沉积他的思想当是不乏积极意义的。灵魂的折磨与肉体的折磨，其负面的价值是否让位于正面的获得，我们却只能存疑，时代的局限，毕竟不是那么轻易超越的。

一位年轻的共产主义信仰者，一位年迈的知识分子，并无身份转换的问题，坚守的仍是社会正义与人道理想。

身份的迷失，意味着找不回自我，找不回归家之路，找不回精神的故乡，如同失忆者一样，认不回自己为之奋斗过的一切。黄药眠动荡的一生，并不曾发生这种身份的迷失，尽管上面提到的两次身份认同的危机是那么严重，但他始终把持住了自己，所以才那么坚定地恪守住已有的信念。

所以，他最后选择的是诗人或诗歌创作的近亲——美学。

---

① 原载《师大教学》，1956年7月18日，第161期。
② 原载《文艺报》，1957年5月12日，第6期。

也许，这也是人道理想最好的学术载体。

三

黄药眠是以写诗步入文坛的。

同那个时代的诗人一样，他们大都是在激荡的"五四"狂飙中脱颖而出的，他们的激情，他们的审美取向，都无不受浪漫的理想主义的左右，如他写在"五四"后不久的那首《黄花岗的秋风暮雨》：

> 我仰着悲怀匆匆地寻觅归途，
> 风雨凄泣犹听幽魂啜泣，
> 回看那黑影中的岗上丰碑，
> 碑上的神人啊，犹是昂首雄立。

在凄风苦雨中"雄立"，这仿佛也是黄药眠一生的写照，这自然也是他的一种身份认同。

年轻的情怀，当影响一生。以至于在狱中高墙下，他亦这么驰骋自己的思绪：

> 啊，云，你多么自由，天空是这样宽广，可以任由你自由自在地飞翔，有时你还可以积聚在一起，如高山，如层岩，又可以松散开来，如棉絮，如羽毛，你可以像一顶帽子盘盖在高山顶上，你又可以化做迷茫的雾，并且还可以走到我的窗子面前化成细雨，滴沥敲窗，气压低沉。
>
> 我望着窗子外面的阴沉的天气，一切东西都好像变了形看不清了。我不觉长吁一声，对天说："你用不着哭泣，像我这样的囚犯，都还没有下过泪呢。"①

这是他口述中的一段，亦如诗歌一般。他讴歌黄花岗的烈士为"神人"，自己在狱中不也如神人一般在谏天么？文中不无感伤，却始终有感奋在其中。最终，是感奋雄起，压倒一切，浪漫主义的理想充溢其间。

其诗作，大都具备这种感伤的浪漫主义，感奋的理想色彩。正如《桂林大撤退》这首被誉为荷马史诗式的历史长卷，其内容难免会令人感伤、悲悯乃至惨烈，场景更是极为残酷、悲壮，可最后，诗人却仰天长啸：

> 天有时晴，有雨，
> 但你可曾看见海，
> 他什么时候曾干？

---

① 黄药眠：《黄药眠口述自传》，中国社会科学出版社2003年版，第345页。

> 人民是永生的，
> 铁槌打在铁板上，
> 到处都飞迸着火星！

感奋终于压倒一切，激昂、壮烈成了主旋律，坚信、豪迈上升到最高层面。

文如其人。黄药眠的一生，自是感伤的浪漫之旅，而他的诗行，铺设的不也正是这样一条感伤的浪漫之旅么？他的《工蜂颂》，可谓状物托己，是"身份认同"的一篇精美、感人的散文。其实，无论任何一首诗、一篇散文，写的都是诗人或作家的自我，他的主观感受，他的意趣志向，除非有意伪饰与假托。风格即人，性格就是命运，当言之不虚，文章是这样，人亦这样，人生道路更是这样。

正因为有太多的磨难，而这些磨难本身化成哲思，就令他有过人的清醒。因此，日本投降后，举行火炬游行，有人大唱民主高调，他听了觉得很空洞，认为：

> 我们的民众并不是欧美的群众，还有很深的封建传统，有天子皇帝传下来的英雄崇拜、权力至上。从另外一方面说，从统治者方面来看，他们也没有民主的习惯和传统，从袁世凯到北洋军阀，各省的地方军阀，都只是靠大刀和枪杆子来统治的。孙中山讲民主，常被广东人认为是"孙大炮"，他想利用失意的军阀，而失意的军阀也借孙中山的威望来获得统治，等到他们掌握实权以后，可又把孙中山抛弃掉了，所以革命始终尚未成功。①

他在这段话中无意中说出一个冷酷的历史事实，广东，是中国民主革命的策源地，加上几千年海上丝绸之路的濡染、商品交换带来的平等观念，广东人的民主意识，应比内地要强得多，可当时的广东人却常把讲民主的孙中山叫作"孙大炮"，并不认同就在他们身边的这位伟大的民主革命家，这又该是怎样一种可悲的现实？

黄药眠意识到了，清醒地意识到了，但是，他并未放弃把民主作为一个奋斗目标孜孜以求。所以，十年之后，也才有他被作为"六大右派教授"之一揪出来的悲剧。在他起草的《我们对于高等学校领导制度的建议》中，虽然写得小心翼翼，颇有分寸，但仍对"民主作风不够"等提出了批评与整改意见。

"右派"岁月，牛棚生涯，这都使黄药眠在晚年的20多年中，失去了很多，包括仰望天上云彩的自由。在这漫长的煎熬中，他只能偷偷写下片言只语，以记录住自己转瞬即逝的灵感，这便是自1957年至1981年空白了24年之后，于1981年5月花城出版社出版的《面向生活的海洋》。人生有几个20年？对此，他却说："在漫长而宝贵的十年里，我仅写了这么一点，还做贼似地冒了很大的风险。"短

---

① 黄药眠：《黄药眠口述自传》，中国社会科学出版社2003年版，第523页。

短一句话，潜藏有多么巨大的历史内容、人生遭际，以及信念与意志呀！

坚忍，是我们民族的美德，在客家人身上表现得尤为突出，黄药眠这位现代三大客家诗人当中的一个，他的坚忍，当达到一般人难以到达的程度。这就如他的诗中所写的，是铁槌击打下，溅出的火花——这火花，便是诗，便是他诗化的人生。

四

从诗歌创作，走向美学研究，似乎是顺理成章的事。

同样，从浪漫主义理想，走向审美境界，当是水到渠成。

然而，从动荡的乃至灾难性的人生走向美学，莫非也有某种机缘？

晚年的黄药眠，作为我国著名的美学教授，似乎已超越了一切，达到了一个全新的境界，诗的激情化作了暗涌，从而更有力度，理想的感奋业已平稳，于是具备了韧性。那么，灾难的人生，又给予美学怎样的昭示呢？

莫非说，人的审美体验，当是对生命悲剧的审视，并且在这审视中予以反抗，加以超越方能得以实现，从而成为人类生活中的一种独特的方式？

莫非说，在经历了众多的苦难、痛楚之余，人们当意识到理想的自由无以到达，甚至可望而不可及——笔者刚刚在写二秦（秦兆阳与秦牧）临终感悟时讲到了这一点——从而只能借助审美活动，使之成为释放生命力的一种补偿？

这似乎正是黄药眠学术中的生命元素，他那动荡的人生给予美学的悠远的呼唤与启迪。因此，他在《美是审美评价：不得不说的话》一文中，借普希金诗中写的书中夹的一朵枯萎的、失去清香的小花，引发起的审美联想，并且借此强调"个人的情绪色彩"。

而他的美学论文，更强调首先应从"生活与实践中去找寻根源"，这便直接指向了所有人，包括个人的人生了。因此，人不要受现实世界的种种束缚，至少心灵不要受这束缚，在审美的直觉瞬间冲破这一束缚，把心灵引向广阔的自由天地，这便是对生命悲剧的超越，人，只有在审美中，去获取心灵的自由。

当然，这种超越，便是审美的超越，做到了超越，便可以上升到自由的境界。因此，审美的自由，便是主观情趣对于客观规律或法则的超越，"超以象外，得其环中"。同样，也是对"洞穴的幻象"即理性教条的超越，生命本身就是感性的，后天的理性对这一感性造成种种的压迫与束缚，让人的直觉潜能得不到释放……

在精神自由与功利欲求上，审美自然是属于前者而非后者的，但如果不超越功利，也就无精神自由可言。陈寅恪的"独立、自由"提法，本就是中国知识分子真正的追求，大学当中更应当如此。而今日之物欲，早已铺天盖地，吞没了不少人。当年，黄药眠被抓到南京的反省院，反动派不正是以这种物欲，诱降了他的不少同事么？这对他，无疑是有剜心之痛的。他强调审美的自由，在于精神对物欲的超越，是与他的亲身体验分不开的。只有在审美中，人们才可能视功利名禄为浮云，方可摆脱功名利欲对人的束缚，才能战胜人的异化。

进而言之，审美的自由，更是个人的自由，是个体生命对社会压力的超越。黄药眠强调的"生活与实践"的美学观，不是服从，而是寻求，是超越。也只有审美，方能够实现这一超越。他的美学，不仅仅是生活的美学，实践的美学，更是生命的美学，是生命挣脱一切束缚实现超越达到的美的境界。当然，这也包括对个人自身局限的超越。

很多人，对一切横逆，一切苦难，都已经麻木了，生命的悲剧在于接受而非反抗。然而，一位诗人，一位思想家，是不会中止自己敏锐的触角的，他当凝聚这些苦难以激发思想的喷溅，让苦难去强化对自由与美的冲动与追求，并坚信正是在这种苦难中，生命方可以全面地释放与超越，一如他写的铁锤锻击下四溅的火花。他晚年的美学观，正是建立在对他人生苦难的超越上面。

而他，就这样于美的追求理想上，又一次获得了"身份认同"。

因为这是他苦苦寻找的精神故乡。

所以，直到最后，他仍旧是一个有着坚定信仰的"神人"。

一个依旧怀着感伤浪漫情怀的诗人。

一个对人道理想、审美追求矢志不移的大学者。

"精神四达并流，无以不及，上际于天，下蟠于地。"庄子此语，于黄药眠而言，可言中否？

关于黄药眠，想说的还有很多。

对于这么一位先师、同仁，我本责无旁贷地在这套文丛中给他留下应有的一席，并且亲自动笔。但我最终没能下笔，而是交由克定来写，不仅仅是怕"当局者迷"，而是有太多的思虑。好在克定早有准备，对传主心仪已久，他的心态，当比我健康得多，由他捉笔，当会写得更到位一些。"清名上帝所忌，得谤可以销名。"① 不知黄药眠对这一古训熟知否？用一生的曲折，消除上帝的妒忌，去掉所谓的"清名"，又何尝不值呢？若为上帝所忌，后果当多严重？

何况这一生的曲折，还有诗歌、美学作为补偿呢？而综观其一生，无论是诗人、学者、革命家，抑或幸存者，革命的幸存者，都始终如一，有一个身份认同，那便是信仰者。对理想与美的追求，纵贯了他的一生。人是不可以没有精神自由的，美是自由的象征，他正是在晚年的美学追求中达到了心灵自由的境界，尽管天不假年于他，晚年未能完成他的美学五论——《创作论》《风格论》《典型论》

---

① 陈继儒：《小窗幽记》。

《文体论》《鉴赏论》，但他却以他的亲力亲为昭示了后人，这五论也为今日的学者所弥补，不应有憾了。

今日梅城烟雨里，尚祈神人吟新诗——阅毕黄药眠风雨一生，感慨系之，此志。

第三节　不虞之誉与求全之毁
——北南二秦

岁月。时代。人。

南国深秋，是见不到几片落叶的，那殷红的一簇，也绝非秋风中的红叶，而只能是繁花。但人的心境，却也难免有悲秋之感，这大概是中国文人的痼疾吧。地上的枯叶，未必是黄的，也可以是哑绿，只是失去生命的光泽而已。不觉想到，文坛上我所熟悉的一代人，而今大都已经作古，其生命之光泽，可因死亡而消退么？或灿如枫叶，或凋零如枯叶，或仍留有绿色，却不见了鲜活？这些年来，我同不少文人打过交道，他们或早已作古，或刚刚辞世，亦有仍活跃者……但所编织的，却已是秋色了，写下来，免不了有几分悲凉。

无论如何，他们仍活在我的记忆中，不觉记录下来，却也分明有其活在纸上的理由。形形色色、毁誉交互，分明不是一个过去的世界。

就此做开场白吧。

北　秦

2004年，中国的人大修宪，正式把"人权"写进了宪法之中，海内外不少知识分子都为之奔走相告。欣喜之余，我却有几分的苦涩，为"人权"二字，中国有过太多的坎坷……

为此，引发了我一段苦涩的回忆。

为一位作古近10年的老人；也为自己一部尘封了20多年的长篇处女作——不知道是否还须再尘封下去；更为……

往事如烟么？

秦兆阳在病榻上说："如果把全世界放在白色的背景上，人间会变得多么清爽；如果把每个灵魂放在白色的世界上，生活将是多么舒畅。只可惜哟，并不是所有的白色都是一样的洁白，真正洁白的颜色，反倒是要用心灵去浸染的。"这不幸成了他的遗言。

我们有时亦相对无言，我默默注视着他墙上挂的新作，从那粗犷而又苍劲的笔锋中，我能体察到一位老人晚年的心境。画面总是很干净、空旷、辽远，从他

儿子秦万里的悼念文章中看，他到底没等到他的画展开幕，便撒手西归了。

他曾给我的一部书题过词：关塞万重。也不知是何种感慨，不过，从他留给我的一封长长的信中，我却是可以读到这四个字的。

那是三中全会之后不久，我走出了冤狱，也许还带有狱中对人世的感悟，一口气写下了30余万字的《一个年代的末页》，寄给了人民文学出版社的贺嘉。很快，我便上北京，住进了人文社作者宿舍中，推掉了中少社让我到朝阳小区"文革"后第一期的文讲所的推荐。

是日，资深老编辑龙世辉，为我借了部自行车，一同上了北池子大街秦兆阳的家中，第一次见到了他老人家。

虽然这并非我的第一本书，却是我第一本真正的书，我视它如自己再生的生命。能得到秦老的器重，自然激动万分。以至于龙世辉几次提醒我："记呀，记仔细一点。"才让停下的笔重新在笔记本上走动起来。

这便是他在信中所说的："也许是1979年底或1980年初，当时《当代》初创，好稿和来稿不多，为了从长篇小说中选取一段发表，那时我看过一些长篇小说，你这部小说是其中之一。"

当时，他颇为激动地说，小说有着深刻的思想内容与社会内容，结构很严谨，节取很难，只能全用。

龙世辉当时提出，有人说，它涉及太多的人性、人道乃至人权的问题，要谨慎。

谁知，秦老竟站了起来，悲愤地说，宪法上也有不许侵犯人权的条款，为什么不能提？

这次谈话，长达近两个小时，我断断续续记下了近三千字。整理后交给了龙世辉。

"此书马上就可以出版。"秦老说得斩钉截铁。

这次谈话，自然惊动了人文社，也惊动了当时的文坛。

一位出版社的负责人要看我这部作品。稿子从此一去不回。不久，龙世辉嘱我回湖南等候消息，《当代》上也临时用了那部后来得首届茅盾奖的湖南同行的作品，是打出二校样才交秦老审阅的。"总算还是上了湖南作者的一篇。"秦老颇有些歉意地这么对我说。

对于《一个年代的末页》有什么样的遭遇，我还不大介怀，虽然已有种种的传言。记得有一次，我仍对秦老说："不要紧的，我们毕竟在前进，这本书或快或慢还是能出得来的，只可惜《当代》上一时用不了啦。"

我用的是"或快或慢"，而不是"或迟或早"，内心估计的，无非是几个月，顶多半年时间。

那时，我还太年轻了，虽说已经历了很多很多，可还是太年轻了！

我回到湖南，过了一两年，才有另一位编辑来找我，说是送修改意见，却是一纸判决书："结构上天衣无缝，语言亦炉火纯青……该稿的整个思想体系是资产阶级人道主义，类似《悲惨世界》。作为社会主义的出版机构，怎么可以容许出版物宣扬资产阶级人道主义的作品呢？……"

往下，也就不敢再引了……时至今日，翻出来看仍有几分毛骨悚然。

我不明白，此书浓墨重彩，刻画的是一位三中全会之后殚精竭虑去平反冤狱的公安干部，共产党的好干部，何以是"资产阶级"，更何以为"反党"呢？

为此，我给秦老写了封简短的、百余字的信，只说，如人文社不用，是否可转至别社。

没想到，对我这百余字，他却覆了满满四页纸，两千多字。信中，他只提此稿"又经过较负责的同志看过，认为在观点上有值得考虑之处，于是派专人到湖南去找你面谈（专为你的这篇稿子去的）"。什么观点？他当然不会说。

对此，他没有再多说什么，直到信末，却又不意写上："直到最近，有的同志提到这部作品的优点时，还深为惋惜呢。"

后来，我知道这位同志是龙世辉，他不久也来了封长信。

我还能有什么话说呢？

其间，我将这部小说的一章，生发成另一部长篇《我的神女》在另一个出版社出版了。虽一版再版，但是思想力度、艺术性上均无法与原作相比。

20世纪80年代中，我曾与一位对根雕艺术有所研究的朋友一起，专门到过秦老家中。显然，我是有意而为的，至少能有一个话题，不再重复已有的无奈与尴尬。

秦老显然少了许多老态，活跃了起来，说他如今常上景山去（他的住处离景山不远），散散步，留意一下山坡上的残树、枯根，不时挖上一两蔸，回来加加工，便可以当作一个盆景了。

他还很高兴地展示了他的"新作"。

然而，这在他，也是一种无奈，眼疾一天天厉害，别说动笔，就是看书也难了——他在来信中说过，如果眼睛好一点，他会把《一个年代的末页》再读完的。自然，他已经没这个机会了。看不了，写不了，就剩下这一个个盆景了。

他同我那朋友谈得很是热烈，而且非常认真地听取了人家的见解。

难得老人有这么恬静的心境。

然而，离开他家后，我的朋友却说，老人的心态并不平静，这可以从他的盆景中看出，大的焦痕、断的根枝，人工痕迹相当地重，显然在加工时未能把持得住，他想通过根雕艺术来调节自己，但恐怕很难办得到。对于一位有思想的人来说，怎可以平息得住头脑中思想的波涛呢？

思想是永远不可以平静的。

后来，我还专门写了一篇小说《月夜·老人·根雕》，文中有这么一段话："这些千姿百态、造型奇特、足以称绝的盆景，不正是你心中一个个陡立的感情波涛么？你平日即算是慢慢地揉、搓，可也同样凝聚有你强烈的情绪在内，否则，铁一般坚硬的树干，是不会由你随心所欲的，正如生活不可以随心所欲一样，孔子说的那种境界是永远不可以达到的。"

我并不是写他，但我却无形中把他写在了里面。小说中，我试图让那位老人打开被历史禁锢的心灵，与年轻人衔接上，但这种衔接又谈何容易，历史本身并没解禁，就算他想衔接，又未必等得到。

80年代，让辗转在好几个出版社的这部书稿，一次又一次地打入了冷宫。

也有好心的朋友，试图把它删削成一部纯粹的推理小说，他也这么做了，但最后，我却是自己撤回了书稿。失去了思想，多出一部平庸的书，等于不出，我不能愧对秦老对这部书稿所抱的期盼，以及思想上的推崇。

然而，这个时候，却有人非常肯定地告诉我，秦老把当日肯定这部书稿的审读意见撤了回去。

开始，我有些愕然，后来，也释然了，就算他的意见存在文档里又有什么用处呢？这部书稿已不可能再发表在《当代》或在该社出书了，因为它已被别人在政治上判了死刑。只是，这个消息仍叫我很不舒服，事态竟严重到这种程度，连秦老保留自己的意见都不可能了么？

我深知他的无奈，也深知他这一代人的无奈，我只希望，我们这一代不应再陷入这种无奈之中。

然而，秦老却把这当作他一辈子的心病，直到1988年，我又一次到了北京，见到了当时在中国文联出版公司的他的儿子秦万里，他与编辑部的负责人顾志成，把我拉到了一边，说秦老一再向他们介绍《一个年代的末页》，让我赶紧把书稿拿来，"悄悄地出了"。

坦率说，在这之前，我虽然知道秦老的难处，但总免不了有些抱怨，以至他在我寥寥百余字信中，看出我"似乎颇有感慨"，可这一刻，却有一股热流涌上了喉头，觉得自己对这位老人未免不大公道了——当时，他的"右派"刚平反没多久，经历了那么多年的折磨，为这部书稿，竟操心了近十年！汝有何德，竟如此让人焦心？

只是，顾志成、秦万里当时尚不知道，书稿当时就在他们身边，在一位也曾被打成右派的老编辑手中——在这里，我不想提到他的名字。当时，他说什么也不肯把这部书稿退还给我，并不是他要发稿，而是为了保护我！

他给我讲了当年被打成"右派"的教训，那何需一本书呢？几句话就足够了，而我这却是整整一本书。

无疑，他同秦老一样，是读明白了我这一本书，可他采取的，是与秦老截然相反的办法——把书稿雪藏起来。

我不知道是该怨他，还是该谢他，我总是深信，这部书总有一天是要出版的，总有让它出版的一天。

这位老编辑没有多久便过世了，其实，他的年龄也许还没有秦老大，但他所经历的却不是笔墨可以形容的，我不能埋怨他延误了出版的时间，让我错失了有可能出版的机会。这部书稿的命运，令我伤心之余，已不抱任何的奢望了。

连龙世辉也早早辞别了人世。

几度到人文社，龙世辉没少请我吃饭，而且也不避讳谈到《一个年代的末页》出版的问题，当然，他视那些"资产阶级人道主义"的评语为"屁话"，我反过来安慰他，说："不要紧的，我还年轻，机会总是有的，不至于拖个一二十年吧。"

老龙只是叹气，说："等你到了我这个年龄就会知道机会是怎么回事了。"

真可谓一语成谶！

而今，从秦老说"此书马上就可以出版"算起，已经是整整28年了，比我自己说的"一二十年"还要长。机会一个接一个稍纵即逝，而我，也由三十岁进入了五十岁——人称的"年过半百"了，与龙世辉当年的年龄已不相上下了，也当"知道机会是怎么一回事"了，年轻时的自信、不在乎、以为有的是机会的放达，却已经不再了。人生，从三十到五十，总是过得特别快，我自己也不知道是怎么过的。而这本书还是没出得了。

然而，当我从尘埃中索回原稿，把被人涂划得面目全非的文稿恢复过来之际，那个动荡不安的春天到来了，胡耀邦同志去世了。稿子终于没能寄出，而人事已非。

直到有一年，有一家出版社承诺将这部作品收入我的文集当中，我才又一次把这稿子整理出来。此时，此稿已历尽20个寒暑。当然，这比起上一辈的老作家，其作品被封杀几十年的遭遇，可以说还算是幸运的。整理中，我叹息的只是，如果说，作品为合时而著，那么，20年过去，那它也早该是过时了。然而，时至今日，也许它的思想锋芒已不会像当日那么让人惊心动魄，可仍旧不失其鲜明与犀利——思想解放步履蹒跚，是否是我太急于求成？不过，坦率说，这部作品如今也没什么可吃惊的了。

但《一个年代的末页》又一次遭到了厄运。

作为我的文集的第一部《潘汉年》，却由于众所周知的原因不能再发行了，出版社积压了一大批书。关于此书，《中华读书报》上有人专门写文章"数落"了一番，我也不得不做出回应。后来，在《黄河》1999年的某期的《毁誉》一文中，我也详尽讲了该书的遭遇，这里就不赘述了。但是，由于第一部遭挫，出版社赔了本，文集自然也就告吹了。而《一个年代的末页》无形中也就陪了斩。

作为一位文学家，我的文学选集没出得了，相反，作为自己的理论系列《元亨文存》，反而比文学选集早出来了，对此，我还能再说什么呢？平心而论，我并不能算作什么"理论家"，每每只是有感而发罢了。

作家并不希望自己的作品速朽，我却是巴不得《一个年代的末页》速朽。事实上，由于在这部作品上的挫折，我已经立志写出几部更成熟也更有艺术震撼力的作品来，这便是《速朽》三部曲与《客家魂》三部曲，后者150万字已在北京付梓了。

然而，我万万没料到，这本《一个年代的末页》的文稿仍在尘封之际，便传来了秦老去世的噩耗。他终究没能见到此书的问世。

虽然之前我出的好几部长篇都曾送给他，但我一直认为，这些长篇都未能代表我的创作实力。至少，要等到《客家魂》的问世。

可《客家魂》他也未能看到。我不知道，在秦老身后多少年，我才能把完完整整出版的《一个年代的末页》祭献在他的灵前，但愿能在我的有生之年。龙世辉的话，令我多了几分紧迫感，我当去努力，只是机会又有几何？

也许，秦老给我题的"关塞万重"，自有更深的含义，需我在这20年的曲折中反复品味，甚至由他来"以身作则"。

虽说今日，我已人到中年，多少消磨掉了写《一个年代的末页》时的锐气，但这么些年，多少文坛上的先师加挚友纷纷离去，竟让我过早体味到人生的悲凉，在万重关塞间，垒起了他们的血肉与骨骸。

写到这，我又兀地一惊，刚刚为《客家魂》写的后记，我用的标题是《"高举骨头"：史识与诗情》。

"高举骨头"是胡耀邦同志面对"四人帮"的淫威时呼喊出来的。在什么也没有高举之际，就让我们高举起自己的骨头吧！这也该是客家人的传统。

一部书也该是一位作家的骨头，得有几分硬气才是。

不觉，又想到多年所见秦老那瘦骨嶙峋的身体，他就这么硬撑下来，撑到了年近八十的岁月，撑过了差不多一个世纪的风雨，撑过了"关塞万重"。

面对他关于"白色"的遗言，关于"用心灵去浸染"出"真正洁白"的遗言，我知道他该有多么沉重，有多么苍凉……

在他之前，我也刚刚送走了秦牧先生。无独有偶，他临终前也说过类似的话。

记得秦牧是这么说的：我们总是企盼一个纯而又纯的世界，而现在我们已经知道，这是不可能办到的，可望而不可即，我们只可能做到的是，尽可能让这个世界稍微好一些,合理一些。他的这个讲话,是由我的学生何洪漫根据录音记录下来的。秦牧的去世很是猝然,恐怕他没想到,这会成为他留在这个人世间最后的声音。

他的这番话,与秦兆阳关于"白色"的遗言,几乎都一般苍凉。

正是在秦牧去世后不久,我在一篇文章中不觉写下这么一段话:

> ……文人总是希望在自己的作品中去建造一个"乌托邦"——一种比较健全的社会文化运行机制——哪怕是批判性的作品也是如此,企翼在不测与无常中多一些理性,而这往往是可遇而不可求的,这一来,只会增加内心的焦灼,从而过早地把自己燃尽。

写罢,我悚然一惊:我这是在写谁呢?写秦牧么?总的印象看,他还是比较平和的,并没那么多焦灼。那写谁呢?难道是写自己么?以及自己身边众多的文友、前辈?其中就包括秦兆阳、黄秋耘么?

我不敢回答自己。

在同年出版的《中国文化史观》一书中,我把文学视为对异化的一个永远的抗诉,可是,我们就是用"乌托邦"来抗诉的么?这"乌托邦"又有什么用?

可一代又一代的文人,都是这么义无反顾地营构这一乌托邦的抗诉,从而把自己燃烧尽的么?这是怎样的一种无告与无奈?然而,又有谁,明知这一无奈,却又能摆脱内心的焦灼呢?

却仍旧没有人。

那就永远地焦灼、永远地抗诉好了!

南 秦

据说,他走得很猝然,却没有什么痛苦,从床上跌到床下,就这么走了。我想,这也与他的个性有关,他也不愿意再忍受这样的痛苦,同样,也不愿给别人什么痛苦。不少要走的人,病榻上数载,自己痛苦不堪,家人也被折磨得不堪。

在广东的老作家中,我相交甚厚的就这么几位。他走时,黄秋耘去了,陈残云去了,可后来,黄秋耘走了,陈残云不久前也走了。我未能为黄秋耘送行,那时我在南非,连他去世的消息都不知,悼念他的文章,也拖到一年之后才动笔。倒是他——秦牧,还有陈残云,我都去送了,并即时写下了悼念的文章。一个又一个地走了,下一个该轮到谁呢?

秦牧去世之后,据说有过几篇非议的文章,说他晚年油滑、中庸,甚至一副教师爷的样子,因为在海外,我未能读到这些文章,暗暗有些吃惊。在我的心目中,秦牧还不至于是这样一种人,晚年心态趋于平和,没有黄秋耘的激烈,秦兆阳的伤感,这恐怕与个性有关,但不可以那样去看他。

他在人们的心目中,毕竟还是个长者的形象。

兀地,我想到他临终前的一次讲话。我想这次讲话,当可作为对非议的一个回答,我在悼念秦兆阳的文章中,也专门提到过他的这一个讲话。

其中有一段是这样的:

> 我觉得人类要建立一个好像蒸馏水一样透明的安乐世界,恐怕是很渺茫的……人不论积累多少文化也好,积累多少文明也好……他总是带着他的各种动物性,带着旧时代的各种影响进入生活的人,总是一批接着一批地出现,所以,蒸馏水一样的社会,在我个人看,永远不会出现。

这是秦牧临终前最后一次会议上的长谈,是在我们儿研所组织的一次国际华文儿童文学研讨会上的开场白。录音带在我手上放了好几年,后来让我的一位学生何洪漫整理出来,发在我们编的《走向世界》的论文集中。录音带则托人交给了紫风,这毕竟是秦牧的一件遗物及遗言吧。

他干嘛要对儿童文学发出这样的感慨——前边,我在悼念秦兆阳的文章末尾,曾谈及秦牧临终也有过秦兆阳一样的感慨,是主编倪墨炎先生亲自来函,嘱我不妨也写一下记秦牧的文章。没想信到之日,竟病倒住院,一直拖到今天才算了愿。不过,病榻前,一直在思索二秦的话。只因在医院无法找到秦牧讲话的原文,怕记忆有误,所以一直等到出院。

两个临终讲话,一个讲的是"把世界置之于洁白的背景上"、一个讲的是"蒸馏水一样透明的世界",可谓心有灵犀一点通。但话中的苍凉、悲恸,也是无可掩饰的。人之将死,其言也善、也悲矣。秦兆阳是已感到生命临近终点才这么说的,秦牧呢?他也许并不知道在床上一翻身便撒手西归吧。不过,据知,在这之前,他已被查出心脏近侧有一个动脉瘤,大概已有了某种预感。童言无忌,叟言亦无忌。

两人命运不尽一样,一位是上延安参加革命,终未躲得开五七大冤狱而成了全国闻名的"大右派",一个是满怀激情回国参加新中国的文化建设,差点为《地下水喷出了地面》一文也成了右派,幸好冥冥中有人出面说了几句话才得以幸免,遂以《花城》散文集而闻名遐迩,但终未躲得过"文化大革命"的历史浩劫。异曲同工,两人感慨未免也就差不离了。

我与秦牧相识,在与秦兆阳相识几乎同一个时间,同在北京,在人民文学出版社。当时,我住在该社的作者宿舍内,秦牧也在那里呆了相当长的一段时间。当然,这种相识是很自然的。作者间相互串串门,大都是我们这些初出茅庐的作者一道去拜访。

面对他那厚道长者的面容，加上我平日也沉默寡言，我每每在一边坐着，绝少言语。唯一一次，是说起我很喜欢的那篇《鬣狗的风格》，觉得对人生丑陋的一面，鞭挞得很是痛快，算得上入木三分。他也只是温厚地笑笑，没有多说什么。我是听不少朋友介绍，专门找到这篇文章一读再读的。朋友自是奔走相告，十一届三中全会前，出现这样的文章，自会引起震动，至今仍记得人们读它时欣喜的、拍案叫绝的情形。

而我提起这篇文章，却含有另外的隐衷。因为我家与秦牧在之前便有不解之缘，说起这篇文章时，我差点把这隐衷也说了出来，只是想起母亲的嘱托，我才又咽了回去。

母亲年轻时也是个热血女性，大学读的正是新闻系，这倒没什么，散文偶尔为之，字却是绝顶漂亮，这自是得自外祖父的遗传。她的一帮女同学，有一个叫"海社"的文学团体，社里自少不了地下党员。不久前见一位李曼慈阿姨的遗稿，方知内中不少难以忘怀的趣事。

其中，一位叫劳翠蓉的阿姨，解放后一直在出版社工作。她的丈夫简捷，是大公、文汇香港分社的负责人，如今仍是中新社的顾问，他还是一位著名的摄影家。然而很不幸，1957年，他被视为"红皮白心"，打成了右派。大概是解放初期，劳姨常从出版社带回一批稿子，交我母亲抄正，自然是因为我母亲的字漂亮。那时我很小，只记得母亲深夜仍伏案抄写，很是辛苦，读小学时，仗着老师老给我打五分，有时也偷偷帮母亲抄，结果是满纸涂鸦，哪认得作家们的"天书"，不知抄成了什么，弄得母亲又好气又好笑。不过，可以说，我正是那时热爱上文学的。后来，广东开设支援内地156项重点工程，我们全家北调，就再也没有这抄稿的营生了。

但祸从天降。1968年秋，工宣队进校，我成了全市唯一被点名的"右派学生"，工宣队长竟扬起板凳向我腰间劈来，逼我跪在炉渣上。幸得同学帮忙，半夜从三楼逃出，一去数月。一个大雪纷扬的日子，我听说二中大门前贴出了一共30张抄得规规整整的大字报，标题便是我的"反动罪行"，也不知怎么搜罗整理出来的。我当时是中学生，也不怕那么多，清晨戴顶包着耳朵的帽子，架上副平光眼镜，再在上唇贴一抹胡子，便把手抱在胸前，装模作样地看自己的大字报去了。雪大，行人匆匆，也无人理会我是何许人，更没想到我会是这大字报上的"主角"，我居然从从容容地看完了自己的几十条罪行。

头条，少不了挖祖宗十三代，外祖父是民国国会议员、禁烟委员类自是少不了，奇怪的是，母亲也列上去了，而且冠以"反党反社会主义大黑帮秦牧的秘书"，这让我大吃一惊，因为在我是闻所未闻的。

直到恢复了自由回到家中，母亲已被斗得呜呼哀哉，中学时已治愈的支气管扩张又复发了，一大脸盆一大脸盆地吐血，病稍缓，还得挂上白牌子去游街批斗。其时，父亲亦为"反动学术权威"仍在牛棚里不得归家。

终于有机会问及母亲，她只是淡淡地说，那时，劳姨让她抄的稿子中，可能有秦牧的吧，不知专案组是怎么钻墙打洞查到这上面来的。

偏偏这时，劳姨却来了信，简捷"右派"又升了级，合家给遣返农村，有上顿没下顿，万般无奈，只好向老同学求援。

她还以为我们已远离广州，没受任何牵累。我看了母亲转给我的信，自是明白其中的意思。当时，我正要把在外代课积攒了一年多（我化名去代课，月薪20元内）的150元交家中。母亲早没了工资，父亲也只发生活费，两个弟弟下了乡，家里还有个刚上小学的小妹妹。那年月，150元不是个小数，可我一见母亲的眼神，什么也没说，便上近郊的一个邮局把这笔钱汇走了。

母亲只有一句话：不要欠别人的，也不要让别人觉得欠你什么，你才能在这个世界上活得坦坦荡荡。

所以，给劳姨的信中，我丝毫没提到抄稿的牵累，更没讲到家中也异常艰难，只说一切都很好，这钱也用不着还，手头还宽裕。

毕竟，无论是她，还是秦牧，在母亲及我的被牵累上，是丝毫没有责任的，没必要让他们知道。可恶的是那些"鬣狗式的人物"———如秦牧在文中所写：

鬣狗式的亦步亦趋，讲穿了也很可怜，不过是为了"分一杯羹"，舔一点人骨头的碎骨肉屑，就践踏一切原则，在所不惜罢了。否则，何以连我这么个中学生，也硬给拉上套呢？本来是一点也不搭界的。而一个抄稿人，本身也与文章没多大关系，更何况所抄的文章也不一定有"问题"呢。

我终于没有把这一段往事告诉秦牧。后来，当母亲知道我同秦牧很熟，所出的书也送去了好几本，仍一再叮嘱，不要说这件事。没这件事，我看他写的文章已够沉重的了。

母亲是个手执一卷却不顾饭烧煳了的知识女性，每每是她看到好文章介绍给我看，那时我走出了冤狱，只顾得写呀、写呀，反而不及母亲看的书多。

的确，秦牧后来有些文章，如《蒙地卡罗一老妇》对那些把什么都赌光了，一匕首插在桌子上"我赌一条命"的各式赌徒辛辣的讽刺；《人和稗草的战争》对自以为"神通广大""人类的稗草"的针砭，对一批死于非命的同龄作家的悼念；尤其是在《审巨恶》中所写："重温中国大地上夜气如磐、血流漂杵的那段黑暗日子的情景"时，是如何愤嫉地控诉：

那场浩劫，黑暗和悲惨的程度，除了历史上大规模的战争可以比拟外，一个原本处于和平状态的国家，内部突然发生这样骇人听闻的全国范围的浩劫，在任何史书里我都没见过。明代的"诛十族"事件和清初的几场文字大狱，每宗株连的受害人最多是几百人，而那已经是使后来历代人们震惊的大冤案了。此时此刻，我仿佛听见旷野里有千万幽灵在呼喊着"还我头来！"

实在是不忍心再引述下去了。

还可以再提的诸如《痛读〈彭德怀自述〉》《犬的飞升和马的枪决》《再次拆毁一座文字冤狱》，等等。因此，在他较为偏爱、反复选用多次的《花蜜和蜂刺》中，他表现出了崇高的人格和历史的良知：

刺和蜜这两样东西都有，蜜蜂才成其为蜜蜂。

无疑，"刺"正是秦牧散文中至贵的东西，从《地下水喷出了地面》，敢于发出"盛世危言"，一直到写《鬣狗的风格》，写《审巨恶》，写《花蜜与蜂刺》，以及临终前发出对"蒸馏水一样透明的世界"的叹息，秦牧之所以为秦牧，正是这种不妥协的"以笔为尖刺"的作家良知的延续。

1989年我调回广州，与他的交往更多了，学生写关于他的论文，忙起来，我也只是写一张纸条让学生自己去，他也总是关心地问起我的情况。但无论遇到怎样的艰难，我也不会对他言说，我想我总能挨过去，何必让一颗创痕累累的心再平添新的疮痂呢？这是母亲的嘱托。

几天前，紫风还托人送来了一份秦牧的研究资料，我反而羞愧了：这两年，我是否有些"忘却"了。母亲不在了（她是秦牧过世前几个月不治的），但她的话仍在耳边——直到最近写进长篇电视连续剧《客家女》中。

在海外，曾同一位著名作家谈及当代中国作家的心态。他说，不少从十年浩劫中走过来的中国作家，都有一种"精神暴力"的病态，尖刻不是不可以，但有的却太刻薄了。一位作家，当以温厚的人道目光对待一切。尤其是晚年，心态更有必要平和，当然这种平和不等于宽恕一切。

我想，这一批评是与秦牧无涉的，他已经做到了，不刻薄，但也决不宽恕；他平和，却不等于平庸。当然，我们也无权苛求一个从那么多坎坷走过来的幸存者，要他永远亢奋，永远正确；更不能因历史的困窘，而去谴责一位多少有所作为的奋斗者。他毕竟是尽力了。离开了中国20世纪的历史，我们能凭空塑造出怎样的大师呢？

仅《花城》的流传，他已是不朽了。

当然，我还是记得，他老人家后来是很少写有关"文革"的文章了。任何人，包括他在内，再提笔重写"文革"，势必勾引起痛苦的回忆，等于又下一次地狱。

我想，他是不想再下一次地狱，才这么劝说人家的吧。虽然我总免不了要写到"文革",就如去年获诺贝尔奖的匈牙利作家凯尔泰斯所说的,既然有了奥斯威辛,就只能写奥斯威辛了。我完全体会得到这句话后边所隐含的哲学的、人类学的意蕴,体会到作为一位作家的历史责任与使命感,所以我也会写下去,既然有了"文革",就只能写"文革"了,不写便意味着背叛,哪怕再下一次地狱。

在黄伟经的《文学路上六十年——老作家黄秋耘》访谈录中,我读到了关于秦牧的一段对话:

黄伟经:我认识、接触秦牧也有好多年,我觉得他是一个很正派、正直的作家、知识分子,他不趋炎附势,从来不整人,有很强烈的爱国主义思想和正义感,对不幸者富有同情心,待人很随和,知识相当广博。但他有个弱点,那就是:为了自己一时的安全,或者苟安吧,在一些关键时候,他可能放弃自己本来正确的、好的东西,在有形无形的压力面前,他可以……

黄秋耘:委曲求全。

黄伟经:是的。他可能委曲求全,甚至可以牺牲一点他本来可以坚持的原则。他为什么会这样呢?

黄秋耘:这同秦牧的出身、经历有很大关系。对有些事,我就比较可以坚持自己的意见。夏衍也是这样,他对一些事不是很听话的,你对他也无可奈何。你看看他的经历,就知道他做过几多秘密工作。秦牧呢,没有这些经历,所以他要考虑到:如果他坚持己见,会得到什么后果?所以对一些事,他就很害怕,秦牧曾是出席全国党代会的代表。像他那样比较新的党员,能够出席党的全国代表大会,还是不多的。

读完这段对话,我沉思了良久。

也许,为名所累、为官所累,这样的话是不可以加在秦牧身上的。至于个人经历,则已是无法选择的,也算是为身所累吧,我只能这样理解。

不过,生前他尚能宽厚待人,身后则希望人们也能宽厚待他,黄伟经对他总的评价也还是相当不错的。

所以,那些非议他的文章,我就再也读不到了。

金无足赤,人无完人,我想这话用在秦牧身上也同样合适——不过,这句话一般是用在有相当非议的人身上,可他总的来说还不能算是有非议。

只是,没有非议就完美么?就好么?

我也是个颇受非议的人,总是力求减少这样那样的非议,可我永远也做不到,那又何苦去做这样的力求呢?就让人非议下去好了!

"文革"之后写诗是野蛮的,信然!

无论怎么说,我对秦牧的那份感情,是超乎于伦理是非之上的。所以,在他去世之后，报刊上出现若干非议他的文章，我都不能接受，认为过于片面，乃求全之毁，因此在作协组织秦牧的纪念文集时，我也应约写上了一篇，是专门针对那些非议的。尤其是强调，在批判极"左"、反抗封建专制主义上（这点正是非议的中心），秦牧一样有着极为犀利、深刻的文章。

我一一列举了本文前边所指出的散文，如《鬣狗的风格》《痛读〈彭德怀自述〉》《审巨恶》《再次拆毁一座文字狱》，等等，除略作分析、评价外，还特地回忆起当初我与朋友们读到这些文章时，是怎么奔走相告的。

然而，当纪念文集出版之际，却没了我这一篇文章。我为之愕然。及至问到主编，主编说我的文章是秦牧的夫人紫风抽掉的。没有说是什么理由。我与紫风也是相当熟悉的，抽掉文章绝无私人关系问题。可为什么呢？没必要回答那些非议么？我不知道，我也不愿意揣测。也许，在一部纪念文集中，是不应该让人知道死者也曾被人诟病吧！

一个被打成右派，一个侥幸未成右派；一个身居要职却仍如履薄冰，一个苦尽甘来，刚入党便可出席全国党代会。可最后，都共同发出世界永远不可能像蒸馏水一般透明、安乐的临终叹息。

南北二秦，给予我们的，是怎样的一个启示！

苏轼《醉白堂记》有云："古之君子，其处己也厚，其取名也廉；是以实浮于名而世诵其美不厌。"呜呼，从"人权"谈起，最后却只落在人格品藻之上，我们还能说什么呢？

没有收场锣鼓。

第四节　未被历史格式化的文学
——从《风中灯》《十字门》到《鹏回首》

上

一

香港回归前夕，有位电视台的导演便约我写个关于澳门的电视连续剧，20集。其时，我正好为出版社编了部港澳历史的"小百科"，自恃对澳门的历史能"吃透""打通"，正想满口答应下来。这个时候，却得知著名老作家朱崇山拟动笔写《十字门》，立时便婉谢那位导演的约请。真可谓"眼前有景道不得，崔颢题诗在上头"，我刚刚读过崇山的《风中灯》，并为这部力作写过评论。而且我始终认为，在所有反映香港回归的作品中，《风中灯》不仅是第一部，而且是最好的一部——其时，我尚未与崇山相识，只是读了《风中灯》后，一时冲动，才写下那篇评论的。有谁敢抓住中英谈判之间香港金融动荡的历史瞬间动笔，从而折射出"过眼百年如风灯"的香港的一部社会史、经济史、文化史？非大手笔不可，而非朱崇山更不可。这不仅仅需要文学的功力，需要历史的博识，而且要浑身浸透在这么一个地域的文化中才行。有文学功力者加上历史学识，当然可以写出如《补天裂》式的力作，但要在作品中真正写出港味、粤味，尤其是写出作为香港这独特的文化"飞地"的经济史、金融史，把这些与文学有机地结合在一起，却非崇山莫属了！

同样，今日写澳门的作品，比当日写香港回归的还要多，可比较的范围也更广了。但是，以一位作家兼评论者的眼光，平心而论，达到如《十字门》的高度与深度，并如此大气与丰满者，恕我直言，尚未有过。这些影视、文学作品，要么演绎一个离奇的故事，要么平实地做一种追述，前者，要抽掉硬贴上去的澳门字样或历史背景，则可以发生在世界任何别的地方；后者，则缺乏一种历史的激情与历史对人性的雕塑——无疑，都脱不了应景而作之嫌。真正要写好这部作品，光靠编故事与玩史料是完全不行的——当初我想答应导演写澳门的戏，正是仗恃自己编故事的能力不错及对史料很熟稔，后来我对此望而却步，则是认为朱崇山具备另一个他人及我本人所不可能有的优势，即他对于港澳文化不仅仅是理解与熟悉，而是浸透其间又能超然于上，这是其他人，甚至包括港澳的作家都做不到的，且不说趋时而来应景而作的内地作家——哪怕是所谓"大腕"亦如此。

如果说，《风中灯》由于种种原因，惜墨如金，简约到近乎吝啬的程度，对阅读产生某种可能的阻隔而美中不足的话，那么，《十字门》则以厚重的历史背景、大气的艺术结构，不仅弥补了《风中灯》的那种不足，而且达到了内容与形式的有机结合以及历史与现实的相互浸润之极致，从而使他的长篇创作在《风中灯》之后又上了一个新台阶。

为此，综合两部作品的艺术成就，我想谈谈作者的苦心、匠心与壮心！

二

澳门的历史与香港的历史有近似之处，但细细寻究起来，却有很多的不同。在某种意义上，澳门史不仅独特，而且复杂得多，虽说同样是作为外国殖民者所占领的"飞地"。

澳门的华彩乐段应是过去，是历史。而成为了东方之珠的香港的华彩乐段则是今天，是现实。香港给中国人最大的疾痛，是丧权辱国割地求和，而澳门则有一点剪不断，理还乱；香港似乎是骤然暴富，成为了亚洲"四小龙"之一，澳门虽不那么炫目，却起着另外一种不可替代的作用……这类比较还很多，就算是"一国两制"，由于历史不同，港制与澳制也千差万别。正因为编过港澳史的"小百科"，所以，我感到要通过文学作品来把握二者，同样不可能用一种模式。

显然，崇山比我更能把握这一点。

他写香港用"风中灯"作书名，"风中灯"无疑指的是一刹那之间，也就是历史的瞬间。那么，香港最具表现力的历史瞬间在哪？无疑是今天，而今天的聚集又在什么地方？显然只能是中英谈判、中国要收回香港这一刻。这一刻，势必搅起这"西方的天，东方的地"的惊风世情，中国与英国的历史恩怨及今天的利益冲突，处于这风暴中的经济、金融剧烈动荡。一句话，这一历史关头，足以调动起这片土地上最深刻的历史文化冲突，一旦谙熟了香港这作为"飞地"的政治、经济、金融核心的运作，作家便能有用武之地，能最充分地展示他的驾驭能力与卓越才华。以现实的横剖面来表现香港回归，正是崇山的过人之处，也是《风中灯》胜于同类作品的地方。

而写澳门，用的是"十字门"作书名。众所周知，"十字"是天主教的象征，或者可以说是西方宗教的代表。早在1551年，即明嘉靖三十年，耶稣会教士圣沙勿略，便到了澳门附近的下川岛、上川岛传教，这是西方宗教传入中国的最早记载。沙勿略于1552年在上川岛病逝，到1555年，另一位耶稣传教士译勒，则被正式派往澳门，创建了中国第一个传教中心——草屋教堂。后来，对中国产生重大影响，不仅传教还传授西方先进科技，如天文、历法、地理、数学、水利的，则是赫赫有名的利玛窦。他与徐光启合译的《几何原本》是西方数学名著第一次被介绍到中国。可以说，在中西方文化交流中，澳门开始是起到积极作用的。中国最早的西式大学则是1594年创建于澳门，名为圣保禄学院，授课者则有汤若望、南怀仁、徐白升等，这些都是中西文化交流史上的名人。当然，最早抗击西方入侵的屯门之役，打的正是葡萄牙侵略者，发生在香港今日的新界。

可以说，"十字门"是一种悠悠历史的象征，同样也意味着这部作品不像《风中灯》那样只做横剖面，而是纵向地切入历史，大气磅礴地去正面展示数百年来，主要是张拔几代人在澳门的生命史，以及这么一个小小"飞地"的历史颠沛之命运。因此，它也具备了与《风中灯》不同的艺术特色，展示了老作家另一副笔墨。

光书名的比较，横剖与纵切的比较，还可以说出很多、很多，这里只能点到为止了。相信读者读后还会有更多的发现与体会。

三

张光年同志在读过《风中灯》后，曾有不俗的评价，并对《十字门》抱有更高的期望。他在勉励崇山写好《十字门》时，劝他不要为所谓新潮理论所左右，一部成功的文学作品，重点是塑造好人物，人无我有，独特才见深刻。他对《风中灯》中的人物吴养极为称颂，甚至想写一篇《吴养论》。同时他又指出，长篇作品一定要讲究故事情节，要早早进"戏"（《风中灯》进入情节是慢了一些）。末了他还强调语言是基本功，一定要下功夫，要有独特的港澳地方语言，让人如历其境。否则便会产生隔膜。

《十字门》在这三点上取得了很大的成功，人物众多，写了几代人，特别是更为成功地写出了人物内在的复杂性。这里仅指张拔及张拔与玛丽的异国之恋，张海及张海与田子、海伦之间的复杂情愫，均是前人很少写过的，就算写过，也不曾把人物写得如此突出与丰满，包括汪白石与黑石都栩栩如生。作品中不仅交织有敌国、仇人之间的异乎常规的情感，而且切入了人性的深处，无论是善、是恶，皆有了能服人的深度。这些年，笔者接触了不少秘密战线上出生入死的老人，有的甚至蒙冤至死，这才方知斗争的复杂性，人性的复杂性。《十字门》中触及到了这方面人物，例如张海，他暗中为抗日游击队运送短缺物资，却又热恋着侵略国日本的国民田子，而且始终不渝，乃至战争结束后仍历尽艰辛找回田子——这一"找"的过程，如能正面展开，当更精彩，更深刻，更能触及人性的深处。如果按过去的观念，张海在这一点上势必有失光彩，可今天，我们则因这点觉得这个人物有闪光之处，难能可贵。

在把握长篇构架、组织故事情节上，《十字门》更见功力。张拔作为当年屯门拒葡的一代名将汪宏手下战将张洪明之后，一出场，其面临被杀的命运便令读者揪心，而他与玛丽的异国之恋又始终是个谜催人破解，及至移花接木，逃了杀头之祸，竟又遇上林则徐，成了铸炮的首领，峰回路转，柳暗花明。而他与玛丽之恋，以至远涉重洋，最后进山修道，又出人意料。到了第三部，争夺赌场的投标，以及张江、张海兄弟的不同选择，也都写得环环相扣，悬念迭起。整部《十字门》，由于故事紧凑，情节生动，令人不忍释手，非一口气读完不可。之所以有那么多家报刊连载，正在于它的可读性、故事性。这一条，已无须多言了。

至于语言，坦诚说，笔者多年研究广府文化，真正以出色的广府语言加工出来让人们接受的好作品，可以说罕有。《三家巷》开头还好，《香飘四季》语言更上了个台阶，有地地道道的珠三角味、广府语言锻造之功力，但可惜制约于当时时代背景。《十字门》却是自然而然、不露斧痕地把广府特色语言，有机、和谐地融入了作品当中，让北方读者耳目一新又能够理解。这一条，在区域文学中，也许仅《山乡巨变》做得最好，影响了一代人，形成了一个流派，由于篇幅所限，这里仅能举出几个例子，光语言，就当有一篇大文章来研究——现在这方面做的人太少了。例如，起人名，像"崩牙三"之类，黑社会"滚龙""入圈""入世"，还有"疏堂大佬""屎坑石头"类；粤语俚语的运用，像"银纸化水""黄金价"和"升水"，等等，都很是驱遣裕如。

　　当然，光这三个方面，亦不足以概括《十字门》获得的成就。例如，对人、对事，作者显然是用一位历史老人俯瞰的目光，体现出一种人性的宽容、历史的宽容来，并没有过多地苛求谁，更没有以简单是非、恶丑来划线。你中有我，我中有你，何必那么计较呢——这包括对澳门设赌的历史因由，也是如此，否则，他也不会正面去描写当日的港督马积士了。

　　"庾信平生最萧瑟，暮年诗赋动江关。"历经世纪沧桑的朱崇山，到作协时已过知天命之年，写下《流动的雾》《南方的风》等长篇，近年积蓄几十年的生活，一下子拿出身手不凡的《风中灯》《十字门》及业已动笔的关于深圳特区的长篇。深港澳三部曲，无疑又一次达到人生的创作巅峰，远远超出过去的几度创作高峰，这是不同寻常的，也表现出了他巨大的创作潜力与实力，这对于老一辈的作家来说当是一个奇迹了。我们有理由期待他在重病康复之后，为这三部曲划上最圆满也最辉煌的句号。

下

一

　　我一直在思索"鹏回首"这一书名的意义，无疑"回首"便意味着历史，追根溯源抑或重建历史。可"回首"能辨认清晰历史么？如果不能的话，透过重重的迷雾，回首到的又是什么呢？还不如用自己的良知，洞察秋毫的睿智，去重塑历史好了。其实，无数的历史学家，都试图去逼近历史的真实，这是他们出于职业本能所想要做到的，但他们每每想做的，或者理应完成的这一使命，几乎没有一位曾做到，这正是历史学家的悲剧，是他们注定逃不掉的宿命。不说古罗马的历史学家，也不说西方近现代的吉本等大师，只说我们自己，无论是郭沫若、范文澜，还是今天的这位或那位，原谅我不说出他们的名字。历史这个词，于我们这个民族未免太沉重又太迷惘了。

　　作为一位作家，也许多少也可以算得上是一位历史学者，要我在文学与史学之间做出抉择，我恐怕还得首选文学，尽管我现在的身份是教授，是学者。因为后者不仅对我个人来说是力不从心，对众多的史学家来说也是如此。所以，选择也就是无可避免的。一部有力度、有深度的文学作品，其在文学上的发挥，包括天才的想象力，每每可以达到历史学家达不到的目的，换句话说，它更能揭示出历史的本意，更逼近历史的真实。一部《红楼梦》，难道不比汗牛充栋的清史，更能让后人认识封建末世的真相么？对于一位杰出的小说家而言，他天才的艺术洞察力，便足以凭借手中的笔，虚构出真实的历史。虚构与真实，就如此完美地得到了结合，超出了一位史学家的视野及职责。

"回首"还可以有更多的阐释，在这里，我却想对"回首"的主语"鹏"的身份加以理解。无疑，这部书所展示的所在，历史上被叫作"鹏城"，这自然是一种解释，也就是指明小说故事的发生地。但读罢小说，我分明发现，这只大鹏，分明是活生生的、有血有肉的，不可能指的是所在地。它可能是作品中的主人公，亦可能正是作家本人，不管是谁，都是具有灵性、灵魂的大写的人。不过，作品的主人公最后是一个悲剧的结局，这位特区的先行者、开拓者，在蒙受极度的冤辱下死去，连灵堂都不允许设置。

他就这么走了，一如作者在开篇所写：

一只大鹏在南海上空振翅飞翔，蓦然回首，顿显眷恋、哀怨、迷惘，抑或是忧虑……

这是灵魂在徘徊。

于是，我们又回到了开篇的话题：作家笔下特区的虚构，当真实于历史学家笔下的特区么？

我们当进一步追问，今天的历史学家，能给我们一部真实的特区创立的历史么？谁能？谁当真实写出一如小平所称的"血路"的历程？姑妄撇开这部作品的主人公不谈，诸如福建的项南，他也已与这位主人公一般早早辞世，他曾有过的遭遇，可已有真实的历史表述——极而言之，当初那位令他临危受命上福建、办特区的领导人，纵然百年诞辰终于有了个像样的纪念会，可真正的、公正的历史评价，只怕一时也不会有。

所以，只有文学家，方可对历史的真实加以拷问！《鹏回首》也正是用文学的形式给我们，或者说，还我们一个特区创立的真实的历史进程。

也许我已经说得太多了。

过去，我曾说过作者这个"深港澳三部曲"的第一部《风中灯》，似乎有点"惜墨如金"。后来才知道，这未必准确。不过，今天，我要说的却是：这部作品的全部价值，正在于它的未尽之言。

的确，在未成书前，我曾多次听作者谈他的构思，我一直以为，这本书会比前两部要厚得多，因为有太多的历史内容，有太多的切肤之痛。至少，要有五六十万字吧。可书出来，似乎薄了点，才二十万字，出乎我的意料之外。

但是读罢，我心中却沉甸甸的。

是的，它的历史内容，无疑比前两部要厚重得多、深刻得多，更让你揪心，泪水含在眼眶中，却落不下来，想放声痛哭，却欲哭无声，欲哭无泪。

这回，作者真的是惜墨如金了。

那是出脱悲愤之后的冷静，而这种冷静又需要多大的自控力？你都感受得到文字后那自抑的震颤。那是冷却了的铀原料所蕴含的巨大能量，在外表上是无法看出来的。这样的冷静，更慑人胆魄。

没有这样一部《鹏回首》，就不会有谁能真正体味出特区是怎样走出一条"血路"来的——不，那比血还要震撼，还要凝重！

二

我曾经评说过作者的前一部作品，说他有如历史老人，心态业已平复下来，以一种宽厚、坦然的目光在俯瞰流逝的岁月。显然，我又错了。《鹏回首》的文字，毫无疑问，是冷静的——不，当说冷峻。也正是这冷峻的下边，分明奔突着滚沸的岩浆。他宽厚、坦然，但并不等于漠然、超脱，他的爱与恨，他的悲与愤，当如凝结的岩浆，仍可以看得出当日滚沸的情状。记得黄秋耘生前说过，一位白发苍苍的老人，仍有年轻时躁动的心，这样的人是不会幸福的。对黄老这一段话，我不敢比附到作者身上，但我却知道黄老说得没错。

那就不妨用一位历史学者的眼光，来审视这一部《鹏回首》吧。

关于特区的历史，也许不曾有过正式的史志问世，但是，各种年鉴之类，还是不缺的，尤其是标识上"历史报告""纪实文学"的作品，更是不少。只是，我们从中可阅读到一部完完全全的真实的特区历史么？什么这个那个"之谜"，引导我们看到的只是鲜花、笑语、雨露、和风、丽日、蓝天……纵然也少不了"香三年，臭三年，不香不臭又三年"的调侃，可又有谁深入到这背后嗅出血腥的气味呢？特区是成功了，一俊遮百丑，不，所掩饰过去的，又何止是百丑呢，还有奉献者、牺牲者的鲜血与生命——而这些，我们在号称"历史"的作品中，是无法读到的。为尊者讳，光环可以抹去所有的黯淡——这也便是历史，历史研究中的"实然之则"，说到底不过是古已有之的成者王侯败者寇！

然而，在《鹏回首》这部文学作品中，我们却能读出真正的历史，那位差点被从特区史中抹去的真正的开拓者、创业者的经历，几起几落，最后仍不得善终；顽强拼搏，九死而不悔，直到赔上了整个生命；尤其是他那作为中国知识分子充满迷惘、探求、可怜无告的心路历程。在他身上，集中了我们这个民族文化的本质，体现出了这个东方民族的伦理逻辑与道德精神，这正是他无以抗拒的宿命。虽然作为文学作品，力图通过艺术表现本身，去揭示出人类精神结构中的有价值的自由因素，可他左冲右突也照样逃不出那命定的羁绊，并赔上了挚爱他的亲人与知己。这些，我们有可能在一本正经的"历史"记录中读到么？

而那些在"历史"中永远是正面的人物，早已被加上了特区元勋之类光环的"历史人物"，可也有人知道，"史志"上冠冕堂皇的他们，差点将特区毁之于一旦，诸如将大批"三来一补"落实到政策与措施上，叫本来最红火的一个区到最后连工资也发不出，可他们却是永远有理、永远正确的，就算天塌下来，他们的官位稳如泰山，而且还能晋升。《鹏回首》这回真是惜墨如金，寥寥几笔，貌似平静，却令人惊心动魄。而这些人背后的暗箱操作，似乎也是寥寥几句，也就终于摆平，掩饰得天衣无缝。

从书中可以寻找到的重大历史事件、历史转折，还有很多、很多，例如特区创立前的"大逃港"，作者似乎也是举重若轻，几笔便化解掉了。但反复咀嚼，你却不能不感到作者用心之良苦。

可以说，这二十来万字的"小书"，比那些上百万字的大部头，都要厚重得多，沉重得多，笔墨凝练，言简意赅，你得一遍又一遍反复咀嚼，方可品味到其中的悲凉与深刻，其中最有价值的"未尽之言"。这种功力，不是任何人可以随便达到的。

就这样，文学也就重于历史，同样，也真于历史。因为它飞扬起了人类的历史精神，更真切，更无可颠扑。而其中有血有肉的人物，更远比被格式化的历史书中的人物要清晰得多、具体得多；其间的历史事件，也同样较史书上的陈述要真切得多，可信得多。这究竟是不是历史学家的无奈与悲哀呢？

三

在《鹏回首》的末章引言中，有这么一段话：

> 两个走了的男人，
> 一个有坟，一个没坟。
> 有坟的说，坟是我自己留的。
> 无坟的说，我有自己的坟。
> 疯了的说，人死了还要坟干啥？

这可是偈语？但是，如最后一句所说：坟在人心里。不是偈语，也不是诗句，只是很寻常的生与死的哲理。这也是对书中几位主人公的结语。

《鹏回首》对人物的刻画，可谓到了炉火纯青的地步，三言两语，便概括了其品性、人格以及整整的一生。

小红楼里的三个男人，一位从政，一位是经济学家，另一位是艺术家。三个男人，走了三条不同的人生道路，各自有各自的曲折，各自有各自的幸与不幸。他们究竟是历史的弄潮儿，还是如老托尔斯泰所说的，再大的人物，充其量也只是历史洪流中一个值得同情的傀儡罢了。这又说到了历史，不过，这当是提升到了历史哲学的高度，可我们凭借这，又可能透视出什么呢？

洛古临危受命，担任了南门特区的市委书记，他"不明白，在这倒霉的时候，怎么会选上我这个倒霉的书记"——这个开篇，注定他只能有"倒霉的结果"。一如他说的："历史常常在一半明白一半不明白中变老。这变老了的历史使人感到分外沉痛。"

纵然如此，他仍是义无反顾去"杀出一条血路"来，以史为鉴，对"鸟笼经济"发起了冲击，这在他而言已是最后一搏了，谁知出师不利，因开放塘鱼价格引发动荡，被视为"发难"，被审查了整整一年，老婆也疯了。一直到最后，改革节节取胜，他却被扣上了"卖国贼"的帽子，一直被审查到死，虽审不出问题，却连纪念的灵堂都被迫撤销。死了，仍不得安宁。

洛古这个人物，既有传统沉重的负载，又有奋发的历史主动精神，他刚正不阿、清廉自律，绝不随波逐流，更不会同流合污，如按传统的人格道德标准衡量，他当是打不倒的，同样按现代的人格规范，他更是值得推崇的，别谈打倒了。然而他还是倒了，因为对手绝无传统或现代的任何人格标准，其出发点无非是最狭隘、最功利的实用主义——历史主义也同样是一种实用主义，你不可以超越其上，卓然独立。

中国知识分子每每遵循的是这样一个信条，那便是：士为知己者死。多少仁人志士，一旦为"上"所赏识，势必不惜自己的身家性命。洛古多少也算是这种知识分子，在传统与现代之间，他一样不惜殒身以报。可最后，他果真是为"知己者"死么？那个"知己者"不一样是翻手为云，覆手为雨，把他置之于死地而后快么？这里的"知己者"，当然不一定指某一位"上"者，甚至尊为名义上的至上者，不一样遭到的同是洛古的命运么？这冥冥之中的"上"究竟又是什么？人格化了的"天"还是别的？恐怕谁也说不清楚，但悲剧也就此发生了。

对此，我们还能说什么？

至于另一位男人白言，他的商品经济的论著，差点被付之一炬，郁郁而死，这书也就是他的命，求不到"知己者"也一般得被销毁。

还有画家海谷，噢，不说也罢。这"知己"又该是什么？当是历史吧？多少大人物在最后时刻，都会祈求"历史的公正"，可这历史又公正得了么？一部部汗牛充栋的历史，昭示出了公正么？这又有谁能回答？"对于不可言说的东西必须沉默"，这是被视为"哲学家的哲学家"维特根斯坦在《逻辑哲学论》中告诉我们的。那就不回答好了。

不过，我们好在还有文学，不被称之为历史的文学，不曾像历史被格式化的文学，就如这《鹏回首》。而这不是历史的文学，却还我们以真实的历史！

文学，历史的"未尽之言"。善哉善哉。

第五节　失语的英雄
——简评项小米的长篇小说《英雄无语》[①]

进入20世纪90年代，前后不过几年，大陆好几部客家长篇小说一下子都给推了出来，让海峡彼岸的评论家大为震惊，他们甚至认为，较之台湾早年几部客家长篇小说，大陆的要更为雄浑与豪壮。诚然，大陆客家的历史文化背景之深厚、作家艺术功底之深厚是一个重要的原因，但更重要的是，有了近20年的思想解放历程，大陆客籍作家的历史反思，无论如何要广泛与深刻得多。

在这些反思作品中，《英雄无语》当是其中的佼佼者。

项小米的长篇小说《英雄无语》在近代中国革命这样一个宏大而动荡的历史背景之下，再现了走出闽西连城莽莽群山参加革命的客家子弟"我爷爷"惊险而奇特但异常真实的战斗经历，以及他与"我奶奶"纠缠一生的情感历程。它可以归于传奇文学，也可以划入军事题材，以及新潮的现代小说，甚至干脆称它为家族小说。我想，其实这些都不重要，重要的是这部小说本身带给读者的那种震撼与冲击，是它在众多客家文学中切入历史的独特视角，展示出思想深度，是它逼迫你不由自主陷入沉思的那种人性的力量。当然，它那富于魅力和特色的客家风情之引人入胜，同样也是本书的价值所在。

一

新时期以来小说叙述视角有了很多的变换，《英雄无语》以"我"作为小说的立足点，以"我"对客家精神与客家文化传统的追寻为线索，将"我"的情感与思考融入对"我爷爷""我奶奶"一生的描述之中，这样的视角在这部小说中，其意义则在于：使历史事件走下了神圣的祭坛，从而回归民间与个体。但是，以"我爷爷""我奶奶"这样的方式进行叙述，我们并不陌生。且不说西方的小说，当代作家里边，莫言的《红高粱》[②]就曾经给我们留下了深刻的印象。所以在一开始进入小说的叙述情境的时候，我们就有意识地拿它们进行比较。

同样选择了战争的背景，同是以为中国革命做出了贡献的英雄作为主人公，

[①]　项小米：《英雄无语》，作家出版社1998年版。
[②]　莫言：《红高粱家族》，解放军文艺出版社1987年版。

莫言采用的是民间视角，尽管对主人公的称呼还是以"爷爷""奶奶"的方式，但这种虚拟家族回忆的形式显然不会让读者以为自己在阅读一篇家族历史，而更多的是迷醉于小说中跌宕起伏的情节与郁郁葱葱的原始生命力。在这篇小说里，身兼土匪头子和抗日英雄两重身份的"我爷爷"余占鳌展示了一种十分自由舒展的个性与粗野浓厚的生命激情。而叙述者"我"的作用就在于，作为后辈，他把一种对长辈既往故事寻幽探密的好奇心理展示出来，从而为小说打下了非常自然而亲切的感情基调，也使得小说一开始就有着与其他革命历史题材的小说不同的情感气息。另外，无论是作为土匪头子还是抗日英雄，"爷爷"都是民间的传奇人物，这样，小说就十分鲜明地表达出了一种对民间价值尺度的认同，而正是在这种对民间价值的认同和对民间生活状态的理想化基础之上，小说中主人公们那桀骜不驯的个性，种种粗野不堪的行为，以及作者特意渲染的足以让文明人瞠目结舌的丑恶画面，都在这样一种自为而自在的特定境地与境遇中获得了一种原始的美学意蕴。

与余占鳌们幕天席地，率性而为，与自然环境仿佛水乳交融般地和谐一致相比，项小米笔下的"爷爷"局限于"中共特科"的秘密身份，从来没有过真正个人化的经历。这里丝毫没有贬低这部作品的意思，可以说，用同一视角尝试展现另一种生活，是一种冒险，但项小米无疑自有其成功的地方。她揭示的当是更为隐蔽也更为深层的历史。在周恩来、陈赓、李克农等领导下的"中共特科"，在中国革命历史上是一个非常神秘的组织，它实际上相当于中共一个非常隐蔽的地下战斗机构，集中了当时最优秀、最忠诚、最机敏同时也是最勇敢的共产党员，下辖情报科、联络科和行动科三个分支。"爷爷"就是行动科的成员，专门负责惩处叛徒，营救战友，暗杀敌方要人等行动。这样一个神秘的组织，即使是在记载中国现代革命的史书上也不会留下什么痕迹，一般的老百姓更加对此毫无了解，属于其中之一的"爷爷"也就顺理成章地成为了与历史、民间甚至家庭隔绝的神秘人物。可以说，如果《红高粱》里的"我爷爷"演绎了一场野史的话，那么《英雄无语》里的"我爷爷"所演绎的则无论如何都只能归入秘史的范畴了。也正因为如此，本篇小说中"我"的介入就有了不同寻常的意义，正是"我"对"爷爷"传奇而神秘的一生的执着探寻，才将"爷爷"从层层的隔绝与迷雾中拉回现实。

更重要的是，"我"以一个真正客家人的后代，以一个理性的文明人的身份，对"爷爷""奶奶"的一生进行了最贴近时代的诠释，体现了一个当代客家人对英雄和英雄主义的深层次的反思。

作为一个50年代出生的共和国的同龄人，书中的"我"、申建等人有着这一代人独特的曲折人生。他们生在新中国，长在红旗下，革命英雄的光辉形象以及对英雄的无限崇拜，伴随着爱国主义教育深深扎根在他们的幼小的心灵里，然而"文革"作为他们青春时期的黑色遭遇，在他们的心灵上造成第一次猛烈的冲击，近于而立之年赶上的改革开放以及西方文化潮流又给了他们第二次的冲击。复杂的经历，长期的思索，以及时代的高度，使他们的思考具有了更深沉的价值。因此，在《英雄无语》里，作者并不是为了高唱一曲英雄主义的赞歌，她展示英雄缺陷也并不是为了说明人性的复杂性，更不是照搬人格分裂的时髦理论，她要告诉读者的是她对英雄和英雄主义的理解，特别是作为一个英雄的后代，一个当代客家人，她对英雄和英雄主义的深层次的反思。正是随着小说情节在"我们"这些人对英雄往事的追寻中的展现，作者的思考也顺理成章地深入下去。

二

想要评论这篇小说，对人物的分析恐怕是不可避免的，因为这篇小说给人们带来的种种思考都是基于人物的性格与命运之上的。

所谓英雄，在这部小说中理所当然第一指的是"我爷爷"，这是个典型的客家子弟，拥有着实现客家传统文化对客家男人一切期望的潜质。我们都知道，二三十年代的中国，革命队伍中最基础同时也是最庞大的部分是那些在封建主义与资本主义的双重压榨之下忍无可忍的农民，他们最明确的目标就是用战争换来自己生存的权利。生长在客属地的"爷爷"并不曾为生活所迫，但他却那么热切地向往外面的世界，从来没有安分于既定的生活环境，早在青年时期，尽管重重大山挡住了他的视线，尽管外面的一切对他来说充满了未知与危险，他还是毅然离开了年轻的妻子和年幼的儿子，投身革命的洪流。显然，作为客家人的后代，"爷爷"身上流淌着的是祖先那种充满冒险精神、渴望改变的血液，他习惯的仍然是"处处无家处处家"的漂泊生活。

毫无疑问，就像众多客家研究者所认同的，客家人为中国革命做出的贡献是其他民系难以望其项背的，为国捐躯，舍生取义，这些自古以来最让人称颂的美德在客家人身上表现得如此集中，孙中山、廖仲恺、朱德、叶剑英、杨成武，这一个个光辉的名字，伴随着他们为中国革命做出的卓越贡献载入了史册，他们的功勋朗照日月，流传千古。

而可以想象的是，一定有更多的无名英雄湮没于乱石黄土之中，不曾在历史上留下一丝痕迹。在小说中，作者直面了历来现代革命军事小说都几乎自动视之为"禁区"的湘江之战，这是一场历史上罕见的惨烈而残酷的战役，红军的鲜血染红了整个湘江，文章特别提到红三十四师师长客家人陈树湘，他在被俘后自己撕开腹部的伤口，用手绞断肠子而亡，而红三十四师遭到了全军覆没的悲剧命运，其6000名战士清一色都是闽西子弟，其中客家人更是占了2000名之多。

正像作者评价她的家乡客属地连城时所说的,"连城除了盛产地瓜就是盛产烈士——盛产着那些最忠诚刚烈、最优秀的人"。

作为连城客家人的优秀代表,"爷爷"的战斗经历更是让人感叹,这是一个充满传奇色彩的、同狼一样机敏与勇敢的人物,他就像一把插在敌人心脏上的匕首,在白区与敌人进行着毫不妥协的战斗,并以其勇猛干练、神秘机敏而让敌人闻风丧胆。

为了获取重要情报,他多次身涉险地,却每一次都能够在困境中奇迹般地转危为安,更重要的是,他曾经在关键时刻挽救了红军与整个革命。1934 年 10 月,"爷爷"和他的战友获得了极为重要的情报——再过几天,希特勒亲派的德国军事专家帮助蒋介石设计的铁壁合围的最后缺口就要合上,那时红军将被围困在瑞金及周围很小的一块地域里,难逃全军覆没的噩运。为了把这一份生死攸关的情报送到党中央,"爷爷"不惜用一块砖头硬生生砸掉四颗牙齿,装扮成乞丐混过防线,把绝密情报亲自送到周恩来手中,并最终使红军逃过第五次围剿,从而改变了一个国家的前途和命运。

相比起"爷爷"为革命做出的巨大牺牲,相比起他对党和国家无限的忠诚,相比起他多年来立下的赫赫功勋,我们必定无可置疑地将英雄的称号加在"爷爷"的身上,红色是他此时最恰当的代表色,代表了他的一颗红心、一腔热血。

但是,作者并不想将小说写成单纯的英雄传奇。正如之前所说的,由于"我爷爷""我奶奶"这样的叙述视角的选择与运用,一切都有了改变,读者也随着"我"对"爷爷"神秘往事的一页页揭开而产生诸多的思考。而正是因了这些思考,小说才具有了无限的张力和活力。

小说首先带给读者的心灵震撼是关于"英雄"定义的思考。

小说用浓墨重彩渲染了一个细节,敌人整晚对一个 19 岁的女共产党员进行着非人的折磨,将她衣服扒光用绳子拴住四肢吊在梁上,烧她的头发,用铁丝穿过她的乳头,将她的十个手指甲和脚趾甲一个个拔下,整个晚上,凄厉的嚎叫令整幢大楼都在震动,而身处隔壁的"爷爷"和他的革命战友却照样喝酒玩牌,谈笑自若。或许长期掩饰情感的结果就是失去了情感,见惯了流血牺牲的"爷爷"早已经不在乎个体的伤亡,但为了保存自己而眼看着同志牺牲,"爷爷"的做法和作者从小所受的英雄主义教育是如此的不同,她忍不住追问:"这合乎逻辑吗?这是真实的吗?是党性允许的吗?或者,是人性能容忍的吗?是一个正常人所能承受的吗?"[①]

另外,小说还披露了一个令人震惊的事实,为了暗杀蒋介石,"爷爷"不惜在

---

① 项小米:《英雄无语》,作家出版社 1998 年版,第 155 页。

列车上设下炸弹，其结果是白白牺牲了无数无辜的生命。是小人物的命运就可以任由这些赋有伟大使命的人来决定，还是所谓革命其实在某种意义上也是另一种恐怖源泉？作者在这里也进行了深沉的思索。

爱情与革命，历来是革命者痛苦的两难选择，也正因为如此，林觉民的《与妻书》才更加让人为之慷慨，为之断肠。小说用大量文字讲述了"爷爷"的情感生活，却不是为了展示他的儿女情长。因为，同样的问题落在"爷爷"身上简直就从来不是问题，倒不是说他的思想有多么先进，而是他根本就从来没有考虑过自己对家庭的责任。对那个生下来就被卖到家里做了他的童养媳的女人，他从来不曾付出半点的尊重与温情。当他走出大山参加革命的时候，丝毫没有考虑过女人身上的重担和心里的感受；当他因为身份暴露转移到延安之后，也没有采取任何措施提醒"奶奶"逃跑，使得"奶奶"遭受了一场痛苦的牢狱之灾，她心爱的女儿"每"也在狱中患上严重的皮肤疾病。甚至，当他将自己所有的积蓄——几十块大洋全部作为党费上交给党组织的时候，根本没有想到妻子正带着生病的女儿在大上海凄惶挣扎、身无分文，更不会想到他的女儿竟然会在对"一碗粥"渴望而不得的饥饿和病痛的折磨中凄惨死去。

写到这里，作者不禁发问："一个对自己骨肉亲人都缺乏起码人性的人，你就很容易怀疑他那颗公天下私小我属于人类的大爱之心究竟是真是假，是不是掺了点什么。"①

作者对于爷爷的这一追问，抑或怀疑，显然已处于不同时代与不同人生观了。这种锥心的追问，能是对当年标榜"忘我牺牲"的革命者公正的"追诉"么？是否还得回到《九三年》雨果的原则：在革命之上还有一个更高的人道主义标准？

相应地，客家男人那种不甘平淡、敢于拼搏、乐于向外发展的传统精神，也引起了读者另外的思索。在男人们风光荣耀的背后，有多少人注意到了他们背后苦苦挣扎的女性身影。传统文化中的大男子主义，何况客家人，连一位革命者，也未必认识清楚。"处处无家处处家"演变的结果是否会变成家不再是情感的归宿和灵魂的栖息地，而仅仅只是成为了永不停歇的客家男人在生活旅途上的一个个临时驿站？至少，在"爷爷"身上，这一点已经展露无遗。女人于他，仿佛可以随时换掉的衣服，或许更是可以任意丢弃的抹布。而客家的传统习俗正好给了他更换女人的方便，他可以用一走了之的方式干干脆脆地结束一段生活，既不需要为那些被弃女人的生活着想，也无须承担"负心"的舆论压力。

这样的人，如何称得上英雄人物？此时的"爷爷"，其生命原色在"我"的眼中已经变成了一片漆黑。

---

① 项小米：《英雄无语》，作家出版社1998年版，第252页。

但是，当我们随着作者一步步接近"爷爷"，一步步了解"爷爷"所接受的教育和浸润其中的文化氛围之后才发现，给一个人下结论，特别是给一个已经逝世的长者盖棺定论远远不是那么简单的事情。正像小说里的另外一个当代人申建所说，历史正是历史之于人的选择，当历史需要无数生命的牺牲才能推动一步的时候，它首先更需要那些感情粗糙单一、目标简单而明确的赳赳武夫。爷爷适应了这样的选择，所以他成就了大事业。

其实历史上何时出现过完美的英雄，即使是在字典上，英雄也并不是"完美的人"的同义再现，英雄的第一个注解是"才能勇武过人的人"，中国民间所熟悉的梁山好汉就属于这一类。它的第二个注解是"不怕困难，不顾自己，为人民利益而英勇斗争的人"，"革命英雄"自然是属于这一类。我们发现，按照这样的注解，无论如何，"爷爷"都应是一个响当当的英雄了。对此，我们只能得出这样的结论：在某些方面，英雄就是常人，甚至还不如常人。这或许让素来具有英雄崇拜情结的人愤怒了，但它的确是一个更为人性化的结论。爷爷身上红与黑的对立并不是代表了他人性的分裂，相反，这是他作为一个活生生的、真实的人的确证。或许可以这样说，当作者最终选择了紫色——红与黑的融合，作为"爷爷"的代表色的时候，也就暗示着她超越了英雄的"完美性"，真正理解"爷爷"，并真正走向了历史与生活。

三

与"爷爷"的轰轰烈烈相比，当我们反观始终作为"爷爷"的参照系和对应物而存在的"我奶奶"时，却似乎感觉到这样一个普通的客家妇女平凡的一生更像一曲无声的英雄赞歌。

尽管客家妇女的勤劳、节俭和贤惠举世闻名，尽管她们由于不需要在经济上完全依附男性，从而具有一定的自主意识，但这并不能改变中国传统文化中根深蒂固的男尊女卑思想，而且客家男人那种喜好漂泊与冒险的生活习性和传统风俗更是客家女人悲剧命运的重要因素。根据谭元亨《客家文化审美导论》里边的记载，客家地区不仅仅"童养媳"的婚姻形式非常盛行，还有未生儿子就先娶回媳妇来干活的"等郎妹"风俗，甚至还有替出洋谋生的男子在家里"隔山娶亲"、找个终身守活寡的"媳妇"来干活的恶俗。

"奶奶"就是这样的一个传统客家妇女，生下来三天就被送到"爷爷"家做了"细辛臼"——这个称呼仅仅从字面上都可以看出童养媳的悲惨命运，她的幼年和少年是在无尽的劳作与打骂中度过的。圆房之后，她更是辛苦操劳，支撑起了整个家庭。她一生对"爷爷"几乎是唯命是从。当然，这是一个平凡的客家妇女，但她更有不由让人肃然起敬的地方：是她以伟大的宽容收留了像可怜的菟丝花一样因失去男人的依靠而没有出路的"二奶奶";是她不惜千里乞讨,不怕颠沛流离,坚持寻找失散的儿子;是她在风雨飘摇的日子里始终充当着家人在精神上的庇护神;更是她,用自己悲伤的呜咽给她那负心男人传奇的一生添加了最后的一笔传奇。当然,我们绝不应该在讴歌客家女性种种优秀品质之际,仍站在男性中心主义立场上,视她们的牺牲为所谓的"奉献",依旧把她们置于附庸的地位。

为此,我们应当这么理解,传奇的"爷爷"与一生坎坷的"奶奶",共同在小说里谱写了一曲英雄交响曲。

其次是对英雄失语的思考。

"爷爷"这样的一个英雄,这个以其勇敢卓绝、以其赫赫功勋震撼着读者的客家男人,从沉默中向我们走来,却又在沉默中逝去。

是的,即使是作为英雄,"爷爷"始终也只是个无语的英雄。早在革命战争年代,作为中共特科的成员,长年战斗在敌人的心脏部位,"爷爷"需要的不是自己的语言,在这种严酷的环境下,任何个人的语言与情感都会成为行动的负累而遭到抛弃。他生存的唯一价值就是以伪装的身份换来一个个与红军性命攸关的情报,完成党交付的一个个充满挑战的任务。到了解放区,爷爷同样不需要自己的语言,因为作为从白区过去的人,况且曾经从事的又是不为人知的地下工作,他根本得不到信任与重视,从而也就失去了说话的权利。这一"失语"的悲剧,由此便注定了他一生最终的失语。于是,到"文革"中,不管爷爷如何敏感察觉到了风气的转变和危险的逼近,不管他如何地慎言谨行,还是逃不了红卫兵的批斗并因中风而永远失去了说话的权利,并最终在无言中寂寞地死去。

所谓英雄无语,正是对"爷爷"境遇最真实而简练的概括。可是,我们由此而引发的思考远远不止如此,因为作为"爷爷"故事叙述者的"我",给读者打开了另一个思考的空间,那就是"人性"的空间。当我们将"爷爷"摆在一个个体的位置时,我们悲哀地发现,"爷爷"的无语并不在于他的不善言辞,也不在于他的逆来顺受,而是他根本就没有过个性的声音。即使给了他说话的机会,即使有人愿意倾听他的言论,他说的必然是"党"的声音,是"集体"的意志。实际上,自从走上了革命的道路,他就开始失去了自己的声音。"把一切献给党"——这是一部20世纪50年代著名纪实作品的书名。一个失语的英雄,这就是看完整篇小说后我最大的感慨。我甚至想,这样一心一意为了国家和民族,赴汤蹈火在所不辞,从不计较个人利益的"英雄",这样一些可以称得上是鲁迅先生所说的中国的"脊梁"的人物,他们是中国革命的光荣,但同时,他们也是中国革命的"悲哀"吧。

没有了自己声音的"爷爷",将一生无条件奉献给了革命的"爷爷",最终带着让世人难解的沉默离开了人世。绝对的忠诚往往得到的是绝对的丧失,英雄的下场是如此的凄凉,当一个个悖论出现的时候,历史已经在那里发出了无情的冷笑。在这里，我并不想对过去那些复杂岁月里政治体制的得与失做出太多的批判，几十年来做这种功夫的人从来就不曾缺少。

只是，往事虽已逝，来者犹可追，正是作者在小说中的当代视角让我们开始正视这样一个问题，我们曾经失去了自我，那么，我们现在找回来了吗？

我们的社会和文化在一步步同西方接轨的过程中开始重视个体微弱的呼声了，但还远远不够，因为个体首先得有自己的呼声，然后才谈得上发出声音，而这谈何容易！像小说中所展示的某些"当代青年"那样，完全摒弃传统，完全放纵自我的欲望，一切从自己的立场去考虑，这就是我们找回的"自我"吗？我们到底应该怎样摆正传统与现代，社会与自我的位置？作者在思考，读者也在思考。或许，小说还远远不能给予读者肯定的回答，但是，"我"和申建等当代青年在探究"爷爷"的往事与破译《迁徙诗》、追寻客家传统文化的过程中的种种疑惑、思考、理解、领悟，也许就是答案吧。作为一个民系的千年迁徙，恐怕也没有思想上的跋涉漫长。客家传统与土地革命在历史上的耦合，也未能结束这一思想的长旅。

可以说，通过"我"对"爷爷"这个"英雄"形象不断深入地理解，小说在历史与现在的对接中完成了对客家精神与客家传统文化的追寻与探索。更值得一提的是，小说在字里行间流露出来的"我"对长辈浓厚的亲情，以及浓郁的客家地域风情和富有特色的客家方言，无不散发着一种奇特的吸引力，让读者不由自主地沉迷在小说的世界里。而"我"那无所不在的思考又代表了小说作者本身的理性力量，让读者在沉迷的同时又感受到一种向上的牵引力，享受与思考并行，沉迷与超脱同在，这也算是一次较为奇特的阅读之旅了。正因为如此，在众多优秀客家长篇小说中，它以其独特的魅力吸引着无数的读者。而小说改编成电影之后，又在银幕上掀起了一股不小的风暴。然而，对于文本的阅读，总是作为"遗憾的艺术"之电影所不及的，我们从小说本身得到的感悟每每要多得多。

（本文有研究生黎娟参写）

第六章　演绎与过滤

第一节　诗界革命的旗帜与湖南新政

一

> 我手写我口，
> 古岂能拘牵。
> 即今流俗语，
> 我若登简编；
> 五千年后人，
> 惊为古斓斑。

这几句诗，被视为"诗界革命"的经典，黄遵宪也一直被视为杰出的诗人，但他更是出类拔萃的政治家、思想家。这主要表现在他担任湖南按察使、参与主持湖南新政之际。他首创了中国近代警察制度，在组织时务学堂、南学会中功不可没，而在鼓励实业、扶持民族资本的发展上，亦有不少可圈可点之处。湖南在新政期间，"民智骤开，士气大昌"，与他的努力是分不开的。

笔者在写毕《客家文化史》中关于"客家与戊戌变法"一章，意犹未尽，觉得有必要将黄遵宪在湖南新政中发挥的作用梳理出来。既往戊戌变法的研究中，鲜有关于黄遵宪的专门论述，此文当弥补这一遗憾。

就戊戌变法而言，可以归纳为三个层面。首先是舆论上的准备，除开康、梁鼓吹变法外，黄遵宪作为中国近代史上杰出的外交家，且不说其外交活动，仅就其所撰写的40卷50余万字的巨著《日本国志》而言，在主张学习日本、变法自强上亦为这舆论准备做出了重大贡献。1894年驻法公使薛福成对该书大加推崇，并在代作的序中称其为百年来少有的"奇书"。该书正好出版于戊戌变法的前夕（1895年），成为维新派强有力的思想武器。所以，我在"客家与戊戌变法"中强调，在变法的前夜，客家人已积极参与了。

第二个层面，当是在北京发生的"百日维新"，主角自然是康有为、梁启超，先锋乃至为此殉难者则是谭嗣同等在菜市口喋血的六君子。而六君子之一的刘光第，则是四川的客家人，在清代由福建武平迁到四川富顺县，武平是闽粤赣"客家大本营"中的一个客家县。所以说,在戊戌变法的最高层面上,客家人亦不曾缺席。本来,黄遵宪也要加入这一行的,因为翰林院侍读学士徐致靖在给光绪皇帝保举"通达时务人才"时,把黄遵宪与康有为、梁启超、谭嗣同、张元济等五人一并写进奏折里,并称黄遵宪"于各国政治之本原,无不穷究,器识远大,办事精细"。黄遵宪遂被光绪皇帝任命为三品京堂出使日本大臣,上京奉旨时,病倒在上海,未能再北上,否则百日维新终结时,菜市口上的"六君子"则会成为"七君子"了。只是由于各国使馆的干预,他才未被杀,但慈禧太后已密令其爪牙蔡钧搜查了他的家,而且把他关了两天,只是慑于各方压力,才把他"放归"回乡。

第三个层面,则是戊戌变法在基层的呼应。当时,全国仅有湖南一省搞得风生水起,努力推行新政、擘画改革,走在了变法的前列,成为戊戌变法的"热身"。湖南新政,在光绪皇帝心中是颇有分量并寄予厚望的,当湖南巡抚、江西修水的客家人陈宝箴"被人胁制",不得不应付顽固派的攻击时,光绪皇帝还谕示他"坚持定见,实力举行,慎勿为浮言所动,稍涉游移"①。可以说,正是几位客家人,把湖南新政办得有声有色,其中身体力行者,当推时任湖南按察使的黄遵宪。在他奉旨北上时,南学会一位主讲皮锡瑞被迫离开,写信给他,称"公去后无人护法,中丞不能常至,讲学一事,未知能否复行"②。从信中可以看出,黄遵宪在其中举足轻重。

因此,在涉及三大层面所发挥的历史作用中,黄遵宪在湖南新政中所建立起来的功绩是最重要的。如果说陈宝箴是湖南新政的主将,那么黄遵宪则是湖南新政的灵魂。少了这一部分,不足以体现这位历史伟人在思想上、政治上的丰姿。过去,关于黄遵宪的评价,一般只停留在外交与文学上,而最足以表现他历史人格、敢作敢为、锐意革新的湖南新政,每每被忽略或者轻描淡写一笔带过,这显然有失偏颇。

有了湖南新政的贡献,黄遵宪不仅是一位出色的外交家、著名诗人,而且是出类拔萃的思想家、政治家——这方是对这样一位历史人物全面、中肯的评价。

二

黄遵宪在湖南新政中的建树颇多,充分地表现出他非凡的远见与卓识,以及出色的组织才能,因此,对他在湖南新政中的全部活动,务必做出全面的梳理。仅这么一篇论文,当远远不够。

从我们所占有的历史资料来看,他最为突出的一项历史功绩,是在中国首创

---

① 《德宗景皇帝实录》卷四二五第二叶。
② 皮锡瑞:《致黄遵宪书》。

警察制度。他为了整顿湖南治安、清理刑狱,特设置了保卫局,以"去民害,卫民生,检非违,索罪犯",并亲拟《保卫局章程》40余款。虽然这个保卫局只存在三个月,可在中国警察史上,已是不朽的开篇了。后来直到20世纪,天津才有类似的制度建立,但已比湖南晚了很多年。

创立与主持时务学堂,也是黄遵宪在湖南新政中很突出的一项。虽然创立者并非他一人,但力荐梁启超、李维格分任中、西学总教习,则是他所为,从而确定了这一时务学堂锐意变法的政治方向,功不可没。

而组织南学会,使之不仅作为一个救亡御侮的政治组织,甚至带有地方议会性质,当是万马齐喑的封建王朝里的惊世骇俗之举。

还有组织出版《湘学新报》《湘报》,令湖南"民智骤开,士气大昌",黄遵宪是下了大力气的。与此同时,筹办新式水陆交通、建设湘粤铁路、设立武备学堂、训练民团、开矿,等等,引入西方的先进制度,扶持民族资本的发展,也是与黄遵宪分不开的。

可圈可点的还有很多,下面我们择主要的加以论述。

三

之所以把黄遵宪设立保卫局这一条摆在前面,是因为这个保卫局,称得上是中国警察制度的雏形。

保卫局与课吏馆,均是湖南新政中政治方面的重大举措。由于黄遵宪担任外交使节多年,对西方的先进制度有较深入的了解。其时,中国沿袭千年的保甲制度已经不适应时代的需要,维持不了社会的安定局面。黄遵宪创立保卫局,自是仿效西方的近代警察制度,为了避免反弹,他们来了个"托古改制",称"今西国有警察部,无不与《周官》暗合"①,以暗度陈仓。黄遵宪拟订的《保卫局章程》亦称"亦在官民合办,使诸绅议事,而官为行事"②,章程中确认:"设议事绅商十人,一切章程由议员议定,禀请抚宪核准,交局中执行。其抚宪批驳不行者,应由议员再议,或抚宪拟办之事,亦交议员议定禀行。"③

该保卫局在长沙府城中设总局,城中东南、西北及城外设分局,另附设迁善所,收容失业者与犯人。保卫局的职责是逮捕杀人放火、斗殴盗窃、奸淫拐骗及其他破坏活动的罪犯;监视无固定职业、形迹可疑的人;维持社会治安,消除聚众喧杂之事,注意卫生、交通等。陈宝箴、黄遵宪称保卫局为"凡百新政之根柢",可见其重视程度。

---

① 唐才常:《论保卫局之益》,载《湘报》第二号,光绪二十四年二月十六日。
②③ 《臬辕批示》,载《湘报》第三号,光绪二十四年二月十七日。

保卫局设立后，"各局员绅倍极谨慎，日夜严饬巡丁，校巡街市，城中无赖痞突，渐皆消迹"①。当日的评估，应是中肯的。

与西方警察制度不同的是，保卫局是官方倡导、"商为之助"，这与中国的国情有关，旨在保护刚刚兴起的民族工商业，所以"凡开办数月，商民咸便之"。梁启超更在《戊戌政变记》中认为"各国民政之起，大率由民与官争权，民出死力以争之，官出死力以压之。若湖南之事势，则全与此相反"。谭嗣同在《记官绅集议保卫局事》中则说"参以绅权"是"一切政事之起点，而治地方之大权"。

湖南保卫局于1898年7月27日（六月初九）正式开办，至百日维新后停办，虽仅维持了约三个月，却揭开了中国近代警察制度的第一页，留下了不可磨灭的历史印记。

直到1902年5月，袁世凯才又在保定设立了类似的警务总局。1905年，八国联军在提出交还天津的条件时，提出天津周围20公里不得驻扎中国军队，袁世凯玩了个花招，说军队不行，警察总可以吧，社会治安无论如何还得维持，于是，化军队为警察，最后终于以"巡警"之名，派了3000名警务人员，进驻了天津。这当是中国警察制度创立过程中的一段奇事。

当年10月8日，亦已又祭起"新政"的慈禧太后，终于下令设立"巡警部"。中国的警察制度就这么沿袭了下来，直至民国、共和国，其第一功，当在湖南新政，在黄遵宪。

湖南新政另一政治举措，是设立了课吏馆。陈宝箴当时指示黄遵宪"课吏馆之设，欲使候补各员讲求居官事理，研习吏治刑名诸书，而考其所得之浅深，用力之勤惰，第其等差，酌给奖资寓津贴于策励之中，其才识高下亦因之可见"。陈宝箴旨在"整顿吏治"，当时罢黜了好几个贪官昏吏。他责成黄遵宪总理课吏馆之事，黄遵宪也认为"时事当需才之秋，朝廷已深知不学无术之弊，若统全省官吏而科之，推科举之变格，宏课吏之规模，教于未用之先，询以方用之事，察吏之外，兼以所学之浅深，课其政之殿最"②。亦可看出课吏馆的宗旨与作用。具体各课为学校、农工、工程、刑名、缉捕、交涉六类，前三项与启蒙有关，以开导官僚们；刑名、缉捕则与保卫局同旨；至于交涉，则为"通商、游历、传教一切保护之法"。这大致是培训、监督等功能，当是一种改良。湖南新政颇以"整顿吏治"为要旨，课吏馆正是为此而设，其间，常德府知府文杰"在任多年，匿比匪人，声名甚劣"被革职，湘潭县丞代理等亦因"举动荒谬"遭罢免。

新政中，政治举措当是重中之重，黄遵宪的远见卓识与历史作用，也就表现在这里了。

---

① 《保卫近闻》，载《湘报》第一二四号，光绪二十四年六月二十三日。
② 《黄公度廉访会筹课吏馆详文》，载《湘报》第十一号，光绪二十四年二月二十六日。

四

时务学堂是湖南新政的又一项重要举措,其对学堂制度的改革、启蒙思想的传播,发挥了重要的作用,内中,黄遵宪堪为中流砥柱。当年在上海,他就慷慨解囊,捐助了 1000 元,作为《时务报》的活动经费,到湖南办时务学堂,他岂能不全力以赴?

是他力荐戊戌变法的主帅之一梁启超担任该学堂的中学总教习,自然他是深知梁启超的思想与才华的,这里有他的《致汪康年书》的一段话为证:

> 宪经到湘,即闻湘中官绅有时务学堂之举,而中、西两院长咸属意于峄琴(即另一位西学总教习李维格)、任公二君子,此皆报馆中极为重要之人。以峄琴学行,第所见通西学者凡数十辈,而求其操履笃定、志趣纯粹、颇见儒者气象者,实无其伦比……任公之来,为前议之所未及,然每月作文数篇,付之公布,任公必能兼顾及此。此于报馆,亦无损碍,并气公熟虑而允许之。①

汪康年当时是《时务报》的经理,黄尊宪不能不找他,其实他与梁启超有不少矛盾。几经交涉,梁启超于 1897 年 11 月终于来到了湖南,拟定了《学约》十章,大力鼓吹变法,为以后的百日维新做舆论准备。

黄遵宪还亲自赋诗给尚还年轻的梁启超,称:

> 三千六百钧鳌客,
> 先看任公出手来。

在时务学堂之后,被誉为地方议会的雏形、于 1898 年 2 月开会的南学会,是在陈宝箴、黄遵宪等支持下组织成立的。南学会招生名额为 40 人,报考者竟达 4000 人,可见其在湖南的影响。作为学会的四位主讲之一,黄遵宪讲的是政教。

根据史录,他所讲演的题目是:《论政体公私人必自任其事》(分两周讲),单从题目即可看出其分量了。讲演中他认为周代以前,"传国极私,而政体乃极公",及至晚明,"政体则甚私",当予以变革。他抨击帝王"生于深宫之中,长于妇人之手","骄淫昏聩,至于不辨菽麦,亦觍然肆于民上,而举国受治焉"。讲演中他大力抨击了明清以来的地方官员的委派制度。

梁启超对这么一个政治组织是交口称赞的,其在湖南写信给汪康年,称:"此间新办南学会,右帅、公度(黄遵宪)、研父(徐仁铸)皆入会,诚盛典也。"在《戊戌政变记》中更称,组织这一学会,"连群通力,发愤自强"。而黄遵宪在上述

---

① 《汪穰卿先生师友手札》。

演讲中亦强调该学会"以联合之力，收群谋之益"的必要性，推动维新变法。

与此同时，黄遵宪还利用《湘报》做配合宣传。在《湘报》第五十三号，即农历三月十六，他通谕各府厅州县一体张贴劝禁妇女缠足，以"开一乡一邑之风气"。客家女子是不缠足的，作为客家人的他，当更对这一千年陋习深恶痛绝。

关于时务学堂与南学会，梁启超日后有文字予以总结：

> 自时务学堂、南学会既开后，湖南民智骤开、士气大昌，各县州府私立学校纷纷并起，学会大盛。人人皆能言政治之公理，以爱国相砥砺，以救亡为己任，其英俊沉毅之才，遍地皆是……然而野火烧不尽，春风吹又生，湖南之士之志，不可也。①

五

湖南新政尤包括经济上的重大举措。

黄遵宪于1897年7月被任命为湖南长宝盐铁道，后又任湖南按察使，至1898年6月13日，由徐致靖保荐上京，因病滞留上海。在湖南停留将近一年时间。其间他与陈宝箴、陈三立及学政江标等人，各方面所推进的变革，三言两语说不完。

经济上，黄遵宪力主开发地方资源，鼓励创办实业。他身体力行，申办了湖南矿物总局，并得到了清政府的批准。湖南山多田少，物产不丰，但多出"五金之矿"，而过去土法开采，不仅工巨利微，且破坏甚大。

矿务局被批准后，把企业分为官办、官商合办、官督商办三种，这是洋务运动的老路子。结果，前两种因体制问题，官员徇私，经营不善，只有后一种，才获利不少。所以，逐渐交给商人开采，从而令私人企业陆续有了立足之地。

除矿务外，还发展新式水陆交通，创立了小轮公司；敷设湖粤铁路、设立武备学堂，训练民团；另外，自长沙至湖北蒲圻、咸宁、江夏等县站，还设置了有线电报等。

可以说，湖南新政，使该省政治、经济、文化、教育等各个方面，都出现了崭新的面貌，成为戊戌变法在地方的唯一亮点，这与黄遵宪参与主事是分不开的。梁启超早有定论："凡湖南一切新政，皆赖其力。"

黄遵宪在短短一年时间，做了他力所能及的一切，而这也就酿成了大祸，以至戊戌变法失败后，他被参奏为"奸恶"，差点也成了刀下鬼。陈宝箴被"赐死"，黄遵宪则被"放归"，没多少年，也因病早早辞世了。

---

① 梁启超：《戊戌政变记》。

六

不过，湖南新政这短短一年，在湖南的历史上却是当用如椽之笔写下来的。这对湖南在日后的辛亥革命、土地革命的影响，可谓深远。我们完全可以说，没有这一年的"民智骤开，士气大昌"，又怎有日后黄兴、蔡锷、宋教仁等的脱颖而出，还有毛泽东、何叔衡、蔡和森等的冲天一啸呢？黄遵宪通过《日本国志》，表达了他要在中国寻找萨摩、长洲（明治维新中出了杰出人才的两个地区）的愿望，他果然找到了，那便是湖南。

湖南新政，对于湖南成为中国20世纪人才辈出并引领风骚的革命圣地，可以说是一次前哨战，为20世纪推出一批黄钟大吕式的伟人做了充分的准备。我们甚至可以说，湖南新政，称得上是20世纪革命的一所大学校。

袁世凯称帝后，给其致命一击的，正是护国将军蔡锷于云南的举义。可又有多少人知道，当黄遵宪请来梁启超，在时务学堂讲课时，当年仅15岁的蔡锷，竟步行350里地，从邵阳来到长沙，成为梁启超40名学生中年龄最小，也是日后最有作为的一位。逼袁世凯下台，正是师生两人在文、武两条战线珠联璧合的精心之作。与他同年去世、大他八岁的辛亥革命元戎黄兴，当年受湖南新政的影响亦可想而知，其时他正在气象颇新的两湖书院。而新政年间，著名的政治家、亲手制订民国《临时约法》的宋教仁，在新政夭折后的第三年，居然在常德参加府试时，在试卷中写有"不惜杀一人以谢四万万同胞，不惜杀一人以安万世之天下"，矛头直指卖国之"老佛爷"与误国之李鸿章。

愤而蹈海，曾写有《警世钟》《猛回头》的陈天华，仅22岁出任一纸风行的《苏报》主编的章士钊……众多的湖南英才俊杰，无不成长或成熟于那样一个新政的氛围中。我曾撰有《湖南的三次"人才群落"》一文，这便属于第二次，也是规模更大的一次。

即便在第三次"人才群落"中，也仍然少不了湖南新政的影响。

1910年，当一代伟人毛泽东离开家乡韶山冲去湘乡东山高等小学读书时，给自己取了个笔名，叫子任，任者，即任公也，是梁启超之字，子任，自是继承任公的业绩，以天下为己任矣。虽说湖南新政发生时，毛泽东才五六岁，但梁启超在新政年间于湖南的影响，却一直延续下来，湖南的年轻人都爱读他的文章。与毛泽东同一辈的革命家，作为湖南第三次"人才群落"，自是少不了湖南新政的泽被。

一位著名史学家说过，近现代史上，正是湖南人与广东人平分秋色，此语不假，广东人中，自包括了黄遵宪在内。他在湖南新政中的功劳，再怎么高估也不为过。可以说，当年的新政，对于湖南而言，对于湖南人才的造就，当是一个伟大的节点。

湖南之所以成为近现代中国革命的"火车头",当是在其新政年间蓬勃而起获得的动力;湖南在20世纪出了那么多政治、军事、文教的卓然而立的命世之才,也同样托庇于新政年间思想的活跃。

就那么几位客家人,陈宝箴与黄遵宪硬是把一个以保守著称的内陆省份闹得风生水起,这在文化地理学上,也当是一个"异数"吧。

不管怎么说,在黄遵宪的一生中,在湖南这短短的一年,应该说是他人生的一个巅峰了,凸出了他思想、政治上的卓越表现。而这,绝不亚于他在外交、文学上的表现。

一如他在诗中称:

> 滔滔海水日趋东,万法从新要大同;
> 后二十年言定验,手书心中井函中。

其实,不到20年,辛亥革命便最后埋葬了清朝帝制。

一代伟人,绝不是平面的,而是从各个侧面显示出其多向度的才干!仅称黄遵宪是诗人、外交家是远远不够的,应该有更多的研究,揭示他在湖南新政中的表现。

笔者在湖南生活30多年,耳濡目染,深知湖南人受当年新政影响之大,愿以这篇小小文章,抛砖引玉,让人们更了解黄遵宪在湖南新政中的历史功绩,彰显他作为政治家、思想家的一面,此为幸甚。

我期盼着。

第二节 文界革命与新儒学的发端

一

被视为"五四运动"引爆者的梁启超也引爆了新儒学,自称为"最后一位儒家"的梁漱溟,却成为新儒学的第一人,二梁都是岭南大学者,他们的心路历程发人深思,颇值得后人认真研究。在近代充满激进主义的南方,同样滋生出一个保守主义的新儒学,在改革开放的今天,当给我们什么启示?

"五四运动"以鲜明的激进主义姿态,打出"打倒孔家店",力推"德先生、赛先生"(即民主与科学)的口号,尽管后人的评说不一,一如美国威斯康星大学著名的华裔教授周策纵在《五四运动:现代中国的思想革命》一书中所认为的:

> 不管怎么说,这个运动必须被看作是整个历史发展的一个阶段,事实上,

它是中国在经历了上世纪西方的冲击后，实行变革以适应现代世界的漫长历程中的一个关键却又巨变迭起的时期。①

换句话说，须把这个运动，置之于历史长河及世界大背景中加以考察，我们方可以更客观也更深入地把握住它。免得"不识庐山真面目，只缘身在此山中"。从而揭示出其各个方面的不同演进及历史影响。

因此，单纯把"五四运动"视为激进主义的文化运动，从而掩盖了同时产生在其他方面的积极影响，同样会削弱了它本身深刻的历史价值。以至有人把"打倒孔家店"同"文革"的"批林批孔"联系起来，把"德先生、赛先生"同"文革"的"社会主义大民主"或暴民政治联系起来，从而推向一个极端，反而在根本上否定了"五四运动"本身，这自然是有违历史与逻辑之一致的。

也许正是一种历史的机缘，当我们把视野放在南方，放在珠江流域这个近代几大革命策源地，我们则会获得一个不同于流行观念的结论。尤其是与"五四运动"同时发生，或者说本就是"五四"新文化运动一部分的新儒学或现代儒学的出现，也是一种历史的必然。其实，所谓的新儒学，其之"新"当有不同的解读，戊戌变法时期，康有为试图把西学引入儒学中，以创立中西合一的新儒学，如《孔子改制考》实质是为"改制"，即为资产阶级维新变法张目，与他的《日本变政记》等相呼应。用西方的进化论来改造儒家"天不变，道亦不变"，用自由、平等思想来支撑中国兴民权、设议院、立宪法的要求……这与后来形成气候的新儒学有着千差万别，尤其是历史变革背景迥异。

不过新儒学仍需与他的学生，后来却与他分道扬镳的戊戌变法的另一位主帅梁启超相联系。

二

众所周知，梁启超一直被视为"五四运动"的引爆者。从直接原因而言，称梁启超为"五四运动"的"引爆者"，则是指他当年从巴黎发往北京的电报，把巴黎和会的消息告之国内，这是这一年的5月2日，从而"引爆"了"五四运动"。

其时，梁启超之所以在巴黎，是因为他上一年12月从上海出发，赴欧洲游历，并担任"一战"后出席巴黎和会的中国代表团的顾问，正是顾问这一职位，方便他比较及时地了解到和会的动态。在4月30日，美英法意四国政府首脑密议决定，将德国在山东的侵略权益转让给日本，梁启超立即以国民外交协会代表的身份，致电汪大燮、林长民："请警告政府及国民，严责各全权（代表），万勿署名，以

---

① 周策纵：《五四运动：现代中国的思想革命》，江苏人民出版社1996年版，第7页。

示决心。"① 林长民心领神会，立即将电文捅给了报界。②

这一来，令北京学生本拟在天安门前集会游行示威的日期提前了三天，从而有了"五四运动"一称。

而从更大的范围，即从思想领域而言，他对于这一个标志着中国文化思想的历史转折所产生的"引爆"作用，当更为深刻与久远。仅他的《新民说》，在国内外均被推崇为中国最早的"人权宣言"，代表了当时启蒙运动的新潮，抨击了封建专制主义的传统，产生了空前的影响。

梁启超一生著作甚丰，留下的1400多万字，在哲学、史学、文学乃至经济学上均有建树，称得上近代中国的一代文化巨人。

郭沫若曾这么评价他："平心而论，梁任公地位在当时确实不失为一个革命家的代表。他是生在中国的封建制度被资本主义冲破了的时候，他负载着时代的使命，标榜自由思想而与封建残垒作战……他是资产阶级革命时代的有力的代言人，他的功绩实在不在章太炎辈之下。"

在戊戌变法失败后，这位作为康有为变法维新思想的有力推动者，为惨痛的历史教训所动，不再追随康有为的改良主义主张，"既爱吾师，尤爱真理"，在《新民丛报》上开始连载他的《新民说》，思想继续往前发展，并趋于激进。

梁启超的学说影响了好几代人。新文化运动的领袖人物，如陈独秀、鲁迅无一不受其深刻影响。其后至毛泽东，则沿其"任公"称己为"子任"，组织"新民学会"，并且在延安告诉斯诺，他对《新民说》是"读了又读，直至差不多背得出来"。

梁启超是个学贯中西、善于发现、善于改变、善于创新的文化大师，他的文化思想有个不断演进、不断革新的过程。早年梁启超是社会活动家，是善于利用报刊进行启蒙宣传的新闻工作者，具有明显的求新求变求用的特点，其迅速形成了以进化论思想为主导，为社会政治服务的文学观，具体表现为发动了"诗界革命""文界革命"和"小说界革命"的文学革命运动，提出了一套完整的文学革命新思想，除旧布新，给文坛带来了生机与活力。晚年则更注意从内部规律去探讨文艺，注重心理批评，多从情感意志方面去发掘作品的文化内涵与审美价值，这对其早年急功近利的文学观起到补弊纠偏的作用，应当说梁启超早晚两个时期的思想理论在文体上是相得益彰的。

先谈其进化文学观。梁启超继承龚自珍、魏源，尤其是黄遵宪的文学观点，认真分析了中国文化演进对文学的作用与影响，拓开视野，注目民间，宏观地概

---

① 《申报》1919年5月4日。

② 周策纵：《五四运动：现代中国的思想革命》，江苏人民出版社1996年版，第123页。

括出了中国文学的发展历程，肯定了宋元以降的白话文学，从文艺哲学的高度指出了中国文学走的是一条合乎时代需要、与时俱进的科学道路。他说："文学之进化有一大关键，即古语之文学变为俗语之文学是也。各国文学史之展开，靡不循此轨道。中国先秦之文，殆皆用俗语……寻常论者，多谓宋元以降，为中国文学之退化时代。余曰，不然。……自宋以后，实为祖国文学之大进化。何以故？俗语文学大发达故。"肯定并推崇俗语文学，主张文字文体改革，正是梁启超进化论文学思想的充分体现，也是其文论的最早建构。

再说诗界革命。它是近代文学革新运动之一，从复古主义、形式主义的牢笼中冲出来，形成了全新的文学流派，有力地冲击了旧体诗坛，成为"五四运动"白话诗运动的先声。1894年秋冬，迫于时局之危殆，梁启超在京同谭嗣同、夏曾佑等议论国事，探求救国真理，主张破除旧学之禁锢，引进西学，树立新学，力主以诗为突破口，开始创作"新学诗"。这是诗界革命的开端，几经尝试，终于在诗界革命上闯出新的路子。1898年，梁启超在他主办的《清议报》上开辟了第一块公开的诗歌创作阵地"诗文辞随录"，后来又在《新民丛报》开辟了"诗界潮音集"。1899年，梁启超在《夏威夷游记》一文中率先提出"诗界革命"的口号，他说"今日不作诗则已，若作诗，必为诗界之哥伦布、玛赛郎然后可"，要"竭力输入欧洲之精神思想，以借来者诗料"，并认为新诗"不可不备三长：第一要有新意境，第二要有新语句，而又须以古人之风格入之，然后成其为诗"。这是诗界革命的三条纲领，"新意境"是其基本内容，"新语句"则是为了更好地服务"新意境"，最终目的主要是"革其精神，而非革其形式"。这一思想在《饮冰室诗话》里进一步深化和系统化。他反对"堆积满纸新名词为革命"的做法，并把这一观点概括为"以旧风格含新意境"或"熔铸新理想以入旧风格"。1902年梁启超在日本创办《新小说》杂志，接受黄遵宪的建议，特辟"杂歌谣"一栏，刊登了不少具有较大影响的内容生动活泼、语言通俗易懂，且可配乐歌唱的近代乐府诗，把诗体的改革引向诗文合一的道路，有力地推动了白话诗的发展，最终导致了白话诗运动的形成，使"诗界革命"走上由形式到内容的全方位改革道路——一条不断向平民化进化的道路，这与他的文化史观是分不开的。

还有"小说界革命"。梁启超很早就非常重视小说的社会功用，甚至提到改造国家的高度。早在1897年写的《变法通议·论幼学》中，他已开始倡导小说。梁启超首先推崇的是政治小说，在《译印政治小说序》中他极力强调用小说来改变全国议论，促进"政界之日进"。光绪二十八年（1902年）十月，梁启超在《新小说》创刊号上发表《论小说与群治之关系》一文，正式提出"小说界革命"的口号。他说，"欲新一国之民，不可不先新一国之小说"，主张以小说来推广"新道德""新宗教""新政治""新风格""新学艺""新人心""新人格"，总之，利用小说来改造人、改造社会。梁启超把封建正统文人视为末流的小说提到"文学之最上乘"的地位，这在当时是一大贡献，为小说的繁荣奠定了理论基础。

应当说他是从一开始，就注重文化的改造、国民性的改造的。把他的新民说、他的"文界革命"，等等，视为"五四运动"的"引爆"，一点也不过分。

然而，新儒学的发生，却又与他分不开。

三

梁启超参加了康有为《孔子改制考》的写作，但这并不能认定他是另一重意义上的新儒家，他成为新儒家学说的先声，却是与他"五四运动"期间出访欧洲，并完成《欧游心影录》有密切关系。

可以说，"五四运动"与西方文化的发展，发生了一个时间差。

"五四运动"，是中国人向西方寻求真理、走向现代化的一个历史转折，正是"五四运动"使"中国适应现代世界的过程加速了"（周策纵语），当日引入的西方理念正是思想解放的必然，以至于有过纠枉过正的"全盘西化"论。然而，这个时候，西方恰好经历了第一次世界大战，战后的萧条、残败与匮乏，引发了众多思想家的思考，《西方的沉没》这一名著也正是在此期间问世……因此，梁启超赶上的，正是众多西方学者反思、批判的时刻，他当日是那么推崇"赛先生"，可他此番看到的是"科学越发达，社会反而越横暴，人类的灾难更甚以前"，"现在所谓光华烂漫的文明，究竟将来有何结果，越想越令人不寒而栗"。"一战"惨烈的结局历历在目，令他意识到，"欧洲人做了一场科学万能的大梦，到如今却叫科学破产，这便是最近思潮变迁一个大关键了"①。这也成了他日后参与科学与人生观论战，成为"玄学派"要员的原因。

进化论也被他轰毁了，他猛烈抨击"物竞天择""弱肉强食"，是"借达尔文的生物学做个基础，恰好投合当代人的心理。所以就私人方面论，崇拜势力，崇拜黄金，成了天经地义；就国家方面论，军国主义、帝国主义，变成了最时髦的政治方针，这回全世界国际大战争，其起源实由于此……"

于是，他回过头来，向东方的思想库寻求救世的药方了，改变了他历来对传统文化的怀疑与批判，从而用东方文明"补助"西方，要有自身的文化自尊，用西方的文化研究中国文化，使二者"化合"起来，形成一个"新文化系统"。

由于他亲自感受到西方哲人们在这样一个历史背景下，对东方文化的渴待与推崇，其文化民族主义意识陡长——其实，远在1902年时，他便说过："所谓新民者，必非如心醉西风者流，蔑弃吾数千年之道德、学术、风俗，以求伍于他人。

---

① 梁启超：《欧游心影录》，载《饮冰室合集·专集》23册。

亦非如墨守故线者流，谓仅抱此数千年之道德、学术、风俗，遂足以立足于大地也。"因此，在赴欧洲之前数月，他便写过《儒家哲学》《世界伟人传·第一编·孔子》等书，思想上已有了"回归"的苗头。

一个引爆了"五四运动"的历史先驱，却对"五四"倡言的"德先生""赛先生"，尤其是后者"赛先生"持激烈的抵触思想，不难看出"时间差"的作用。

他在后来的学术专著中更开宗明义：

> 精神生活与物质生活之调和问题……物质生活不过为维持精神生活之一种手段，决不能以之占人生问题之主位。……虽然吾侪需知：现代人类受物质上压迫，其势力之暴，迥非前代比。科学之发明进步，为吾侪所不能拒且不应拒；而科学勃兴之结果，能使物质益为畸形的发展，而其权威亦益猖獗。吾侪若置现代物质情状于不顾而高谈古代之精神，则所谓精神者，终究必被物质压迫，全丧失其效力；吾亦流为形式以奖虚伪已耳。……近代欧美学说——无论资本主义者流，社会主义者流，皆奖励人心以专从物质界讨生活。……吾侪今欲所讨论者，在现代科学昌明的物质状态下，如何而能应用儒家之"均安主义"使人人能在当时此地之环境中，得不丰不歉的物质生活……①

以致西方的研究者认为：

> 这里是新的综合主义。中国的义务将是接受西方文化的输入并向西方献出自己的文化。很明显，这种说法看起来并不特别新鲜，它显然是我们在梁启超最早的作品中发现的儒教"膨胀的变形"。但是，在表面现象之下有一点不同：过去认为西方贡献出的是那样高的一种制度，为了证明中国也存在这种制度，于是到中国的传统中去寻找。然而现在，梁启超确信，西方给中国带来的是比中国自身继承的要低级的制度。②

无论是从政，还是从事学术研究，或在二者之间徘徊，很多人都以"多变""善变"来形容梁启超，善意者说其"与时俱进"，贬抑者称其"投机、权变"，其实，我们认真研究他的"行动史"与"学术史"，却不难发现他的"内在同一性"，在诸多的矛盾言论、相冲突的行动背后，寻找出他思想的脉络及基本点，乃至其"历史与逻辑的一致性"来，这一"内在同一性"之不变，是与其不同经历、不同立场之"变"相协调的。其实，与其同时代的章太炎，乃至后来的毛泽东——在高扬的道德主义后边，却仍是孔子的"文以载道"，虽打的是"批孔"并继承"五四"之"文革"，这从大量的忠字牌、红海军中就可以看到了，一个中国

---

① 梁启超：《先秦政治思想史》，载《饮冰室合集·专集》13册50卷，第182-183页。
② (美) J.R 勒文森著，刘伟译：《梁启超与中国近代思想》，第287-288页。

的政治家、学者，是无法摆脱中国历史，在走马灯式的"变"中，看到其不变与同一来的。这样的范例，在20世纪多变的中国，实在是太多了。

他的大量文化专著，当是新儒学的重要研究素材。

四

同是珠江流域出来的大学者梁漱溟，自称为"最后一位儒家"，却是在梁启超之后，成为新儒学的第一人。梁漱溟老家正是桂林。他的成名作，也是新儒学最早的经典《东西文化及其哲学》一书，出在《欧洲心影录》之后没两年。

梁漱溟的思想形成，与其父亲梁巨川是分不开的。梁巨川当年曾积极支持洋务运动与戊戌变法，并资助儿女亲家彭翼仲创办北京第一份白话报《京话日报》，一直推动着社会改革并接受了辛亥革命，不支持袁世凯称帝及张勋复辟。但军阀割据，内乱不已，却又让他感到世风日下、道德沦丧的危机太甚，至以自杀来唤醒国人，他的《敬告世人书》的自杀留言中称："吾固身值清朝之末，故云殉清。其实非以清朝为本位，而以幼年所学为本位。吾国数千年，先圣之诗礼纲常，吾家先祖先父母之遗传与教训，幼年所闻，以对于世道有责任为主义。此主义深印于吾脑中，即以此为主义为本位，故不容不殉。"

父亲之死，令梁漱溟感到文化沉重的分量，他在后来的自述中说道："民国六年，我应北京大学校长孑民先生之邀入北大教书，其时校内文科教授有陈独秀、胡适、李大钊、高一涵、陶孟和诸先生。陈先生任文科学长。兹数先生即彼时所谓新青年派，皆是崇尚西洋思想，反对东方文化的。我日夕与之相处，无时不感压迫之严重……问题之不可忽略，非求出一解决的道路不可。"

就这样，他终于以《东西文化及其哲学》建构了现代新儒学，并由此延续了将近百年，显示出其顽强的生命力。

可以说，新儒学同样是在"五四运动"这样的大背景下发生的，同样应成为这一运动不可分割的一部分，正如一枚硬币有正反两面一样，我们不可以只认识其激进的一面而不正视其守成的一面。

以梁漱溟为代表的新儒家，是坚持反对"西方中心论"的，认为中国文化自有其合理的存在意义，反对不分青红皂白，全盘否定传统文化。他们力推"东方——精神，西方——物质"的公式，而精神总是高于物质的，物质必然导致腐蚀、没落，所坚持的还是几百年间"中学为体，西学为用"的观念。

新儒学坚决反对民族虚无主义，反对把传统文化与封建专制等同起来，反对把传统文化与现代化对立起来。新儒家认为，传统文化中包含许多具有历史性的恒常价值，包括儒家的人本思想，重人文教化、道德伦理，至善至美，人与社会、人与自然的和谐，即"天人合一"观种种。他们强调"现代化并不是欧化，现代化可，欧化不可……"

梁漱溟所致力的，正是儒家的现代转换。

对此，美国汉学家墨子刻教授在他的《摆脱困境——新儒学与中国政治文化的演进》一书曾如此写道："一些杰出的中国知识分子，一向从事着今天也仍然在从事着的人本主义的努力。他们的工作也包括同传统的某种剧烈的分离。具体地说，他们反对把制度化的儒学和儒家教条主义——尤其反对把西汉以来朝廷所倡导的具有官学地位的儒学当作真正学问的唯一源泉。毫无疑问，即使是在帝制时代，儒家学者们也在不断做出努力，以区分什么是承夫子之道的真儒学，什么是鱼目混珠的假儒学。但是，儒学哲学的现代信徒们，或许将这种区分强调到了前所未有的程度。他们希望通过对已经不纯的文化遗产的筛选，提出一种可能适用于未来的道德'精神'。因此在一定程度上，他们已接受了'五四'时'反对传统权威'的原则，期待着一种既受益于中国和西方党派渊源的，又批判地发展起来的'新'学术。"

这样的评价，多少还有点旁观者清的意味，不过，关于新儒家"援西学入儒"，其目正是通过西学对儒学的重新阐释与延伸，使经"五四"新文化运动批判已日趋僵化的儒家文化重新鲜活起来。可以说，力求儒学与西学的结合，正是现代新儒学共同努力的方向，而最早表述并最成功表述这一意愿并加以确认的，则是南方这位大儒及其《东西文化及其哲学》。一如他对弟子所说的："我觉得我有一个最大的责任，即为替中国儒家做一个说明，开出一个与现代学术接头的机会。"①

五

近代，乃至现当代，南方始终是一个出思想、出人才的地方，所以才有陈寅恪预言的今后中国只有"南学"而无他学了。梁启超是珠江三角洲上的新会人，梁漱溟则是珠江中游地区的桂林人，他们共同开创、烘托起的中国20世纪新儒学的天空，只有经历时代风雨的洗礼，才愈发显得清明澄碧。对于"五四运动"这样一个激进主义的文化运动，为何会催生这分明属于保守主义的新儒学，似乎是一个令人百思不解、颇为困惑的问题。

其实，历史本就不是按人们的定向思维而演变的，一场伟大的变革，更不是只有某一个方面。梁启超在《欧游心影录》之前，他不一样是一个激进的自由主义的新派人物的鲜明形象么？以致后人视他为"五四运动"的"引爆者"，可以说，无论是激进者如李大钊、陈独秀，还是保守者若二梁，他们在中国，都生活

---

① 梁漱溟：《朝话》，载《梁漱溟全集》第二卷，第136页。

在同一种历史语境中,面临几乎一样的传统与具体的时代难题,所以必然有相同或相近的地方,尤其在文化上,二者都寻找解决的是如何对待传统,如何援西入中,如何创建新的文化——一样激荡着救亡图存的爱国热情,只是他们为中华文化的出路开出的丹方,却大相径庭,同样是"新",同样讲"现代化",就如孙中山与杨度所争一样,一个是要革命,一个是要"君主立宪",同样为国家的复兴、强盛而谋划。其实,如果没有这种多元取向,而只是简单化地"一统",那么,任何一方走向极端,则未必是福音。只有彼此互为镜像,方可以趋向完善。好与坏、是与非的伦理判断,是不可以在这上面加以运用的。今天,当我们强调"中国特色"之际,自然少不了这几个方面的合力。

因此,在近代激进主义的南方,同样滋生出一个保守主义的新儒学就不足为奇了。纵观中外历史,激进也罢,保守也罢,折衷或中庸也罢,从来以一个不可分割的整体同时发生,这正是中国走向进步、走向多元文化的先兆。也从另一个方面证明,中国的文化传统并不为"五四"而发生真正的断裂。过去对近现代中国南方的文化演进,有诸多偏颇评说,在此当得到纠正。

而作为梁漱溟本人,在20世纪20年代末30年代初,更成了"保守主义"根据地——国民乡村建设运动的主要领导人和理论家,并在1927年大革命之际南下广东,那时,南方的农民运动正如火如荼。只是,这场农民运动的领导者却是激进的国民党人与共产党人,即彭湃与邓演达。

第三节　良知与感悟

时至今日,这仍旧是一个沉重的话题,对于我个人而言是这样,对于我们这个民族也是这样。"天何言哉?"这是我一部未发表的写潘汉年与他的战友们的纪实作品的序言,那便是我的无言感慨。

刚刚接受完《南方日报》记者王雨吟的采访,她提出的问题是:写有《南京大屠杀》一书的华裔作家张纯如为何会自杀?她之所以这么问我,是因为我刚刚出了《东方奥斯威辛纪事》等书,揭露日军在广州进行细菌战杀害了数十万粤港难民的罪行。我说,我完全理解张纯如为什么自杀。因为,当我下笔写出那些惨烈的历史事实时,我的心几欲碎了,真不愿意写下去,那种绝望感攫住了我,写一回就等于下一回地狱,对人类、对人性的绝望。写过这样作品的人,心理恐怕是很难复原的。同样,拿起潘汉年的《狱中遗诗》——这是我在湖南省茶陵洣江茶场最早见到的,我心中也是这般碎裂的感觉,不是我选择了潘汉年,而是冥冥之中的一种宿命。恐怕大家都记得,在《潘汉年》那本书中,我是怎么写到如何在米筛坪里与他第一次也是唯一的一次见面,无言的见面。

只要读过我的大部分作品的人，都可以感受到我笔下那层遍布书页的"悲凉之雾"，这是一种终身摆脱不了的感觉，这实际上也决定了我的选材、我的思想、我的价值观。如曾为秦兆阳力荐的《一个年代的末页》，如150万字的《客家魂》三部曲、100万字的《后知青女性》三部曲，还有数十个如《楚河汉界》的中短篇，在我近百部2000多万字的文、史、哲专著中，都始终有这样一种哀悯众生的人道主义、悲观的人道主义。

十一届三中全会后，我走出冤狱，便不知不觉投入潘汉年材料的搜集中。我当时所在的文联，其主席阳光，当年与潘汉年一同在洣江呆过，所以也就早早"重返"洣江。与潘汉年见面时，我只是个知青，到处乱窜，无意间撞进了米筛坪。而后三次，从1981年到1986年，则是三走洣江，为了寻找当事人，曾在酷暑下步行近百里地，山里交通不便，好在还算年轻，甚至爬上了云阳峰顶。现在回想起来，也不知当年是怎么挺住的。所以刚一宣布平反潘汉年，我便在江苏南京的《乡土情》（1982年）、甘肃兰州的《飞天》（1983年）、上海的《小说界》（1985年）一口气发了三个中篇纪实——《一个堪称当代岳飞的人》《不远就是光泉》与《爱的祭奠》，为此人民文学出版社的季涤尘老先生，1983年便约我写《潘汉年》了。《潘汉年》一书完成于1985年，《潘氏三兄弟》完成于1987年，后者是中国青年出版社的约稿。

纵然有过那么悲惨的经历，可我还是太天真了。也许是我采访中冒犯了什么人，也许是当时的思想解放还没到一定程度，很快人民文学出版社便接到通知说不得出版此书；而中青社的编辑，精神也出了问题。虽然人民文学出版社给了当时可视为相当丰厚的退稿费，足可以补偿我天南地北的追踪采访，可我还是痛哭了一场。这已不是第一次了，之前《一个年代的末页》也遭此命运，连退稿费也没有呢。命中注定，这部书与《一个年代的末页》一样，也历尽坎坷，直到十年后，《潘汉年》由另一个出版社出版，该社的良好招牌却为此给摘了，责编严虹也遭到了不公正的对待。两年后，又由北京出版社出版了《潘氏三兄弟》，出版后，责编丁宁给我写了一句话："这部书的价值，正在于它的末尽之言。"而第三部的出版，当遥遥无期了。当然，我还会再认真打磨它。

不仅书的对象这样，书的内容这样，连它的出版经历，也是这般风雨交加、电闪雷鸣，一样让我再度坠入绝望之中——不是为出版而绝望，我写书，并不是为了出版，我手头还有几十部书稿，也从没指望一下子便出版，我只是为了我的心，为了我的心对得起死去的众多先驱们，对得起南石头数十万的冤魂们。尘归尘，土归土，我总归会重见他们，给他们一个交代的。

是的，我见的涉及潘案的人太多了，北至东三省，南到两广，我不仅仅是写，也尽自己力所能及为他们的平反、甄别做一点事。这包括一直为人所误解的袁殊，被历史诟病的张资平在内。袁殊的女儿曾曜，设法找到了我的地址，写信告诉我，《潘汉年》一书，"有深度，敢于触及一些根本问题；有激情，出于一个正直人的良知。创作态度严谨，做了大量深入细致的调查、采访。因而也是唯一一本对我父亲没有歪曲的书"。在所有的写潘汉年的作者中，我是唯一见到过袁殊的人，可见面的一刻，迄今仍叫我心碎，不堪回首！那已是他濒临死亡的前夕，他仍拿着留有尾巴的平反结论给我看，可怎么也吐不清一个词了……而客家研究者们则对我查清张资平是怎样加入一个其实是由潘汉年掌握的"汉奸组织"，从而抹掉了加在客家人头上的一个污点，对我一再表示感激。

潘汉年与他这样一个群体，并不仅仅属于文学，虽然我们今天只能用文学来对他们进行表述——他们最终还是属于历史的。

可说到历史，我又一次心碎了。

潘汉年和他的战友们，是这样一个"历史群落"——他们既是辉煌的群体，却也是尴尬的一族。辉煌在于他们彪炳于史册上建树的、有他人所无法替代的丰功伟绩，尴尬却在于他们无法进入历史的主流中，无论是政治的、文化的主流，而且还被蒙上种种让人黯然神伤的色彩，在前是毁誉，以及留尾巴的"严重错误"，在后则成了通俗读物、流行小说中的素材，飞檐走壁、狎妓玩票，无所不为，终难恢复历史的本来面目，包括我如此之呐喊亦无济于事。

他们既是有幸的群体，却也是可悲的一族。无论如何，他们毕竟是投身于一场轰轰烈烈的民族解放与民族独立的斗争之中，死不旋踵，义无反顾；可悲的是，他们本都是有启蒙思想、追求个性自由并且有着独立人格的一代新人，可硝烟散尽，却只余下一个符号，连自己也荡然无存了。包括潘汉年在内，他已成为中国20世纪中一个冤案的共名，没有人，也没有作品对他的独立人格与个性自由做出评述。例如，他与董慧的结合，是一再受到组织警告，最后仍不惜接受了处分，这样他放弃了进入七大中央委员会的机会，也就永远被摒于中央最高权力机构之外，这也为他日后的悲剧埋下了伏笔。当时，他已是中央委员的候选人。这也是为什么董慧一直相伴他至死并紧跟而去，而不愿回香港父母身边的一个重要原因。这也只有在采访中才可能得知，在汗牛充栋的文字材料中，你是找不到的。爱江山更爱美人，得一红颜知己，在他已终身无悔了。这么写，真担心又会被流行小说拿去再演绎一个哀婉感艳的桃色故事，不过不写出来，也不甘心被种种框定的"传传"把他重新规范为一个符号。

事实上，这一批人中，一个个都是有着强烈个性色彩的、活生生的人！创造社的小伙计们不说了，就拿冯雪峰来说，这位经历了二万五千里长征的老党员，只因与王明意见不合，一怒之下竟跑回乡下去写小说，连一点"组织观念"也没有，袁殊更是罗曼蒂克，进入了解放区，还上馆子，养宠物，组织上不得不背着他把狗除掉；关露当年的逃婚，以及在平反后的自杀，至死仍不失天真；恽逸群的耿介、杨帆的洁癖，一直到廖承志的达观……在采访中，有要人这么惋惜过，说这些人如果不因为潘汉年而去搞报情工作，毁誉一生，继续留在文化界，那么中国一部文化史、文学史，当留下他们的名字，而现在却不复有了。例如，袁殊对于报告文学与新闻学的贡献，关露过人的文学才华……他们都是文人呀！驱赶一批文人去当"间谍"，未免太冷酷了一点。春江水暖鸭先知，这批文人，这些中国20世纪优秀的知识分子，他们本来就是启蒙的一代、先锋的一代，他们理应为中国的思想解放、民主演进做出更大的贡献，他们个人，本身也更有自由个性的色彩，他们每每是独立不羁、自由放达的，一下子他们服从严酷的秘密工作纪律，不允许有个人活动的天地，更不允许抒发个人的感情与见解，无疑是太可怕了。

然而，没有这批想象丰富、才华横溢的文人进入这一特殊的战线，又怎会导演出如此惊天动地、有声有色的大剧、壮剧来呢？包括日后的悲剧，少了他们，也就少了应有的色彩——也许我这么说，也实在是太冷酷了。

不管怎么说，他们加入这一大剧、壮剧，导演得如何出色，说到底也还是悲剧，悲剧在于他们比任何人，更早意识到个人的独立、自由在历史进步中的可贵，然而他们却不得不牺牲这些，服从民族救亡的召唤。他们也并没有错，为了相对而不得不牺牲绝对。可是，在相对的状况下，我们又为什么不允许他们独抒性灵、表现一点个性色彩呢？尤其是在民族救亡任务已经完成之际。当然，我们这么说也还是太天真了点。

理性、宽容，说到底也就是对人性的认识，反过来也是人性的表现。尤其对于在秘密战线工作的人来说，他们时刻都得把生命置之度外，对"白区工作路线"的否定，正是要把这么一批可歌可泣、九死一生的同志再度置之于死地。这已不仅仅是"左"，而是灭绝人性了。

平反了并不等于一了百了。平反只是案件的了结，而远非事件、更非思想上的了结。

因此，无论是潘汉年，还是冯雪峰、袁殊、关露，他们在死后，在平反后，仍承受那些其实已非组织，却偏偏要摆出一副"组织"面孔的、自以为革命得不得了的人的说三道四、指手画脚，未免太教人气噎。是的，该结束的一切，远还没有结束。

在这一事件上呼唤理性、呼唤人性，我们仅仅做了层面上一些看上去必不可少的事情。而在事件的深层，我们如何做全方位的思想文化上的探究，在历史与现实的交汇点上寻索其更深刻的、更警世的内容，恐怕在今天仅仅是开始。不是结束而是开始。

我们的话题，回到了20世纪初发生在我们这个地球的另一端的、一个已拥有民主传统的国家中发生的德累福斯事件上。众所周知，这一事件给一个自命民主制度最为先进的国家敲响了警钟，从而使这个民主国家开始了又一轮新的民主进程——民主本身也是在不断完善与进步的。那么，对我们这个缺少民主传统的国家，发生在世纪末的潘汉年这一事件，又该给我们怎样的启迪呢？

发人深省的是，事件中的人物并不重要，人们在德累福斯平反后竟得知，受害者本人却是一个专制主义者，但这丝毫影响不了因他而在法国掀起的又一轮民主浪潮。显然，我们还远没有获得像法国德累福斯案件中取得的对民主的大反思，也许，正因为缺少一位如左拉这样的大师的牺牲，而两大事件相距却已整整一个世纪了。

潘汉年不是德累福斯，同样也不是与德累福斯不同的左拉，事件的意义已远远超出了他个人，这也便是一本书产生的理由。它也仅仅是一个思考的开始，所以，不是写他一个人，而是一群人，更是整个的事件，力图在这已被恶意或者善意者弄得面目全非的事件中，打捞出若干不仅仅属于过去与今天，更是对未来重要的东西。

不是为了拯救蒙难者（包括死者，也同样需要新的一轮拯救，以免被任意涂抹成别的什么），更重要的是自救。

因为他们拥有未来，虽然仍有许多变数的未来。

当年一位历史学家——劳申布希，向一位德国杂货商解释说，放弃自由就是放弃无价之宝，这在感情上是无法接受的，可当时已坦然甚至拥抱了法西斯政权的这位杂货商的回答却是："可你根本不理解，在过去，我们曾为选举、政党、投票担忧，我们有责任。而现在，我们一点也不为此担忧，我们自由了。"

针对这一故事，凯西尔写下了这么一段颇值得我们反复品味的话："自由不是人的自然的遗产，为了具有自由，我们必须去创造它。如果人只是简单地顺从其自然本能，那他将不会为自由而奋斗，他将宁可选择依从。很明显，依赖他人要比自己思想、自己判断、自己决定容易得多。这说明了这样一个事实，即不管是在个人生活还是在政治生活里，自由经常是被看作一种负担而不是一种特权。在特别困难的条件下，人们试图抛掉这种负担。这时，极权国家和政治神话就进入了……它们隐瞒和肢解自由的真谛，但同时它们又解除了人的一切个人责任。"

半个世纪前的这段话，迄今仍一样地振聋发聩。自救、自赎，也正是这个意义。我们应当有这种勇气。中国人的希望亦在于中国人自身。如果我们尚不会自我拯救的话，那么，是不会有外来的别的什么来拯救我们的，如果有，那也不是拯救，而只能是断送。

人，在其现实意义上，是一切社会关系的总和。构成"潘汉年"的，正是他如此之多层面上的社会关系的综合，所以从他与他的战友们的关系上去认识他，必定比那些光凭死材料，尤其是被冤案搞得乱七八糟的材料，要更接近于他的本

来面目一些。同时也通过对这样一个"他"的认识，去改变我们有可能的命运，从而认识我们自己。

潘汉年，尤其是与他一同战斗过的知识分子，自"五四"以来，一直是追求自由、民主、科学的斗士，可以说，他们是20世纪启蒙的一代，是从蒙昧禁锢的封建社会走向现代社会的先行者。然而，在民族救亡的危急关头，他们都义无反顾地投入到血与火的斗争中，不仅献出了生命，甚至是自己的名誉——对于重名节的中国知识分子，这是比牺牲生命更为艰难的事。可他们这么做了，凭什么今天我们不能为他们讲几句话，并去认识他们，理解他们呢？我不知道，从长远来说，把这么一批有独立人格的先行者，置身于必须完全消失自己的群体斗争之中是否合适，可在当时却是别无选择了。

如果我们还去责备在"消失自己"之际的若干个性的表现，无疑是把他们忍痛做出的退让当作绝对的必要，并把这种"绝对"强加于今天，那么，历史只会开倒车。

著名思想家埃里希·弗罗姆在他的名著《对自由的恐惧》中开宗明义地指出：

> 现代人摆脱了前个人主义社会的束缚——这一社会同时给个体以安全感和限定，但没有获得个体自身实现——这积极意义上的自由，也就是说，他的理智、激情、感觉和潜能没能得到表现。自由，虽然它给人带来了独立性和理性，但也使人变得孤立无依，导致了焦虑与无能为力的感受。这种孤独感是无法忍受的，个体被迫面临抉择；要么从这种自由的沉重负担中逃脱，进入一种新的依赖并屈从它；要么到积极自由的充分现实，这种自由建立在人的独立性和个性特征的基础上……因为要想战胜极权主义力量，必须以理解他们回避自由为前提。

是的，我书中的主人公最后都放弃了自由，当然并非弗洛姆所阐述的已"摆脱了前个人主义社会的束缚"——中国还没进步到那一阶段，他们也只是有这样的追求而未为获取，所以一种历史的惯性导致这种放弃或回避均是无可谴责的。

问题是今天，当我们已意识到并自觉地去争取自由、民主、人道与正义之际，我们是否仍有可能去放弃与躲避？是否仍在顺从历史惯性的借口下逃脱自由并"进入一种新的依赖并屈从它"？

天何言哉？对于如此一个苦难深重的中国，我们应该有一个清醒的回答了！

在英文中，Conscientization一词可译成良知，也可译成感悟，或许一种良心的发现便是一个感悟，面对潘汉年，我不知道是否所有涉案者（无论是办案的还是被牵连的，以及我们这些后人），都能有一些感悟。我今天说的这番话，不知是否能为他们所接受，但至少应当对这样的话宽容一些吧。所以，我也就这么写下来了。

第四节 "我注六经"还是"六经注我"

　　20年前,也就是我在武汉大学之际,《中国文化史观》得以完稿。这部书稿,在吴于廑教授的激励与直接指导下,前后写了好几年,如是说我啃下的是一枚坚果。当时之所以选定这么一个命题,自是对20世纪80年代文化界中出现的史观上的迷误有感而发。只是这"有感而发"用了太多时间与太多的文字。好在20年后的今天,它不仅又一次再版,书中的观点亦引起更广泛的关注,不过我在《新版自序》中几近自我解嘲说:"我仍然希望这么一部论著的'速朽'——至少是在它针砭现实层面这一部分速朽。当然,它的内核仍是可以发展、提升的,使之博大与精深起来,我也在做这样的努力,但这一努力能否实现,唯有未来才能证明。毕竟,文化史观对于今日中国人的精神层面而言,已日益显示出其重要性来。在物质生活日臻丰富之际,精神上的需求也就更为紧迫。中华民族更多是一个'形而上'的民族,重精神生活甚于物质生活,文化史观的理论,当可渗透到各个方面,不仅仅是文学艺术、新闻传媒,还包括生态环境——天人合一的山水景观、审美空间、城市意象等,可以说是有可为的。"①

　　因此,回顾一下这20年,我在文化史观上的理论研究与创作实践,虽说已无法向已经作古的吴于廑老师做一汇报,但对于重新梳理思路、总结经验教训,却是不无裨益的。吴老治世界史,也就是在他那里,我对世界史中"世界民族大迁徙"有了较深入的了解,从而在考证客家先民第一次大迁徙之际,发现"永嘉之乱"以降,两晋乃至南北朝发生的中原移民大规模南徙,不仅与世界史中"世界民族大迁徙"是同步发生的,而且都基于一个历史动因:欧亚大草原大旱逼使匈奴人西进与南下,这一来中原移民南下,也就应视为世界民族大迁徙的东方部分,国别史也就融入了世界史当中。② 如今,我提出的这一观点,不仅在客家学中产生重大影响,而且已用在多种世界史与中国史的典籍当中,成为了共识。这也算是我当年在武大攻读的一个成果吧。这一个案启发了我,宏观的历史视野每每是治史者拘于太细微的考据中所忽略的,而这一忽略势必造成种种弊端,即所谓"见木不见林""一叶障目,不识泰山"。时至今日,这一流弊仍根深蒂固,不少人对此还不以为然。

　　其实光这一范例,就已跳出了"六经注我"还是"我注六经"这长久的治史

---

① 谭元亨:《中国文化史观》,广东高等教育出版社2002年版,第7页。
② 饶任坤、卢斯飞主编:《客家历史文化纵横谈》,广西教育出版社1993年版,第71-79页。

争论。一方面，这是毋庸置疑的史实，从这史实中自可引出科学的观点；另一方面，治史者的观点似乎是"大胆假设，小心求证"而来的，史为我用，用以为客家学中的"中原说"张目。近年来，我们在黄仁宇的"大历史"面前诚惶诚恐，其实这无非是宏观的历史视野的一种表述罢了，而在史学上、历史上亦不乏其人。这在《中国文化史观》上也已有表述，包括梁启超在内。

需补充的当还有，那便是清代李绂（字穆堂），其为文"剪裁浮伪，直达胸膈，无所缘饰"，当时被称为"欧（阳修）、曾（巩）代兴""腾越百家而訇耀一代"（《穆堂初稿·黄文隽序》），他对宋明理学颇有深刻的见地。许多大学者，如全祖望、袁枚等都是他的弟子，而桐城派的翘楚方苞虽不是他弟子，也在他面前谦恭地执弟子礼。这么一个出类拔萃的大家，却在当时的历史文化领域，找不到一个可以对话的人，《穆堂初稿》中时时透出曲高和寡的感叹，包括对他的得意门生全祖望亦如此。当时，全祖望考订出老师著作中的两处谬误，李绂少不了夸奖了他一番：方今诏求鸿博，足下真其选矣。然而，他却对弟子这一严谨的考据不以为然，旋即提出质疑，所谓"望远者不见形，听远者不闻声"，圣人之学，并不重在考据，以你这么高的天分，若去做远大的事业，对天下苍生裨益更大，补亡订误，虽不无小补于世，可作用则仅此而已。至于历史上的人事，有未参详之处，亦不妨搁置起来；于理无害者，用不着费那么大精力去考证，这么说，并非看轻考证之学。确实，李绂一生勤于治学，雅好史学，主修《八旗通志》《广西通志》《畿辅通志》《临川通志》，自撰《西江志补》《抚州续志》等，可谓著作等身，其为王阳明"知行合一"的身体力行者，何以有这么一番理论，自有深意。史识之高下，李绂与全祖望，后人是看得很清楚的，这里就不多说了。

治史者，是李绂式抑或全祖望式，不独中国，在世界尤其是西方，也一样有争议，只是表述的方式不同而已。历史也就是这样在不同的治史者笔下"现身"。孰高孰下，似乎也不用多说了。

一

《中国文化史观》所主张的宏观的历史视野，自是李绂观念的一个延伸，这是毋庸讳言的。在该书中，强调的正是史识问题，甚至在标题上都醒目地列出，中国几千年"发达的'史学'与贫乏的史观"形成鲜明的反差，一如章学诚曾指出的："整辑排比，谓之史纂；参互搜讨，谓之史考，皆非史学。"既然成为一"学"，则务必有见识，"学者不知斯义，不是言史学也"。

不妨将宏观的历史视野视为实与虚两个方面。实者，如前述的关于世界民族大迁徙的研究，让国别史融入世界史当中，从而对历史的人事，做出更全面更系统也更科学的阐释，其中亦会有更多的发现、启迪与体悟。这在司马迁的《史记》

中也同样有所体现,他营构的也同样是"大历史",而不曾拘于烦琐的考证。而《史记》的写作,本身有几分也就是历史的自身。

  那么,虚的又是什么呢?这当借用科林伍德的名言:"一切历史都是思想史。"因为"历史是过去思想的重演"。毕竟由于视觉的不同,各自写下的历史也都不一样,那么,唯有那个时代所体现出的思想,才是无可颠扑的历史真实,因为思想是不可以伪造的,对事件与人物的理解与评价,得以复活的只是思想而已。过去,有人斥之为唯心主义,这未免太简单化了,且不引证西方这一方面的论述。我们从《三国演义》成书并流行中,看到的不正是宋明理学"思想的真实"么?那种正统观念,分久必合、合久必分的循环论,在该书中都得以充分地展现,与《三国志》相比,更难以认定其为信史。包括所谓的春秋笔法,也同样是编纂者思想的曲折表现。改革开放以来出现的史著,尤其是人物传记,其实表现的都是当今初步解放的思想与观念。这些年来,笔者写了那么些历史上有争议的历史人物的传记,如邓演达、潘汉年,自然是时势使然,能够写了,而且对他们平反,不仅仅是道德范畴的人道主义,还是历史的人道主义。否则"第三党"的帽子,乃至"内奸"的罪名是无以解脱的。从那个年代过来的人清醒地看到,平反,首先不是历史事实的澄清,尤其不是某个"情节"(如所谓的"叛变")的重新鉴定,而是思想观念上的改变,对历史的重新认识。在与《中国文化史观》同年完成的《潘氏三兄弟》(潘梓年、潘汉年、潘菽)一书后记中,我写到了自己为何选择了这样的传主:"我短短40年的人生的颠簸,与上一代相比,蕴含的却是另一番历史的意味,纵然生生死死也一般严酷,海外的漂泊亦一样惊险,历史在我身上投影更为之浓重——不然,我何以选择了三潘,而三潘也选择了我。自然,我也是一个悲剧人物,至少到今天为止仍这样,然而在万古常新的悲剧人物的身上,无论是三潘,抑或是我这样一介文人,也总能找到那个阿喀琉斯之踵。当我们要创造新的未来时,在我们这个国土上,历史却总也是躲不开的。"①

  一切历史都是当代史,而传主——历史中的人物亦是作者的化身或代言人,正是在这个意义上,这部书中的"三兄弟"才是历史的真实,而非别的什么。

二

  强调历史的思想真实,并不等于否定历史可以离开科学、系统、全面的阐释,可以信口雌黄,任意发挥。但是,对历史科学的理解,却不可以过于刻板、狭隘。当我们说地图上的一条曲线时,你是不会有任何感觉的,尤其是实感的,但当说这条曲线是长城时,无论是历史感还是美感,都会油然而生。谁要用"科学"的

---

① 谭元亨:《潘氏三兄弟》,北京出版社1999年版,第466页。

词汇去描写长城,说那是连续不断的几何长方体时,只会产生腻味。

因此,我是赞同这么一种说法的,即历史既是科学又是艺术。所以,我在《客家圣典——一个大迁徙民系的文化史》的再版序言中称:

> 这让我想到了本世纪的大哲学家伯兰特·罗素在一次演说中所说的:
>
> "历史——我将这样坚持认为,就像人们公认的诗歌的情况那样,是每个人精神生活中值得向往的一部分。如果历史要起到这种作用,它只能通过迎合那些非专业的历史研究者的兴趣才行。"
>
> 在这次演说中,他提到某部刚出版的古代史中,将一个历史人物写得极其枯燥无味。而在较早的史学家吉本的史学著作中,却写得栩栩如生。这让我联想到了《史记》,无疑这是一部极为严谨的史著,但在司马迁的笔下,无论是事件,如鸿门宴,还是人物,如项羽等,无不写得生动精彩。是什么时候世界与中国的史著竟渐渐变得枯燥而苍白,反而标榜其严肃与学术化了呢?今天为何不可以在自己的史著中,在学术的殿堂独抒一下性灵,让这严肃的领域增加一点个性色彩呢?
>
> 因此我觉得罗素所说的历史既是科学又是艺术,是说历史著作不仅应有科学的严谨,更要有艺术的激情。也就是说要充分调动艺术的手段来把历史传达给读者,引起读者对历史、对人性的关注与兴趣,这才可能实现写作这么一部历史著作的目的。当然我们也不否定偏重于科学论证、严肃冷峻的史论。不过在今天强调一下历史亦作为一门艺术的论断,让史学走向人民大众,让广大读者更容易接受史学中的科学论断,岂不是更好一些么?①

引用的文字似乎有些长了,但在我却意犹未尽,还想再说上几句。

所有的史著,尤其是传记文学,首先并不是为历史学家、有考据癖的人所写的,历史是有知识、有文化、受过教育者的学问的一个不可或缺的组成部分,换句话说,撰写史著或史传,不仅仅为史学家,更为了几乎所有的受众,即有眼光、有思想乃至有理想的读者,这应该成为他们的精神支柱,令他们从中意识到从过去到今天,乃至未来之间所包含的思维模式与感知方式,让他们能有所得——包括对当下的深刻认知。为什么不同时代会对不同的历史题材感兴趣,如"文革"结束前后的《李自成》,今天的《曾国藩》《张居正》,这实际上反映了不同历史时期的思想以及心理上的需求。我的《马应彪》一书,正是基于这么一个写作时的思想上的认识,洋务运动产生了一批官商是否可推崇为历史的前进动力?恰恰相反,辛亥革命的深厚基础,是民族资产阶级,是民商而非官商。为此,我才选

---

① 谭元亨:《客家圣典》,海天出版社1999年版,第2-3页。

择了这位民族资产阶级的代表人物。时至今日,官商为患,大家已看得比较清楚了。我写马应彪,则是为改革开放以来的民营企业"鼓与呼"。作为十三行的后人,在我身上,早就没了先辈们的商品意识与市场观念,如同所有十三行后人一样,我也是从事文化教育事业,在当今走向市场经济之日,我们这十三行后人反而转不了型,这无疑是一个最深刻的历史悲剧。

这里附带说上一说,外文史料中 Tanguan、Tangquan……记载,均证明谭氏家族是十三行中人,还有老家顺德祖上流传的故事可证实。可惜有人没去读外文史料,只凭揣测,把谭家说成为行外商人。其实,早在明代,包括郑芝龙等,也已被称之为 quan 了,这倒是我考证出来,也为明代已有十三行提供了强有力的证明。

当然,我的史著、传记,更偏重于艺术,但并不等于说就没科学性,不可以把科学与艺术截然划分开来。当科学则科学,当艺术则艺术,二者均不可偏废。

三

历史是科学,还是艺术?甚至于问历史是什么?我想,已不需要下什么定论,因为这并不具备什么意义,没必要再争论下去。过分地强调科学或艺术的任何一方,都只会走向歧途。

"历史"这个概念,在中文里,当是静态的、凝固的、不可变易的了。但时至今日,我们对这个词的内涵,已经有了很大的延伸与变化,至少我们已经学会在动态中把握历史。那些食古不化、有考据癖者,当然未必认可这一点,他们或许与黑格尔评述中国历史一样:"在中国人中间,历史仅仅包含纯粹确定的事实,并不对于事实表示任何意见或理解。"① 不变,历史当然不应是可变的,它早已固化了。这也正是中西方过去对"历史"这个词内涵理解之不同。

而视历史为科学的人,也难免犯同样的错误,把历史固化、量化(这里并非指计量史学)起来,视历史为可以解剖的一具尸体。这样历史就是已经死亡了的而非活生生、永远流动的长河。

正因为这种固化,使持这一观点的学者对历史缺乏一种宽容的态度。这种宽容的缺失有三:一是他们业已认定的,或被考证好的,就不允许再推翻,朕即真理;二是进入他们视野的历史一定是唯一的,其他的势必为野史、稗史,不足为据;三是道德上的划一,只需伦理判断,非好即坏,容不得为"坏人"张目。

其实,作为动态的历史,其最大的特点,便在于它的宽容,伦理判断是好坏、善恶,功利判断是成败,即成者王侯败者寇,但如《中国文化史观》中提出的,历史到了最后,则会是审美判断,不以成败论英雄,亦不论好坏是非,恶亦可为

---

① 黑格尔著,王造时译:《历史哲学》,上海书店出版社 2001 年版,第 135 页。

历史发展的杠杆。是的，时间会过滤一切，只余下可供鉴赏、具有永久魅力的童话。

这或许可以写一篇更长的文章：历史最终会转化为艺术，而时间则是最好的审美大师。正是在审美的观照下，历史成为了艺术。君不见，司马迁的《史记》不同样是一部辉煌的文学艺术精品吗？可有谁会去指责它不科学、无考据呢？《史记》无疑是中华文化最优秀的一个母本。外国如吉本的《罗马帝国衰亡史》，也一样写得栩栩如生。我们再来看看古希腊罗马神话，它难道不是由历史转化来的么？特洛伊古城的发现，正证明了神话所包含的恰巧有一部真实的历史。诸神的人性化，彼此的恶作剧、猜忌、嫉妒，无不如凡人般可亲可近。回过头来，我们再看看瞽目的陈寅恪晚年写的《柳如是别传》，又当何感？

从动态的历史，到历史的宽容，最后在审美观照下，历史转化为艺术，在这里只能点到为止，仁者见仁，智者见智，由人去评说吧。这其实也是文化史观的一种表述。

或许因我身兼数职，一个文学家、一个文化学者，还是建筑美学导师，这才有如此奇思异想，把历史演绎得如此异彩纷呈、跌宕生姿。中国"文史哲不分家"的传统，当是这么传承下来的。

四

末了，还得补充几句。

诚然，迄今我出书也已有上百种，数量大并不等于粗制滥造，近年已再版的也有数十种之多。而除开文化史观研究外，历史传记或历史报告也写了上十部，一般只是率兴而为并没什么宏伟计划。除开《潘汉年》①《潘氏三兄弟》《邓演达》② 等已成书外，在刊物上发表的人物评传也有不少。例如关于袁殊的长篇纪实《毁誉》③ 等几篇，雪洗了几部有关潘汉年的书籍中对他的诋毁，《归而不归的张资平》④，更洗干净了他"汉奸"的恶名。我在采写潘汉年事迹中得知，张资平参加了"白皮红心"的兴亚建国总部，而该组织的头头则是袁殊，他与袁殊、陈公木出使日本，更获得了日军"南进"的重大战略情报，到后来国民党当局也定不了他"汉奸"罪，倒是因潘汉年案株连，他才瘐死狱中。这些，倒是与严肃的历史考证分不开的。

---

① 谭元亨：《潘汉年》，甘肃人民出版社1996年版。
② 谭元亨：《邓演达》，天津人民出版社1995年版。
③ 谭元亨：《毁誉》，载《黄河》2000年第五期。
④ 谭元亨：《归而不归的张资平》，载《客家研究辑刊》1999年第二期。

《岭南文史》2007年第二期中余齐昭撰文，对我在《马应彪》①一书中若干史实提出质疑，指出书中引用了某些不实史料，我对此很是感激。不过在行文中，余文似乎缺乏某种严肃、公正、实事求是的态度，不妨列举一二。例如，文中提到马先生捐助革命经费一事说，"到了谭元亨《传》及《商父》时就已有了42567.12银元这个具体数字了""银元是旧时使用的银质圆形货币，此处竟出现小数点后的两位数字，不奇怪吗？"这里分明用了混淆视听的手法。原著里说的是"新金山捐款"，是华侨的募捐而非他个人捐款，余文竟移花接木，未读原著者也就产生错觉，斥作者荒谬了。如果余能翻一翻澳洲的华侨史料，便知这42567.12银元并非虚构，是有出处的。至于当时银元怎么兑换，会不会出现小数点，这是个常识问题，用不着多说。

　　还有关于"孙科夫人当第一名化妆顾客"一事，先施公司纪念册上是有记载的，余文中则称："如果孙科夫妇泉下有知，一定对后人'惊世'的编造能力佩服得五体投地。"此语未免太过于刻薄，但问题还不在这。我的书中对孙科夫人接受化妆的时间并没有明确的日期，而在余文的引用中却强加上日期，说孙中山6月15日离穗赴沪，而孙科是7月22日在檀香山结婚，不可能在孙中山北上前来先施公司化妆。问题是广州先施公司是在6月20日建立（见书后年谱），建立后多久（年谱中有"后几年才建化妆品厂"记载）才请来化妆师，这也没限定个日期。我的书中第121页把这事与先施公司第一个在香港举办女模特表演并列，点出其移风易俗的意义，也同样没标明日期。余文如此设定自定的期限，从而硬把人家往这期限中套，再斥责人家，颇有点罗织构陷、强人就案的意味，未免太不厚道。

　　余文可列举之处还有，这里仅再点一例，余文最后一段称："在此须做一补充的是他对岭南大学的贡献"，写了好几百字，似乎是《马应彪》一书中的遗漏，可只要打开《马应彪》的书目，连第五章标题中都有"捐资岭南大学——首任华人校董"的文字，从148页至152页，用了整整5页，比他"补充"的几百字多十倍还多。余文在此故弄玄虚，不知有何用意。

　　最后，我仍回到写此书的初衷上，我是立足于"辛亥革命的深厚基础，是民族资产阶级，是民商而非官商"，是为当下的民营企业"鼓与呼"，强调的是思想史上的真实。这也许正是我与考据癖者的根本的分歧。

　　这一段未免有蛇足之嫌，却不得已而为之，也算是我的文化史观的一个佐证吧，《马应彪》是传记文学，自有"文学"的特点，无须多言矣。如今不也有人指斥《史记》为文学，并非历史么？我这标明为"文学"，又当如何抨击呢？

---

① 谭元亨：《香港商父马应彪》，广东人民出版社1999年版。

第七章　乡土文学的原生态

第一节　"茶子花派"的永久魅力

"……包含了历史与人文精气的潇湘，无处不在孕育着新的诗情，无处不在激活着美的想象，无处不在响彻着音乐的韵律……在历史与现实的血脉相贯之际，在时代与命运搏击的火光之中，在思想与美感升华的交互里，这片土地，又怎能不以独特的气质、独特的魅力，推出自己的作家，推出无愧于一个民族的史诗般的巨著呢？——正是吸取了三湘四水的灵气，一个'茶子花派'的文学流派才得以形成，才得以灿烂，才让举世瞩目。"

十多年前，我曾在一部文学评论的著作中这么写道。

在中国，山药蛋派、荷花淀派，作为文学流派，曾在特定的历史时期影响巨大，至今仍余音袅袅。然而作为南方的"茶子花派"，则有点"冷水泡茶慢慢浓"的韵味，也许不曾喧嚣一时，可随着时间推移，却渐渐凸显其隽永的魅力，让人久久回味。所以直到今天，不少流派均已淡出，关于"茶子花派"的研究仍方兴未艾。

那么，它那隽永的魅力又是怎么来的呢？我们首先从文学流派入手。

长期以来，我们对文学流派的界定，或者说给予的参照系不是很清晰。不解决这个问题，便很难确定一个流派存在、发展乃至基本形态，从而很难做出正确的判断。举一个例子来说，新时期以来诸如对"伤痕文学""改革文学"等一类的划分，它们能否构成一个流派，尤其是文学流派？现在看来，显然是不行的，伤痕、改革的用语，意义只能是社会的、政治的，不能算作文学的。文学只能是文学，文学的永久魅力是对于人类异化的永远的抗辩，是对自由的讴歌，它超越伦理与功利，上升到审美的层面上，也就是我们说过的"卓然之则"。这正是我在前边只提到"山药蛋派""荷花淀派"及"茶子花派"的原因。

我们自然不可以忽略流派与当时的社会思潮，包括哲学思潮的关系，也不可以忽略流派与地域，尤其是地域文化的关系，当然更不可以忽略流派与一定的社会团体乃至艺术创作群体的关系，包括一定的作家对相应题材的兴奋点等，这些对流派形成无疑都是发生过作用的。但构成流派，尤其是文学流派，其根本因素分明不在这些上面。

毕竟"山药蛋派"与著名的"延安文艺座谈会"，与解放区的生活紧密相关，也就是说它与当时的特定区域的文艺思潮乃至文化背景无法分开，而这些均是无法复制的，所以后来的新"小二黑结婚"、新"李有才板话"等，也只能是一种回光返照而已。"荷花淀派"由于其艺术性较高、语言十分精美等，其延续的影响自是长久一些、深远一些，这已是有定论的了。进而说到"茶子花派"，其隽永的魅力，显然没有受时间多大的阻隔，这固然与作为这一流派的主帅周立波的艺术功力有关，尽管他的作品也不可避免受到时代影响而带有一定的局限，但"茶子花派"至今仍生生不息，却是有诸多的文化艺术之谜需要破译的，这正是本文所要探讨的核心问题：构成流派的根本因素。

这根本因素应该是什么呢？这同样要回到文学上面。

创作手法，自是不可忽略的；而文化蕴含，可以说是一个基础；审美取向的大致相近，则是重要参照。为此才会有各自的艺术个性、风格的形成，而这又与自觉或不自觉的、相近乃至共同的艺术境界追求分不开。

因此对一个流派的确认，不仅需要一个综合的、宏观的把握，也同样需要细腻的、微观的切入。除开上述因素外，语言特色也是非常重要的。

所谓文学性或文学流派，我想主要就这么些因素。确认这些因素，我们方可以进一步探讨文学流派的必备条件及相应形态。一句话，文学流派的第一鉴别系统自然是文学的，而不是什么社会的、政治的或别的什么。强调这一条，审美个性自然而然便会被推到最前边。

文学流派的形成或产生，当有几个显著的标志，这里以"茶子花派"为主要分析对象，以此来引出几大标志。

首先，当推出它的代表性人物或领军人物来。而这样的代表人物则有着引领一批作家的鲜明的艺术个性，并得到公认。如赵树理、马烽等的"山药蛋派"，其文字风格、艺术个性，都让人感受到黄土高坡上扑面而来的农民生活气息。又如以孙犁为代表的"荷花淀派"，则有冀中平原自然与人文的清丽风光。"茶子花派"，不消说，正是周立波的系列作品，在南方产生了广泛而深远的影响。无论你承不承认他为这一流派的一代宗师，而你的作品都自觉或不自觉地渗透了这种"茶子花"香。如我个人，少年时代便激赏《山乡巨变》中的山乡情景、世风民俗，尤其是当中对方言的锻造。尽管我后来写的大都是湘东山乡，与湘中千差万别，甚至到了广东，150万言的《客家魂》，在写到粤湘客地时，还是离不开对这一艺术境界的追求，更不用说我早期的几部反映湖南知青的长篇小说《带刺的白榴子花》等。至于"茶子花派"的传人谢璞、周健明等，其艺术特征也许比我更明显。有的人，如莫应丰早期的《将军吟》等作品，也许因题材的关系，一时与这一流派相隔，可后来的《竹叶子》等作品，分明还是溢满了"茶子花"的香味。古华、谭谈不少作品亦是如此。其实，作为周立波的艺术追求，在我到了广东研究广东作家作品之际，也同样有所发现。我在写评述陈残云《香飘四季》的文章中就感觉到，他对粤方言的锻造，与周立波对东北方言、湘方言的锻造，颇有异曲同工之妙。虽说广东并未形成什么文学流派，但"茶子花派"的影响是显而易见的。周立波对民族形式的追求，愈是日臻完美，也就愈是影响久远。他曾把民族形式称之为"土色土香"，十分传神，在他也是这么追求的。延安时代说的"土色土香"也就成了后来他几部长篇最显著的特点，一如我说过的："明丽、细腻、秀朴，本就是一种自然美；含蓄、清淡、真趣，更是自然的本色……而民俗风情，更可谓人的自然……乡土情，风俗画，在他们作品的每一章每一节中，可以说比比皆是。"周立波作品境界之高远、语言艺术的炉火纯青、民族风格的自然浑成，在今天，也仍是令人景仰的。

"茶子花派"的形成，自然需要一定的气候及必要环境，三湘四水——唯楚有才矣。形成，意味着成熟。成熟，则有两个方面。

一是形成一个"群体"，用今天的话来说，就是规模化的效应，我想这是不言而喻的了。较之其他文学流派，它的组成规模可以说大得多，有一支身体力强且延续几代的作家队伍，包含长篇小说作家、中短篇小说作家、散文家乃至诗人，其艺术风格都那么相近，在文坛上的影响亦那么深远。周立波挑头，谢璞、周健明等是一代，我、刘健安等一批知青作家又是一代……这分明还可以续写下去。从二十世纪四五十年代，到今天新的世纪，都不难找到其轨迹。而有的文学流派，早已后继乏人了。也许，它们的"时效性"太强，而"文学性"或"艺术性"则不足，如今只能在文学史中才能找到了。

这一条，说到底是与个性——艺术个性相关，一个流派之所以存在、发展与成熟，恐怕更在于其个性的形成。有没有鲜明的个性，当是成熟与否的根本标志。如果没有形成自然独特的个性，流派也就支撑不起来，产生不了。如前所述，无论"山药蛋派"的土味，"荷花淀派"的清味，都是谁也无法否定或取代的，这样它们才得以存在，才得以被承认。"茶子花派"也是如此，它的自然美、人性美、人情美、"含露凝香"，这都是无法取代的。而这些恰巧在于它抓住了文学的本原大旨：对异化的抗辩、对自由的讴歌、对人性的张扬以及对民族形式孜孜不倦的追求。

这里须强调的一点是，正因为周立波从事过外国文学作品的翻译，所以，中外文学的对比，他更有自身深刻的体会。我一再讲过，对外国文学作品，要读原作，多少要通点外文，光看译文是远远不够的。正因为有比较，对民族形式，也就感受得更深刻一点，从而在追求民族形式上，也会更心领神会，继承中有所创新。《暴风骤雨》如此，《山乡巨变》更是如此。从周立波的作品中，我们无疑可以感受到中国古典文学的张力，那种对语言的锻造，对意境的营造，都有古典文学深深的根基。正因为有如此之深的根基，这个流派才站得那么深稳，才屹立得这么持久。新时期以来，那些标榜模仿外国这种那种主义的作品，也曾红极一时，可到最后，也都归于沉寂，问题在哪，恐怕当是显而易见的。

坦率说，几十年来，尤其是近十余年，标榜出格、立异的，或抓住外国某面文学流派旗帜挥舞一番者，可谓不计其数，但它们似统统走不出商品社会"一次性消费"的命运，要形成真正的文学流派，几乎看不出什么征兆，浮躁成了主调，这就别指望它们什么了。因此，我仍寄望于"茶子花派"日后坚实的步子，不事雕饰，不擅喧嚣，在坚守民族形式上，有所创新，有所推进，方可有更大的辉煌。

不事浮躁，"冷水泡茶慢慢浓"，信然——这当是"茶子花派"的启示。

探讨周立波乃至周健明的艺术境界，绝非易事，我甚至都望而却步了。这个世界太博大精深了，太让人目不暇接了，不是我这样的文章所能穷尽的。所以，在全书完成几个月后，我才迟迟补上这一章，而且诚惶诚恐，深感自己力不从心。

这并非客气话。要依据当今某些新潮评论家的新"三段式"，无非是抓来一个新观点，从文中找出几条似是而非可当作论据的材料，便足以论证上一番了，新名词、新理论是可以唬人的，至于大帽子底下有几斤几两就难说。

也难怪有人讥之为文艺理论市场上的"一次性消费"。

君不见，多少新名词、新潮理论，似走马灯一样，在各类报刊上昙花一现，便销声匿迹了，当然，亦有人借此红得发紫，可以后却从不提其走红的原因，"羞提少作"。中国今后的文坛，在这经济转型期间，在金钱与物欲的冲击下，作为一名有良知的作家，你每每不得不同新的蒙昧与世俗的价值观去肉搏，不得不同那些以为重复几次便可成为真理却实际苍白的思想、太趋乎潮流热衷功利而变得肤浅的意识，同那些表面金光闪闪而腹中空空如也的口号，同那些粉刷了新的印记骨子却仍是腐朽的做派来一番"划清界限"——原谅我用上这么个陈词滥调，但这却似乎要准确一些，为了这个时代，为了这一片热土，尽可能记录下一个清醒的供状，尽到一位历史法庭上"书记员"的责任——巴尔扎克倒是曾经说过类似的话。作为周健明的代表作，《柳林》系列是这么做了的，我们均注意到他所表现出来的清醒的现实主义，假如周立波同志还在，我想他也会这么做的，毋庸置疑。

文学上的"合时而著"，如今已被斥得体无完肤，不过，却也出了另一类"合时而著"之作，即赶"新潮"的时髦，玩魔幻，弄感觉，耍禅学，戏解构——其实，西方所谓"解构主义"，与东方讲的悟性相去不远，也就是去解构人们已固化的认识系统，在海外讲学，人们如是说，而我们却弄得神乎其神，以为新得不得了。满以为这种"合时"，便可以称之为与历史"同步"了。

同样，并不是被潮流推向浪峰的艺术就能够传之不朽而独步于世界的。

文学不曾与经济同步，更不曾与市场同步，这是不少经典作家早就做了断言的。过多的商业味、市井味，也真的"一次性消费"就完了。在市场上，可能"一次性消费"很受欢迎，因为方便，所以，"一次性消费"的物品亦可成为精品，但是在文学上，"一次性消费"只能是艺术价值的悲剧，甚至是无价值可言——地摊文学不就是如此么？

文学的严肃、纯净与崇高，自有其价值尺度来衡量，有不同的价值法则，"一次性消费"不属于文学，更不属于一位严肃的、正直的、高尚的文学家。

——正是在这样的参照物或背景下，我们再来谈周立波、周健明父子的创作艺术。

茅盾先生在世时，曾这么评述过周立波的艺术风格，他是这么说的：

> 从《暴风骤雨》到《山乡巨变》，周立波的创作沿着两条路线交错发展，一条是民族形式，一条是个人风格，确切地说，他是在追求民族形式的时候，逐步地建立起他的个人风格。他善于吸收旧传统的优点而不受它的拘束。

在这里，我想是否也能这么说，继周立波之后，周健明也同样在这两方面继续做出努力，不仅在民族形式上坚持了立波同志的可贵实践，而且在个人风格上呈现出更为鲜明的特征，不仅很好地吸收了旧传统的优点，而且有了不少创新。

同样，这里也应提到的是，作为"湘军"——湖南新时期以来的创作群，也均在以周立波为代表的文学流派影响下，巨著迭出，人才辈出。人们从两部获首届茅盾文学奖的长篇与多部获全国奖的中短篇中，都可以看出周立波同志作品的影响，其作者也直言不讳称"承屈原《离骚》之遗风，宗立波《山乡巨变》之轨迹"。无论称之为"茶子花派"或"阴柔之美"，但其宗脉，一望可知，皆是从周立波而来的。

从这个意义上来说，周立波的作品，开了一代文风，且绵延了下去。

今后，更可企望辉煌的建树。

没有人能够否认，在南方，作为当代文艺流派产生最大影响的，唯有首推周立波。

这是显而易见的，有的作家，可以说亦有盛名，可能也不亚于周立波，同样也形成了自己的艺术风格，但是，且不说没形成一个流派，连对后辈作家的影响相对也差之远矣。

原因何在？

怎么去破解这一艺术与历史之谜？

这里我并无贬低同时代众多作家的意思，往后的分析，更可以证明这一点。

得天时，占地利，拥人和，当可概括之。

天时，当如何解？

我以为，这与南方悠久的文化史传统有关，与茅盾强调的"民族形式"的追求有关。

尽管今日已有人撰文对"愈是民族化，愈有国际性"提出质疑，但无论如何，也不可能从根本上否定这一论断的合理性、历史性与当代性。走向世界绝不等于在世界中淹没自己，恰恰相反，应是在世界中愈加鲜明地体现出自己的个性。

正是对民族形式的刻意追求，使得周立波作品中拥有的厚度是别的作品所无法比拟的，换句话来说，它显示出了太雄厚的根基，在文学史上岿然不动，谁也不能、也不敢去摇撼它，因为它不是无本之木、无源之水，更不是水面上的浮萍、天上的流云。

在潇湘之境，有屈原、宋玉之诗魂，更有哀悯苍生的杜甫的孤舟于江中永远漂流着，而在周立波的作品中，我们更可以看到他对中国古典艺术的可贵借鉴，无论是艺术结构——《暴风骤雨》的情节转换、《山乡巨变》的连环串组，还是人物刻画——粗线条的勾勒与工笔细描，令人想起《水浒传》与《红楼梦》，尤其是语言运用上——对方言加以锤炼与筛选，运用俗语、歇后语，等等。可以说，在当代作家中尚无第二个做得如此成功的。

正是这种文化传统流传至今日之"天时"，使民族形式更合历史的要求，更老少皆宜，所以，周立波流派的作品，才会拥有那么多的读者，更有那么多的"佳人"。

在另一个意义上，由于某些理论家和作家"国际化"，反露出其浅薄、粗陋的尾巴，从而也推动了民族形式的发展，使其更加根深叶茂。这也是另一种意义上的"天时"了，未必不可以作为参照。

地利，又怎么说？

且不道，三湘四水，西有湘西，奇诡的张家界索溪裕，古朴森森的凤凰城；北有洞庭，烟波浩淼——"吴楚东南拆，乾坤日夜浮"，更不道范仲淹的《岳阳楼记》了；东是炎帝归葬之地，炎陵山古木参天，白鹿原水声潺潺；南则为舜帝南巡之处、苍梧之野，二女留下了斑竹上点点泪痕。

这是一片太神奇太古老的土地。

古代便是人文圣地！

故古人早已有言在先，"江山明秀发诗情"，又云，"当奇境而有奇文"。

这四方都饱含了历史与人文精气的潇湘，无处不在孕育着新的诗情，无处不在激活着美的想象，无处不在响彻着乐的音韵……在历史与现实的血脉相贯之际，在时代与命运搏击的火光之中，在思想与美感升华的交互里，这片土地，又怎能不以其独特的气质、独特的魅力,推出自己的作家,推出无愧于一个民族的史诗般的巨著呢?

正是吸取了三湘四水的灵气,一个叫"茶子花派"的文学流派才得以形成、才得以发展、才得以灿烂、才举世瞩目。

南方,自古以来就是文人骚客迷恋的地方,也许它少有北方的慷慨悲壮,却自添了无尽的儿女情长。中国的文化,在近几百年中,由于历史的推动,其重心不断南移,这也使南方文化占了"地利"之优势,更有了蓬勃生长的气候,可以企望这片土地上还能结出更丰硕的人文果实。

这毕竟是诗的原产地!

至于人和,又如何呢?

首先,人们立即便联想到作为这一流派的庞大的作家群落,这是任何一个界中人乃至于界外人——指文学界内外,随手可以拈起一大串人物的,当然,周健明便在内,他的《湖边》《柳林》系列加上其他反映湖湘生活的儿童中长篇,无不透出这一流派清新的气息与浓烈的地方色彩。至于谢璞,从《二月兰》到近期的小说中长篇,谭谈的《山道弯弯》到《美仙湾》等,乃至于笔者谭元亨本人的长篇《鼓角相闻》到《带刺的白榴子花》……显然,还可以列举出更多的作家与书名。

在世界上最近所获得的思维科学重大成果中,有一理论,被称之为"群体激发效应"。这一理论认为,任何科学成果的发生,都是与这一群体心理相互激发、转换或变位相关,而不受客观规则的支配,没有发现的逻辑,唯有发现的悟性。所以,同一门类的科学家、文学家什么的,总是一茬茬地几乎在同一个地方冒出来,这一理论也被划入"解构主义"范畴,不过,对中国人来说,该是并不新鲜的了——这应是群体的一种悟性。很早,在中国,六祖慧能便奠定了中国禅宗的哲学思维观,讲的便是顿悟,而不是逻辑思维。而文学,应该说,更应讲的是直觉,是形象,是悟性就更切合这一理论了。所以,"湘军"的群落形成,可以说是合乎这一"群体激发效应"理论的。而湖南文学人才的久兴不衰,也证明了这一点。

如前所述,三湘四水,实在是一片太有灵气、给人以悟性的山水了。尽管各位作家各有各的创作个性,每部作品也有不同的艺术追求,题材迥异,人物不一,格调、情韵也各有千秋,但是,在众多的不同中,我们却总是能把握到一个浑然的"同"来,那便是周立波作品深深地嵌入众位作家头脑中的艺术风格——当然,这也不是凝固不变的。

在这里,关于"人和",恐怕还得补充一点,这就是作为这一流派的旗手——周立波本人的为人。正是他以朴实、谦和团结并培育了一批优秀的文学人才。迄今，不少人回忆起来，关于他的厚道、他的宽容及他的一片慈爱之心，无不为之动容，并都能讲出很多感人肺腑的细节来……人品与文品，在他都是一致的。"百龄影徂，千载心在"，正如一位青年作家所云，无论人们以后会有怎样不同的观点，但恐怕有一点是能趋于一致的，那便是周立波的作品中充满了爱心，富有人情味。

美德，同样是一种智慧，而且是至高无上的智慧——在西方谚语中都可以找到近似的说法。正是为了人类的进步，才有科学家的发明创造——让人类生活得更美好，这不正是一种美德所促成的么？周立波为人与为文，也同样充满了这种美德的智慧，所以才得到那么多人的拥戴，所以他的作品才那么深入人心——温馨、深厚、永远对生活微笑的这种人道精神，从来都是一种激励人们奋发向上、充满希望的力量。

如周扬同志在《怀念立波》一文中说：

>他天真乐观，总是以微笑看待生活，从不为抚摸自己的伤痕而叹息……他没有半点虚假，从不隐瞒自己的观点和弱点，总是把自己孩子似的坦率纯真地表露在别人面前。

能被人这么描绘的大作家，能有几个？

"人和"在中国古语中是包含巨大的内容的，我这里仅就几个侧面写上几句，远远不能发掘完这巨大的内容。

所以，破译这一流派的艺术与历史之谜，我这仅仅起到一个引发的作用，更多的文章，还得由别人来写。

现在，我们可以进一步谈谈周立波、周健明乃至这一个文学流派的艺术风格了。

似乎很难用几句话来界定这一点。

因为，作为周氏父子二人，亦各有千秋，扩而言之，到了整个流派，由于各自的生活阅历不同、环境不同、气质不同，甚至于见解不同、情趣不同，各自阐发的"文学宣言"也就千差万别，所以，要归纳成几条，不是那么容易与简单的。

但其中，又分明有他们的许多共同点，甚至说，整个底色，可以说是几乎一致的。

首先，还是茅盾先生所点醒的，对民族形式的追求，日臻完美、浑厚。

在立波同志的《山乡巨变》中，这一追求是无须遮掩的，这已经不用多说了。而在周健明的《柳林》系列里，他的叙事方式、语态，无时无刻不让人想起中国几部古典名著，运用起来，亦娴熟自如，可谓娓娓道来，十分亲切、流畅。

关于这一条，无论是立波，还是健明，都有自己非常鲜明的立场。

早在延安,周立波同志就曾这么说过:

> 我们小资产阶级者,常常容易为异国情调所迷误,看不起土色土香的东西。其实,土色土香的东西也有好的。流传在民间的旧小说,有它的优点。《红楼梦》且不去说罢,就是产生较早的《西游记》,也是好书。作者幻想的能力,写实的本领,都不下于西洋文学中的早期小说作者。

他极力推崇如《红楼梦》这样的古典名著,我们不妨再引用一段以做论证:

> 《红楼梦》的作者曹雪芹,在一个长篇里,创造了好几百个人物,在一个贵族家庭的背景上,再现了整个封建阶级的整个一代的生活,写实的手法,达到了神妙的境地。他的主要人物,各有特点和口吻,我们只要看到一段对话,一个动作,不用看人物的名字,就能知道,这是谁说的、谁干的。这是一个清醒的现实主义者给我们留下的达到世界最高水平的不朽的艺术。

他是这么评析古典名著,自己也是这么去实践的,在《山乡巨变》中,我们也同样可以看一段对话、一个动作,便可以知道这是谁说的、谁干的。

我们的民族,的确创造了一个非常巨大的取之不竭、用之不完的文学宝库。民族形式、民族气派,这是一个作家所离不开的,不然,也无以证明你是中国作家了。

周健明对民族文学创作理论也体会至深。他在学术论文《〈董斋诗话〉浅谈》中就这么说过:在文学与现实的关系上,他(王船山)认为:"会景而生心,体物而得情,则自有灵通之句,参化工之妙。"认为"身之所历,目之所见,是铁门限"。这就是说,文学创作都要以实际生活作为依据。如果离开了实际生活,则是"欺心以炫巧",不能产生出真正的好作品。

他的这一认识,也贯彻到了他的创作实践中,人们从他的《柳林》系列中,能捕捉到多少当代生活的新鲜气息呀!

如前所引的周立波的话,稍改一点,成为"再现整个现代生活中的整个一代人"的话,那么,从《暴风骤雨》《山乡巨变》到周健明的《柳林》系列,不正好是整整一轴当代农民生活的"清明上河图"式的历史长卷么?

民族形式、民族气派,永远是我们所独有的,失去了这个,也就失去了在世界民族之林中立足的根基,也就失去了自己。无论这个问题还有多少争论,我们都不可能把自己变成法国人、德国人、英国人,以获得所谓"世界的承认",除非地球上没有了中华民族。

这么说,并不是要回到"中国中心观"的过去,事实上,"中国中心观"也是被自己所摧毁的,清王朝闭关锁国,夜郎自大,以为自己乃是世界的中心,四方必须来朝拜才行,其结果是让中国沦为了众列强的殖民地与半殖民地。

同样,"欧洲中心观"乃至于"美国中心观"随着历史的推移,也日益消解了,欧洲人及美国人,在日益发展起来的第三世界面前,也不敢再似过去那么趾高气扬,自封为世界的中心了。文明的进程,事实上早已是多极的或多元的,只是过去不承认或置若罔闻罢了,但日益逼近的、方兴未艾的各国经济文化,使得他们无法再睁一只眼闭一只眼了。于是,随着20世纪多元性思维的兴起,到了21世纪,多元化的思想业已渗透到了政治、经济及文化的格局当中。不少国家,尤其是移民国家,都开始倡导、发掘多元化,在那些国家,也纷纷出现了中华文化的社团与机构,不仅合法,而且得到了扶持。这对于中华文化走向世界,无疑正面临一个新的契机。

所以,对民族形式的追求,不仅仅是为了对传统的继承,更重要的是符合历史的要求,且为未来我们这一伟大民族在世界文学中争一席重要地位做充分的准备。中华民族文化这"一元",无疑是多元文化格局中必不可少且影响深长的一部分。强调民族形式绝非鼠目寸光,而是有远见卓识的,我深信,在"新潮"之余强弩之末,已有更多人认识到了这一点。

况且,我们的民族形式,在不少方面,是足可以丰富世界文化的。虽然过去由于历史的原因,世界对中国了解甚少——这点,在我于国外讲学中是能深深感受到的,外国人对中国的了解,远不及如今中国人对世界了解得多,尚需给他们做启蒙工作。我们的众多文学精品,在他们尚还陌生、尚不理解,这里,似乎不必多说什么了。随着中国的强大,如今世界迫切希望了解中国,我们的文学也就不可以止步不前,得尽快拿出自己的东西来,自己的!

这似乎已离谈周立波文学流派的民族风格远了一点,但从远一点、大一点的参照系着眼,我们也许会看得更清晰一些,相对也会清醒一些。

第二,从周立波、周健明的作品,我们可以很清晰地看出其美学特征——这就是我们民族自古以来所倡导的艺术观:自然而然,乃至不动声色地表现出美,反对刻意下笔乃至矫揉造作。

在他们的作品中,其明丽、细腻、秀朴,本就是一种自然的美,含蓄、清淡、真趣,更是自然的本色——这些特征,我们都不难在《山乡巨变》《湖边》等作品中捕捉到。而这,均可以体现出他们的审美观。

世上万事万物本都是自然而来、自然而去,文章亦不例外。故刘勰在《文心雕龙》"原道"篇中,就这么写过:"云霞雕色,有逾画工之妙;草木贲华,无待锦匠之奇;夫岂外饰,盖自然耳。"对自然的强调则十分明显,同书中的"隐秀"篇中更有这样的论述:"故自然会妙,譬卉木之耀英华;润色取美,譬缯帛之染朱绿。"

试想想《山乡巨变》中对田园、山林的描绘,《柳林》系列中对水乡、湖围的景色工笔细描，不难体察到刘勰的思路之反映。读下来，谁不会觉得自己又一次来到资江之畔、洞庭湖边的风光旖旎、民风古朴、山明水秀的乡村，嗅到淡雅却无处不在的茶子花香，为之陶醉，为之迷恋。这里的山山水水，一切的一切，炊烟与茅舍、清风与竹林、山泉与鸟音，无不在大自然中显得那么和谐、浑然一体，让你如醍醐灌顶，浑身轻松，在氤氲的云气中飞升，生命便与大自然交汇在一起，"物我两忘"了。

在这一基础上，周立波、周健明也不曾走向绝对的自然主义，而是凭借自己的苦思，达到与自然的统一——苦思与自然并不是相对立的，通过苦思，更能到达自然美妙的境界。如刘勰所云："深文隐蔚，馀味曲包……言之秀矣，万感一交；动心惊耳，逸响笙匏。"又如钟嵘在《诗品·序》中云："观古今胜语，多非补假，皆由直导。"再如李渔在《闲情偶寄·词曲部》中云；"妙在水到渠成，天机自露。"刘语中的"感"、钟语里的"寻"及李渔的"自露"，均是很高的技巧——这让我们想到一代文豪巴金所说的，最高之技巧乃无技巧状态。

的确，如《山乡巨变》中，文辞优美婉约，看不出多少雕琢的痕迹，但是，作家在语言中却是下了不少功夫的，包括对方言的提炼、选择。同样，对情节的发展，看上去如行云流水，似没多少苦功，但实际上作家却仍是下了不少功夫的。如他所说：

> 悬念或伏笔，衬托和波澜，以及高潮等这些文学的章法，我都略懂，而且有时也使用，但根据人物的发展和事件的起落情况，这些技巧能用则用，不能用时，没有勉强。我以为文学的技巧必须服从于现实文物的逻辑的发展。①

正因为他遵循"自然"这一原则，所以，他的作品表面上质朴平实，实际上堪称炉火纯青，天衣无缝，不动声色却可见更真切的情感，在淡雅中更觉妩媚姣好，从而处处闪现出——如水波、如火花。他从生活中发现、发掘出来的诗情画意以及哲理，自然流露出了对生活深沉的爱，这无疑是一种很难达到的、很高的艺术境界，没有很高的造诣，没有很透彻的思考，是无法攀登得上的。

周立波的审美观，也与我们民族传统所强调的注重神似、物我交融的审美观相一致。这种神似游散，而不拘泥于形似；而物我交融，更重要的是灵的悟觉，情的自然流露，一种对大自然忘情的拥抱。而达到这一境界后，方能巧夺天工，神与物游，得到大自然的神韵。这些，我们在读其作品时，当更有深切的体会。

不少作家都有其纯乎自然的文学主张，但一到笔端，宣言就归宣言了，由不得自己主张，出现矫饰与做作。但周立波却不一样，果然是言行一致、身体力

---

① 引自《关于〈山乡巨变〉答读者问》。

行的。

在更进一层的意义上来说,民俗风情,亦可谓人的自然,是某个民族某个地域长期的自然生活所形成的,古往今来,不少作家都从民俗风情、地方风貌、人文沿革中,汲取到无数创作的灵感。如巴尔扎克,他甚至称自己大厦般的文学创作所录下的便是一部风俗史。可见民俗风情对一位作家的风格形成起到多么重大的作用。

周立波对民俗风情这一"人的自然",可谓是情有独钟,而周健明的紧随其后,亦自有感悟。乡土情、风俗画,在他们的作品的每一章每一节中,可以说比比皆是。

《山乡巨变》中,写邓秀梅上亭面糊家时,通过主人公的视角,写了远远映入眼帘的坐落在翡翠小山脚下的农舍,金灿灿晨曦中的石灰垛子墙和横飘在屋顶上的炊烟,颇得中国水墨画之妙,空灵、飘逸,富有大自然神韵。到了跟前,屋宇、禾场,再加上吓跑的鸡群、慢吞吞的洋鸭婆,又生趣盎然、细致入微——这分明就是一幅乡村的风俗画。

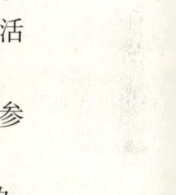

同样,周健明在《柳林前传》中,对苍茫的天宇下那凄寒、凋敝的鸭寨的描写,虽然情调上不一样,但同样是在展示一幅风俗画。

在两人的作品中,对民俗风情的描写就更多了,如婚礼的习俗、老人所惧的禁忌、过年的规矩如杀年猪等,不一而足,无不体现出他们在这上面的着意追求。

两人的风俗民情的描写,恰如刚从地上采起的一株茶子花,上面闪烁着生活晶莹的露珠,散发着情感的清香,根须上亦带有浓郁的泥土味。

唯有扎根于我们这个民族深厚的泥土中,我们的文学才可能在世界上长成参天大树。大自然必然无私地给它以厚爱、以滋润。

其实,民族风格与自然浑成,这在审美观上本就是相依而成、不可分割的,民族传统的血脉是不可割断的,如同人类发展所依托的大自然是不可毁弃的一样,我们民族的文学,在不断的借鉴与创新中,亦始终保持着自身审美特征的延续性、稳定性。所以,无论从审美观还是创作论上,二周的小说都呈现出历史与民族的一致性,史诗般一气贯穿到底的气魄,相附的通俗形式技巧所描摹的世态人情,达到浑然天成的高度。

同样,人性美、人情美,这也是可以归入这部分自然美的阐述当中的。

而生活气息扑面而来,这更是与自然美息息相关的。

作品的抒情色彩,也同样渗透了自然美的韵味……这些,恐不用一一做细部的分析了,因为这都是读者早已直接感受到了的。

瑞士思想家阿米尔曾说:一片自然风景是一个心灵的境界。

那么,可以说,二周笔下的风景,便是他们心灵境界的坦示。

"清水出芙蓉,天然去雕琢"——中国古诗,正是道出创作的天机,而这一天机,二周是否已经把握住了呢?

这似乎不用笔者饶舌了。

在归结了上面两条基本艺术风格后,我们大致还可以写出若干人所共感的特征来:

这就是执着于对生活宽厚的微笑——这微笑亦可带有风趣与幽默、婉约多讽在内,但毕竟是宽厚的、明丽的、含蓄的,乃至于是平静的。你似乎是呆在一个饱经沧桑的老人面前,可以心平气和地聆听他讲述生活的哲理,回顾业已经过过滤的生活之美,当然,这种讲述亦十分生动、得体、平朴,也十分有诗意。我以为,这大致可概括出他们的风格。

这也就给他们的作品带来一种韵律的美,音乐的美,让人步入一个深远的、空灵的意境之中,久久回味不已。这亦如周立波自己所说的,一篇作品,须"尽可能地使读者们情感高扬,意象深远"(引自《周立波选集》序言)。应该说,这也是他们作品清新隽永、意味深长的艺术魅力所在。作家对锻字造句是十分讲究的,对意境的营造也煞费苦心,所以,无论在哪一方面,都显得十分凝练,言简意赅,引人入胜。

我国著名文学评论家黄秋耘曾这么评说过周立波的作品:

> 有某些外国古典作品之细微而去其繁冗,有某些中国古典作品之简练而去其粗疏,结合两者之所长,而发挥了新的创造。(《〈山乡巨变〉琐谈》)

这一评价是中肯的,能得到这样的评价也是不容易的。

"含露凝香"——这四个字,或许能较为形象地概括出二周及其文学流派的整个艺术风格。

这里,须补充一点是,作为中国文学,自古以来便有南北之分。西北风格之不同,该是早有定义的了。如李延寿在《北史·文苑传序》中说:

> 洛阳江左,文雅尤甚。江左贵乎清绮;河朔重乎气质。气质则理胜其词,清绮则文过其意。理深者便于时用,文华者宜于咏歌。此南北词人得失之大较也。到后来,则有北方阳刚、南方阴柔之分了。

作为南方作家去写北方,立波在《暴风骤雨》之际,便坦率地指出了自己"气不足"的毛病。而《山乡巨变》,因就是写南方的,亦可谓清绮咏歌,无所谓气与时用了。但话又说回来,又如元代苏天爵云:

> 壤地有南北,而人物无南北,道统文脉无南北,虽在万里外,皆中州也,而该乎在中州者乎。

钱钟书谓此论"义正而词婉"。

因之,三湘作家,在茶子花文学流派之外,亦有气魄老大、阳刚之气甚盛者。当然,不算太多,毕竟还是受地域影响。

所以,以"阴柔之美"论及二周作品及其文学流派,有一定贴切之处,但不皆如此。例如,到了周健明的《柳林》系列,虽然如今尚未出齐,但多少觉其间已现出大气的格局来。

所以,一切均未可最后定论,这一流派的走向,也正在变化当中,一切皆在流动,规定也就等于否定了,上面的特征归纳,决不可以视为界定。

同样,规定也等于死亡,一个流派被固定不变了,不再有什么发展,那么,它存在的日子也就不多了,以后,也就只成为一个历史的话题。如同我们今日说起桐城派乃至于说起20世纪的鸳鸯蝴蝶派一样。

但大家分明可以看到,作为湖南的这一流派,迄今未曾也不可能画上句号,而且现在仍不断地在丰富自己、壮大自己,有着更多的亮色,在展示出更为多姿多彩的个性。

不说一个流派,就是个人也在不断地在完善自身。茅盾先生就曾对周立波的艺术风格做过如下的阐述:

> 他在追求民族形式的时候逐步建立起他的个人风格。他善于吸收传统的优点而不受它的拘束。……他是越来越洗练了,而且,在紧锣密鼓之间,以轻松愉快的笔调写一二小事,亦颇幽默可喜。这部作品结构整齐,层次分明,笔墨干净,勾勒人物,朴素道劲,这些都是他的特点。

可见,作为这一流派的代表人物尚如此,何况其他人呢?

应该说,作为一个文学流派成熟的标志之一,是足以形成某种爆炸力,从而让世人所瞩目的。在当代中国,至少目前尚未有有这样巨大影响力的流派——在这个意义上,所有流派都还在发展当中。当然,有的可能夭折,有的可能变位,亦有的充满希望,有朝一日一鸣惊人。

这就看哪个流派具有内在的巨大的潜质了。

这里,让我们借鉴一下他人吧。

作为拉丁美洲近年来的"文学爆炸",可以说是酝酿了数十年乃至上百年的,并非传统一开始就提供了今日爆炸的全部积累。也就是说,尽管魔幻现实主义正是扎根于拉美那样一块土地上——这我们可以从马尔克斯在领取诺贝尔奖时的演讲中读到,但当年亦不是就有一个现成的这样的流派,它也是经过较长时间的变通、演绎、积蓄,到近年来才成熟并获得自己的"名字"的。如今回顾拉美的历史,许多重大历史事件似乎都有了魔幻的色彩,当日却没人这么勾勒、描绘它。

我们的历史土壤，我们的文学传统，显然要比拉美厚重得多，而《红楼梦》《水浒传》中可以承继的亦数不胜数，但如果不认真地加以研究，有所推进与发展，还是依样画葫芦，我们中国的"文学爆炸"照旧出现不了——我们尚需要重新寻找自己、认识自己，从而建立当代的文学流派，推出今天的文学巨著。当然，是在中国传统上创新的作品，而不是移植别人的这个那个。

连马尔克斯自己也说过："事实上，我一直尽力使自己不跟别人雷同。我不但没有去模仿我所喜爱的作家，反而尽力去回避他们的影响。"这才是一个有出息的作家所为。

魔幻现实主义、结构现实主义，其专利权永远是属于拉美的，无论你模仿得如何惟妙惟肖，也不会改变它们的归属。我不反对借鉴一下别人的东西，但是，令人悲哀的是，当你穿上别人的服装站在世界的舞台上时，世界就不会认为你是中国的了。你成了别人的附属，也就迷失了自己，不是走向世界，而是在世界中湮没。

我们该怎样去理解周立波苦口婆心强调的民族形式呢？

愈是自己的、民族的，才愈有世界性，因为世界性本就是由丰富多彩的"自己的"而构成的，全是共性而无个性，也就无共性存在了。这本都是很浅显易懂的道理，却被我们的理论家搅得复杂且糊涂起来了。

同样，小说创作中的故事性、人物刻画，等等，属于老百姓喜闻乐见的形式，这在周立波许多关于文学创作的言论中都强调的，有人也许已认为太守旧并过时了，可不少人玩了一段"现代""感觉"之后，都再也玩不出什么花样来，只好又回到了这一传统上。其实，这不仅是属于我们的民族形式，在世界上，神话、史诗等也具备这些东西。在周立波、周健明的作品中，其故事性、人物形象之鲜明，恐怕是没有人提出异议的，那么，在表现方式上，是否显得太传统、太单调了呢——早已经有人提出了这个问题。

即太"写实"，而缺少"写意"。太外化，而缺乏内心刻画。

不过，而后几年中，中国的"新写实主义"小说似乎又流行起来，且方兴未艾，但却很难说其缺乏内涵，更难说不曾深入到人物的内心世界。

其实，就手法的尝试，尽可能地多一些表观技巧，这对一个作家都是责无旁贷的。然而，我们尚须讨论一个问题，并不是任何题材、任何作品，都可以随心所欲地运用各种手法的，同量体裁衣、看菜吃饭一样，衣冠不合体反而会失去美感，菜肴不对味反而会倒胃口。

所以，仍旧又回到了周立波前面所说的那段话上，无论采用什么形式与手法，都必须符合生活与历史的逻辑，决不可以有半点勉强。运用什么手法而不露痕迹，恰巧是一位艺术大师的高妙之处。

事实上，周立波乃至周健明的作品，也仍旧汲收、糅合了古今中外文学创作中众多优秀的东西——也包括形式，如前所引黄秋耘说的，结合二者之所长，又发挥了新的创造。

尤其到了《柳林》系列，人物的心理刻画不无细微之处，已不似周立波的白描了。某些心理刻画，也是很为独到的，例如杨青林刚刚释放归来，欲去见昔日的情人却又终于没去，罗富庭作为"土霸王"的心态等，都是别的同类作品中未曾发掘到的。

曾发现且发掘出特洛伊古城，以印证荷马史诗关于该城的战斗描写并非虚妄的伟大考古学家希里曼，曾这么对中国古长城发出惊叹：

> 它对于我好像是洪水以前巨人族的神话式的创造……这是人类的双手曾创造的最奇伟的作品……我曾经从爪哇岛火山的高峰上，从加利福尼亚的西拉利互达的山顶上，从印度喜马拉雅山顶上，从南美洲的哥地乃的高原上见过宏丽壮伟的景象，但是永远不能和我现在眼前展开的这幅宏奇瑰丽的画幅相比拟，我惊讶着，震动着，被捉住了，欢喜赞叹，我不能习惯于一眼看到这么多的奇迹。

这一惊叹，发自于这么个伟人口中，可见有多重的分量。

对于中国文化——长城正是这文化的一部分，也完全值得如此的惊叹。

> 它的伟大超过我想象中的一百倍……长城不可争辩地是人类的双手所创造的最奇伟的作品。它是过去的伟大所留的纪念碑。

拥有如此悠久、如此辉煌的文化传统的中国，在文学上也有过自己一个又一个的高峰：楚辞、汉赋、唐诗、宋词、元曲、明清小说，其成就同样可以与长城媲美。

那么，今天，我们为什么不可以、不能有信心创立具有中国气派、民族形式的、自己的、足以称雄于世界的文学流派呢？贫瘠、落后的拉丁美洲，尚可以有自己的"文学爆炸"。而有五千年文明史的中国，怎可以又怎么会反而落在后面呢？

在这里，我并不是预言，未来有希望跻身于世界文学前列的中国文学流派，必定是在此书所推崇的文学流派所发展起来的，但是，可以预见的是，在这片丰腴、肥沃的文学厚土上，必然会成长起这样一个属于我们这个民族的、自己的却辉煌于这个蔚蓝色星球的文学群落！

"群体激发效应"，可以说，仍在将茶子花盛开继续下去！

这一章，未能对周立波、周健明作品的艺术风格做细部的分析，这方面的工作已有不少人做过了，所以就不重复了。

读者可以看出，这一章的写法，更偏重于在世界文化的宏观背景下以及中国南北文化的底色上，对这两位作家并兼顾其流派加以大的比较与分析。这么做，也算是一种尝试，让大家换个视角更清楚地认识自己的文学及其在世界与中国的位置，写法上也不拘一格，兴之所至，信笔拈来，皆成文章——也许，这也是中国古代美学特征之一，不去营造鸿篇巨制式的庞大体系，而只是在片言只语中自然表述出更为深邃、更为丰富亦更为精致的内涵。当然，这不是指这篇东西。

我深信，我们在不久的将来，势必能拿出真正有中国气派的、令世界为之侧目的大作品来，无负于前辈辛勤的劳作与教诲。

没有什么能取代得了"民族自己的"这个词。这里面，不仅仅有责任、义务与沉重的负荷，还有着特异的、辉煌的、无可限量的、卓尔不群的历史要求。

应该说，懂点外语出去走走，对建树民族自信心、确认什么是"自己的"文学，也是大有裨益的。

第二节　超越与圆融——解读谢霜天小说《梅村心曲》

作为与"五四"新文学同源的台湾乡土文学源远流长，与台湾的历史变迁一样，历经沧海桑田，一波三折，从赖和之为之奠定基础开始，涌现出了一大批优秀的作家，如吴浊流、钟理和、钟肇政、谢霜天等。斗转星移，始终不能改变他们心灵深处对台湾的挚爱、对艺术的执着追求和对精神家园的固守。谢霜天的《梅村心曲》诞生在台湾乡土文学日臻成熟的时刻，作为乡土文学的《梅村心曲》有着她特有的文化价值和审美旨趣，使得她在众多的乡土文学中崭露头角。笔者试图从《梅村心曲》的历史文化意蕴、审美价值取向、艺术价值的角度来解读之。

一、深沉的历史文化意蕴

不断地对原有状态的超越，就是一种成长。人的一生，从生理上来看，由嗷嗷待哺的婴儿到历经沧桑的老者，期间经历了一次次的超越，人类文明的历史也是这样发展的。小说《梅村心曲》给我们展示了客家先民在海外的奋斗史，梅村的祖先原是广东嘉应的客家人，于乾隆末年迁入台湾。小说的主人公林素梅从出嫁后就一直生活在梅村，43个春秋，短暂的人生历程却屡屡逢灾遇劫、受尽苦难，然而她却超越一次次的磨难，克服一次次天灾人祸，一次次地展现了人生的价值、生命力的伟大，在超越磨难、超越人生后，达到了生命、自然、天地圆融的境界。像其他待嫁的姑娘一样，林素梅有过对未来的美好憧憬，如梦的年华编织着诗意的家园。"夫家以冲喜和缺少劳动力为由，匆促之间'出嫁的行列很简单，仅仅一顶蓝色的小轿子，一担樟木箱，一个随行的喜娘而已'。"她告别父母、告别如梦的少女时代，嫁入了吴家，没有任何思想上的准备，林素梅凭着与生俱来的坚韧和宽容担起了自己角色的转变。面对这个陌生而复杂的家庭，面对着年少执拗的小叔，"胸臆间，忽然起了一阵异样的复杂的感触，感触尽管是复杂的，也只是一瞬间的事情"。设置了众多的悬念，大有山雨欲来风满楼的前奏，于是读者就有了对主人公的人生追问的兴趣，不是为了别的，而是为了力量、生命的张力而读下去。一如《诗经·秦风·黄鸟》中说的："谁谓荼苦，其甘如荠。"

作为一个平凡的客家妇女，她所渴望的仅仅是平静的生活。然而，日据下的台湾却给了她一次次非人的折磨，不仅是林素梅的不幸，也是台湾农民的不幸。日本殖民统治下的台湾黑暗、落后，农村严重缺医少药，病魔的无情先后夺走了她的三个亲人，刚刚享受婚姻生活不久，丈夫病故，一家的顶梁柱塌了，甚至连得的是什么病都不知道。更为惨烈的是她知道了爱子患的是脑膜炎，却因为医疗条件的恶劣，也无法从死神的手里把孩子拉回来。对于一个初为人妻、人母的年轻女子来说，这是怎样的不幸？"像一朵倏尔熄灭的灯焰，年轻的阿桢长逝了"。一家人悲痛万分地送她丈夫入土为安的时候，"林素梅全身的血液都渗透进了土中，阳光瞑灭了，空气稀薄了，胸前被重重的磨石压着，呼吸愈来愈困难，终于虚乏得晕厥了过去……"面对突如其来的打击，她茫然了，悲郁地向上天抗议着，发出了一连串的责问："难道阿桢是年老力衰了吗？是颠顸无用了吗？是做错了什么吗？"都不是，他还正当25岁的英年，体格素来健硕，而且人是那样聪明、有才干、有志气，待人又是那样的和善、热诚、笃实。既然不是，那上天为什么要如此苛待他呢？连无知的幼儿乃至胎儿都有过错吗？不是，绝不是，那么归根结底是什么呢？悲凉、凄苦、无奈、无助，处于人生的迷惘和低谷，生活失去了凭藉，人生还有多少意义？生命如此的无常，生存还有多少价值？对生命终极价值的追问，悲观者往往放浪形骸，抛弃一切做人的尊严而消沉，乐观者则从中找出新的"生存、存在的支点"，哪怕仅仅是生存下去。正如冰心老人在一次访谈中所说的："我觉得有了生命就有了一切，没有生命就没有了一切。"

遭受晴天霹雳的打击，林素梅有过迷惘、困惑、自寻短见，甚至半夜独自跑到丈夫的坟头哭诉，但是从林素梅的身上我们找到了作者的影子，有作者的思想意识的倾向，主人公是作者赞许如歌的坚韧不屈的精神脊柱，优美如画的田园风光是作者向往的精神家园。正是这个生存价值的存在，对人类精神家园的守望和对理想的追求是作者在苦难人生中注入的生命力，是困苦中坚持的心灵的明灯。生老病死，短短五年的时间里，她已经一一尝过了：年轻力壮的丈夫死了，出生不满两岁的儿子死了，未尽天寿的婆婆也死了……一场大的地震，家园被毁灭了，林素梅变卖了自己的首饰，重建了家园，如今这个家的生存又被掏空了，巨大的生存压力重重地压过来了，焦虑、苦闷只是暂时的，然而为了一家人能够活下去，为了寄托对逝去亲人的哀思，林素梅的脑海中一幅新的家园的理想画面在荒山野岭重新诞生了，发展种植，补贴家用。

但勤劳、善良的林素梅想过些平静的、食能果腹的日子的愿望都不能实现。1937年，日本发动了侵华战争，台湾农村也失去了往日的宁静，空中有飞机的轰鸣声，鼻端有爆炸过后的火药味，耳畔还有那些叽里呱啦的日语。日据下的台湾农村，农民过着历史上最黑暗的日子，如果前几年的痛苦是天灾、贫穷带给林素梅的，那么现在则是侵略者实施的疯狂的战争带给林素梅的，而且更加可怕，不仅仅是物质的匮乏、家园的被毁，甚至是对精神支柱的冲毁；小叔子对自己信念的背叛；军阀们采取了巧取豪夺的手段，纷纷抢占农民的生产成果和物资，无疑是对本来就一贫如洗的农村雪上加霜。苦难接二连三地到来，深重的历史灾难，林素梅以自己坚强的毅力、不屈的精神，机警而巧妙地在侵略者的疯狂掠夺之下生存下来了。在这里，无法也不必要再去追寻最后的意义，那电光一闪的瞬间就是终极的意义。人不是为了承受苦难而来到这个世界的，苦难没有绝对的价值，苦难使困难的意义化为乌有。在时间之流中每一个生命都那么微不足道，却又是生命者意义的全部。① 苦难使强者更强，生命更加焕发出巨大的光芒，是对苦难的超越，对生命力量的衡量；苦难更能促使力量的爆发，在超越中达到生命的圆融之状。他们继承了祖先不屈不挠的奋斗精神，对于小叔子的背叛，吴传仁老人痛心疾首，林素梅更是横眉冷对，作为客家人，他们的血液里流淌着不屈的生存智慧。正如笔者所言："一千多年来的历史经验证明，正是那种有可能导致一个民族灭亡的恶劣环境，包括自然灾难、战乱，等等，在客家先民来说，却变成了对他们的严峻的考验——这种视灾难、不测、厄运为考验的独特的民族心理，使得这支民系具有一种坚韧的生存精神，忍辱负重而不自暴自弃，在逆境中不是分崩离析而是增强了凝聚力，进一步塑造了自身的性格与完成了自身的形象。"② 是的，磨难和迁徙无疑构成了客家人最显著的生存状态，正是这种生存方式为客家人塑造了一种开拓的生存心态。而这种生存的超越和圆融，使得迁徙千年的客家人保存至今，形成了中国的"犹太人"。

二、独特的审美价值取向

正如作者在序言中所言："胡适先生在'论短篇小说'一文中，也指出近代世界文学的趋势，都是由长变短，由繁多趋于简要。"《梅村心曲》共三大部分：秋

---

① 谭桂林：《知识者精神的守望与自救》，载《文学评论》2003年第2期，第62–67页。
② 谭元亨：《客家圣典》，海天出版社1997年版。

暮、冬夜、春晨，叙事上相互独立，又彼此关联，从对主人公林素梅43年人生的叙事展示出宏大的历史场景；以细微处见宏大，这是女性作家独有的视角，展示了普通平凡的农村妇女的生命历程；一个民系的海外开拓、奋斗、生存的历史；一个民族成长不屈的抗争史；宏大的主题，深沉的历史感，强烈的现实感，都是通过作者的女性视角而透视出来的。《梅村心曲》作为乡土文学，乡土题材已经是一个坚强、不屈、超越圆融的符号。对乡土的依恋，则是对文化根性的探寻，对人性的揭示，更是对精神家园的执着。

乡土作家爱国爱民，立足乡土，还表现在作品的艺术价值上。作者以女性的视角，把人生、生命的神奇之美通过灵巧之物、清丽朴质的自然、诗情画意的田园风光来表现，通过主人公的体悟物性，从而体悟人生、生命的意义，对田园风光的向往是苦难生命的亮色和精神的寄托。其间有着浓郁的、优美的田园风光，满山的梅树、乡野的枯荣、物候的变迁无不入笔、入心、入性。从小说三大部分的标题则可以看出作者运用过的心思——"秋暮、冬夜、春晨"，用节气的变迁来展示历史的沧桑，人生的曲折。秋本是个萧索的季节，再加上暮霭沉沉使人倍增凄凉和冷清；漫漫长夜更是残酷、黯淡的意象；春晨万物复苏、生机盎然，人们精神焕发，生活有了新气象。寥寥几个字，作者把那段波澜壮阔、风起云涌的近代人民的抗争史、客家人的开拓史形象地展现出来了。这是体悟物性的结果，崇尚与顺应自然、追求心灵自由的旨趣。无以为生、不以物累形、见素抱朴、道法自然，这是道家文化的精髓，也是小说《梅村心曲》中优美田园风光的文化价值所在。

幽静的田园景物，质朴的风俗风情，是作者心中的理想精神家园，也投射在主人公的行为、思想之中。作品中有一个晴耕雨读的诗人——吴传仁老人，一生淡泊、宁静致远、以梅为友、以梅自勉，诗人超然的心态则是在体悟物性上体现的"梅"。在中国文化中，梅花是以"岁寒三友""梅花香自苦寒来""暗香浮动月黄昏"等意象出现的，她是坚强、傲骨、执着的象征。老人一生对梅花的挚爱则是对中华民族博大、坚韧、高洁品格的赞颂，也正是这种"君子自强不息"的精神支撑着这个民族走出了生命中的浅滩，使生命得以延绵，文化得以传承。作家对物性的热情探讨，对一切事情的尊重，对文化的思考，在这里有了超越。她是以一种天地自然之心来体悟自然之物的心怀，抛弃了"仁"是"万物主宰和万物精华的人本主义思想"。这种文化观念和思维方式的改变是对人本主义的超越与生态主义思潮的圆融。

面对地震之后家园被毁的惨状，林素梅"忽回忆起，儿子生病前的数日，小叔拿弹弓打破屋角的鸟巢，跌死了一只小鸟的往事。如今暴晒在骄阳之下的一家人，不就像破了巢的鸟儿"。夜半上坟，如水的月色，萋萋的荒草，低吟的蛙声，冷清的四周只有那温厚的狗儿相伴着伤心的主人来哭诉自己的悲苦，那物、那月、那狗都成了林素梅的抚慰和寄托。一如唐敏《心中的大自然》一文中所说："自己虽不然摆脱'社会问题'意识，但笔下的鹰、虎，尤其是彩虹都独具魅力，他们是自然之真善美的象征。"周晓枫则站在天地宇宙的视角认为一切生命都有生存的理由，于是对动物、植物以及器物都有着极其细致的体察和感悟，正是作者这种天地情怀，使得自己笔下的自然事物，没有思想感情和生命的器物，也与人一样成为具有真善美的天地之物。① 这种将整个天地自然纳入自己的视野，选取大自然中的事物来表现思想感情及其体悟的手法，使得《梅村心曲》的字里行间洋溢着散文般的朦胧之美，给苦难的历史投注了一层脉脉的温情，理想的暖色调，现实的苦难有了升腾的凭藉。小说中融入了诗意、妙悟、物性，使得整部作品在叙事的过程中充满了灵动之美。艺术技巧的运用是小说创作上的超越，从文化内蕴来看则是一次汇通道家、天地情怀的圆融。

《梅村心曲》，是台湾乡土文学中一枝带着晨露的闪光、飘散着醉人清香的素馨花，它用娓娓道来的女性的笔触，化苦难为欣慰，展示了令人难以忘怀的凄美、动人的历史画面，为特定的时代留下了独有的文学记录，其清丽、隽永当是台湾客家文学中不可多得的。

（本篇有研究生吴珍参与）

第三节　原生态的客家风情
——评柳明的《湖上女人》

一

读罢《湖上女人》，眼睛一整天都是湿湿的，泪水掉不下来，却怎么也干不了，妻子还以为我有什么心事，问个不停。我也不知怎么说才好。那种深及心底的哀痛与悲悯，不是一两句话能说得尽的。

柳明写的是我的半个故乡——英德，我母亲的老家，客家人的聚居地，我一生中至英德不下数十次，那里有我的亲人，也有我的师长与学生。当年，舅舅一家被清洗回乡，舅公也到了就近的五七干校，我同小姨一道去探望过，那种悲苦、苍凉的情景，30多年之后仍历历在目。柳明的笔下，竟再现了当年的情景，能不让我读得心碎么？

我那部近150万言的《客家魂》，正是以英德为背景展开的，写到了外公家那

---
① 王兆胜：《超越与局限》，载《文学评论》2002年第6期，第85-90页。

么一个名门望族在整个20世纪的历史遭际,其中50万言的《客家女》更是写到这个家族的知识女性。而《湖上女人》,写的却是另一类型的客家女性,沉吟良久,我猛地醒悟了过来,柳明笔下一个个栩栩如生、胼手胝足的女子,正是处于原生态的客家女,她们天真未凿、纯朴天然,默默随着大自然与人间加在头上的苦难,却仍顽强地支撑着"半边天"。与我的《客家女》相对比,回忆我曾在英德的岁月,我更觉这类形象之真切与可贵!

当读到柳明书中所写的客家人"长年累月的坚忍","耐劳、耐苦、耐饥、耐寒、耐贫、耐……似乎是与生俱来的。这是一种令不明真相的人们看着心动,却令熟知、深知它的人们哀伤的美……",我就不禁想到我的客家母亲,那在非常岁月中凄苦的坚守……

今天,作为一位客家文化研究机构的成员,我很在意一部作品中的客家味,尤其是一部长篇中所表现出的客家味。我想,这客家味,不仅仅是一种乡土特色,不仅仅是民俗方言,更重要的是渗透在作品中客家人的情感、心态、品性,那浓得化不开的客家民风,尤其是他们的处事方式、思维模式,那在无情岁月锻击下仍恒久不变的、无法移易的人生信念——要表现出这种客家味,不是一般人能做得到的,须把自己的血肉与客家人交融在一起,所谓"血乳相融"才行。柳明是做到了。

我是在《湖上女人》中诸多人生、哲理的思考中,读出了客家人的思维模式,正如前边所引的那段文字一样,后边也许我仍会忍不住引用类似我所珍爱的段落,没有客家人的情怀,是难以写出那样的文字的,也写不出这部让我动容、渗泪的长篇来。

二

柳明不是客家人。

这是否会引起《湖上女人》可属客家文学的争议,且按下不表,连我这个还有一半客家血统的研究者,迄今身份也常常受到质疑。不过,纵然柳明不是客家人,可《湖上女人》的客家味,也当是原汁原味的,如我所悟,是原生态的。这再争执也无法否认。

柳明原籍扬州,生于北京,长于北京,是约40年前来到广东的。《湖上女人》写的正是她作为"四清"工作队"进驻"客家乡村的一段刻骨铭心的经历,她就是这么与客家结缘的。如她所称的,其生命的觉悟,正是从这客家乡村的穷开始的;而人性的觉悟,则是从当年的"左"开始的。为此,她成为"文革"后可以称得上是"女权主义"的领军人物之一。20世纪80年代初,她是参与创办《家庭》杂志的主要成员之一,她是前任《家庭》杂志总编辑,《家庭》在中国大陆发

行量一直位居前列。而她致力于创作的一系列关于女性的作品《南国女性》《南国佳人》《羊城十二钗》，则一直在张扬女性的自立、自强、自司的精神，在我的书架上，则一直有她的书——虽然我一直不认识她，只是心仪很久。在这些作品中，她均努力在表现女性如何在磨难中思考，在奋进中思考。包括这部《湖上女人》，其题词也是："一片美丽的土地，几个不幸的女人，她们是我心中永远的爱与痛。"

如果说，《湖上女人》与她前边几部作品有什么不同的话，那便是，前边几部尚停留在报告文学的即时性或新闻性上，大多表现的是新女性的觉醒，如何去实现自己的人生价值，这当然无可非议，而且这类女性主义文学现在不是多了，而是太少了。但是，《湖上女人》则深入到中国女性尤其是客家女性的历史文化渊源之中，深入到几千年传统文化所造成的女性心理的特质之中，深入到如前所述，真真正正的原生态的客家女性的方方面面，因而更有文化价值、艺术力度与思想深度，是她在女性主义文学中迈出的一大步。

也正是她在这方面的出色表现与深远的影响，她才受当年克林顿总统夫人、女权活动家、今天的议员希拉里邀请到了美国。说起来，这部《湖上女人》的初稿，正是完成于北美的。我想不同的文化氛围，在比较鉴别中，当更让她对自己在客家乡村的经历有新的感受，从而推动她致力于这么一部——作为她第一部长篇小说的创作，写出她"心中永远的爱与痛"。

她说："客家女人很苦。写客家女人也一样苦。"

可她毕竟在苦涩的泪水中，"泡制"出了这么一部饱含悲悯情怀的力作来。

三

一闭上眼睛，那些悲苦、凄凉的客家的"湖上女人"，便一个个在我脑际中出现：石妹、阿花、仙娣、凤娇，乃至哑巴阿妈等。她们各自的命运，无不让我心头滴血，我知道，这太真实了，绝无虚构的成分，正是这种真实，方才让人震撼。

最早"亮相"的石妹，是工作队的"根子"，当是一种幸运。可她个人的命运又如何呢？原来她来到湖上生产队，已是二嫁，原先的男人嫌她不能生仔（男孩），有了两个妹子，大跃进的转年，把她休了。她带着大妹子阿彩回了外婆家，后独自嫁到湖上，但嫁过来的条件之一，就是不能把阿彩带上，阿彩只好留给了叔公带。小说开篇不久，石妹顺便下山看这个女儿，阿彩一激动，羊痫风病竟发作，全身抽搐、口吐白沫，好不容易才被救醒过来。

这时，主人公、工作队员俞林方问上一句："阿彩什么时候得了这个病的？"石妹顺口说："我嫁到这里的秋上。"平平淡淡的一问一答，"顺口说"的时间，却让人感到背后的无奈与心疼。阿彩的故事一直延续到书末……

而最让人心疼的，则是阿花。

作者用了最美丽的笔触，去描写这位寻常而又不寻常的客家女子。她的健康，她的开朗，她的刚烈，无不令人扼腕。而她的命运，她的不幸，尤其是一封信的头与尾的颠倒，竟让她的生命发生了逆转，爱情无法挽回，最后竟嫁给了一个性变态的男人……

阿花有句客家人爱用的口头禅："冤枉"。这二字远远不只字面上的含义，它既包含有鬼使神差、灾难、错失，也包含有无奈、认命、阴差阳错……我这里无法说尽。这二字，当是命运的一种表述，如书中所写"酸涩的心里又浮上那句话：就这命，认了吧！"，"人强，强不过命啊……谁拗得过命？"

当作者用最深情的笔触，用最美丽的字眼，去抒写她的心灵，去描绘她姣好的身段之际，"红颜薄命"一词却不禁在我心中浮起。是的，我在不少小说、论著中讴歌过客家女美好的品格，她们能干、活泼，她们健康、刚毅，可她们却不配有好的命运。阿花的悲剧，正是在中国这近几十年间又沉渣泛起的严酷的封建观念——"男女授受不亲"下"死于理"。在她精心绣制红腰带之际，我还以为她对生活仍充满了憧憬，没想到这竟成为她诀别生命之前的火花一闪。出乎意料之外，又在情理之中，在她用红腰带缚石投江之际，俞林的哀叹："这个明事理、能干、模样也出众的阿花，太自尊也太烈性，她不像许多农村女人那样认命。她要认命，老老实实认命，也许不会走这条路"，实在是发人深省。

然而，不正是在阿花身上，闪耀出客家女人"最鲜亮"（俞林语）的光辉么？这位读过一点书，在这原始的大地上生长起来的女人，身上有多少原生态的、朴质可贵的、令人感奋的东西呀！

写到这里，还真忍不住要学阿花大叫一声"冤——枉——"，去品味其间复杂的、悲怆的情感。可一切已无法挽回了！

阿花如此，16岁便被迫与哑巴圆房的仙娣的情感悲剧，又何尝不是如此呢。一开始，她就担心"娘家"的成分对自己的影响，一旦有俞林的支持，她也敢于"抗婚"，不愿与哑巴"圆房"，而且有了心上人。但最终，她还是逃脱不了命。可悲的是，逼使她"圆房"的，竟都是一批善良的乡亲。"他们把我和哑巴锁在屋里头……"半句话，包含着怎样的惨剧，一种怎样的原始的野蛮来。

连俞林对此也无可奈何："她怎么能救仙娣呢，没办法呀，所以她没回答，只是把仙娣搂得更紧一些。"又如作者所写："俞林怎么能改变这现实呢，她不懂伤只有等时间去敷平的道理，只好这么去捱漫漫人生了。"

末了，当仙娣怀了孕，俞林也只有这么想：还是那句话，让时间来帮助她吧。将来做了阿妈，心全让孩子扯着，也就什么都过去了。

就这么认命——与阿花以死相殉，以全所爱的人的名誉一样，这也许同样是一种别无选择的选择。可到了这时，当了母亲果然便一了百了么？

这又让我回到了小说的开头。

从来没接过生的俞林，竟遇上了身有残疾的凤娇生孩子，作者用了很大的篇幅、很重的笔墨，去描写这次非正常状态下的分娩与接生。我在《客家女》中也写过客家女一人在山巅上的自我分娩，但惨烈、痛苦的程度，却远不及《湖上女人》的十分之一。

这里，我都不敢再录书中的描写了，读罢，似乎领悟了作者的潜台词：这哪是人在分娩呀，这场面，比"狗窦"还不如，一个残疾人的怀孕，本就是很残酷的事，在身体残缺下的分娩，就更是百倍地残酷，一如作者所哀叹的："对女人来说，尤其是农村女人，生孩子这关也不易过呀，老人说'生孩子和阎王爷只隔着一层纸'，在农村，尤其是凤娇，这话说到点上了。""生命本该因其难得而珍贵，孕育生命的母体更为神圣。但事实上，在这些地方，生命得不到'安全通行证'，孕育它的母体又是这么的低贱……"

我想，作者在开篇不久即刻意地描述这一幕，当是全书的一个象征，象征着书中所有女人无可躲避的不幸。

谁躲得过呢？包括"位尊"为工作队员的主人公俞林，书末的命运，也是被两位"左派"押解回原单位，等待她的只能是种种横逆与打击……

四

说到"左派""批斗"这种当年的政治术语，则不能不说出我刚刚打开这本书时的担忧，因为，这毕竟是第一部描写大陆最为重大的运动，也是"文革"的前奏——"四清"，很多人，势必会把它写成一场运动，一场政治闹剧，如果那样，就索然无味了。

读下来，我暗自庆幸，这本书并没有这么写，没有具体写"四清"中的什么"下楼梯"、什么"清理阶级队伍"、什么"洗手洗澡"、什么"四清四不清"，以及什么揪斗走资派等。

经过这段历史的人知道，"走资派"一词正是这个时候最早提出来的。作者只是本根本原地去描写客家山村的生活，在政治斗争上着墨不多，虽然每每都叫人心惊肉跳，但显现在读者面前的，仍然一幅客家乡村的风情画。作者着力于对人性的发掘，对压抑的人性、扭曲的人伦做了充分的揭示，引发读者的深思与追问。

这里，仅提一下作为客家乡村的男性中心的两个让人久久无法忘怀的人物。

作为石妹的老公，被湖上人称之为"聋牯"的祈昌，他之所以接受二婚头的石妹的一个条件是"坚决不让她带阿彩过来"，因为"他要是收下阿彩，这是一条命，可收下了，口粮哪里来？她不是湖上人，湖上没她的粮；她什么也不能干挣不了工分。没口粮,没工分,一条命怎么活?他想的都是最实际不过的。"

正是贫穷,逼得他这么绝情:"现在他们把阿彩背回来了,他觉得平白丢了脸。"他的人性之扭曲,正是表现在这上面。可是,当他一见到阿彩犯病,濒临死亡之际,他却"大步出去,没多大工夫呼哧呼哧喘着粗气捧着一大把青草进来,抓起一撮连根带叶填进嘴里嚼,嚼烂了吐出来,敷在阿彩被烫过的地方。"

此情此景,令石妹不由自己给他跪下,他却冲着石妹吼:"你做什么?"

作者接着写道:"这个倔强汉子,粗糙的胸膛里,那颗心和所有阿爸的一样,都是柔润、鲜嫩的肉生成的。"这个家里的"大疙瘩"就这么无声无息地悄悄化解了。

看得出,作者是很心疼笔下这位"聋牯"的,在先的不近人情,在后的人性复归,笔笔都写得丝丝入扣,感人肺腑。人的本性,就这么在巨大的灾难面前陡地闪出了光辉来——这便是客家男人!

那么,另一位刘启耀,则更发人深省。

刘启耀是队长,为队上的生产没少操心,干起活来"麻利又漂亮","是个能人",是个有里有面的能人。可一到了政治层面上,却又凸现出了那样一个时代的荒唐来,让哑巴与仙娣"圆房"且不说,那个湖上学习毛著的现场会,更让人啼笑皆非。而他主动交代"四不清"问题,自认有五百元经济问题,考虑的是:"与其让社员把自己'胜利'了,不如自己'胜利'了自己,这样可以争取到'减、免',由'四不清'马上变为'四清',而且还会受到表扬。"这正是那个年代的思维逻辑,敢于暴露自己,暴露的问题愈大,就愈忠诚,没问题也得说有问题。结果,闹得人心惶危,"怕工作同志挨个逼追"。刘启耀这么做,道理更在于"湖上在大队一直是先进,有声有势,没落后过……现时这么无声息,他忍不住了……"

他这么一交代,把老婆阿水也吓坏了,忙对工作队称:"别信我老公的交代,他说是什么考验,什么什么政策,这些天,他见工作队没什么动静,没免他,急了,两天没吃一口粥……他没'四不清'啊,这个打靶鬼……"没犯事,却怕不受处分,如此有悖常理,在今天实在是不可理喻。可见当日人性被压抑、被扭曲到什么程度。

五

大水吞没了全部的稻田,阿花缚石投江而死,惨祸一个个接踵而来,然而,客家人仍那么安然地面对命运,"湖上人们的心已从凶猛的龙舟水和阿花死去的阴影中走出来。不是他们无情,而是因为,贫穷让他们不能没完没了地回味过去的灾难,贫穷逼使他们要对付眼前。这怎能有心情,又怎敢扯着过去的灾难不放呢!

贫穷能让人健忘，似乎也能变得宽容。""活着的人总有活下去的理由和办法，总之，湖上的生活又恢复了原样。"读到此，我们只有喟叹，除此之外，还能有什么呢？

作者在贫穷、苦难中，也总能发掘出人性的美、生活的美来，所以她笔下不曾有绝望，尽管仍有无数的无奈，上边一段话，表现的不仅仅是客家人的坚韧，也同样是作者自己的坚韧。

我们在书中还可以看到，即便在苦难中，客家人仍少不了欢乐、少不了憧憬。尤其是收获的季节里，"早饭后阳光普照，空气干燥得细听能隐约听到成熟稻穗一丝丝的炸响。老天作美，收割赶上好天气，看得出，湖上的男女老少心情都不错，因为这样的好年景在他们记忆里不多。对于农民，农业丰收就是幸福。"作者尽情地描绘了这幅"贫穷农村的欢乐大写意"，从清晨到夜晚，村子里喧闹的人、牛、猪、狗、鸡……

作者笔下的乡村景象，也同样是原生态的，朴素、平实和美：种绿肥，收番薯，到处支架起筐箩，弥漫着香甜……"这可乐坏了妇女们，洗衣服、洗头不再愁没肥皂；豆腐水不但去油腻还有股豆香，洗过的衣服散发着甜丝丝的好味道……""山区深秋的晚风从空荡荡的田野吹过来，人们的心里像秋高气爽的天空一般宽畅。"一如作者借主人公的感受写下的："对于眼前的一切她感到很诱人和迷人，觉得有种文学意义的美。不过她知道这种在城市人眼中非同寻常的美是由农民长年累月的坚韧凝就的……"

那位残疾的凤娇，在艰难中生下了孩子，总共才吃了不到20个鸡蛋，5碗米酒，还是没姜醋的，可奶水却胀鼓鼓的，真是"天养人"！

这样的描写与抒发，在书中比比皆是，总是不断地扣动读者的心弦，作者俯瞰众生，那种悲悯、宽厚的情怀，总是不自觉地在笔端流露出来。我想，这不仅仅是作为女性、作为母亲的博大，更有一位人道主义者的深切的关怀，能这么写下来，记录下来，便是一种叩问，一种追寻，因此，也就是希望，正是这种原生态的美，会很快让生活在贫困与苦难中的客家人，不自悲、不自虐，从而永远在希望中奋行，争得自己的明天。

六

这部《湖上女人》浓郁的客家味，还在于贯穿始终的客家民俗风情的描写，以及客家方言与俗语的运用。

春节来了，家家开始准备年货，作者细腻地写到他们如何用粳米和糯米搓揉成丸球，加上花生碎末，做出各种图形，里边捏上个什么花呀叶呀——这便是客家人好吃的丸子，还有用蕉叶蒸糍粑……书中写到大人的忙乱，小孩的偷吃，饶有风趣。还有晒番薯干的描写，等等。

而对客家方言的运用，作者则是下了功夫的，在书面语言上，她用的是普通话，而人物的口头语上，她则尽可能用客家话，不过不是不加选择地用，而是用那些读者基本上能看懂、无须加注的客家语。这使整部作品的客家味更易为人所接受。

读罢，我觉得，在作者使用的客家方言与俗语中，有如下两种类型。

第一种类型，是不经意的、随手拈来的，是自然而然地使用上了的。

例如，书中常用的淋菜（浇菜）、担水（挑水）、割禾（刈禾）、转来（回来）、胀气等，是习惯用语，包括"冬至大过年"，一眼就可以看懂，颇有生活色彩，没有任何刻意、修饰的成分在内。

第二种类型，是做过选择，乃至于提炼过的，用起来比较讲究，甚至有一唱三叹的意味。

首先，当是前边提到的阿花常用的口头禅"冤枉"，里边实在包含有太多的意蕴了。

还有湖上人常用的"打靶鬼"，内涵也相当复杂，不仅仅有"该死的"意义，也有痛惜、恨铁不成钢的味道，甚至更多。

可以列举的，当还有"找数"（抵押、赔偿）、阴功（作孽）、衰鬼（坏种）、不适（不舒服）、照镜粥（水汪汪的粥）、吃昼（吃午饭）、死去啦（跑开了）等。

还有鸡行（母鸡）之类的用语，以及人物的称谓，如阿妈、阿爸；小名，如聋牯、石妹、阿耀等，都很有客家地区的特色。

愈有地方特色，才愈是"中国化"或"国际化"，这当是不争的事实。在方言的运用上，自古以来不少作家都做了成功或不成功的尝试，在广东，如陈残云对广府方言的运用堪为典范，作为一位从外地来到广东的作家，在客家方言的运用上能这么下功夫，的确不简单。

七

《湖上女人》读毕，我立刻联想到了海峡两岸业已出现的同类作品。

20世纪70年代在台湾出现的谢霜天的《梅村心曲》，紧接着第二部，则是大陆这边著名作家白危的《沙河坝风情》。这三部作品，都同样具备客家民系或族群的原生态的意味，乡土味都一样浓得化不开，都有"让读者在富于乡土气息的生活描写中领略与思考传统精神的淳美"（温儒敏语）；都写了极为典型的客家女：林素梅（《梅村心曲》）、四喜妹（《沙河坝风情》）与阿花、石妹（《湖上女人》），而且都一般与所谓的"现代社会生活"拉开距离——仔细探讨这些共同的特点，相信会对"原生态"的文学批评产生积极的推动作用。如果有谁对这三部作品认真做一次比较，相信会有更多的启迪与获益。

生态的诗意当会永远留存下来，但原生态的蒙昧与野蛮，却不应当再继续了。凄婉动人、笔触清丽的《湖上女人》，在继《梅村心曲》与《沙河坝风情》之后，为我们再现了客家山乡的遥远而又近即的岁月，苍老而又年轻的生命，躁动而又宁静的心灵，凄美的女人与粗犷的男人，让我们多少知道历史仍在前行，更让我们多几分坚韧，不曾泯灭眼里所憧憬的未来，至少，会使自己的灵魂生动与飞扬一些。

过去的总会过去，该到来的总归会到来，只是，无论是自然还是人，春天却不会仅有一次——这便是三部客家原生态作品给我们的信念！

第四节　从《客家漫步》中看客家民间习俗

客家人的民俗传承于中原文化，在千年来的迁徙中也吸收了南越、闽越等地方文化形成了自己独特的文化风情。在黄发有先生的《客家漫步》中，客家民俗风情从一个个温馨的民俗小故事中娓娓道来，芳香四溢。

《客家漫步》中涉及了诞生、婚嫁、服饰、饮食、居住等几个方面的民俗。下面以这几个方面展开来看：

一、诞生礼仪

这是标志着一个人出生的庆贺和祝福，是人生中的开端礼仪。

（1）"胞衣迹"——"走遍天下忘不了胞衣迹！"

胞衣，即婴儿胎盘，在梅州客家地区，人们十分珍视自己的"胞衣迹"（即埋藏胞衣的地方）。客家人把胞衣当作是很神圣的东西，认为其与婴儿有特殊感应关系。因此，历来有对婴儿的"胞衣"保密的习俗。婴儿出生后，婴儿胞衣只有祖母才有权处理（如果祖母不在，则由父亲处理），一般是将胞衣埋藏于自家祖居地范围内，具体埋藏胞衣的地点只有当事的祖母才知道，终生保密。《客家漫步》中提到，外出的人"每到年关，总是匆匆忙忙地往几千里外的老家赶。并且借三婶的口说出一句话'走遍天下忘不了胞衣迹！'"

客家人把自己的出生地称之为"胞衣迹"。客家人的"开埠精神"决定了客家人长年在外"闯世界"、打拼事业，但是客家人无论身处何地，都不会忘了自己的出生地——"胞衣迹"，这也就是客属的华侨或外出的人逢年过节就往"胞衣迹"赶的原因。

（2）做三朝

还是在"胞衣迹"故事中，《客家漫步》提到了"洗三朝"这个民俗。"老家的小孩出生三天后,都要请接生婆去'洗三朝'。洗三朝的汤水中兑入了许多草药汁,接生婆一边洗,口中一边唱着祝福的歌诀。周围的客家地区还在汤水中放上一把锁和一只秤砣,锁叫'长命锁',砣叫'千斤砣',自然是祝愿孩子长命百岁、命运宝重。"

在客家地区,小孩出生三天,要做"三朝"。"洗三朝"首先是选个吉时。再是小孩洗澡水中要加入药材,包括香附、艾草、布荆叶等,有些地区还在药水中加锁和砣(福建上杭地区),意义如上所写。也有些地区是在药水中加入一些红蛋,或是放入比较大的圆卵石"做胆",表示孩子将来会大胆。在"洗三朝"的过程中,要分发红鸡蛋给观礼的族人吃,接生婆在帮小孩洗的过程中要说祝福话,过程很是神圣。做过三朝的孩子就会健康地成长了。

二、婚嫁习俗

客家人的婚姻礼俗受古时风尚影响较重,主要仍以传宗接代为目的。客家人男婚女嫁讲究"明媒正娶",客家社会正式的婚姻关系是一种"嫁娶婚",招赘之风并不盛行。客家人的婚姻方式随着社会的变迁虽有更改,但大致上还是参照旧制办理。具体的婚嫁行礼过程和我国传统过程相似,并且被提及较多,下面将会介绍客家地区特有的两种婚嫁习俗"夜嫁"和"哭嫁"。

(1)夜嫁

《客家漫步》中提到:"客家人迎亲、拜堂的时间一般择在午夜子时至凌晨,所以接亲队伍都要夜行。""客家人嫁女娶亲总是在晚上。""郑玄注《周礼》云:'古娶妻之礼,以昏为期。'《酉阳杂俎》则云:'在婚礼必用昏,以期阳往阴来也。今行礼于晓。'又说夜里迎亲是氏族社会抢亲风俗的遗存。对于夜里出门的习俗,民间亦有不同解释,有的说夜里出门不易碰到出殡、死人、妖邪等不吉利的事物,有的说夜里出行天微明时抵达寓'暗里投光'之意。"

(2)哭嫁

《客家漫步》中作者借观看堂姐的婚礼来描述客家地区的婚嫁习俗,其中提到哭嫁这一客家地区传统婚嫁习俗。"客人吃晚饭时,堂姐已经在厢房里和婶婶哭成一团,她的一些小姐妹也靠在门口,双手抹泪。客家人多有哭嫁的习俗,并认为'不哭不发,越哭越发''新人不哭,娘家无福'。""客人们吃完晚饭后,迎亲队伍点响了'梳妆炮',族中妇女和姐妹开始帮堂姐梳妆打扮,哭嫁的声音也越来越响"。

客家民俗中有哭嫁这一项,有些地方新娘在婚前一段时间要邀请姐妹一起练哭嫁歌。哭嫁的风俗有三种形式。一是有韵无词的哭,用哭音的高低快慢来哭;二是有韵有词的哭,即在哭音的基础上加上歌词;三是骂哭,是新娘出嫁前待遇不好的一种发泄方式。哭嫁在古时是妇女对出嫁的恐惧心理形成的一种表达情感方式，但演变成为客家地区一道独特的民俗。

以上两种婚嫁的现象演变至当代的客家地区已不大多见，尤其是夜嫁的现象基本已绝迹。因为客家人在办喜事时喜欢找风水先生挑个吉日吉时，而且在白天办喜事可以办得更加热闹，更多的人可以分享这种喜悦，因此，现在婚嫁基本都是白天举行。至于哭嫁，现在也比较少，现代的客家人生活越过越好，这种习俗就逐渐被人们淘汰，但是在某些客家山区还保留着这种传统的习俗。

三、服饰习俗

《客家漫步》中用一个"苍凉的凉帽"的小故事展示了客家地区一种独特的凉帽。

"它是用薄薄的篾片或麦秆编织成的一种独特的斗笠，它的顶部缝着布，有的还绣着花，花型多系梅花。在圆形凉帽的边缘，除了脸的正面一方，还垂挂着五寸来长的折叠的均匀的布条，有青色的、蓝色的、白色的，还有花色的。客家妇女在山路上行走时，凉帽上布条随人体的摆动而飘舞，清风徐来时更是姿态万千。""这种被客家人亲切地称为'凉笠哩'的凉帽据说已有一千多年的历史了。"

关于这种帽子的来历有两种说法。一是遮脸用：客家人原系中原士族，那时的妇女是不能抛头露面的。但由于战乱他们辗转流离，来到闽西、粤东和赣南的山区，这时的妇女由于生活所迫是要参加劳动的，但又不能随便见人，因此，她们就想办法在男人们戴的斗笠上罩一块黑布来遮脸，在眼睛位置开两个洞。但是长久的劳作这种打扮不方便，就将罩着的布剪开，改成在四周挂布条，随后又干脆剪去遮盖脸部的布帘，就成了今天的样子。另一种说法是防身用。客家人的长年迁徙使得他们要应对各种危险，妇女也得做好防身的打算，因此，设计出一种带布条的帽子，一来可以遮脸，一来可作恐吓用。

此外，客家服饰讲究朴素实用，宽敞简便。普遍喜穿素色，尤以蓝、黑、白色最为流行。质地多为粗布，漂蓝缎乌成衣，自织夏布做帐，也有的用夏布做夏衣穿。由于劳作因素，客家妇女不缠足不束胸。

四、饮食习俗

民以食为天，饮食最能代表一个民族的文化风格。客家流行一日三餐，二餐吃干饭，一餐吃粥。原乡客家人不像福佬人早餐吃粥，客家人早上就要开始劳动，所以早餐中餐吃干饭，晚上才吃粥。客家大本营夏季炎热，吃粥容易消化。

在广东菜的三个流派中，广州菜、潮州菜都曾经历过秦代以后的"汉越融合"阶段，而客家菜则不是。这是因为客家人在迁徙过程中，历尽艰难险阻，多是群体有组织而迁，整族而徙，成片聚居。在一个相对而言的广阔地区内，客家人比例大，反其客为主，自然其生活习俗不易被同化，反而同化了当地生活习俗，包括从不同地区迁至此地的人的不同生活习俗。因此，作为古中原特色的菜肴风味自然也保留下来了。第二个原因是，就地理条件和物产而言，东江地区与客家人祖籍中原较为接近，两者都属内陆腹地，远离海边，用以入馔的副食品都是家养禽畜和山间野味，海产品较少。客菜有"无鸡不清，无肉不鲜，无鸭不香，无肘不浓"的说法，因此，早已形成的菜肴特色乃得以保留和延续，从而使客家菜在较长的时间里自我成型、自我演变而自成一家。

家常便菜中，腌菜干、萝卜干长年不断，配以时令青菜、苋菜、白菜、芥菜、藜瓜、番瓠最为普遍。家家户户都能制作一些小菜，如生搓腌菜、生搓萝卜子，爽脆味美，富有地方特色。还有豆酱、豆腐乳等也是常见菜。豆腐干、酿豆腐等豆腐菜也很出名。

大米除做饭、煮粥外，还可做粉干、钵糕、笼床糈之类。粉干以洁白嫩细、柔软滑韧的特点闻名遐迩。还有糯米做的糍粑，大禾米做的米果，品种有糕、圆、冻、果之分，其味有甜、咸、碱之别。每逢喜庆之日，家家户户都有制备，敬神、饷客、馈赠亲友均宜，亦是农村年节传统食品。

风味小食有肉圆和灯盏糕等。肉类食品中以烧大块、白斩鸡最为有名，是宴席中的主菜。卤猪肉、菜干蒸猪肉是平时传统菜肴。

五、客家酒俗

客家人的酿米酒很出名，是客家招待客人必备的一项。《客家漫步》提到："客家米酒的酿造原料是糯米，酿制时先将原料用水泡透，然后沥干水，将米盛进木制的饭甑，再把饭甑放入预先舀入适量清水的大锅，用柴火将原料蒸成'酒饭'。等'酒饭'被晾到微温时，酿制者按一定比例配入特制的'酒饼'，再把'酒饭'装入酒缸糖化发酵，上面盖上蓑衣或稻草等保温材料。数天之后，'酒饭'便酒气熏天，这就是让人'寻尾嘴'（越吃越爱）的'酒酿'。当酿制者认为发酵已经恰如其分时，便在酒醅中兑入适量的凉开水，再把酒醅装入密封的酒瓮。只要储存得合理，这些酒醅数年不坏，而且越陈越佳。"

这一段描述把客家酿米酒的过程写得很清楚。客家人十分好客，每当亲朋好友到来，他们都喜欢以家酿米酒相待，这种米酒又称"水酒"，如是初开坛提取的酒，称之为"酒娘"，也称"娘酒"。这就是常说的"客家娘酒"的由来。这种"酒娘"好喝，度数虽然不高，但后劲大，容易醉人。

客家人在喝酒时，很注意礼节。一般使用四方桌，俗称"八仙桌"，一种可供八个人同坐的木头桌。上座时，他们很重视席位的安排，一般按亲戚朋友的尊卑入席就座。宴席间的大小位是这样安排的,如正厅只排有一张桌子,这时以面对大门的左侧为首位,右侧为第二位。然后从左到右,穿插论序,面对正厅的右侧为最小。如果安排两张桌子,这时候以左边桌位为大,右边为小,席位大小也是穿插而行。如果安排三桌,称之为"一品席",这种情况,以首席为尊。如果安排五桌,一般要排成"梅花席"。

宴席间第一回斟酒(亦称筛酒),是按尊卑长幼次序进行的,最后再给自己斟。酒斟好后,酒壶嘴不能对客人,要对着自己,否则就是失礼。敬酒时,敬酒者要站起来,左手摁胸(表示尊敬和诚意),右手举杯讲几句祝颂的吉祥语,并且要先喝表示敬意。有人迟到,视不同情况罚酒1~3杯,妇女半杯。如中途退席,要喝1~3杯,才能离席。

客家人喝酒时,为了增添酒兴和热闹气氛,在各种宴会场合,或俗或雅、或简或繁,都有猜拳助兴的习俗。猜拳时还有一些规则,比如出三时,不能拇指、中指、食指一起出。出一时,大拇指要侧向,不能往上翘。出二时,如使用大拇指、食指表示,出手时要侧向,不能像打驳壳枪一样将食指指向对方,以表示礼貌。

六、建筑特点

《客家漫步》中还提到很多客家的特色建筑。

如山亭——"在客家人聚居区的山岭间行走,哪怕在人迹罕至的地方,只要有路,你就一定会不断地看到默立路旁的简陋山亭。……这些年来,我漂泊于大江南北,再也没遇上像客家人这般关切路人的人群。大概只有像客家人这样'漂泊千年'的人群,在深深体味了行路之难后,才会对事不关己的路人投注将心比心的温柔。"确实,不断迁移的客家人千百年来在"走"着,只有不断地"走"着的人才能体会到亭的意味,这使我们可以暂时歇息,以便"走"更长的路。

如土楼——"在闽粤赣交界地区的山岭中,尤其是汀江流域的下游,一座座奇特的土楼演绎着神秘的'山中传奇'。这些由客家人用生土夯筑的民居,与周围的地形融成有机的整体,就像是从土地中生长出来的蘑菇群。"

客家的土楼曾被称为"世界上独一无二的神话般的山区建筑模式""中国古建筑的奇葩",曾经还被美国侦察机拍摄误以为是中国某军事基地的土楼,是客家建筑中最闪耀的一颗明星。

如石笔——"在福建、广东的客家聚居区,在一些客家宗祠的前面,矗立着一种非常独特的石质建筑物,高者达五六丈,低者也有三四丈,它们状如旗杆,上面浮雕着彩云缭绕的瑞兽祥鸟,出神入化的刻石工艺令人叹为观止。"这有点类似于故宫的华表,但样式不太相同。这一支支的石笔蕴含着客家人崇文尚武的精神,记录的是客家子弟的奋斗史绩。客家地区一向尊师重教,做读书人是客家人重要的价值所在。

传统的客家房屋建筑的特征,多为厅堂厨房间阁四方式。以土木结构平房为主,有上下厅,左右两排横屋左右对称,前后左右各有天井。厅中央天子壁上必有神龛供奉祖宗,厅与厅之间有厢房。典型的前有坪,后有园,四扇大门,还有门楼。厅两侧房间为寝室,厅堂平日用餐会客,年节祭祀;横屋多用来做厨房、禾仓,放农具家具杂物。浴室多在屋内,猪牛栏和厕所则在屋外。各种建筑,城关一般采用砖木结构,农村多为木架土墙,边远山村纯木建筑也不少。乡间还有"九厅十八井"的庞大建筑和修有高大围墙防寇的"土堡"建筑,至今在农村仍很普遍,它便于家族聚居,便于兄弟分居。城区房屋原也以上下厅或三四厅平房为主,城中房屋或为祠堂,后来一部分门面演变成商店。

据《中国民俗辞典》载:福建西南部及广东、广西北部传统客家住房样式为群体式院落住房,因客家长期聚族而居,帮成群体式。多为土木结构,外墙用厚达一米以上的夯土承重墙,与内部木构架相结合,并加若干与外墙垂直相交的隔墙。外墙下面一般不开窗,故形如堡垒。一种为大型院落,平面前方后圆,内部由中、左、右三部分组成。院落重叠,屋宇参差。一种为平面方形、矩形或圆形的砖楼与土楼,大者直径达70余米,用三层环形房屋相套,达300余间。外环房屋高四层,底层作厨房及杂间用,二层储藏粮食,三层以上住人。其他两环房屋仅高一层,中央建堂,供族人议事、婚丧典礼及其他活动之用。兄弟分居时,原则上平均分配,但长子不离灶,如有厕所则属于"满子"(最小的儿子),俗谚云:"长子座灶,满子座屎窖。"

《客家漫步》中涉及的客家民俗之广,此处不一一述之,仅从几点已足以展示客家民俗之美。民俗本身就是文化的积淀,愿从这几方面品尝出客家文化的美。

(本篇有研究生郑景云参写)

第五节 目光向下,草根情怀
——客家文学现象初探

《客家文学》创刊已整整十年了。

这十年,可以说,正是客家文学业已步入自觉的历史时期。鲜明打出"客家"这面旗帜的,正是在《客家文学》创刊的前后,如1994年的《客家魂》长篇小说、1995年的《客家女》长篇电视连续剧等。当然,更早的还有以客属地地名为名的长篇小说《沙河坝风情》,这是老一代著名作家白危的遗作,他20世纪80年代去世时还未见到该书的出版。这些年以客家为题材的各类文学作品,可谓风生水起,一部接着一部,且不时有名作行世。所以这时庆贺《客家文学》创刊十年,尤其有重大的纪念意义,更是"价值连城"。

也许是历史的机缘,也可说是必然中的偶然,这次来参加庆贺《客家文学》创刊十年的各路人马,无意中烘托出了当今客家文学的大格局,体现出了这一文学的精神价值所在,因此,有必要在理论上加以整合与提高。

这里第一队人马,自是《客家文学》自身及其拥有的文学骨干力量,这就不用多说了。

而来自"红土地文学"的生力军们,更是引人注目,一如他们所说的,红土地本就是客家属地,红土地文学自然也是反映客家历史与现实的艺术作品。

而来自深圳的"打工文学"队伍,即包括"打工文学"的创作者及提出"打工文学"理论的研究者。深圳本就是客属地,当年去打工的大都是粤东客家人。而"打工文学"的创立者便是梅县女作家安子,她本人亦是打工妹。

更大的一支,则涵盖了闽台、粤赣的"草根文学"的创作者。台湾钟理和的草根文学或乡土文学已为世所公认;而此岸各省表现客家乡土的文学作品如今已成浩荡之势……

于是,就在这里,在连城,在《客家文学》创刊十年的地方,便出现了一个特别的文学现象:正是在客家文学的旗帜下,结合了红土地文学、草根文学,以及作为"打工文学"的相当一部分。也就是说,作为当代中国文学的一个历史现象,客家文学业已凸显在人们的面前。我们目前或许还不能称之为一个流派,毕竟作为流派的地域性、历史性与个性诸方面,还须进一步发掘与论证,且有一个形成、发展与成熟过程,但作为文学现象,却已是引人注目的了。

我们不妨看看客家文学整合下的各门类作品。

红土地文学,当然,我们首先应提到的是20世纪同是90年代出版的《英雄无语》,可以说,这是当今客家文学作品中影响最大的一部,不仅一版再版,印数上十万,还获得了国家级的奖项,并被拍成了电影。它大跨度地表现出自土地革命至今的客家属地的重大历史事件及客家精神的维系。而由桂汉标组织、扶植的红土地诗歌,舒龙的红土地戏剧,乃至于七八十年代一度颇有影响的中长篇作品,如《抓来的老师》等,均可以综合在"红土地文学"的范围之内。这是一种历史之必然。"逢山必有客,无客不住山",客家人进入赣闽粤较迟,别无选择,只能住在山区,正因为穷困,才会有红土地上爆发的革命,客家人成为这场革命的主力军,表现这段历史,也就无法离得开客家人。客家人也本是自太平天国起义开始,愈来愈显示出其革命性、坚韧性,从而在近现代中国成为一支不可忽视的历史推动力量,文学作品不可不表现他们。

至于"打工文学",如前所言,首写并首倡"打工文学"的是客家女安子,而在理论上提出这一概念并身体力行加以推广的,正是到会的杨宏海。为此,他还得到中国作协的"理论创新"奖。可以说,对于当今文学的创新及探索而言,"打工文学"的提出,是极富历史意义及现实价值的。"打工一族"中,有不少是客家人。否则,这一概念也不会由客家人提出。在中国经济转型期间,这一文学的生命力是不难想象的,它不仅是一个全新的概念,而且是很有挑战性且极有现实性的,并且在相当长的历史阶段中发生影响,走向巅峰,应该出大作品,出流芳千古的大作品。同红土地文学一样,这也有一个历史的必然。改革开放当中,客属地仍相当落后与贫困,所以大批客家人从山区涌进沿海发达城市——如同当年大批涌入红军队伍一样,为城市的繁荣与发展,贡献出了一切。然而,直到今天,他们的遭际仍让人痛心。一年前,我曾写过一个《确立宏观的再分配机制,扼制人群、地区之间的分裂与对立》的提案,正是针对他们不曾分享到改革开放的成果而言,他们对城市贡献那么大,可他们得到的回报,包括福利,却几乎为零。

其实,上两条亦可同归入"草根"之中。

"红土地"上的人们,他们的"草根"本色再明显不过,而"打工者"本也是来自"草根一群",是历史把他们化作不同阶段中的不同角色——革命者与打工者,红军战士与城市打工族。

客家人从中原来到南方,固然忘不了祖先是"衣冠士族",也仍守住精神贵族那种姿态,但从生存遭际而言,却是彻底平民化、草根化了,钟理和等台湾作家作品是如此,像我自己的几部客家作品,所表现的亦是如此。而众多客家散文作家,如马卡丹、黄发有、黄征辉、沈涌等,所表现的客家乡情,更是如此。没有这种"草根"的情怀,也就没有了客家文学的根基。关于客家的"草根文学",可以写一篇大文章,这里只能点到为止了。

话说到此,我只想强调,愈是客家文学,就愈是要"目光向下,草根情怀"。

目光向下,是要时时刻刻关注普通老百姓,关注我们周围人的生活。时下,所谓小资文学、资本时代的发迹小说之类,已经很让人恶心了,这已经在造成两极分化、人群分裂上推波助澜。文学是人学,人,自是大多数的人,尤其是生活在底层人们的境况,更需要我们关注。封建时代,尚有为民请命者,有"民间疾苦,笔底波澜"的一腔正气,而到了今天,我们怎能光盯住钱、盯住上司、盯住财东们呢?文学如果成了这样,不是前进,而是倒退。从理论上而言,越是这样,我们今天的文学理论,越进了象牙塔,与普罗大众毫无关系了。

"草根"情怀,其实也同样在于,如何与大多数人同命运、共呼吸,这其实与民族的存亡息息相关。忘却了自己的草根身份,事实上也就是忘本,忘记了自己所扎根的母亲大地,没有了这一情怀,不仅仅是没了文学的激情、诗意与哲理,就是连文学也没了,连人的本性也没了。"草根"情怀,可以说是人性的复归。

守住客家——这哲学意蕴上的"客家",就是永远不忘"目光向下,草根情怀"这一宗旨,不忘"客家"这一身份给你带来的俯瞰大千世界的独特视角,更高地观察我们这个世界,更有远见卓识地面对时下境况,从而奉献出一部部更具审美价值和生命力的作品来。

因此,通过《客家文学》杂志十年创刊纪念会,集与会者的思想与智慧,集各路人马的成果与实力,集这么一个作家群体的共同意志,以《客家文学宣言》这样一种形式,展示出一个清晰的、可以触摸的愿景!

这一想法,不知诸位以为然否?

草于连城客家文化节上
2006 年 10 月 1 日(国庆节)

第八章 客家与红土地

第一节 红三角与客家

一、珠江，一条世界的河流

珠江，是一条世界的河流，它流入南海，汇入太平洋。无论是广府人、客家人还是潮汕人，他们皆从珠江走向世界，遍布了五大洲、四大洋。粤语云：粤人的社会太阳永远不落；客语云：凡有咸水的地方都有客家人。正如笔者在书上说的，外国人把广东话 Cantonese 视为中国话，而普通话 Mandarin 拆开则成了满大人，即官话。站在珠江口，放眼全世界，我们不难看到，正是珠江人率先与世界的先进文化接轨，领风气之先，不仅带进来世界上的先进技艺，如修铁路、试飞机——詹天佑、冯如是也，更引进了世界先进的制度和思想，如戊戌变法、辛亥革命；众多的广东先行者如孙中山、谭平山、杨匏安等引领一代风流，使得 20 世纪的中国风生水起，创立了亚洲的第一个共和体制的国家。及至 20 世纪末，珠江流域成为了中国改革开放的前沿阵地，成为了中国经济的排头兵。而这些则大大得益于以广东人为主的海外华人。改革开放之初，国际上华商的实力仅次于犹太人，有 7000 万亿资产，是世界上最大的一个经济团体。大批的爱国华商踊跃投资内地，办企业、建工厂、办学校、捐医院……我们所实际利用的外资，其主要部分仍是华侨华人的"华资"，他们为中国改革开放做出的历史贡献，再怎么高估也不为过。可以说，仅从经济改革而言，中国与俄罗斯几乎是同时进行的，但正如俄罗斯学者所说的："导致两国（中俄）经济形成截然相反局面的决定性因素，是因为中国拥有爱国华商。"人家得出这样的结论，并不是草率而简单的，而是经过大量调查与深思熟虑的。

二、客人开埠，广人旺埠，潮人占埠

海外"客人开埠，广人旺埠，潮人占埠"的谚语，说明了珠江儿女是怎样在东南亚乃至全世界披荆斩棘，艰难创业；又是怎样搞活流通，兴旺市场；再又怎样牢牢扎下根来守住一份产业的。世界没有了珠江，将逊色不少。珠江流域是北回

归线上的绿色奇迹,更是人类历史文明的创世纪的奇迹。这些年来,我出国讲学次数不少,无论在欧美,还是在亚非,都遇到不少广东华侨。在非洲的最南端,我都遇到了顺德人与客家人,了解到他们艰难的创业史。而正是他们,在国家需要的时候,或投身革命,抗御外侮,粉碎法西斯侵略;或将全部身家投入到国家的经济建设之中。对于华人华侨对国内经济、文化、教育事业的有力支持,我曾用"反哺"这个词来描述。

无论从自然地理、社会生活诸方面而言,三大民系可以说形成了广东乃至珠江流域的生态群落。最早来到广东的广府人,是沿珠江的主干——西江向东发展,占有了西江流域与珠江三角洲的广大面积,形成了"江海一体"的态势。而稍后来的潮汕人,则拥有了韩江三角洲即潮汕平原。最后到来的客家人,先是在粤东北山区,再向粤北山区发展,而后,成蛙跳式地进入粤西桂东山区。即便在珠江三角洲,也形成了他们的"飞地",而这些"飞地",则是在平原近侧的山地,如中山市的五桂山等。

粤湘赣红三角,更是客家大本营的一部分。自然生态如此,社会生态也一样。广府人重商,最早办企业,当年仅顺德的产业工人,早期比上海、天津的还多,可以说是中国产业工人诞生地之一,今天的"顺德制造",正是基于这样一种历史的底色,这就不难解释敢于自立、自司的自梳女为何出现在这些地方。而儒家文化色彩较浓的客家人,恪守的是"学而优则仕"的传统,崇文重教,不读书意味着没出息。民国创立,历任近十届的省长、省主席,如胡汉民、陈炯明、陈济棠、罗卓英等就全是客家人,更不用说洪秀全、孙中山,到朱德、叶剑英、叶选平了。《珠江远眺》中,我讲到,自己在湖南生活了30年,重返广东,意气相投的,首先是客家人,如果抛开个人感情因素不说的话,毕竟客家人与中原有着太多的血脉相连、文气相通。

三、与知识经济、生态经济天然的亲和力

其实,在经济发展上,这种生态群落也很明显。"客人开埠",当年开发婆罗洲、槟榔屿、吉隆坡,最早的便是南洋的客家人,像罗芳伯、张理、叶亚莱。在广东商帮中,居榜首的也是客家人,那便是开创"张裕葡萄酒公司"的张弼士。客家商人,当年大都是儒商,是"红顶商人",这与他们的文化传统分不开,张弼士也不例外。他在中国近代经济史上开创了很多的第一,如第一个远洋轮公司,投资广三铁路、粤汉铁路,是中国民族工商业之翘楚。广府人中,有陈启沅这样的最早的制造业先驱,而闹得风生水起的,则是有名的"四大公司",四大公司之首是先施公司,后来的永安、大新、新新公司,都是从先施分出去的。马应彪、郭氏兄弟等四大公司的头头们,均是旅澳的中山人,是他们开创了中国现代百货

业，以"不二价"之诚信示以国人，至今仍不乏警策意义。他们是纯粹意义上的民间资本，没有官商的色彩，这也正是辛亥革命最根本的民族支柱。"广人旺埠"也就是这么来的。到今天，像李嘉诚等一批潮汕商人，更跻身于世界巨富的行列，福布斯排行榜上少不了他们，牢牢地占据了一席之地。这里就不一一列举了。

三大民系，精诚团结，取长补短，可以说，他们与今日的知识经济、生态经济有着天然的亲和力，是可以大有作为的。毕竟，他们都重教育，重知识的力量，有着开放的心态，能在第一时间学习、吸收来自任何方面的先进科学技术，并有所创新、有所发展。而珠江流域，则是地球上一块绿色的宝石，生态经济的前景无可限量，大量的山川河流尚未开发，太多宝藏有待我们去发现。加上珠江流域在南中国海经济圈所具有的占位优势，粤港澳与泛珠三角其他八省，自能再创出经济、文化上新的奇迹。

人们说，当制造业饱和之际，文化则是最大、最持久的品牌，红三角，不仅以它优良的自然环境，即生态文化，凸显出它的优势，更以当今日趋繁荣的诗歌创作，包括客家山歌，作为一个历史强势的文化品牌，在向文化产业迈进。我相信，有着优秀、悠久的历史文化传统的这些文化品牌，当能抗御住来势汹汹、喧嚣一时的所谓外来大潮，形成集团规模优势，开拓出一片"红三角"的新天地！

第二节　沙河坝：人性的深处

一、客家文学的自觉

在一次客家文学作品研讨会上，一位战功赫赫的老将军，却不无深意地讲起曾有过的经历，在很长的一段历史时期内，他都极力纠正自己的客家口音，更不说自己是客家人，自然，不会去攀客家乡亲了，觉得动辄便被扣上山头主义、小集团的帽子。老将军说的是一个不争的事实，也是无法否认的历史。他之所以在这样的会上说起，是想证明为何长期以来在中国大陆始终未有"客家文学"这一提法。

是的，真正重新开展客家文化研究，进而关注到客家文学，在海峡两岸，已是20世纪90年代了。其间，整整沉默了半个多世纪。客籍作家都麻木了这一意识，在其作品中绝少自觉地去写这么一个民系，甚至连"客家人"三个字都很少提起。本来，客藉作家由于其深厚的文化底蕴，不少是中国现当代作家中的佼佼者，著作等身，但是，在他们的作品里，已看不出作家的客家身份，更读不出客家味了——当然，我们无权强求一个作家专写一种类型的作品，他们的视野也应开阔得多。但是，这么多年"数典忘祖"的现象，毕竟是不正常的，发人深省。

至于这些作家，我们也没必要再提及他们的名字，他们有的已经过世，有的恐怕写生了，让他重返"客家文学"的路也不大可能。好在现在已有一大批客籍作家脱颖而出，无论从创作势头而言，还是业已表现出的功力与文化底蕴，都是以往所不能比拟的，世纪末客家文学在大陆产生的自觉，令人激赏，更引人注目。

然而，在大潮到来之际，我们却不能不怀念那些筚路蓝缕、从无到有的拓荒者。从事客家文学创作的先驱者在万户肃杀、万马齐喑的状况下，克服着极大的困难，顶住重重压力，特别是政治、经济上的压力。

我在这里说的是著名老作家白危——一位出生于客家故地兴宁的客家文人，一位在二十世纪七八十年代便开始了真正意义上的客家文学创作的先行者。颇有意味的是，在这之前，他最有名的作品，是皇皇三卷本的《垦荒曲》——那是写共和国初创时，一批热血青年如何深入黄泛区创建农场、为国分忧的长篇巨著。在那部作品中，他以洋溢的激情，记录下了一段难忘的历史。也许，他并没意识到，在"文革"后期岁月里，他却又成了一位真正的"垦荒者"，一位在客家文学荒原上再度垦殖的开创人！

很难想象，在写"文革"后第一部客家文学作品——长篇小说《沙河坝风情》之际，这位闻名遐迩的老作家，其身份竟是街道里弄里的"无业人员"，直到不幸过世——那已是1984年了，也仍旧没能改变他这一身份。如他自我调侃的那样，"就算我是个'三自一包'的作家吧！"

当然，这与今日的自由撰稿人是两码事。

那时，稿酬很低，近乎无，而他这部《沙河坝风情》，在其生前亦未能出版，自然没有稿费支持。

而年迈体衰的他，不仅得时时上医院，自费掏腰包看病；而且为了创作，下去调查采访，体验生活，同样也得自理——对于一位本来是专业作家，为中国文学做出杰出贡献的他，陷于这样的逆境之中，政策得不到落实，还得承受政治上与精神上的巨大压力与打击，仍痴心不改，笔耕不辍，需要多大的毅力与勇气！要知道，他已是古稀之年了！

他倾注了最后的生命，完成了这部长达40万字的书稿，从酝酿到写作，几十个春秋；而从动笔到写成，也披阅数载，大改四次，字数达200多万。从严冬到酷暑，从梅雨到秋燥，他抗御着病魔一次又一次的袭击，在仅仅六平方米的阳台中伏案写作。入夜，妻儿均已入睡，他仍在写；清晨四点，桌上的台灯又一次亮了……病倒了，眼球结膜出血，他仍放不下手中的笔。有人劝他改改就算了，他却正色道："我出书的机会不多了，出一本，就要对得起自己的读者。"

如他的伴侣杜琴远在书后所说的："白危生前死后没有任何荣誉和地位的光环伴照着他，他只有一个称号：作家，但他是无愧的，因为他用自己的笔为祖国的文学艺术事业辛勤耕耘，奋斗终生，为深深爱着的祖国和人民留下他用心和血交织出的一幅幅彩卷，我们永远怀念他。"

二、斯人独憔悴

白危这种坚韧不拔、无视名利的创作态度，本身就代表了客家精神——如不少人所归纳的：重义轻利，重人生的意义，重民族的大义，而轻个人的得失与安危。这应是客家精神的核心，强调这一点，在这里是很有必要的。如果不是一次不幸的车祸夺去了他的生命，已73岁的他，很有可能还会创做出更多的作品。据他夫人所称，他还要把《垦荒曲》第三部续完，手头上尚有两个中篇的初稿，一个长篇的构思，还有更宏大的打算……可惜，出师未捷身先死，长使英雄泪满襟。

此时，他已无所谓平反，无所谓落实政策了——这一切，都是在他死后才得到的，来得实在是太迟了，死后才恢复什么"作家编制"，对他又有什么意义呢？

早在20世纪30年代，他便是左翼文人中的一员。他在上海东亚同文书院学习，后来又参加了中国人道互济会，并且以极大的热忱，参与了左联的新木刻运动——人们都熟知，当年鲁迅对这新木刻运动是抱有多大的希望，并亲自为之奔走、撰文推介，也就是这个时候，他编译出了第一本书《木刻创作法》。

抗日战争爆发后，他还在大后方的兰州，担任了《战号》旬刊的主编。

全国解放后，他成为了上海市作家协会的专业作家——他自1933年即开始发表文学作品，出过短篇集《复征》《渡》，中篇《过关》，后来还有《青年拖拉机手》……

他从客家山乡走出来，少年时代，便参加了学生运动——这自然是共产党组织的，从而被校方开除，于是，不得不离家出走，开始了一生的坎坷与追求，一管笔从此就没有放下。客家人崇文重教的传统，始终在他身上得到延续。他刻苦，他勤奋，坚韧不拔，没有气馁与认命的时候。他创作的辉煌期，是与共和国一同到来的，他与黄泛区的农场工人一道，同吃同住，开垦植被，忍饥挨饿，吃尽了各种苦头，真正做到了与寻常百姓一道同艰共苦，也一道分享丰收的欢乐。在长达七年的农场生活中，他边劳动边创作，竟留下了好几百万字热情奔放的作品。《垦荒曲》正是记录了这段可歌可泣的"创世纪"的开端。

然而，对于一位正直的知识分子来说，他绝对不可以在真理与事实面前噤口。当他真诚地揭露出我们生活中不可避免的阴暗面之际，厄运便立即降临了。

那是1957年，他写出了颇有胆识的优秀特写《被围困的农庄主席》，立即便被后来成为"四人帮"一员的张春桥在大会上点名批判，张春桥在上海权倾朝野，他一点名，这还了得？从此，白危便被打入了另册。紧接着，一个又一个运动都逃不了干系，直到"文化大革命"，更是登峰造极，上海作协成了"文艺黑线"老巢，他这位老作家更是老牌的黑帮分子，种种不实的罪名都落到了他头上，审查、批斗、牛棚、流放……他都不能幸免，由此落下了一身重疾。直到1975年，总算有了个所谓的"结论"——那年代的结论哪有什么好的，无非是为把你扫地出门提供个借口。在张春桥的指令下，工宣队、军宣队（作协正被"工管"与"军管"呢，这恐怕是古今中外绝无仅有的"伟大创举"）勒令他"滚出作协"，强迫"退休"。

他不服！

他毕生追求真理与光明，用热情来燃烧整个生命，岂可屈服于佞臣的淫威之下？于是，从1975年"结论"起，他便开始了顽强的，也是漫长的抗争——进行申诉。这一申诉，自1975年到1984年他去世，整整十个年头，比八年抗战还要长！他要求他这个从事文学艺术工作50余年，解放以来一直是专业作家的作协成员恢复在上海作协的编制，落实政策……

然而，直到他不幸去世，他的申诉都没有得到答复——虽然1984年平反冤假错案高潮已经过去了，包括上海最复杂的潘扬案也于1983年公开平反。可他一介书生，有谁理会呢？到死，他还是街道中的"无业人员"。

可他是有业的，有自己的事业！

一边申诉，他仍一边在构思自己的作品——《沙河坝风情》。

这位诞生于辛亥革命风涛前夕，历经三个朝代的作家，对家乡的山山水水有着一种无法割舍的深切情感，对家乡的亲人更是始终怀着挚爱。他出身清贫，自小便与贫家子弟相处，好在客家人重文，所以，才得以有幸进私塾，上学堂，能识字断义，自小便好上了写文章。客家山乡的风土人情，脍炙人口的客家山歌，无时无刻不在他眼前与耳边；而旧中国客家乡亲水深火热中的生活，为生存不得不远走他乡，乃至"卖猪崽"漂泊重洋上异邦，生离死别，抛家弃子，留下孤儿寡母日夜啼哭——这一切，更时时刻刻在煎熬着他的心，他不能不把它写出来，仿佛怀中揣着一团烈火！

在1957年厄运开始后，在写作与出版《垦荒曲》之际，他就一直酝酿着这部作品。可一次比一次"左"的运动，使他刚拟上几句大纲，便又不得不放下了。直到粉碎了"四人帮"，拨乱反正，平反冤假错案，他终于嗅到了春天的气息，于是，于1979年底，下决心提起了笔，开始了《沙河坝风情》的浩大工程。

是的，在当时，如果写一个拥有巨富的过番客积德行善，势必有"美化"剥削阶级之嫌，哪怕他本是"卖猪崽"出去，也得骂他几句"背叛了原来阶级"；至于写贫苦百姓忍辱负重，没有立即起来反抗，那更是"丑化"贫下中农，罪莫大焉……而他至死仍是戴"罪"之身，这么写，岂不罪加一等么？

可他看准了业已显露的曙光，抱着巨大的希望，又一次开始了在稿纸上漫长的远征！到 1982 年，他完成了初稿 50 万字，又大拆大卸，改了四稿，删去十万字，重写十多万字，用了五年光阴，于 1984 年 9 月 24 日完成了第五稿。没"落实政策"他却给自己落实了，以这定稿的 40 多万字，重新为自己作为作家而正了名，在贫困潦倒、老迈年衰之际走向人生的再度辉煌……

可偏偏又遇上了不测！

三、人性的反思

《沙河坝风情》无疑是中国新时期客家文学的开山之作、扛鼎之作！

这部鸿篇巨制的可贵之处，是以其较为鲜明的客家意识，以宏大的气魄，反映了在波澜壮阔的历史变迁中粤东客家腹地动荡的生活，描绘了客家人对爱情的忠实与执着，对社会恶势力有力的抗争，并不曾落入僵化的阶级斗争的图解之中，写出了众多栩栩如生各有典型意义并带有复杂性的人物，切入到了人性的深处，以一幕幕人性的悲剧，昭示于后人，以从中引出深刻的历史与文化的反思。在 20 世纪 70 年代末动笔时，能站在这样的艺术与思想的高度上，实在是难能可贵的。

小说开篇的题记，使用了脍炙人口的客家山歌：

> 入山看见藤缠树，出山又见树缠藤；
> 树死藤生缠到死，藤死树生死也缠。

这似乎有点"爱情至上"的民歌，可以说是贯穿了全书众多男女主人公的爱情悲剧，表现了客家人对真正的爱情的无畏追求。上卷《望夫崖》，落卷于女主人公四喜妹被发现曾在祠堂里野合，从而有辱于列祖列宗，有违族规，"罪不容诛"，并交"公众决断"，"处以极刑"，"或让众人打杀，或放火焚烧"，在伤痕累累之际，虽说被表姐救出，准备逃往山里，却不知怎么迷了路，到了当日送情人松古哥"上船过番"的地方——望夫崖。于是，她"但见河水茫茫，水天一色，忽然触景生情，想起和松古哥分手时两人信守的'树死藤生缠到死，藤死树生死也缠'的诺言"，与其受辱，不如以死明志，便蹈了传说中望夫崖上女子的故辙，纵身一跃，跳河自尽了！

客家女对爱情的坚贞，也就在这一跃中了！

小说对两人一波三折的爱情故事，写得环环相扣，紧张而又动人，惊险而又舒缓，让人回味不已，激情不已。这边，四喜妹快成年了，陈世八老爷要纳妾，大老婆呷醋，想把四喜妹卖给人贩子；那边，松古哥却要被退佃，加上两族敌对，为探看四喜妹差点死于乱枪之中。没料峰回路转，因恶霸们狗咬狗，人贩子给抓走了，四喜妹也跳河失踪；这边松古哥被告拐走四喜妹，陈世八发出寻人告示又急忙撕掉——怕败坏自身声誉，那边却冒出了个四喜妹的亲姐姐阿翠，要赎回当日人贩子在四喜妹五岁时拐卖的卖身契……眼看,一切都如意了,谁知,喜妹生的根生,却不允许进嗣堂拜祖。这边抓壮丁,又逼得松古哥无处可逃,最后不得不走上当日父亲同时也是众多客家人的老路——"卖猪崽"上了南洋……

结果,他也就永远见不到自己的妻子了,等待他的,也是与祖辈相差无几的一幕爱情悲剧!

在《望夫崖》开卷处,便是写他母亲眯着眼睛看雁鹅远去、盼望夫婿归来的一幕,殊不知,松古爹早已不在人世,死在了异邦。父子两辈人的爱情悲剧,就这么相互映照,令人扼腕。

而到了下卷《闹元宵》,更写了侯山妹同阿章"叔嫂恋"的悲剧,结果,也是阿章被蒙骗"卖猪崽",到了番邦后愤而自杀了。不过,侯山妹并没有沉沦,在一度精神失常后,终于同松古哥一道,上了云霄山,扯起了穷人造反的旗帜。

可以说,全书正是以这样一出出的爱情悲剧贯穿始终的,但是,白危以娴熟的技巧,出色的艺术功力,把大革命失败前后的历史背景充分地展示了出来。其间,有作为国民党县政府的黑暗统治,尔虞我诈,钩心斗角,鱼肉百姓,兵匪一家,连县里警察局的一位股长,也可以与人贩子勾结在一起,分一勺羹;县党部书记两头通吃,借调解之机,敲诈勒索,堂而皇之称,我当书记的出面才值100两纹银?末了,县长也可以被城防司令扣下,要讹500大洋……大鱼吃小鱼,小鱼吃虾米,包括票行,也敢勾结族里的管家,侵吞海外寄来的救命钱,黑心到认为,等收款人一死,钱自然便无后顾之忧了。

此外,宗族之间错综复杂的斗争,也展现得十分精彩。时而械斗,时而又勾结;时而装得宽宏大度,时而又锱铢必较;世代冤仇,无时可了,从而苦了一代又一代的后人,重演了一出又一出罗密欧与朱丽叶的爱情悲剧,不知枉死城中又送进去了多少冤鬼。所谓的族规族法,从来是只对下面不惩上,只要当上了长字号,哪怕血统不正也安然无事;而你明明是嫡传子孙,说不让你拜祖宗就拜不成,其中的虚伪、残忍、冷酷,经作者层层剥茧,可谓暴露无遗,苦的都还是老百姓。正是在温情脉脉的宗族外衣下,迟家大管家、二管家,可谓坏事干绝,良心丧尽。表面上他们比陈世八要温文尔雅一些,没那么粗俗、野蛮,可实际上,是吃人不吐骨头,不露形迹而已。四喜妹的死,阿章被卖至死,全是他们一手做出来的。在不动声色中,他们断送了多少年轻、无辜的生命!而那个所谓有近百年良好信誉的"乾元当","除了独自吞挪侨汇放印子钱外",又另有一个小金柜,"丧心病狂地把许多孤儿寡母的侨汇中途扣下来转手又高利贷给他们……","他们胆子越来越大,每笔侨汇到了他们手里,就像雁过拔毛一样,毫不留情,一律扣下来,先拿去放印子钱,少则十天半月,多至一年半载的也有。生意做得非常广泛,遍及城乡基层,几乎都有他们的债户,恰如撒下一张密密麻麻的渔网,不拘大鱼小鱼，全都一网打尽。甚至神通广大的县商会会长，有时为了应付急如星火的军饷一时筹措不出，也难免伸手向乾元当挪借。"读罢这一段话，可见这种黑暗的金融资本运作有多么恐怖，大总管甚至还斥责账房先生："怎么啦！你又沉不住气了？你不是说那个姓罗的老婆子病得很厉害吗？她要是死了，那不是绝了收款人，再没有人来过问这笔汇款了吗？你沉住气等一等，反正她不久于人世了，过得了冬至，也挨不到立春。"这种杀人不见血的冷酷，谁不为之战栗？而这个乾元当，也同样打着宗族的旗号，利用远在南洋的大番客迟宗唐的名望，一手遮天。

就这样，宗族间的斗争与貌合神离的联合，更交织有贫苦百姓一部部悲惨、无告的历史。纵然有说"仓廪实而知礼节"，也有说"为富不仁"，或者说"贫困是罪恶之源"，也有"美德在普遍清贫百姓"中，其实，都不可一概而论，有大番客的热心桑梓公益事业，松古哥也几番得到他的庇护才化险为夷，却也有他手下大管家、二管家的笑面虎式的剥削、欺诈；同样，有赖阿四作为流氓无产者的无赖、奸诈与叛卖，嗜赌如命；也同样有松古哥、阿章的憨厚、朴质、见义勇为、富于同情心……这种脱离图解的政治模式的写法，可以说是早了《白鹿原》整整十年，这也是长篇小说创作在新时期的一个具有开创意义的起点，它虽然没有后者现代主义的衣饰，反而平朴、自然、真实可信。可惜，这一条，迄今仍未得到充分的评价。

四、不仅仅是家族史

可以说，《沙河坝风情》是一部家族小说——写了两个家族，迟姓、陈姓，但它又不完全是家族小说，它虽然以两个家族兴衰际遇、彼此较劲的命运变迁为线索，映照出了大革命失败前后（从海陆丰农运到红军割据）的社会动荡与人间沧桑，以两个家族中上上下下——大至番客、族长、管家，小至佃户、短工、童养媳（等郎妹）各等人物的不同纠葛（宗族间、亲戚间、雇主间、债户间等）演绎的生活长卷，透视或折射出"沙河坝"这个特定的客家腹地世间万象与人生百态，以犀利的解剖刀，剖析了宗族统治秩序这一宗法制在农村社会的生存根基及其必然走向崩溃的历史命运。但是，它却从更大的时代视角，去审视了整个客家民系的历史走向——侯山妹、松古哥在历尽磨难，所有亲人都几乎死于非命，忍无可忍之际，终于"上了山"，走上了革命造反之路。这也正是蕴藉于这个民系上千年，尤其是近百年间那种敢于求新、敢于抗命的历史传统——从洪秀全、孙中山，一直到"云霄山"——这实际上是指客家腹地赣南，当年红军的中央根据地。因此，这么一部家族史的长卷，便与整个中华民族独立、解放的伟大觉醒，紧密地联系在一起了！

因此，我认为，这部力作，正是非常真实、真切地写了一个民系乃至整个民族的历史觉醒过程——具体通过沙河坝两姓的子民们一个个不同觉醒的历程来表现。

说它真实,是因为它没有既往的口号式说教,甚至没有半句说教,而是完全通过人物自身命运而走向的觉醒,不是盲目追随什么,而完全是逼上梁山。虽然书中也写到个别地下工作者,但并不是以君临苍生的姿态出现,更没有说任何大道理,而且在书中也是非常次要的角色。它主要是浓墨重彩写了松古妈、四喜妹等人忍辱负重到最后仍被折磨至死的悲惨命运,写了她们尚未有反抗意识便已被认为"谋反"的可悲之处,写了形态稳固、可以滥施淫威的政权、族权走向衰落与瓦解的内在必然性。全书生活化的画面占据了主导,不曾取政治的视角或做出政治的阐释——这正是作家老到的功力所在。

说它真切,是因为它写出了人物的复杂性。大番客迟宗唐无疑是个造福桑梓的好人,松古哥及别的穷人,都得到过他的荫施,对孤儿寡母也有很多的关照。但是,在阿华嫂,即侯山妹"不守妇道"之际,他却也可以中断对她的救济。正是他浓厚的封建意识,又使他在国内几乎所有的代理人,一个个横行霸道,作威作福,几句话便足以把他哄骗过去,他对此不是无能为力,而是成了"大红伞"。还有陈家的老人陈福,他能在恶霸陈世八手下当管家一辈子,不能说不曾同流合污,可他却能利用上层的矛盾,相应关照松古妈等一批贫苦百姓,事实上也还是做了不少好事,这也不能说他泯灭了良知。包括烂仔赖阿四,是个无赖,人见人憎,可他最后却为吃大户的农民领路,终被当局斩首示众……包括松古妈,吃了那么多苦,其忍辱负重可谓到了极限,可她并未似流行小说所写的那样终于觉悟,还有,小说中众多的自杀——四喜妹、邹四嫂、金凤、阿章……实在是太多了,但是,读过后,我们能谴责他们没有早早觉醒么?单纯"哀其不幸,怒其不争"是不足以说明当日历史层层的黑暗的。

作者在松古妈被折磨死后,写下这么一段:

> 松古妈在坎坷不平的世路上走过了漫长的一生,尝尽了人生的酸甜苦辣,身外一无所有,临终没有留下一句话,就这样含恨而终,长眠在南山脚下义冢里。坟上没有墓碑,自然也不会有人给她作墓志铭。倘有,那就是给人留下苦难的一生,铭记在千千万万和她一同命运的人的心坎里。坟上铺了一层细茵茵的草皮,在众多的坟头上偶添上一座新坟,也不显眼。因为清明刚刚过去两天,许多旧坟都添了新土,烧过纸,或者插上嫩绿鹅黄的柳枝。

是的,她"没有留下一句话"——正是这么多的不觉醒,才有真正可信的不多的觉醒,最后走出了侯山妹与松古哥来!否则,觉醒也太轻而易举,不用付出血的代价了。也只有长期积蓄的深仇大恨,才让他们意识到,不上山是没有出路的!更谈不上复仇!

也许,会有人指责书中写自杀写得太多了,尽管自杀的方式不一样,或上吊、或跳崖、或服毒,等等,但是,这种自杀,却也是一种绝望的反抗,甚至是一种雪耻式的反抗。她(他)们在上山之前,除此之外,还能有别的方式来表达反抗与不服么?作者不曾落入俗套,来什么死后复生,饶幸得救之类,倒是说明他写法上的平实、淡远与朴质。

关于这部新时期客家文学的开山之作,可说的还有很多。如整个长篇结构上的匠心独运而不露斧痕,娓娓道来却已编织得几乎天衣无缝,叙述语言上的平和、柔中有刚,婉转抑扬,但暗中却分明透出极强的功力。尤其是客家风情、民俗的展示,恰到好处的客家山歌的运用与点缀,深厚的客家生活底蕴等,都是可以分别作一篇篇文章加以评述的。

书中客家方言的运用,也是很见作者的生活功底的。随手拈来,诸如说当侦探,则是"查山脚";说弄得乱了套,则为"五马奔槽";骂"王八蛋",客家话为"侩底";说儿子大了为娘不再当家,便是"子大娘冇胆";还有客家的谚语,如:钻心虫咬过的芭蕉树——心烂到皮,根烂到顶,等等。可谓运用自如,锦上添花,更增加了客家特色。光这一条,也是可做一篇大文章的。

总而言之,从作品的内容到艺术形式,从里到外,《沙河坝风情》都渗透了客家侨乡的清淳气息,是新时期开端之际一部殊为难得的乡土杰作,更是客家文学中的佼佼者。感谢中国最高的文学出版机构——人民文学出版社,独具慧眼,为我们这么早早推出《沙河坝风情》来,在客家文学发展史上,留下了一个无可替代的里程碑。

这篇评论,只能浅尝辄止,姑且作抛砖引玉,盼有对《沙河坝风情》更中肯的评论。

(此文曾被收入他人的论著中却未署名,为避免误会,特此说明)

第三节 红色意象与生命境界

一、评舒龙《客家与中国苏维埃革命运动》

红土地与客家,有着不解之缘。

秋收起义一声枪响,就响在湘赣边界的客属地,修水、铜鼓、浏阳,都是客家人聚居的地方;秋收起义部队在浏阳文家市集结,奔向的目的地,也是客家人袁文才建立的工农武装立脚点井冈山;而伟大的井冈山会师,则是毛泽东领导的秋收起义部队与客家人朱德率领的八一南昌起义部队的会师；后来的中央根据地，更是在客家大本营之中！

这些，莫非都是历史的巧合？

然而，有一部书却这么告诉我们，这一切并非巧合，而是历史之必然。客家人的漂泊，铸造了他们身上的革命性；红土地当年的贫穷，更令他们穷则思变，于是，土地与人，便把一个革命的情与势，这么推了出来，与其说是巧合，不如说是宿命：命中注定。

这本书叫《客家与中国苏维埃革命运动》，这本书的作者是舒龙。

文如其人，舒龙为人豪爽、大气，快人快语，他这部《客家与中国苏维埃革命运动》，也同样写得大气、豪气、虎虎有生气，他写朱毛红军的客家背景，写客家精神与红军的英雄气概，钩沉掘深、旁征博引、十分雄辩；他写客家人的迁徙与红军的游击战术，客地寻乌与毛泽东思想的发轫，也有理有据，一以贯之，做到历史与逻辑的一致；他写客家女的传统美德与朱毛红军的巾帼风采，写客家民歌与中国红色经典，更是文采斐然、引人入胜，让人激赏不已。

要大气，自然要有统领全局、纵横捭阖的将才。写书也同样是需要将才的，那就是如何把历史材料把握好，如何将之提升、概括。当然，一部红土地与客家的历史，金戈铁马、枪林弹雨、炮火硝烟，充满了开拓、创业的豪气，但并不是任何人所能够消受得了并表现出来的。江南历来被视为柔弱文人的滋生地，只会生产出无病呻吟、见花落泪的散文小品，然而来到赣南一沾上客家，陡地便阳刚了起来，不独舒龙人高马大，连作品也充满了阳刚之气、出手不凡，足以震慑所有的读者，并为之奋发起来、抖擞起来，为前辈的业绩，也为舒龙的"鼓与呼"而一往无前。

我想，这一大气，正是来源于舒龙在这片红土地上获得的灵气，中国革命本就是大气的，近千万平方公里土地上这么多亿人民的革命，能不大气么？

大气，是该书的第一特色。

除大气之外，当讲文气。本来这类研究著作，由于种种原因，每每会写得很规范、呆板，读起来会觉得干涩、枯燥，但是舒龙这本大书却与同类著作不一样，它娓娓道来，有起有伏，让人如入胜境，有文采、有哲理，更有激情，这是一般做学问者难以做到的，我想这恐怕与舒龙本身是文人相关。一部大作读下来，读出的是智慧、是思想、是作家宽阔的胸怀，这才能有所裨益。读下来，如果索然无味，则反是一种折磨了。由于舒龙先天有这么一股文气，这么一种大气，就能让人一口气读下来而不会觉得辛苦，这便是搞文学的好处。

搞文学，需要灵气；做学问，同样需要灵气。这么一部大书，没有灵气是万万不行的，这部书一揭开作者之手记，便足见灵气，不妨引录下来：

在世纪初，赣南、闽西，既是客家的"摇篮""大本营"，又是红军、苏维埃政权的"摇篮""大本营"，这是巧合吗？

在我看来，那些历史"巧合"现象，是发展的"必然"。客家与红色虽是两个学术题，却是一篇大文章。

这"巧合"与"必然"，自须由灵气贯穿了，没有灵气，是难以悟出其中的真谛的。没有灵气，也就没有这部大书的编纂，尤其是前边所提及的众多论题的确立。

说灵与气，也许是从事艺术者所拥有的优势。这部大书，当然应算是一部学术著作，而且是一部严谨的学术著作，而学术著作每每显示出的是作者的逻辑思维、实证能力以及驾驭史料的本领，这一条舒龙自然是做到了。但学术著作，要有所突破、有所创新，光靠逻辑推理与实证，是远远不够的。君不见众多的学术泰斗、理论大师，其笔下，一样文采斐然、灵光闪烁。只有灵气，方可有所顿悟、有所发现、有所创新。当今的思维科学，从理性走向非理性，强调一触而发的意念，看重人的悟性，不是没有道理的。试看舒龙写"风水最好"的红土地客家民宅，写朱毛红军的巾帼风采，不处处有悟性么？从"痴情"到"着魔"（见该书的"前言"），这显然不是一个逻辑进程，而是难得的感悟，乃至"迷狂"，如柏拉图所言。

正因为有灵气，这部作品才如此充满机锋，才如此发人深省，才高瞻远瞩，成为经典，引来海内外的青睐，无论任何人——哪怕当年是敌人的，都能感到它的价值所在与它的沉甸甸的历史分量。

说到历史，我便想起我在20世纪末给再版的《客家圣典——一个大迁徙民系的文化史》序言中所写的一段话："是什么时候，世界与中国的史著，竟渐渐变得枯燥而苍白，反而标榜其严肃与学术化了呢？今人为何不可以在自己的史著中，在学术的殿堂独抒一下性灵，让这严肃的领域增加一点个性色彩呢？"

我想，舒龙是会响应我这一呼吁的，因为他已经在这么做了。确实，像他这样一部历史著作，不仅要有科学的严肃、严谨，同样也应有艺术的灵性、灵气，应该借用艺术的手段、富有色彩的语言，把历史传递给所有的阅读者。只有这样，才可能引起阅读者对你所写的一切，无论人物还是事件、历史还是人性，都予以关注，并产生兴趣，这才可能实现写作这么一部历史著作的目的。榜样学术化、枯燥无味、苍白冷漠，又怎么能让读者接受你要说的一切呢？

历史著作，当走向普罗大众，非如此不可；放在象牙塔里孤芳自赏，恐怕是不会有多少生命力的！

大气、灵气，已不消说了，还有一条得说的，那便是底气！

底气，就是要有历史的底蕴。

一位作家，没有博闻强记的历史学问，没有占有充分的历史资料，没有过人的历史见识，那就很难说得上是有底气了！

要做好客家与红土地这篇大文章，没有底气是万万不能的！

舒龙是有底气的——这不仅指他从事红土地文学创作几十年，而且指他在这部大书中，确实占有了非常丰富的历史资料，所以，写起来才得心应手、左右逢源。

说底气，那便是由一个人的阅历、见识、文化修养等聚集而来、沉积而来的。一个人，要对笔下所写的一切胸有成竹、毫无疑义，是需要有各方面的修养的。一部客家与红土地的著作，自然需要对客家历史、文化有透彻的了解，尤其是对客家精神深刻的把握，然而，这还不够，还需要对红土地，对那一场土地革命、对中央苏区、对朱毛红军等，有着认真的研究以及深入的思考，并把二者有机地结合起来。不过，说到这，也还不够，还需要作者有哲理上的升华，毕竟，理论性是一部学术著作的标志，是不可以薄弱的。这样，客家与红土地、实践（写作）与理论，都能够相当地到位，底气也自然足了。正所谓"读书破万卷，下笔如有神"矣。

而这本书，除开它的思想性、学术性外，更具有史料性，也就是说，它同样为他人的学术研究，提供了丰富的史料。远的不说，就说我自己吧，正好在主持百万言的《客家文化史》的写作。近代三大革命中的客家人已写完了，而现代史中的土地革命、抗日战争、共和国创立这三大历史进程中的客家人，刚刚着手在写，这本书对我来说，可谓如获至宝，它提供了不少有价值的参考资料，尤其是土地革命这一段，至少让我大大松了一口气。在这里，先说上一声谢了！

当然，它对我而言，不仅仅是史料，还有思想启迪，还有更多的东西！

大气，灵气，底气！

我想，以此"三气"来评价舒龙这本书，当不为过。

对于任何一部历史著作，这"三气"，也同样是缺一不可的。

没有大气，便委琐了；少了灵气，就呆滞了；缺了底气，更是无根可寻，轻飘飘的。

从这部《客家与中国苏维埃革命运动》中，我们还可以获得很多的启迪，诸如，如何抛开孤立地写一段史实的拘谨的写法，将其与文化的大背景，也包括与地域的大背景结合起来，使之更有血有肉，更具可信度；同样，如何摒弃艰涩的"八股式"的史论写法，使之生动、活泼起来，与艺术笔法乃至戏剧手法结合，让人过目不忘，真正让历史为大众所认识、所接纳，更具可读性……这些，都是需要我们认真思考的。而最重要的是，当有正确的、先进的史识，不走眼，笔下也不走样，拿出来的，厚重而又机智，雄辩而又绚丽，兼学术与文学二者之长，更有哲理与史学之光辉。

无论是客家学上，还是红土地研究上，这部著作，都是一个巍然屹立的里程碑，在历史风雨中日益显现出其灵光来！

为了红土地上的客家人，为了中华民族的伟大复兴，我们当有一部部这样的鸿篇巨制。

二、评舒龙《红色畅想曲》

不止一次观赏到当代的一种"大地艺术"：那是把数以千百计的红色雨伞撑开，布满了山坡、草地，乍一看，如燎原的烈火，在广袤的原野上升腾；又如灿烂的霞光，映红了千山万水；更如红色的洪流，一泻千里……其中的韵味，无穷无尽，尤其是那令人激赏的场面，颇叫你热血贲张，无法自已。红色，历来是生命的颜色，它来自生命之源——阳光，它来自大地上无数的鲜花，来自人类沸腾的热血……

打开舒龙这部散文集，我立时便似再度看到这样宏阔、壮丽的"大地艺术"。这不仅仅因为他的《红色畅想曲》，更在于他为人为文的风度、风格，那种豁达、豪爽、海量，在他，无论为人还是为文，不一样拥有这样的"大地艺术"么？

他以整个的生命，全部的热情，营造了这一红色意象，更以诗化的、富于美感的语言，烘托出了这一红色意象，从而弥漫了整个文集，让你为之倾倒。著名哲学家卡西尔在《语言与神话》一书中曾这么说过，人类文化的早期，语言这种诗意的或隐喻的特征似乎比逻辑的或推理的特征更占优势。德国思想家赫尔德的老师乔治·哈曼说过，诗是人类的母语。

那么，舒龙以诗化的语言，营造这红色的意象，自是"人类母语"的再现，所以才达到这一审美的而非逻辑的高度，才这么扣人心弦、催人奋发！

笼罩全书的红色意象，并非刻意的营造，而是内心激情的外化，换句话说，那正是用心血浇洒出来的，才红得那么透彻，红得那么悠远，红得那么壮观！

这便是舒龙！一位在红土地上成长起来的文学家！他的根，正是深深地扎在这片殷红的土地上，这片渗透了红军将士热血的土地上！

所以，他的散文，才这么有血性，才这般焕发出红色的光彩！

他写了很多的红色领袖、红色传奇……层层叠叠的"红"，成了他一方韵致无穷的文学景观，让人读起来爱不释手……而在众多的篇目中，令我心魄震颤的，思绪无尽的，便是《胡耀邦的八境》。

自然，这也同样有着红色意象……

正如他在篇末所说的：

矗立在章、贡二水汇流成赣江之处的八境台，不仅仅是赣州的象征、市民的骄傲、城市形象的明眸，更是——

　　历史的八境，是诗的八境，是画的八境。八境文化，博大精深。

　　耀邦的八境，是红色的八境，绿色的八境，古色的八境。八境铸锻着一代历史巨人的灵魂。

　　这里，包含着一个动人的历史故事。

　　那是1980年的冬日，身为总书记的胡耀邦同志，来到八境台的遗址上，问起早几年一场大火把古八境台化为灰烬的往事，之后良久没有发问，"只是在城墙上来回踱步"。

　　舒龙是这么写的：

　　　　他突然停下，郑重地说：要恢复八境台原貌，历史名胜古迹是文化遗产，要保护建好后有利旅游。台湾同胞回来重睹八境台，利于两岸人民的团结统一。他还指示，重修八境台，一年不行就用两年，国家也会支持的。修好之后，我要登台看看赣州的新八境。

　　　　在耀邦同志的关切下，重修工程得到了各方面的支持。从1984年动工起，到1987年5月1日，历时3年建成的仿宋式八境台正式向游人开放。重建的八境台共3层，高28米。其琉璃瓦面、斗拱飞檐、画梁朱柱、藻井彩绘，整个建筑溢彩流金，巍然壮观，气势挺拔。人们翘首以待耀邦前来剪彩。

　　寥寥几笔，就把耀邦深切的人文关怀，尤其是历史见识，写得非常到位。

　　同时，更把百姓对他的"翘首以待"铺垫得十分厚重。

　　然而，这个时候，耀邦已经不在位了，而且，仅两年之后，他便无言地离开了这个世界，"终归无法实现他重登八境台的心愿"。

　　历史的遗憾，是永远无法弥补的。

　　写到这，要是我，势必让沉重的笔触所拖住。

　　谁知，舒龙却宕开一笔，另辟出一重全新的境界，化沉重为动力：

　　　　八境台的原创是孔太守，八境诗的知识版权自然是苏东坡。可是从废墟上重建一个新八境台，其功劳非耀邦同志莫属。因而笔者每登一次八境台，便多一份幽思感慨。因为对红土地革命史的长期研究，我深知耀邦与江西，特别是与赣南有着血肉相连的不解之缘，凭栏眺望八境，每每想起耀邦人生的"八境"图画。

　　于是，舒龙借八个不同的方位，描绘了耀邦人生中的八个华彩乐段：少年千里跋涉投奔井冈山；差点被打成AB团丢了性命；在中央红军中走过"长征第一渡"于都；创建"百县"林与"共青城"；为赣南造就"脐橙之乡"……

而这一个个的人生景观，无疑揭示出了耀邦生命一层层更高的理想境界：为革命不怕牺牲，为百姓不辞辛劳，为人类共同的美好理想而努力奋斗……

而这，都包含在舒龙概括的"红色的八境"（革命）、"绿色的八境"（民主与生态）、"古色的八境"（自古至今人类共同美好的创造与憧憬）之中了。

谁的人生，拥有这三个"八境"，则是永无遗憾的了。

舒龙，就这么化解了笔端的沉重。

这不仅仅是散文写作的艺术，也是生命境界的一种升华。

红色意象就这么与生命境界如此完美地结合在了一起。

说到此，再多的美言已经苍白了。

就此打住，愿舒龙为我们创造出更多的散文精品！

三、评奇人的又一部奇书《红色邮政风云录》

一枚小小的邮票，每每只有一两克重，可它承载的分量，却不仅仅是它所贴的那一封信，它可能包括了一段惊天动地的故事，它可能隐藏着一个关乎民族兴亡的天大秘密，它……不是可能了，那折射的是一部乾坤扭转、沧桑变化的宏大历史！

方寸之间，有着无限风光！

方寸之间，更有惊雷疾闪！

方寸之间，凝聚了上下五千年、纵横八万里的人类进化的艰难历程！

邮票，是人类文明的产物，也是人类文明的标志之一，从打火漆、插羽翎（俗为鸡毛信），到演化为一张张精美绝伦的邮票，本就是文明进化的表现；而邮票本身，从简单的印记到精美的图案，从单张到组合，从一般的邮发功能到纪念、审美种种，也同样在与时俱进。小小的方寸之地，当演绎出多少丰富多彩、哀婉感艳的故事，传递怎样天翻地覆、纷至沓来的信息。

早在《孟子·公孙丑上》中，就出现了"邮"字，其时，马传曰置，步传曰邮，故该文中称："德之流行，速于置邮而传命。"可见把这"邮"看作传递速度至快的一种。而后，凡传递公文书信者，则被称之为"邮人"，投信之所，为"邮亭"。

而各国公认的"邮票"，则出现于1840年的英国，用以贴在邮件上表明纳付邮资的凭证。而中国，则在1878年第一次发行邮票，票面上印有龙的图案花纹，所以，过去称邮票为"龙头"，又称"邮花"，前者颇有动态的意味。至清光绪三十二年（1906年），国家第一次设立了"邮传部"，这也是慈禧太后镇压了"戊戌变法"之后，不得不推行"新政"的一大举措，她毕竟抗拒不了历史的大潮。

光说这些，我们就可以感觉到，隐含在邮票的背后，有怎么巨大的历史容量。

所以，打开一部集邮本，你可以读到包罗万象的一部历史——不仅仅是人类的历史、社会的历史，还有大自然的历史、宇宙的历史。无论是花鸟鱼虫，还是飞禽走兽，抑或高山巨川、大漠戈壁，甚至细微到微生物、细胞、原子的世界，真可谓无所不包。

而今天，摆在我们面前的，则是这样一部由邮票而展开的生动、丰富、极具震撼力的历史！

这便是舒龙、曾仲主编的《红色邮政风云录》。

沉甸甸的一部，有如历史一般厚重！

首先，须说它的价值，这里所辑入的当年的"红色邮政"所发行的邮票，其价值，已不是以千元算，甚至万元算，它们有的，当有十几万元及几十万元，随手一翻，半分面值的红军战士图邮票，在中国嘉德2005春季邮品拍卖会上，就是以42.9万元成交的……先说这一条，倒不是什么"金本位"，而只是想证明其之珍贵。孤本、绝版、不复可求——这些字眼，都道不尽它珍贵的价值。

而后，我们再说邮票后边的价值。

第一，是这些邮票与这部书，给我们展现的是整整一部苏维埃的邮电史，而这又是整个苏维埃共和国的历史。众所周知，当年的红色苏维埃，正是今日中华人民共和国的雏形，从中可以看出，在构建一个国家之际，正可谓"麻雀虽小，五脏俱全"，内中包含有多少革命者的智慧与雄心壮志，小小邮票，正展示了这么一个共和国雏形从建立到成长的全部过程，这过程是怎么扣动人的心弦，又是怎么惊天地、泣鬼神的。仅仅这点历史知识，就够我们品味、激赏的了。

第二，是这些邮票后边的人物、故事。难为了编者，搜集了那么多精彩、富于传奇性的故事，让人一打开书，便爱不释手，欲一口气读下去，如朱德、陈毅所率领的南昌起义军的余部，如何得何长工的一封鸡毛信，躲过了国民党军队的偷袭，成功到达井冈山与毛泽东的秋收起义部队会师；又如，父亲怕儿子留了红军邮票惹杀头之祸，夺走要销毁，可没想到，几十年后，儿子却在父亲过世后，在一个最隐秘的地方找回了这一历史珍品；还有，毛泽民如何在斩杀"AB"团风行之际，从刀口下抢救出苏区邮票制作的第一人等，一个个故事，都那么起伏跌宕、曲折离奇、引人入胜。

第三，这些邮票及这部典籍，给我们增添的众多难得的知识，不仅仅是邮票、邮戳、图样，还有众多集邮家、爱好者与收藏家，这不仅仅是历史，还有文化，甚至是旅游的指南……还包括当时的政策、法规，众多的历史文献。在没有读到这部书之前，我无法想象到它能提供如此广博、丰厚的知识。一位有心的读者，完全可以从中读到当时苏区的政治、经济、军事、文化等诸多方面的内容；而几十年、几百年后，它更会作为一部不可多得的典籍，为历史学家、经济史家、政治学家等所厚爱。如果没有这本书及时抢救、整理，这些巨大的历史内容，没准就永远沉没下去，不为人所知了。

这对于未来也同样是一件功德无量的大事。

末了，我得讲讲这部书的审美价值。

人们马上会联系到书的装帧、设计，以及一枚枚不可多得的珍贵的邮票，也包括信笺、邮戳等，不过，我这里想说的美，却是一种理想主义的美，想当年，那种执着，那种坚毅，为了一个信念，不惜牺牲奉献，去建构那样一个细微到包括了邮路、邮电的苏维埃政权，当是怎样的一种大美、至美？它完全是一种目光远大、高屋建瓴的历史产物，其中所隐含的未来的宏伟的蓝图，更可谓美不胜收！这种以心灵与理想所建构的美，在人类历史上是永远不会褪色的，所以，今天才这么令我们激赏。

我曾说过舒龙与他的作品，乃奇人、奇书，对这一部而言，我果然又说中了，这的确又是一部奇书，是出乎我的意料之外，也非一般人所能做到的。拉拉扯扯写了这么多，又以"奇"作结，奇人当是不会奇怪吧！

愿奇人的奇书一部接一部出来，让这世界遍是奇迹！

第九章　自然·禅·道

第一节　对"无边"的美丽诠释
——读陈志红《无边的生活》

《无边的生活》的书名，"无边"也许可以作两种解释，当然，首先是空间，无边无涯、无拘无束，这是读者一下子便可以理解的；还有一种，则是时间，无始无终，无限的延伸，具有永恒的意味。不过，维特根斯坦却说过这么一段话，他认为，"有力量的语言必须使一切事物看上去是一样的"——这话似乎有点庄子的齐物论的思想，可后一句话却别有韵致，"并且使时间的拟人化成为可能，其重要性不亚于使逻辑常数神化的某种事物"。这位"哲学家的哲学家"的语言魔术是为人所称道的，一下子便让时间活了起来，使世间万事万物作为"逻辑常数"竟被神化了。语言也是可以点石成金的，维氏这颇有点深奥的话语，激活了我们对时间人化的认识。

的确，在陈志红的这部散文中，我感觉到了，生活所处在的时间，本身也是有生命、有情感的，这时间如同无所不在的亲密伴侣，呵护着你也折磨着你，叫你生也叫你死，让你珍重也让你挥霍，逼你不断追求新的体验也逼你陷入怀旧之中……总而言之，时间具备全部的神化色彩。

这自然是我个人的感受，我不敢说别人会与我一样。心灵是可以因时间共鸣，从而跨越无边的空间的。这种共鸣足以让时间驻足，让你我品味出瞬间永恒来，从而"拒绝告别"，所以，诺瓦利斯就永远被锁定在具有"真正意义的年轻人"。只活了29岁，所以永远年轻，让人在这年轻的生命"身边长久驻足"。这是对一位"心灵诗人"留下的"浪漫而又惨烈的寓言"之解读，同样，也是对那位"大眼睛、黑眼睛"的少年朋友妙妙的解读——"生的遗憾只有死才能弥补"，于是，死就不再是一团漆黑，而是充实的、同样拥有时间的生命的组成部分。

本来，我以为，在动乱岁月中尚还年幼的陈志红，不会似我们目睹乃至亲历那么多的生与死、爱与恨、欢欣与恐惧。可《无边的生活》读下来，我却痛心地发现，她所亲见亲历的死亡与恐惧，不会比我们少。也许，这方可以解读她对时间的敏感与悸动，那太年少目睹的种种死亡，跳楼的、中弹的、撞车的，让童年的她便知道"原来死亡是一件那么容易的事情，而且距我只有咫尺之遥，简直就是伸手可触"。随之而来的，更是冬夜那种幻觉，因为死亡恐惧引起的幻觉，使她"童年的花朵便永远地凋谢了"。

我深信童年的经验是足以影响人的一生的。志红对儿子的呵护，是出于这样的经验，同样，无论在现实生活中，包括在其文学生涯中，她这一温馨的呵护，在与她交往过的作者、朋友中，几乎无一不感受到，以至于年龄比她大的，都视她为大姐一般——原谅我这么说，这绝不是说她过于少年老成，而她在书中也颇为敏感地写到别人称她"成熟"的评价……其实，呵护孩子，呵护生命，呵护时间，那种悲天悯人的人道主义，不常在我们心间么？作为这样的"逻辑常数"，在陈志红笔下的语言，也就给"神化"了，换句话说，志红的语言，也正是维特根斯坦说的"使逻辑常数神化"的点石成金之魔法。

我是很欣赏志红那边思索边抒发的文字，没有浮躁，也没有矫伪，从容道出。可兀地，我却读到这样的句子："当然也有从不呼救的人，他们将声音埋在心的古井之中而期待来世永不为人。"心中不由得怦然一动。这篇《白雪中的小木屋》想告诉人们什么呢？我觉得很多、很多，关于其主人公蒙，还有只写了一篇《无以诉说》的小说便拒绝了尘世（怎么又写到了死？）的女作家，是平静地接受了宿命的安排，还是以这种"不呼救"的方式挑战劫难？我知道，在这大千世界中，这么生存着的绝非个别，他们从不企望被人倾听而只是自我咀嚼一切的痛苦，他们未必是心灵的无援者，相反，他们当是靠心灵而自立、而强大者！

原谅我老沉浸在这样的意象中，毕竟，连这部书的作跋者，我亦熟知的程文超，已经阴阳相隔，到了另外一个"时区"了。我不知道，他是否如蒙所说的，来世去做海底的石头，以逃脱"世间一切有生命之物"所逃不脱的"不同方式的劫难"，但我却知道，他并没有把"声音埋在心的古井之中"，而仍旧在发言，包括在这一部书的后边。

所以，对《无边的生活》之"无边"的理解，当还有第三种，那便是超越时间与空间，在一个更多一维的世界中，令自己的思想奔涌，精神飞扬，而这个世界，当是彻底的、真正的无边。因为，思想或精神的世界，乃是人类最伟大的创造，是不为时空所局限的，它的最迷人的魅力所在，那便是自由。《无边的生活》之启示，便是这个词语一次美丽的展现，这毕竟是人类几千年来所锻造、所企盼的美丽。

第二节　对自然的诗性和哲理式感恩
——评杨文丰散文集《自然笔记》

读杨文丰的散文集《自然笔记》，总是情不自禁地想起儿时读过的一部自然与文学巨著，那便是世人皆知的法布尔的《昆虫记》。《昆虫记》一共有十卷，二三百万字。《自然笔记》目前只有一卷，不过，作者杨文丰却说："我写《自然笔记》，追求科学性、思想性、社会性和诗性的融合。我写《自然笔记》，也可以写多卷。"这不经意的表述，无疑充满了豪迈之情。因此，如果杨文丰沿着这一思路写下去，二三百万言自不在话下，出够十卷，也不会太遥远，凭着他与法布尔一样的毅力，也凭着他与法布尔一样的才气和诗情。

杨文丰为他的这部《自然笔记》加了个副标题"科学伦理与文化沉思"，可谓深中肯綮，给全书添上了一层诗性的光彩。我以为，这也是他始终如一的追求。"科学伦理"者，当是与那种唯科技论，尤其是一度泛滥的"人定胜天"的大话、狂言、谵语相对立。进入20世纪，工业社会已将这蓝色的地球破坏得千疮百孔，南极上空的臭氧层空洞只怕永远也无法修复，人类的生存环境被糟蹋得惨不忍睹，各种突发的恶疾防不胜防……即便是人类自身也同样有着"生态失衡"，"9.11"且不说了——这成了人类进入21世纪后的第一声警钟，那种"工业控制"下把人异化为机器零件的非理性力量也空前膨胀，对科学技术的迷信突破了伦理的约束而造出了一代又一代的战争狂人或"骇客"。因此，今日强调科学伦理，当是对历史发展的一次匡正，一次反拨，其意义自在深远。

而要重建伦理，自然得借助于人类所赖以支撑的人文理想。这个年代，重提理想主义，也许会为很多人不屑，因为一切都太现实、太物欲、太赤裸裸了，到哪里去找回理想主义的一席之地呢？然而，没有人文理想，我们又能拿什么去与甚嚣尘上的异化现象相抗争？又凭什么去寻回我们生命中的真、善、美，还有人性？在诺贝尔文学奖的评奖原则中，理想主义是最为明确的要旨。作为炸药大王的诺贝尔，自是从自己的发明中有所感悟，担心这一科学的发明会造成人类的异化、互相残杀，所以才设立专门的文学奖，并制定了文学奖的理想主义标准。法布尔是得到了诺贝尔奖提名的，因为他写的尽管似乎仅是昆虫，可全书笼罩的，却是一个时代人道主义的温情。

当年一位大剧作家埃德蒙·罗斯丹曾这么评价过法布尔：像哲学家一般地去思考，像艺术家一般地去观察，像诗人一般地去感受和表达。这样的评价，如果用于《自然笔记》也一点不为过。

无论是《仁爱慈悲的命运》《佛光》《幸福不是身边雾》《科学精神随想》，以及刚被编入《大学语文》（孙昕光主编，高等教育出版社第二版）的《海殇后的沉思》这样的大题目长文，还是《蒲福风级》《向日葵寓言》这类断想式的小品，其哲理都历历可见。《海殇后的沉思》提出大自然的父性、母性，思考人类对大自然的新旧敬畏，讲及老子的"人法地、地法天、天法道、道法自然"，融中外哲思于一体；《蒲福风级》则以"人类社会一直风声不断，而且新的级别，依然在流动产生。我们界定人类社会和自然风物的级别，无非是出于功利。技术在本质上就是最大的功利。技术的历程，就是人类深一脚踩上'理想'，浅一脚陷入'泥淖'的过程"来警示今天。而《向日葵寓言》则以"今天，向日葵已常常被人淡忘，无法再出现旧时的异常之'热'了，我以为这才是正常的、值得人庆幸的生活状态"来告别昨日。这些篇什，其哲思的程度自比法布尔的年代，要深广得多。法布尔仅是为自然界小小的昆虫们"平反"，杨文丰则是为整个的大自然疾呼！

　　法布尔对昆虫的"艺术家式的观察"令人惊叹，而杨文丰则不仅仅限于观察自然，他的观察也一样到位，一样细致，对此，我们只要读一读他的《蝴蝶》《绝种动物墓碑》《梅雨，梅雨》《萤火虫》《冬虫夏草》等篇什便可知，然而，杨文丰并不满足于此，而是注重观察后对问题实质的揭示与追求，从而透过表象看到内在的规律与根源，给人以启迪、以深思，比如《当归》的结论："当归作为精神性、物质性及药性相统一的植物，能否依时成熟，全在于'天、地、人'三者能否和谐……"

　　至于通篇的诗情画意，则更不用说了。长文《心月何处寻》，当是诗性与哲思结合得相当成功的一篇，篇名就是一个非常中肯的科学伦理问题。作为本书首篇《自然笔记》中的《蓝地球》《晨昏线寓言》《包容一切的空气》《位置》《黄花雨》等一组作品，无疑是一首首精致而含有古典意蕴的短诗，隽永、美妙之极，让你吟诵不已，爱不释手——也许，这便是这组作品被选入上海市高中和全国职业学校《语文》教材的理由之一。

　　在杨文丰身上，我想，那种充满理想主义的人文精神，才是他那科学理性的统帅，纵然他是理工科"出身"的。在他身上，我们可以读出老一辈科学家如竺可桢、李国平等文理双馨的影子——他们早就以身作则，证明如果没有人文精神的导引，科学就免不了误入歧途。我们常常惊叹这些老科学家、老院士的古典诗词写得那么精彩，无论平仄，还是对仗，都只字不爽，尤其是诗情、意境，均不让古人，今天，我们也同样为杨文丰击节，科学散文能达到这样的极致，绝非一日之功！他创造出的这一自然散文艺术奇葩，让我们重新恢复对生命的尊重与敬畏、对我们所处的生存环境的珍重与敬重，可谓功德无量。我想，这也与作家身为客家人，自小与知识结缘，在客家山水、在大自然的呵护下成长是分不开的，这当是他对知识的一次探索之行，对自然的一次"感恩"之旅。

第三节　生命的坦然
——蓝天雁散文集《岁月的轻烟》序

佛家有三个字，谓"平常心"。

凡万事万物，以平常心相对，自会彻悟，而不至于耿耿于怀，寝卧不安。我以为，这是一种坦然应对人生的态度，也就是生命的坦然。

也正是这一生命的坦然，万事万物，无论是大海、宇宙，还是蝼蚁、蚍蜉，皆可入眼，皆可入文，皆可入诗。一诗一世界，一叶亦一世界，一滴水更是一世界——庄子的"齐物论"当由此而来。

读蓝天雁的《岁月的轻烟》，浮想联翩，于是便有了上面的几句话。

岁月可以很沉重，压在人的生命旅程上，叫你喘不过气来，尤其是我们所经历过的一切，"文革"、经济转型……每每疲于应对，先喘息于权力的桎梏，再又感慨于市场的无情，惶惶无以终日。

可在蓝天雁笔下，三下两下，却把沉重化做了一道道的轻烟，随风而去，于是便得以释怀，重新坦然、快意起来。这也正是我前边的感言的由来。诸如《我陪祖母卖杨桃》《摘岗稔》就是如此，而《怀念海叔》，一个寻常人的悲剧人生，甚至死后的惨状，令我总是难以平静下来，可再想想，他何尝又不是一面人生的镜子，从中可以感悟到一般人不易体察到的劫数。生命也如同轻烟，就让它挥手而去吧。

还有，诸如老父亲的《旧车情结》，读毕你不能不动容；而《陌生的信任》，却让我坚信，尽管从动荡岁月走过来的一个民族，人的道德底线，人的信任感，每每是宏博的人道主义情怀的体现。尽管你也许被万分之一的小人欺骗，也遭遇过他人以怨报德、恩将仇报，但却不可以丧失对人的起码的信念，你仍能坦然面对整个世界、面对整个生命。没有信任，这世界与生命也就失去了支撑。

在蓝天雁的散文中，你面对的是种种平常不过的生活、平常不过的情感、平常不过的岁月，一如谚语所说的：冷水泡茶慢慢浓，你得平静地、从容地去咀嚼这其中的诗情、哲理，从而逐渐品出其中的三昧来。诸如《感受西藏》等游记，当是边走边唱，方可唱出无限的韵致。每个人的一生都有可能游历名山大川，有的人看了就看了，是用眼睛去看的，可有的人是用心去看的，蓝天雁就是后一种，心灵自有自己的眼睛。

所以，他不仅能看出美来，也能看出哲理，生出更多的灵气来。"士先气节，而后文艺"。这气与节，当与心灵相关、与精神相关，有气者，方大度、方宏阔；

有节者，方坚韧、方磊落，文章也就有气韵、有骨头。不仅仅为今天而写，更"为明天而活"——这正是这本文集中一篇文章的标题。

在"平常心"之后，更有"平常心是佛"，我想，我不用加什么注解，其义已自明了，佛家普度众生，也正是一种生命的坦然。

愿一切如轻烟般挥手而去，只留下一个真性情的我。

是为序。

第四节 观天地之文则人文在其中

老友舒龙给我推荐了这部散文，并嘱我一定要写上一个序，实在是不敢当，因为作者的文字功力、艺术感觉，实在不在我辈之下，让我作序，难煞我也。

这么说，我是有根据的。近年来，散文界百花齐放，争奇斗艳，文化散文，胸臆万千；历史散文，气势磅礴；生活散文，娓娓道来；禅味散文，意境悠远；乃至于自然散文，亦一般充满温情、诗意与哲理……殊没料到，含烟的风水散文，更别开生面，令人感到耳目一新。风水入散文，这无疑是独具巧思，更充满了东方的智慧。

无疑，作者对风水散文是情有独钟的。笔下若潺潺流水，从幽深的山谷，流向烟波浩淼的江海，让读者随着其婉转的笔触，去饱览水边的风光——这风光，不独是充满风水意味的"气场"，层峦叠嶂，众水喧腾，更有难得的审美意象，满纸烟云，哲思无限。从中，你多少可以领略到风水学中博大的学问，并追随风水学的脉理，走进民间的另一座波诡云谲、气象万千的历史长廊。这都是一般散文所不能赋予你的。反过来，如光读佶屈聱牙、深奥莫测的风水术典籍，你也不会似读这部散文一样，感到平易、亲切，能深入浅出，从而若醍醐灌顶，浃骨沦肌，不觉间，发觉这更是最近切、最贴心的一次心灵体验。

因此，此番心灵之旅，令我惊喜，令我雀跃，让我有一种在河汉翱翔、在历史长河中击浪的豪迈，亦有在清溪中濯缨、在岁月的流云中漂浮的温馨。你久久地品味，如同他乡遇故交，有说不尽的知心话，聊不完的往事……是呀，风水能这么表述，当是一种极致了，光说巧思，尚不足道尽称许。

当然，含烟笔下的风水，有历史，有道术，也有习俗，有人性，更有品格与正气。而这，正是这部奇书的价值所在。

江西一直是我景仰的地方，不为别的，当年我的先祖，就早早远涉至景德镇，把那里著名的年窑、唐窑的珍品，通过广州的十三行，远销欧美，为中国的陶瓷，更为中国独有的精湛的艺术在国际上赢得令人尊敬的崇高地位，催生了欧洲的洛可可风格。所以，关于窑神童宾的故事，我早就铭刻在心。而在童宾之前，民族志士文天祥的《正气歌》，早已能倒背如流，更不用说中国的莎士比亚汤显祖了……而"杨救贫"的故事，在我，更在母亲客家的乡亲中耳熟能详。仿佛在那片神奇的山水中，王勃的"物华天宝，人杰地灵"乃早有天定，那里当是"浩然充两间"的正气所在。

是的，早在程之《遗书》中有"天地之化，自然生生不穷，更何复资于既毙之形，既返之气"，"凡物之散，其气遂尽"。可见，气有生有灭，有聚有散，生与聚，当是所求，即"生气"与"聚气"也。在朱熹那里，"理气相依"，"理在气中"，及至宋末民族英雄文天祥，更有一首震古烁今的《正气歌》。宋明理学影响之下，出现了一大批浩气长存的民族志士，同时，我们也不难发现，其间，也正是风水学得以兴盛的时刻，这里面自有必然的联系。

因此，风水学讲的便是"聚气"。气也是风水的要旨，我写过一篇《聚气：藏风与得水》的文章，便是这么讲的：风水学的发轫，当推到先秦时期，也就是周易出现之际，所谓"《易》以道阴阳"，讲阴阳之气，天父，地母，天为阳，地为阴，天地之气，便为阴阳之气，阴阳失调，势必发生地震等灾难。到了诸子百家，则已有了"精气"一说，《管子·内业》中便有"凡物之精，比则为生，下生五谷，上为列星，流于天地之间，谓之鬼神；藏于胸中，谓之圣人；是故名气。"孟子"以志率气"，对此加以道德匡正，把人的精神修养归结为养"浩然之气"，所以，后儒们在此更有高度发挥，这才有一大批志士仁人出现。及至汉代，王充有"元气自然"之说，汉后有嵇康在《明胆论》中更称："夫元气陶烁，众生禀焉"，在《太师箴》中则称："浩浩太素，阳曜阴凝；二仪陶化，人伦肇兴"，阴阳二气，衍生出了天地万物。请留意，两晋南北朝，更是堪舆学奇峰兀起之际，出现了郭璞等著名的先师，从此，风水学在东方，几起几落，终蔚为大观。

而江西在"杨救贫"出现的前后，涌现出那么多黄钟大吕式的历史人物，当是"聚气"的结果。

天地人，在周易中合称三才。所谓"天人合一"，当是天地人三者的契合，只是地包含在天之中，而这个天，则是"法自然"的天。所谓人法地，地法天，天法道，道法自然也。所以，我们传统文化中的"风水"，风者为天文，水者为地文，得到水，能藏风，方可以聚气，而聚气，当是聚宜人休养生息之气，人气也。讲"天圆、地方"，也就有了"人和"。古人的风水学，经几千年的积累、凝聚，最终得以抽象为学理，却仍是经验之谈。只是中国文化系统过于抽象化——这也是一种高级形态，所以离开原初状态太远，反不易辨析其间事实与经验之依据，而简单化为生态学、环境观，即用今日的实证科学语言来解释，却不仅限制了它，甚至是阉割与亵渎了它。于是，依照中国文化系统，我们仍称之为风水学，方可在我们的语境中获得生命与生长，被称为"哲学家的哲学家"的维特根斯坦早已有言，我的语言的界限意味着世界的界限，离开了中国的语境，又怎有中国的世界呢？

客家山区，人们称村后或宅后的树林为"风水林"，视这风水林为村舍之"胞衣"，也就是孕育生命的地方。人，在天地之间，故孕育在视为"风水林"的胞衣里，这里其实有很深的哲理或我们所认为的生命哲学。风乃天之呼吸，水为大地之血脉，有呼吸，有脉动，方可以有人的生命存在。所以，天地人，人居其中，既独立，更在于三者的互动。知天地，也就识人文了。反过来，欲知人文，也就须知天地方可。

当年，英军侵占新界，乡民奋起反抗，惜失败，英占屏山，并在"风水宝地"的屏山上建了警署与理民府。居高临下，虎视眈眈，对治下的百姓以示威慑。百姓们为之痛心疾首，认为此地之"风水"全被破坏了。

一位老人指着那如磐石压顶的警署是这么说的："这块巨石，已经在屏山人心上压了将近百年。要说是风水，它就是风水；要说是心理，它就是心理；要说是政治，它就是政治……这是我们屏山立村八百年最大的耻辱。"

这一段话，把风水、人的心理以及社会政治联系在一起，似为激愤之词，内中却颇有深义。社会乃第二自然，人则生活在第一自然与第二自然之间，风水，自是第一自然要义，自然、心理、社会三者虽不可彼此画上等号，可三者却不可彼此分开。其实，心理学也有科学心理学与社会心理学之分，从风水上说，屏山顶上，立一侵略者的警署，是强权、暴力的示威，更是邪恶所系，这在中国文化系统中本就是负面的东西，阻遏了正气，自是坏了风水。而心理上，对于被奴役的人们来说，自是沉重的压力，一见到它凌驾于风水宝地之上，能顺得了气么？短命折寿自不消说，说政治，这就更明白了，外夷入侵，社稷不保，一个民族，从世界强国沦落为东亚病夫，整个政治地图都被改变了。

而这又回到风水上了，为何香港这么一个最现代的国际自由港，却这么笃信风水，比内地风水的发祥地更甚？一位国学学友在讲到外侮临近时，则称："每当此际，卫护人文是为生存第一要义。而欲蔚人文，先须判天地之文。此东晋士族如谢、陶诸公所以绝重风水卜筑，而郭璞堪舆之术以兴故。"香港人重风水，正是对民族传统之生存的重视的一种表现。当初，广州十三行在大火中毁于一旦，不少行商跑到了香港，没有他们，也就不会有香港经济的今天。正是在国家与民族的艰危之中，风水学才得以流行，正是"欲蔚人文，先须判天地之文"。风水乃是天地之文矣。

故易曰：观乎天文，以察时变；观乎人文，以化成天下矣。

因此，风水、人文，互为依托，互为补充，互为支撑。无论国运还是人命，都脱离不开。重风水的谢、陶诸公，不正是在卫护汉文化上有着出色的历史表现？

而郭璞堪舆术之兴,则在"永嘉之乱",两晋年间,国家分裂,民族道德几欲断裂的时候。所谓地理环境决定论虽说太绝对化,但是,加上人文地理,不正合了风水之学么?观天地之文,则人文在其中也。

因此,聚气,当首要的是人气,生命之气,浩然之气,而这,则离不开大地之活水,长空中横亘古今的雄风!

一如含烟散文中写到的文天祥,文天祥的《正气歌》!

含烟的散文,有时也如那位历史老人说话一样,把风水解说或上升到了社会心理、文化积淀的高度,包括写文天祥的章节,写客家的风情,皆如此。"观天地之文,则人文在其中"矣。

后记　我的精神故乡

　　个人的命运与国家及民族的历史沧桑，在大多数人而言，可以说是同步的，仅有幸运或惨烈程度的差别。在我，这60年，与历史现场从未有过疏离，但大起大落，大悲大喜，却迥异于一般人。记得在十一届三中全会之后，我走出了"文革"的冤狱，就对当年说过的"生活毕竟会补偿我们的"所代表的信念唏嘘不已。

　　显然，20世纪80年代以降，我们面对的，却已是一个不一样的世界了，经济转型，社会变革，满以为会得到的"补偿"也已不是预想的那样。固然，为了"文革"中那个叫《园丁之歌》的小戏引发的冤狱，我才当上了省市的青联委员、政协委员什么的，但这并不意味着一劳永逸，我目睹了不少备受"考验"的难友们，由于无可挽回的岁月，难以痊愈的创伤，最终走向了寂寂无为——曾有的理想、志向，均已被消磨掉，更与时代不再合拍。有的更走向了精神暴力，走向了自残自戕，最是无奈。这自然不是哪一个人的悲剧，多少比我有才华的老师、朋友，有的甚至连个回忆录也没来得及留下，便坠入了冥冥深处。

　　同样，我也不是我个人了，面对这些寂灭的生命，我得以一倍、五倍乃至十倍努力，为他们，也为自己，直面另一个人心不古、孔方兄肆虐的异化了的世界，从中鞭打出人性、人道来。

　　也许，这便是改革开放这30年里，如某些人讥讽的，我像个"写作机器"，疯了似的在写呀、写呀，不给自己一刻喘息的机会，哪怕一颗伤痕累累的心脏承受不了，差点停止了跳动。不是生活在补偿我什么，反过来，却是我该为生活补偿什么，我生怕我们这一代人就这么溘然地逝去，未能给我们的后人留下任何的警示、遗训。而这，留给我们的时间已不多了，知青的一代，如今，大都已过了花甲之年，我们经历过的一切，也就不再有人再以为然了。

　　不是生活欠了我们太多，也不是我们失去得太多，而是我们面对未来的岁月，依旧自惭形秽，无法把一切都说出来，无法给未来一个可靠的保证。

　　唯余下无力的文字。

　　是的，我已经出版了100多部书了，还有几十部也会陆续出来，哪怕在身后。可它们的意义又何在呢？自觉渺茫得很。有人说，这不是一个出大师的年代，我也绝无奢望当什么大师，而且还在害怕，这100多部的书，对于历史也仍如同白卷——我们这一代人，无论是历史考试，还是人格考试，能及格的，恐怕寥寥无几。

尽管这样，这么些年，我还是不停地写呀、写呀，写了超过3000万字，涉及文、史、哲、工等多个领域，多多少少拿出自己的新的发现、新的创见，为过去也为今天，留下一份逼近清醒的记录。这便是，在学术上，为广府学的创立，为客家学的深化，从而使之上升到历史哲学及人类学的高度，我所进行的全力的探讨。

我视这些学问，乃是"苦难的遗嘱"，是历史留下的苦难给予的启迪。一如广府学，几千年，广府人所持有的海洋文化，始终不为正统的文化所承认，被当作异类，可他们为国家、为民族的繁荣，包括积蓄的经济起飞的能量，却是他人无法比拟的，创立一门"广府学"，这正是我的呼唤也是我的初衷，十年磨一剑，近40万字的《广府寻根——中国最大的一个移民族群探奥》才在21世纪头几年得以完成。有人称它是广府文化研究中第一部真正的学术著作，但我却觉得，当有更具学术意味的广府学专著问世。我是顺德人，报刊上更把我列入"可怕的顺德人"之中，而南番顺则是广府文化的中心区域，这对我说来，既是宿命，也是使命，我当为自己所在的族群大声呐喊才是。

于是，50万言的《华南两大族群的文化人类学建构》终于在近日付梓了。它有一个副标题，那便是"重绘广府、客家文化地图"，这不难见我的苦心。在广东，这两大族群，一个人口最多，一个地域最广，对广东的历史发展有着无可替代的伟大作用。在漫长的人类史中，族群的形成与发展，既非"原生说"的与社会共存的群体，也不是当今热议的"后现代"的"创造共同体"乃至"想象共同体"，而是不断在时空中被重塑、被锻击的稳定的群体——这既代表过去，亦指向未来，文化人类学之所以重视田野作业，之所以强调族群神话与符号的性质及内涵，正出于此。在我，这两大族群的文化地图的重绘，在比较中的重构，更是一种血缘的认同、身份的认同，是对自身的一种定位，这种定位，也就意味着文化的责任，从而解释这些年间我的有所为与有所不为。说是重构历史，不如说重构自己，我就这么一路走下来了。在离开了生活30多年的三湘大地，重新回到家乡的怀抱。

而在广府学的研究中，我着眼于明清二朝的广州十三行，这是近古广府的海洋文化延续的主线。不仅在广府中心区南番顺，还在中山、四邑，都有一个十三行行商的群体。道光年间的民谚"潘卢伍叶，谭左徐杨，龙凤虎豹，江淮河汉"，正是对海洋商业文明的普世价值之肯定，他们几乎都是广府人。前边四大家不消说了，后边四家，谭即我家，左即左垣公梁经国，徐即著名买办徐润的家族，杨当也同为中山人。如今顺德龙江，是当日十三行行商最多的地方，我家就有"火烧十三行，里海毅兰堂，一夜有清光"的谣谚。正是十三行的历史泽被，顺德在近代的制造业、金融业才那么出名，直到改革开放，更是迅速崛起。当年的十三行行商，不是什么"国商"，而是海商，是国际大商人，是最早的跨国公司，他们不仅是英国、瑞典等国商船的大股东，而且还投资美国的太平洋铁路等一大批建设项目。同时，他们也不仅仅是商人，而且是高素质的文化人，他们最早带来了世界大航海时期的先进文化、先进技术——所以，十三行的后人中，不仅仅有如徐润这样的大商家，更有如潘飞声这样的大诗人，还有不少科学家、企业家、学者与教授，包括梁嘉彬等人。十三行兴盛之际，中国的 GDP 占世界的 32.4%，其中外贸易的贡献可想而知。新中国成立之后的广交会，是在特殊的国际环境下的"一口通商"，却终于走向了全方位的开放，当是十三行的历史延续。

"文学，是历史的未尽之言"，我曾用来作为一篇论文的标题。其实，每每在写历史、做学问之际，感到种种的束缚或迷惘之际，"立象以尽意"，不得不借助于文学的形象来表述了。因此，长篇纪实《明清帝国海商》近 50 万字，也就脱颖而出了，而《十三行遗嘱》三部曲的 100 万言，也已经在修订当中了，其中的一部《赝城》更被选为新中国成立 60 周年的长篇小说 500 强之一，神秘的"十三行遗嘱"究竟是什么，留给今日的遗训或启示是什么，我想，通过这 100 万字，当能道出"历史的未尽之言"吧。

正是独钟于这"历史的未尽之言"，我的文学创作才这么一发不可收拾。如果从中学开始发表散文算起，我的"创龄"已经有 45 年了。当然，"文革"中因那出小戏遭到的磨难，首先磨砺的当是我的思想与意志，但那段不是一般人能承受的生活，也极大地丰富了我的创作素材。如果说，一个人的精神故乡是他儿童时代的家园，对于我来说，那三年却是取之不竭的生命源流，更是未来生活至为难得的参照系，一面至为清澈的明镜。文学，不仅仅是历史记忆，还是历史未尽之言，是史书每每无法言说的更逼近史实与史识的形象的言说，只有文学，方可以把历史那"猩红现场"（海外有人以此作为我的传记书名）奉献给人们。文学，不仅仅有历史的激情——作为艺术，无疑是情感的表现，但更能塑造出历史之魂。因此，在历史与文学之间，我亦选择了不少曾被蒙上历史尘埃的人物，如邓演达、潘氏三兄弟（潘汉年、潘梓年、潘菽）、袁殊、马应彪，乃至张资平。纵然这样，这些文学传记仍无法道尽我的心声，所以，才有更多的长篇小说，如关于广府人、客家人的民系小说，关于知识青年、关于下岗工人、关于农民工的，当然，还有执着于人类良知的知识分子。无论他们在历史进程中或是光彩夺目，还是默默无闻，甚至沉冤莫白，都会在我笔端下拷问出清白与良心来。因为，是他们让我明白，我的生命不仅仅是属于我个人的，甚至不仅仅属于我所在的一代人，如果我不为他们说出他们想说的话，九泉之下，也永远难以安宁。

也许，这正是每一位真正的文学家的宿命，他必须永远直面人类历史进程中种种可怕的异化，对人性的扭曲与摧残——在撰写《东方奥斯威辛》一书之后，我每每想补充一个重大的内容，那位细菌学博士，是如何以冷静的计算、严密的推导，从而让投下的沙门氏菌达到杀人的目的——这比纳粹用毒气杀人更为冷酷无情，更令人发指，可所有的杀人犯，都衣冠楚楚，仅仅做做化验，搞搞实验，用不着与被杀者谋面。那位在广岛扔下原子弹的飞行员日后都生活在恐惧与内疚之中，可他们不仅没有丝毫愧疚，战后逃脱了惩罚，甚至建立了诸如"绿十字"的血液制药会社，进口未加热处理的血液制剂引发了"艾滋丑闻"继续进行犯罪勾当。我曾在该书中写道：

> 细菌战本身，当是这种精心建立的调控之示范，它务必拥有科学精神，严谨、周密，运算与试验，都应当一丝不苟，当然，事先得有一个精心筹划的科学方案——这种理性的杀人，比狂怒之下非理性的杀人，无疑更为可怕，因为所杀的不再是单个的人，而是有组织的屠杀，且无须承担任何道义与良心的责任。正是在这个意义上，西方学者对纳粹德国的集中营，对日本侵略者的细菌战，都使用了同一个名词——"杀人工厂"，一种工业化的屠杀工序。
>
> 无论是德国人还是日本人，他们在近现代工业化进程中表现出来的严谨、刻板，讲究技术与效率，都是值得钦佩的。但是，这种技术与效率，用于战争，尤其是用于"杀人工厂"——集中营与细菌战，其后果则是非常骇人的。我们不禁要问，在如此先进的现代手段的背后，亢奋的又是怎样一个狰狞的灵魂？
>
> 那种子为父隐，后人为前人掩盖劣行，那种道德谎言，为维护所谓国家或民族而不惜撒下的弥天大谎……只有极权主义国家、封建专制下方可以有的，那么，在由麦克阿瑟强行推行民主化的日本，为何仍会有如此种种类似现象呢？

这样的追问，已经超出了文学作品的本身了。我之所以不惜引录下这么长的一段话，实在是出于太多的义愤。

我在《羊城晚报》上曾专门写了文章，指出：

> 当年，我接受记者采访时，我曾谈到，我对张纯如在写完南京大屠杀的作品后，为什么会自杀是不难理解的，因为，我在写《东方奥斯威辛》之际，内心也一般遭受同样的折磨，只是我曾有过的"冤狱"经历，让我挺下来了。但那种对人性的绝望，仍不时在心头泛起，哪怕到了今天，也是一样的，毕竟，文学是需要情感投入的，不是冷冰冰的"学术"研究。所以，当年我发表在《十月》上的纪实文学《来自东方奥斯威辛的追诉》，才打动那么多

人，才会有那么多海内外的来信。

人类的浩劫，也许不仅仅是对肉体的屠杀，更在于心灵的荼毒，今日陷于孔方兄，浑身铜臭者，无视这一浩劫而将其视为"专利"者，其人性的沦丧，正是更可怕的悲剧！

也许，这正是我今生注定的品格——每一次被人狙击乃至"打倒"之后，只会更坚强地站立起来，并站得更直、更高！

我想，这正是我无负于顺德人这一家乡人的名誉。

得就得，唔得返顺德！

我永远相信，只有在家乡，方可赢得最无保留的信任与理解！